Fabio Paretta

DIE KRAFT DES BÖSEN

Kriminalroman

PENGUIN VERLAG

MIX
Papier aus verantwortungsvollen Quellen
FSC® C014496

Verlagsgruppe Random House FSC® N001967

PENGUIN VERLAG

1. Auflage, 2017

Dieses Werk wurde vermittelt durch die Literarische Agentur Michael Gaeb

Neumarkter Str. 28, 81673 München
Umschlag: Cornelia Niere, München
Umschlagmotiv: © mauritius images/Rene Mattes;
Alexey Repka/shutterstock
Redaktion: Angela Troni
Satz: Greiner & Reichel, Köln
Druck und Bindung: GGP Media GmbH, Pößneck
Printed in Germany
ISBN 978-3-328-10050-8
www.penguin-verlag.de

Dieses Buch ist auch als E-Book erhältlich.

Prolog

Sie ging in die Küche, zündete sich eine Zigarette an, drehte das heiße Wasser auf, gab Spülmittel hinzu und starrte auf das schmutzige Geschirr im Becken, das langsam im Schaum versank. Schwach fühlte sie sich, hilflos, überflüssig. Sie bekam kaum Luft in der stickigen Mansarde. Schräge Wände, ein zerschlissener Vorhang am Dachfenster, Schimmelflecken in den Winkeln. Die Wohnung war schon für einen Bewohner zu eng, geschweige denn für zwei. Dennoch hatte ihre Freundin sie aufgenommen und erduldete sie schweigend. Was für ein Leben. Aber was sollte sie tun? Sie musste an ihren Sohn denken. Er brauchte Geld. Wo sollte sie es hernehmen?

Aus dem Radio tönte ein Liebeslied. Das Neapolitanisch ging unter die Haut. Genau wie seine Stimme, die sie eben noch am Telefon gehört hatte und die wie beim ersten Mal tief in ihr widerhallte. »Du hast dir das Meer in die Augen gegossen und in meine Brust einen Schmerz.«

Am liebsten hätte sie ihn gleich wieder angerufen. Aber wenn sie dann auflegten, war es schlimmer als vorher.

Ein Scheppern, sie schrak zusammen. Das Geräusch war aus dem Treppenhaus gekommen. Wohl nur der Blecheimer der Putzfrau, die zu den unmöglichsten Zeiten durchs Haus schlich. Eine der vielen unsichtbaren Existenzen, die rund um die Uhr schufteten, um ihre Kinder durchzubringen und sonntags dem Ehemann eine Stange Zigaretten in den Knast zu fahren. Wenigstens konnte sie ihn sehen, ihren Mann, und ihre Hand auf die Scheibe im Besuchsraum legen.

In der Gasse knallte eine Autotür, wieder zuckte sie zusammen. Es wurde gestritten, oder einige Halbstarke taten nur so, irgendwo explodierte ein Böller, jemand lachte, und dann heulte ein Motorrad auf. Sie wurde noch verrückt in diesem Loch. Dabei war es die Stadt, die einen verrückt machte.

Sie ging ans Fenster, spähte durch die Läden, das Motorrad fuhr davon, das Auto parkte aus. Nichts Verdächtiges.

Also konnte sie sich entspannen, das Küchenradio lauter stellen und leise mitsingen, die vielen Vokale und Konsonanten imitieren, mit denen die Neapolitaner ihre Worte anreicherten, während sie dafür ganze Silben einfach unter den Tisch fallen ließen. Der Sänger schmachtete eine gewisse Maruzzella an, Maruzzella, ein Wort, tausend Bedeutungen. Marisalein, Löckchen, kleine Schnecke ...

Maruzzella, Maruzze'
Prima me dice sì
Po doce doce me fai morì.

Zuerst sagst du Ja, und dann bringst du mich sanft, ganz sanft um.

Sie drehte das Wasser ab, drückte die Zigarette in einem Joghurtbecher aus und zog Gummihandschuhe über. Die Musik berührte eine besondere Saite in ihr – aus dem würzig-schwülen Geruch des Sommers, aus Seetang, Abgasen, Müll und frischer Wäsche tauchte plötzlich die Vergangenheit auf. Staub auf der Zunge. Trockene Kiefernnadeln und Weizen, die sanfte, unendliche Ebene, die golden glänzte und fern, fern am Horizont durch einen Waldsaum vom Himmel getrennt wurde.

Warum nur bin ich weggegangen?, dachte sie. Auf der Suche nach einem besseren Leben. Gefunden hatte sie es nicht. Oder etwa doch? War sie nicht sogar glücklich gewesen? Mit ihm?

Mit dem Unterarm wischte sie sich die Augen trocken. Sie hatte einfach zu viel erwartet. Eine feste Arbeit, Geld für ihren Sohn, das war Glück genug. Aber auch noch Geborgenheit, Liebe? Maßlos war sie gewesen, hochmütig, und jetzt musste sie dafür büßen. Wie viel Verständnis habe ich gefunden in deinen Augen, in deiner Seele! Deine Augen dringen tiefer als jedes Wort. Aber wenn du redest, lügst du. Wie sehr ich dich hasse! Weil du mir fehlst.

Männer. Sie brachten kein Glück. In der Heimat nicht und in Italien auch nicht. Sie wusste es seit zwanzig Jahren, und doch hatte es sie wieder erwischt. Weil sie blöd war, unvorsichtig, weil sie nicht einsehen wollte, dass Männer sich abbringen ließen vom Wesentlichen. Durch kleinliche Gedanken, die sie Ideale nannten. Eine solche Begegnung gab es im Leben nur einmal. Sein Leumund, sein Amt – alles wichtiger als sie. Du musst weg, ich habe Angst um dich. Ist besser so. Für *dich*, hatte er gesagt. Schwachsinn! Für *ihn* war es besser. Männer waren feige und fantasievoll in ihren Lügen, die man so gerne glaubte. Sie erfanden hehre Ausreden für ihre Schäbigkeit, der sie opferten, was im Leben das Wichtigste war: Liebe.

Als sie mit dem Spülschwamm Gläser und Tassen auswischte, beruhigte sie das warme Wasser, und die monotonen Bewegungen gaben ihr das Gefühl, etwas Sinnvolles zu tun, obwohl sie die Gefangenschaft nicht länger ertrug. Auch nicht das Doppelbett, das sie mit ihrer Freundin teilte, die zwei Zahnbürsten und die schmutzige Wäsche, die sich auf den Fliesen zu einem Knäuel vermengte.

Sie suchte Trost in den Gedanken an ihren Sohn. Ein Glücksfall. Er hatte ein brillantes Abitur gemacht, Sprachen gelernt, wollte Anwalt werden, internationales Recht. Sein schmales Gesicht tauchte vor ihr auf, das jedes Mal ein wenig reifer und entschlossener wirkte, wenn er, nach langem Betteln, ein Foto mit dem Handy schickte. Er war ein attraktiver Mann geworden. Schleppte sich hungrig in die Uni, paukte verbissen für die Prüfungen, obwohl er nicht wusste, ob alles vergeblich war. Die Studiengebühr für das nächste Semester … Wenn sie kein Geld auftrieb, war alles umsonst.

Plötzlich ein Knall an der Wohnungstür. Kurz und trocken, wie eine kleine Explosion. Instinktiv lief sie Richtung Schlafzimmer, warf sich auf das Bett und fischte nach der Plastiktüte unter der Matratze, in der ihr Pass und die wenigen Wertgegenstände steckten. Dabei hinterließ sie eine Schaumspur auf dem Boden. Als sie in den winzigen Flur trat, stand ihr ein Mann gegenüber. Er hielt eine Waffe auf ihren Kopf gerichtet und legte einen Finger auf die Lippen, um sie zum Schweigen zu bringen. Das war überflüssig. Der Schrei war ihr in der Kehle stecken geblieben, als sie sein Gesicht sah. Er trug nämlich keine Maske. Der Mann dirigierte sie in das einzige Zimmer, trat an die Stereoanlage und stellte Musik an. So laut, dass die Bässe auf ihrer Bauchdecke kitzelten. Techno, den Lärm, den Jolanta so gern mochte, während aus dem Küchenradio, hilflos und verzweifelt, Sergio Bruni noch immer rief: »Maruzzella, Maruzze' …«

Als der Mann auf sie zutrat, griff sie nach dem Kreuz an der Kette auf ihrer Brust. Bitte nicht, betete sie. Dass er nicht maskiert war, konnte nur eines bedeuten: Er würde sie töten. Nein, dachte sie, das kannst du nicht tun. Nicht mit diesem Gesicht, in dem so viel Güte steckt. Du siehst aus wie mein Sohn mit deinem kurz geschnittenen, gewellten Haar. Ihr könntet Brüder sein. Nur die Augen … Müde Lider hingen darüber, als wäre alles für ihn eine Last.

»Ich habe ein solches Verlangen, dich zu küssen. Reck mir deinen kleinen Mund entgegen, der süß wird wie Zucker, um mich zu vergiften«, sang Bruni.

Ich muss überleben, dachte sie. Wenn ich jetzt sterbe, war alles umsonst, für mich, für ihn. Die jahrelange Plackerei, das Abitur, die Hungerjahre. Sie wollte ihren Sohn noch einmal in die Arme schließen. Nur ein einziges Mal, nach drei Jahren …

»Bitte nicht«, flehte sie und versuchte, zwischen dem Sofa und dem Fremden hindurchzugleiten.

Da traf sie ein Schlag im Gesicht, und alles war dunkel.

Ein heftiger Schmerz brachte sie wieder zu sich, jemand zog an ihrer Kopfhaut, als schleifte er sie an den Haaren. Sie fiel aufs Sofa. Plastik schnitt in ihre Fuß- und Handgelenke, Leder verschloss ihr die Lippen. Etwas Glühendes senkte sich auf ihre Haut, jagte einen Stromschlag durch den Unterarm und verströmte den Geruch von Gummi und verbranntem Fleisch. Sie wollte schreien, aber sie konnte nicht. Als ihr Atem sich beruhigt hatte, löste der Lederhandschuh sich ein wenig von ihren Lippen. Dann hörte der Technobeat auf zu hämmern, und wie hinter einem Schleier sah sie, dass der Mann die Fernbedienung in der Hand hielt und lächelte.

»Willst du leben?«, flüsterte er. »Du musst nur telefonieren.«

1

Die Fliege kroch so langsam über die Panoramascheibe, als wäre sie verletzt, aber dann merkte Franco De Santis, dass sie den Bauch von außen gegen das kühle Glas presste, um sich in der Augusthitze ein wenig Linderung zu verschaffen. Er dagegen saß in klimatisierter Luft an der festlich gedeckten Sonntagstafel und zerteilte den Seeteufel, den seine Frau Isabella auf den Punkt gedünstet und mit Kräutern von der Dachterrasse verfeinert hatte. Das Filet zerfiel auf der Zunge in saftige, zarte Stücke und entfaltete den Duft des Meeres.

Franco schloss für einen Moment die Augen, trank einen Schluck Wein und genoss, wie das Tischgespräch zwischen seiner Frau, ihrer Tochter und den Schwiegereltern allmählich zu einem sanft wogenden Rauschen verschwamm.

»In die Oper?«, fragte seine Schwiegermutter gerade.

»Oper«, »Carmen«, »San Carlo« – De Santis hörte nur sanftes Blubbern, wie die Luft, die aus dem Lungenautomaten an die Oberfläche steigt.

»Aber das hättet ihr mir doch sagen können, ich hätte euch Karten besorgt!«, fiel der Schwiegervater ein. »Franco!«

De Santis fuhr zusammen, er wusste nichts von einem Opernbesuch. Er wollte nur diesen Sonntag genießen, das Essen und vor allem den Augenblick, wenn er Isabella für sich haben würde.

»Gebt eure Karten zurück. Morgen treffe ich Riccardo Muti

im Rotary Club, von dem bekomme ich sie gratis«, meinte der Schwiegervater. Er verkehrte in den besten Kreisen der Stadt, oder besser gesagt, die Kreise, die sich um ihn bildeten, galten als die besten.

»Unsere haben auch nichts gekostet. Ein Kunde hat sie mir gegeben«, konterte Isabella lächelnd.

De Santis betrachtete sie und dachte: Was für eine Frau! Was für ein unerklärliches Glück, das ich damals hatte.

»Seit wann geht ihr denn wieder zusammen aus?«, fragte die vierzehnjährige Ludovica mit einem engelhaften Lächeln.

Die Sonntagsessen waren ein ebenso köstliches wie heikles Ritual. Zwar hat so gut wie niemand einen unbefangenen Umgang mit seinen Schwiegereltern, vor allem wenn sie aus einer völlig anderen Schicht stammen, aber bei Franco war die Sache besonders kompliziert. Denn vor sechs Wochen war er ausgezogen, damit sie beide nachdenken konnten über ihre Ehe. Er brauchte nicht nachzudenken, er wollte sie weiterführen, doch Isabella war noch zu keinem Ergebnis gekommen. Einstweilen wahrten sie den Schein, und sonntags, nach dem Dessert, wurde nach wie vor diese Ehe vollzogen.

»Warum sollten sie nicht zusammen ausgehen?«, fragte die Schwiegermutter zurück, sichtlich alarmiert.

De Santis spürte, wie ihm ein Schweißtropfen auf die Stirn trat, trotz der angenehmen neunzehneinhalb Grad Celsius.

»Na jaaa«, setzte Ludovica an, »es gibt da so einiges …«

Sowohl Isabella als auch Franco versuchten, ihre Tochter mit drohenden Blicken zu bändigen, aber seit Ludovica in der Pubertät war, hatte sie den Rausch der Macht und die Lust an der Eskalation entdeckt. Da ihr das Leben an sich, besonders aber das ihrer Eltern, schnurzegal war, setzte sie es gerne aufs Spiel und verfolgte erheitert, wie das Ganze ausging. Meistens mit einer beachtlichen Prämie. Für sie. Sie drohte mit der Apokalypse, und die Welt zahlte, um nicht unterzugehen.

»Was heißt das, einiges?«, fragte der Schwiegervater in formellem Ton. Man bewegte sich nun nicht mehr auf der Ebene des Klatsches, sondern der offiziellen Verlautbarungen.

»Das, was in jeder Ehe vorkommt, selbst in der besten«, wiegelte De Santis ab.

»Ha!«, lachte Ludovica kurz und höhnisch.

»Schluss jetzt«, schaltete Isabella sich ein, sprang auf und fügte hinzu: »Hilf mir mal mit dem Dessert.«

Das Mädchen blieb sitzen.

De Santis war unschlüssig, was zu tun sei, aber die Anziehungskraft seiner Frau war stärker als die Angst vor einem Eklat, den ihre Tochter in seiner Abwesenheit heraufbeschwören mochte. »Ich greif dir unter die Arme, Schatz«, sagte er, folgte seiner Frau und legte ihr zärtlich die Hand auf den Rücken. Unter der Seidenbluse spürte er die Muskeln längs der Wirbelsäule. Bei jedem Schritt zeichneten sie die schlingernde Bewegung des Beckens nach. »Isabella«, flüsterte er und näherte sich ihrem Ohr, um das sich die langen schwarzen Locken kringelten.

»Lass das bitte, später …«, sagte sie, wie jeden Sonntag, und er konnte es kaum erwarten, das Protokoll mit dem Nachtisch, dem Espresso und dem Gläschen Sambuca zu absolvieren. »Sieh lieber zu, dass du unsere Tochter zur Räson bringst. Wir haben eine klare Abmachung.«

»Keine Sorge«, erwiderte er.

»Was heißt hier, keine Sorge?«

Was sie nicht wissen konnte und auch nicht wissen sollte: Ludovica erpresste ihren Vater, und noch hoffte sie auf Erfolg. Sie wollte ein iPhone 6 haben, »wie jeder« in ihrer Klasse. Und sie hatte in eleganten Andeutungen eine Verbindung zwischen ihrem Verhalten bei Tisch und diesem Wunsch hergestellt. »Du glaubst doch nicht, dass ich die Komödie vor Oma und Opa mitspiele?«, hatte sie ihm zur Begrüßung gesagt.

»Das glaube ich wohl.«

»Wieso sollte ich?«

»Um weiterhin unser Wohlwollen und unsere Zuwendung zu genießen.«

»Ich brauche kein Wohlwollen, sondern ein neues Handy. Ich mache mich zum Otto vor der ganzen Klasse.«

»Dann lass uns sehen, wie das Essen läuft.«

Sie hatte nur gegrinst. Wo er das Geld für ein iPhone 6 hernahm, war ihr egal, doch ihm war es ein Rätsel, wie er seiner Tochter diesen Wunsch erfüllen sollte. Als Commissario verdiente er, mit allen Ortszulagen, kaum mehr als ein Kellner.

Isabella hatte ein Zitronensorbet vorbereitet, der perfekte Abschluss für ein Fischessen an einem heißen Tag. Als sie das Silbertablett mit den fünf Kelchen anheben wollte, griff er unter ihren Armen hindurch und nahm es ihr ab. Dabei presste er ihr einen Kuss in den Nacken und dachte an das Schlafzimmer, von dem aus man über das Nobelviertel Vomero blickte, hoch über dem Moloch Neapel, diesem Knäuel aus Problemen, diesem Konzentrat aus Müll, Gestank, Revierkämpfen, geschmuggelten Zigaretten, Prostituierten, Dealern, Nonnen, Krippenfiguren und zärtlich gepflegten Totenschädeln. Hier oben würde er in der Satinbettwäsche liegen, auf einer Wolke aus gutbürgerlicher Ordnung, mit der Frau, die er mehr als alles andere liebte, vielleicht sogar mehr noch als seine Stadt.

»Wollen wir nicht langsam wieder rein?«, fragte sie grinsend. »Wer weiß, was sie sonst noch anstellt?«

Er ließ Isabella los, und sie traten lächelnd ins Esszimmer.

Das Gespräch war verstummt, und die Schwiegereltern – er in einem dunkelblauen Zweireiher mit Einstecktuch und zur Krawatte passenden Socken, sie mit Seidenbluse, dezenten Diamantohrringen, Goldschmuck und fein dosierten Botox-Einlagerungen – starrten sie erwartungsvoll an. Ludovica grinste.

Für einen Moment dachte De Santis, er hätte sich getäuscht. Ihr war das Handy scheißegal, sie wollte einfach nur ihre Eltern bloßstellen und hatte das sorgsam gehütete Geheimnis ausgeplaudert.

»Zitronensorbet, du bist ein Engel«, rief der Schwiegervater. »Niemandem gelingt es wie dir.«

Entwarnung. Sie wussten nichts.

»Niemandem gelingt es wie Julia«, sagte Ludovica. Das war der Name der Putzhilfe.

»Sie hat mir nur den Schneebesen gehalten«, sagte Isabella.

Das Mädchen winkte ab, und betretenes Schweigen legte sich über die Tafel. De Santis griff zu seinem Weinglas und trank den letzten Schluck Falanghina, als sein Handy in der Hosentasche vibrierte. Er zog es hervor, erkannte die Nummer eines Kollegen und gleichzeitig, aus dem Augenwinkel, den säuerlichen Blick seiner Schwiegermutter. Er machte eine entschuldigende Geste und trat hinaus in die Diele.

»Franco?«, fragte eine männliche Stimme, es war Gennaro Pizzuoli, Ispettore und sein Untergebener.

»Ja.«

»Wir haben eine Leiche in Bagnoli.«

»Wo bist du?«

»Unterwegs zum Tatort.«

»Nicht zu Hause?«

»Ich hatte noch ein paar Akten aufzuarbeiten.«

»Am Sonntag?«

Pizzuoli war ein exzellenter Polizist, das heißt, er wäre einer gewesen, wenn er denn irgendwann auch mal zum Schlafen gekommen wäre. Er hatte vier Kinder und arbeitete im Pizzabringdienst seiner Frau mit, vor allem an den Wochenenden. Anders kamen sie finanziell nicht über die Runden. Dass er am Sonntag auf dem Revier war, passte gar nicht ins Bild. Es verhieß Probleme, neue Probleme.

»Fahr nach Hause, ich übernehme das.«

»Ich bin schon fast da.«

»Okay, ich übernehme dann vor Ort. Ist die Leiche schon identifiziert?«

»Ja. Es handelt sich um den Gemeindepriester von Sant'Anna. Don Sebastiano.«

»Weiß man etwas über die Umstände?«

»Erhängt im Glockenturm der Kirche, der Küster hat ihn gefunden.«

Es gehörte zu Pizzuolis Tugenden, keine voreiligen Schlüsse zu ziehen. Mord oder Selbstmord, er wagte sich nicht mit Hypothesen vor.

»Gibt es Anzeichen von Fremdverschulden?«

»Bisher nicht.«

»Ich denke, ich brauche eine halbe Stunde.«

Als Franco zurück ins Esszimmer kam, waren die Sorbets verzehrt.

»Ich muss weg«, sagte er und sog geräuschvoll und hastig an seinem Strohhalm. Die Schwiegereltern schüttelten verkniffen die Köpfe. »Tut mir furchtbar leid«, fügte er hinzu, zog Isabella am Schulterblatt zu sich heran und küsste sie auf den feuchten Mund, der nach Weißwein und Zitrone schmeckte.

Ludovica quittierte die Szene mit angewiderter Miene. Mit einem festen Griff verhinderte er, dass seine Frau sich entwand, und holte sich einen Vorgeschmack auf das, was durch den lästigen Zwischenfall nun um ein, zwei Stunden aufgeschoben wurde.

»Ich bin so schnell wie möglich zurück«, sagte er. »Verzeih, Liebling. *Signora, Signore*«, er verneigte sich leicht, drückte seiner Tochter einen Kuss auf die Wange und zischte ihr leise, aber unmissverständlich ins Ohr: »Ein Ton, meine Teure, und du kannst das iPhone vergessen!« Dann ging er zur Tür und zog den Autoschlüssel aus der Hosentasche.

»Franco«, rief seine Schwiegermutter ihm nach. »Du wirst doch nicht mit dem Wagen fahren wollen. Du hast Wein getrunken. Du bist Polizist.«

»Auch wenn er kein Polizist wäre, könnte er nicht mehr fahren. Genau hier liegt das Problem: Die Kultur der Legalität fängt im Kleinen an«, setzte der Schwiegervater noch eins drauf.

Um einen Schwall idiotischer Gemeinplätze zu unterbinden, winkte De Santis ab, steckte den Autoschlüssel wieder ein und log: »Ich habe schon einen Wagen angefordert.«

Während er hinunter auf die Straße ging, tat er es tatsächlich. Er gab es ungern zu, aber seine Schwiegereltern hatten recht.

2

Ganze dreißig Minuten stand De Santis sich die Beine in den Bauch. Froh, dem Tischprotokoll entkommen zu sein, und zugleich verärgert, dass er nun noch mehr Zeit verlor. Er sehnte sich nach seiner Frau, seiner Tochter. Er brauchte keine Zeit zum Nachdenken, er brauchte Isabella. Sie würde ihren Freiheitsdrang bald ausgelebt haben und sich hoffentlich auf den Wert ihrer Ehe besinnen, und die pubertierende Ludovica … So wie aus dem kleinen, arglosen Bündel, das er mit seinen Dreimonatskoliken auf dem Arm gewiegt hatte, ein berechnendes Biest geworden war, so konnte es auch wieder ein folgsames, seinen Vater bewunderndes kluges Mädchen werden. Nicht sehr wahrscheinlich, aber auch nicht auszuschließen, dachte De Santis und steckte sich die dritte Zigarette an. Der Schweiß rann ihm den Rücken hinab, und er trat unter dem Zitronenbaum hervor, um dem Schatten des Palazzos zu folgen, der sich mit dem Lauf der Sonne verschob.

Ein Alfa Romeo kam mit Blaulicht, heulender Sirene und quietschenden Reifen um die Kurve und raste an De Santis vorbei, der gerade noch den Arm heben konnte. Krachender Rückwärtsgang, aufheulender Motor, dann rumpelte der Wagen auf den Gehweg und die Beifahrertür flog auf.

»Steigt ein«, sagte der Mann am Steuer, dessen Fülle sich über beide Sitze ergoss.

De Santis gehorchte, der Wagen schoss los, durch eine Wolke

von verbranntem Gummi. Am Steuer saß Giuseppe, genannt »Beppe«, Bomba. Ein Künstlername, dachten die meisten, doch er hieß tatsächlich so. Einzelkind, siebenundzwanzig Jahre, einhundertvierzig Kilo Lebendgewicht, an dem angeblich eine Stoffwechselstörung schuld war. De Santis verschlug es den Atem, im Innenraum hing schwüle Luft, getränkt von einem schweren Parfüm. Er versuchte gleichzeitig, sich anzuschnallen, das Fenster zu öffnen und Beppe zu einem vernünftigen Fahrstil zu animieren.

»Hast du ein neues Aftershave?«, fragte er laut, um das lärmende Radio zu übertönen.

»Lasst das Fenster zu, die Klimaanlage läuft.«

Bomba hatte die neapolitanische Angewohnheit, alle Vorgesetzten im Pluralis Majestatis anzusprechen. Es war ihm einfach nicht abzugewöhnen.

»Nicht besonders gut.«

»Das Kühlmittel ist knapp, aber mit dem Motor kommt auch die Klimaanlage auf Touren.«

Während der Radiosprecher die Aufstellung des SSC Neapel für das heutige Heimspiel durchgab, raste Beppe Bomba die engen Straßen des Vomero hinab, verscheuchte andere Fahrzeuge und erreichte schließlich die Autobahn, wo er zwei Gänge höher schalten konnte. De Santis wurde auf dem Sitz hin und her geschleudert, Seeteufel, Sorbet und der Wein schwappten in seinem Bauch umher.

»Nicht nötig, dass du so hetzt. Der Mann ist bereits tot.«

Zur Linken öffnete sich das Panorama, man sah das blaue Meer, über dem gräulicher Dunst hing.

Bomba antwortete nicht, auch drosselte er das Tempo nicht. Im Radio wurde der Saisonauftakt der Serie A analysiert. Eine Enttäuschung. Der Präsident des SSC Neapel hatte den aufgebrachten Fans eine neue Ära versprochen, mit neuem Trainer und neuen Stürmern. Aber die erste Partie hatte die Mannschaft verloren, gegen Sassuolo, einen Provinzverein. Jetzt stand die Heimpremiere an. Mit den sechzigtausend Fans im Rücken sollte ein Sieg ein Leichtes sein. Ein Astrologe wurde zugeschaltet. Er hatte die Sternzeichen und jeweiligen Aszendenten der Spieler studiert, doch seine Prognose fiel nicht allzu günstig aus, denn ausgerechnet in der Innenverteidigung herrschte negative Energie. »Mars im dritten Haus. Es fehlen innere Ruhe und Gelassenheit. Wir werden unnötige Gegentore kassieren.«

De Santis fiel ein, dass sein Kollege zu den Besitzern einer Dauerkarte für die Fankurve gehörte. »Warum bist du nicht im San Paolo?«

Bomba zuckte mit den Achseln. »Die Zentrale hat mich angerufen. Ihr wisst, wenn die Pflicht ruft, stehe ich bereit.«

Das sah De Santis ein wenig anders. Trotzdem mochte er seinen Mitarbeiter mit dem kindlichen Grinsen, das über eine mysteriöse Form von Intelligenz hinwegtäuschte. »Er hätte doch Marin anrufen können, der geht sicher nicht zum Spiel.« Mario Marin war sein Vize, die Korrektheit und Dienstbeflissenheit in Person. Und Norditaliener.

»Der ist übers Wochenende bei seinen Eltern in Verona.«

Vor der Mautstation verscheuchten sie die Autos in der Schlange und ließen sich die Schranke öffnen.

»Du willst dir wirklich das erste Heimspiel entgehen lassen?«

»Also, ehrlich gesagt, Commissario, wollte ich Euch am Tatort absetzen und dann zum Stadion fahren. Wenn Ihr damit einverstanden seid. Ich würde Euch nach dem Spiel natürlich wieder abholen.«

Je weiter sie Richtung Westen kamen, desto dichter wurde der Verkehr. Scooter mit Fans und Fahnen, geöffnete Seitenfenster, Gesänge, Schals, Bierflaschen. Um das Stadion San Paolo herum waren alle Straßen verstopft, von wallenden SSC-Anhängern, von improvisierten Verkaufsbuden und Parkplatzanweisern. Hellblau war die Farbe des Vereins, hellblau waren die Flaggen an den Ständen der fliegenden Händler, die Trikots, Feuerzeuge, Schlüsselanhänger, Spielerporträts, Ohrringe, Gürtel, Mützen, Pantoffeln und Kaffeetassen verkauften. Dazwischen schoben sich Mannschaftswagen von Polizei und Carabinieri, Autos parkten auf den Gehsteigen und Verkehrsinseln in zweiter und dritter Reihe, von den Bahnhöfen strömten Menschenpulks herbei. Niemand ließ sich von einer Sirene beeindrucken, denn Sirenen heulten überall. Bomba schoss durch Nebenstraßen und über begrünte Seitenstreifen, riss an der Handbremse und dem Lenkrad. Er fuhr wie im Rausch, wie ein bekiffter Formel-1-Pilot.

Seine Wangen waren flammend rot, seine Augen glänzten. Trotz der Hitze trug er eine Windjacke, die er bis zum Kinn geschlossen hatte. Der Schweiß rann ihm in Strömen in den Kragen. Beppe Bomba hatte kein neues Aftershave, er hatte eine Fahne.

»Beppe, hast du getrunken?«, fragte De Santis.

»Nein, Signor Commissario, ich war mit meiner Mutter essen.«

Er legte sich schräg über Bombas Wanst und roch an seinem Atem. »Halt an.«

»Das war nur ein kleiner *ammazzacaffè*. Wirklich! Und ich habe den Auftrag, Euch zu fahren.«

»Ich bin längst wieder nüchtern. Weißt du, was passiert, wenn du erwischt wirst?«

»Niemand hält einen Streifenwagen für eine Alkoholkontrolle an.«

»Und wenn du einen Unfall baust?«

»Jetzt malt doch nicht gleich den Teufel an die Wand. Negative Gedanken ziehen das Unglück an.«

»Wer sagt das?«

»Ihr.«

De Santis war verunsichert. »Komm, halt hier an und steig aus, dann kommst du noch rechtzeitig zum Anpfiff«, sagte er.

Bomba fuhr rechts ran und sprang aus dem Auto. »Signor Commissario, das vergesse ich Euch nie. Wenn der SSC Neapel heute gewinnt, ist das Euer Verdienst.«

Der Commissario ging um das Fahrzeug herum, das ihm irgendwie merkwürdig vorkam, setzte sich ans Steuer und ließ das Fenster herab. Bizarre Logik, dachte er, aber gegen den Aberglauben der Neapolitaner kam man ebenso wenig an wie gegen den der Fußballfans. Plötzlich wurde ihm klar, was hier nicht stimmte: der Schriftzug »*Polizia Penitenziaria*«, Strafvollzug.

»Beppe, wieso haben sie dir keinen von unseren Wagen gegeben?«, rief er hinaus.

»Gut, dass Ihr mich daran erinnert. Der soll im Knast in Poggioreale abgeliefert werden. Aber das könnt Ihr ruhig auf dem Rückweg erledigen.«

»Auf dem Rückweg?«, rief De Santis, »Poggioreale liegt am anderen Ende der Stadt!«

»Sicher, nur ...«

»Ist egal jetzt. Beeil dich, sonst verpasst du noch den Anpfiff.«

Bomba verschwand in der Menge der singenden Fans. Die Windjacke, die er im Nu abgestreift hatte, offenbarte jetzt ihren Zweck: Sie hatte das Trikot von Diego Maradona und die beiden Schals der Meisterschaftssaisons verborgen. Wehmut beschlich De Santis. Er war 1987 beim letzten Spiel, als alle Dämme brachen, im Stadion gewesen. Der erste Meistertitel für Neapel, der erste Meistertitel überhaupt für eine süditalienische Mannschaft, mit Maradona, dem besten Fußballer aller Zeiten, der Ikone der Stadt. Diego Armando Maradona, diese Mischung aus Laxheit und Genialität, dieser magische, göttliche Virtuose, der alle Anfeindungen, Spielmanipulationen und die finanzielle Übermacht des Nordens umdribbelt und die Stadt mit seinen Finten zum *scudetto* geführt hatte.

Beppe Bomba, der Ärmste, war da noch gar nicht geboren.

3

Kaum hatte er die Betonschüssel hinter sich gelassen, leerten sich die Straßen, nur hin und wieder sah De Santis verspätete Strandbesucher. Vater, Mutter, Kind mit Luftmatratzen und Sandeimerchen, die zu dritt auf einer Vespa saßen, oder Autos, aus deren offenen Fenstern die Angelruten ragten und Hip-Hop dröhnte. Sie alle flohen vor der Hitze ans Wasser.

Der Stadtteil Bagnoli, westlich von Posillipo, dem vorgelagerten Kap mit Steilküste, war wie Neapel selbst ein geografischer Glücksgriff. Die harschen Felsen fielen hier zu einem breiten, weiß schillernden Sandstrand ab, dahinter vulkanische Hügel mit Thermalquellen. Die Bucht wurde bewacht von den Inseln Procida und Ischia, die wie gutmütige Seedrachen aus dem Wasser ragten. Der Name »Bagnoli« stammte vermutlich von seiner ursprünglichen Funktion, dem Baden, und nur die respektlose, an destruktiven Wahnsinn grenzende Fantasie und Gier der Menschen hatten darauf verfallen können, hier eines der gewaltigsten Schwerindustriereviere Italiens anzusiedeln. Das Geschwür aus Schornsteinen, Molen und Werkhallen jagte pro Stunde eine Million Liter Ammoniak, Chlor, Sulfide, Phenole und Kohlenwasserstoffe in Meer und Himmel.

Dank dieses Wahnsinns hatte sich das elitäre Seebad in ein prosperierendes Arbeiterviertel verwandelt, und dann hatte man, als wollte man eben diese Arbeiter für den Hochmut des Pioniergeistes büßen lassen, Anfang der Neunzigerjahre angefangen, Teile des Werkes zu verkaufen und dann zu schließen. Längst waren die letzten Aktivitäten eingestellt, Bagnoli drohte sich in eine Geisterstadt zu verwandeln, bewohnt von Rentnern, die den guten alten Zeiten nachtrauerten und ihre kargen Pensionen mit den Jugendlichen teilten, die nicht wussten, warum sie hier geboren worden waren.

Unterhalb des Kaps von Posillipo, wo einst das Stahlrevier gelegen hatte, war nun eine riesige Brache. Das Zentrum des Viertels teilte eine verfallende Prunkstraße; Art-déco-Villen, Palmen, außen herum hässliche Wohnblocks aus den Nachkriegsjahrzehnten.

Vor der Sant'Anna-Kirche drängten sich Schaulustige und machten dem Streifenwagen nur unwillig Platz. De Santis parkte auf dem Fußgängerweg und stieg aus. Das Licht blendete, und er suchte seine Sonnenbrille. Dann zündete er sich eine Zigarette an und sah auf die Menge wild gestikulierender, lauthals schreiender Menschen.

Der Tod des Pfarrers hatte sich in Windeseile herumgesprochen, und nun war die Gemeinde zusammengeströmt, um einen Blick auf den Tatort zu erhaschen, Spekulationen auszutauschen, den Herrn anzurufen und auch ein wenig zu rüffeln. »Im Parlament sitzen genug Halunken, aber da hätten sie die Qual der Wahl gehabt. Lieber holen sie sich einen von uns, das ist einfacher«, murmelte eine gebeugte Alte. Die Menge scharte sich um den Rettungswagen, man sah Uniformen, Spruchbänder, Hunde bellten, Fernseher dröhnten, Autos versuchten, sich hupend einen Weg zu bahnen. Die Fahrer stiegen aus, fingen an zu diskutieren und mischten sich dann ebenfalls unter die Schaulustigen. Niemand schien von De Santis Notiz zu nehmen, dennoch spürte er die Abneigung. Die Staatsmacht war eingetroffen, die Sendboten Roms, die letzten einer langen Tradition von Usurpatoren.

Die Kirche selbst war ein Ausbund an Hässlichkeit, eine Art gespreizte, auf den Schalen balancierende Miesmuschel, neben der betongrau der Glockenturm in die Höhe ragte, der an den Pappkern einer aufgebrauchten Küchenrolle erinnerte. Auch im Kirchenschiff drängten sich die Leute. An den Kerzenleuchtern und Fensterrahmen waren handgemalte Transparente vertäut. »Arbeit für alle«, »Hilf dir selbst, dann hilft dir Gott«, »Brot statt Lügen« stand darauf.

Als De Santis einen *Vigile* fragend ansah, erklärte der Mann: »Das ist dieses rote Gesocks. Nennen sich Arbeiterkomitee und halten die Kirche besetzt. Schon seit Wochen. Wenn es nach mir ginge …«

De Santis ließ sich zum ranghöchsten Beamten der *Polizia Municipale* führen und fragte: »Wo finde ich Ispettore Gennaro Pizzuoli?«

Der Kommandant verzog das Gesicht und zuckte mit den Achseln. »Bisher nicht gesehen.«

Was hatte das nun schon wieder zu bedeuten? Pizzuoli musste längst da sein.

»Und der Staatsanwalt?«

Eigentlich hätte er nach der Staatsanwältin fragen müssen, denn es war Sonntag, noch dazu Heimspiel des SSC Neapel, da würde man sicher zuerst Elvira Barbarossa anrufen, eine Frau mit kupferblonder Lockenmähne und der Ausstrahlung einer – ja, wie sollte er sie beschreiben? Er wusste es nicht. Er wusste nur, dass er die Juristin bewunderte. Wenn auf jemanden der Begriff unerschrocken passte, dann auf sie. Elvira Barbarossa war Sizilianerin, hatte in Palermo und London studiert, einen herausragenden Abschluss gemacht und seitdem, ohne Rücksicht auf ihr leibliches Wohl, ihre Karriere oder politischen Interessen, nur ein Ziel verfolgt: Schufte hinter Gitter zu bringen. Dass sie trotzdem Karriere gemacht hatte, war Zufall, ein sehr glücklicher Zufall, der sie nach Neapel geführt hatte, auf einen Posten, der sogar prestigeträchtig war – und ausgesprochen unbeliebt. Denn als Staatsanwalt in Neapel hatte man so gut wie keine Chance, sich nicht zu kompromittieren.

Ständig musste man taktieren und paktieren, musste seinen Vorgesetzten, und sei es nur zum guten Zweck, Honig ums Maul schmieren und ab und zu einen aufsehenerregenden Fall lösen, um nicht als Duckmäuser zu gelten. Elvira Barbarossas Fälle erregten alle Aufsehen, weil sie nicht nachgab, bis sie in einem vermeintlich banalen Mordfall auch die Hintermänner aufgedeckt hatte. Das war brandgefährlich. Daher war es auch eine Frage der Zeit, wann man sie eliminieren würde – trotz Begleitschutzes. »Es ist bei jedem eine Frage der Zeit«, hatte sie einmal grinsend zu De Santis gesagt, »das müssten Sie als Raucher doch wissen.«

Wieder zuckte der Beamte mit den Achseln. »Bisher ist niemand erschienen. Aber das hier ist der Küster«, stellte der Polizist ihm einen älteren Mann in einer grauen Strickjacke vor. »Er hat den Geistlichen gefunden.«

De Santis grüßte mit einem Nicken und fragte sich, wie der Mann bei der Hitze Wolle über das Hemd ziehen konnte.

»Ich darf vorausgehen.« Der Kommandant war etwa Anfang fünfzig, zackig und beschwingt, frische Bügelfalte in der Uniform, blütenweiß das Lederholster. Sein ganzes Berufsleben schien durch diesen Auftritt Sinn zu bekommen.

Als De Santis das Absperrband am Aufgang zum Glockenturm bemerkte, sagte er: »Gute Arbeit.«

»Danke. Ich habe versucht, auch die Kirche räumen zu lassen, aber keine Chance.«

Das Lob war verfrüht gewesen. Als De Santis am Fuß der Treppe ankam, hörte er Getrappel und Gescharre. Rettungssanitäter und Polizisten gingen auf den Stufen auf und ab. Ein umgestülpter Putzeimer war ebenfalls mit Signalband umwickelt.

»Ist wenigstens der Gerichtsmediziner schon da?«, fragte er.

»Nein.«

Falls es Spuren auf den Stufen gegeben hatte, waren sie zertrampelt. De Santis musste so schnell wie möglich die Kriminaltechnik anfordern, falls es Zweifel an einem Selbstmord gab.

Ein grauhaariger Mann in einem weißen Kittel kam ihm entgegen und stellte sich als Notarzt vor. »Ich habe den Exitus festgestellt. Wir haben die Leiche wegen der Ermittlungen dann nicht weiter bewegt.«

De Santis lobte auch ihn, Fehler waren menschlich, und Neapel war eine besonders menschliche Stadt. Zügig ging er die spiralförmige Treppe hinauf. Kälte wehte ihm entgegen, kroch an seinem schweißnassen Rücken hinab. Er gab dem Kommandanten ein Zeichen, den Turm räumen zu lassen. Während sich die Schritte und Stimmen in der Tiefe verloren und bald nur noch als verzerrter Hall aus dem Kirchenschiff drangen, stieg De Santis die letzten Stufen hinauf. Es war inzwischen nach drei. Ein, zwei Stunden, hatte er zu Isabella gesagt, illusorisch. Sollte er sie anrufen? Aber dann würde er noch ungeduldiger und gereizter werden. Er würde an ihre langen, dichten Locken denken, an ihre kühle Haut, die sich in der Satinbettwäsche bewegte. Vielleicht schlief sie schon. Scheiß Job, dachte er und holte tief Luft. Was er dann sah, verschlug ihm den Atem.

Er blickte auf einen widerwärtigen Satyr, ein aufgedunsenes, grobporiges Gesicht, buschige Augenbrauen und eine rötliche Knollennase über einer schwärzlichen, spitzen Zunge. Die Exkremente hatten Hose und Schuhe besudelt und verbreiteten einen Geruch, der De Santis' vollen Magen in Aufruhr versetzte.

Wie alt mochte der Mann sein? Schwer zu schätzen. Man musste abstrahieren von seinem Gesichtsausdruck, dieser höhnischen Fratze, die Folge eines grausigen Kampfs gegen das Ersticken war, einer krampfhaften Anstrengung, die schließlich in der größtmöglichen Entstellung verharrt war. Fast jedes Mal überkam De Santis beim Anblick eines gewaltsam zu Tode gekommenen Menschen ein Gefühl von Sinnlosigkeit und Niedergeschlagenheit. Wozu das alles?, dachte er zuerst. Wozu sich abstrampeln und gegen den Verfall ankämpfen, wenn einen am Ende doch der Teufel holt?

Er hörte Schritte unten im Glockenturm, dann laute Stimmen.

Der Kommandant der Vigili stritt mit einem anderen Polizisten. »Lassen Sie ihn durch!«, rief De Santis.

Es war sein Assistent, der ihn verständigt hatte. Laut keuchend kam Pizzuoli die Wendeltreppe hoch.

»Wo warst du die ganze Zeit?«

»Unterwegs, Commissario.«

»Du warst doch schon unterwegs, als ich losgefahren bin.«

»Du startest oben auf dem Vomero. Ich musste erst durch die ganze Stadt, alles ist verstopft wegen des Fußballspiels. Wir standen ...«

»Schon gut«, sagte De Santis und musterte Gennaro Pizzuoli, der mit seinen achtunddreißig Jahren bereits graue Haare hatte, einen hageren Körper und Augenringe. Er wirkte noch überarbeiteter als sonst. Irgendetwas stimmte nicht. »Wie lange hast du heute Nacht Pizza ausgefahren?«

»Nicht so lange.«

»Und wieso warst du in der Questura?«

»Wie gesagt, ein Bericht, den ich noch fertig schreiben musste.«

»Für wen?«

Pizzuoli zögerte einen Moment. »Für den Chef.«

»Ich bin dein Chef.«

»Den Questore meine ich.«

Der Questore war der oberste Dienststellenleiter in Neapel, eine geradezu entrückte Führungsfigur, die mehrere Ebenen an Dirigenti und Vicequestori zwischen sich und dem Fußvolk eingerichtet hatte, zu dem sich auch De Santis als Leiter der Mordkommission IV zählte. Wie kam es also, dass Pizzuoli dem Questore Rapport erstatten musste? Worüber denn? Und warum wusste De Santis nichts davon?

Er schaute wieder auf den leblosen Körper.

»Gennaro, finde alles Wesentliche über die Biografie dieses Mannes heraus, Herkunft, die wichtigsten Stationen seiner Laufbahn, Alter, Freunde und so weiter. Unten steht der Küster, frag ihn oder den Vigile. Du erstattest mir kurz Bericht und gehst dann nach Hause.«

»Wieso?«

»Du kannst dich kaum noch auf den Beinen halten.«

»Das stimmt n...«

»Du hast mich verstanden.«

Pizzuoli ging. »Danke, Chef«, sagte er.

Der Kommissar wandte sich wieder der Leiche zu. Sie hing ganz oben im Glockenturm. Glatte, nackte Betonwände, ein blankes Metallgeländer. Auf den Treppenstufen sah man die Abdrücke unzähliger Schuhsohlen.

Dem Commissario fiel der umgestürzte Kübel wieder ein, an dem das Signalband hing. Er rief den Kommandanten. »Wieso haben Sie den Putzeimer gesichert?«

»Um den geht es gar nicht, den habe ich nur darübergestülpt.«

»Über was?«

»Einen Brief. Scheint wichtig zu sein.«

De Santis ging die Treppe hinunter und hob den Eimer auf. Darunter lag ein Blatt Papier, beschwert mit einem Stein.

»Haben Sie auch den Stein da hingelegt?«

»Nein, der lag schon darauf.« Der Kommandant kam langsam die Stufen hoch. »Habe ich einen Fehler gemacht?«

»Nein, im Gegenteil. Haben Sie den Brief gelesen?«

»Nun ja, nicht wirklich.«

»Und was steht darin?«

Der Kommandant, bei einer Indiskretion ertappt, senkte den Kopf. »Er bittet darin um Verzeihung«, sagte er.

»Wo haben Sie den Eimer gefunden?«

»Den hat mir der Küster gegeben.«

Mit seinem Handy fotografierte De Santis den Brief ab und starrte hinauf in den Turm. Der Priester hing an dem dicken, alten Hanfseil einer der schweren Glocken, die in Schräglage stand. Der Klöppel musste mindestens einmal geschlagen haben, als das Gewicht des Körpers das Seil nach unten zog. Ein doppelter Knoten.

Die Gesichtszüge wirkten aufgedunsen, als hätte er reichlich getrunken oder Medikamente geschluckt. Was hatte diesem Menschen Lebensmut und Glauben genommen? Das Elend, das Bagnoli seit der Schließung des Stahlwerks prägte? Der Kampf mit den Arbeitern? Private Probleme? Eine Krankheit? Die auch seine Physiognomie gezeichnet hatte?

Wo blieb denn nur die Staatsanwältin? Es passte nicht zu Elvira Barbarossa, dass sie sich verspätete. Sie hatte zu entscheiden, ob und in welchem Maße Ermittlungen eingeleitet wurden, die über die gerichtsmedizinische Untersuchung und eine grobe Inaugenscheinnahme des Tatorts hinausgingen. De Santis überflog den Brief.

»*Liebe Natascha, verzeih mir*«, begann er, und er schloss mit: »*Leider weiß ich mir keinen Rat mehr, es gibt keinen anderen Ausweg.*«

Das klang nach einem Abschiedsbrief. De Santis rief den Küster zu sich.

»Wer ist Natascha?«, fragte er.

»Die Haushälterin«, antwortete der Küster.

»Hat sie den Brief gefunden?«, fragte der Kommissar.

»Nein«, antwortete der Mann, verstummte und blickte zu Boden. Entweder war er störrisch oder ein wenig beschränkt. Er gab die Worte wie ein Sparschwein preis. Münze für Münze musste man durch den Schlitz angeln und bekam Lust, mit dem Hammer draufzuhauen.

»Wo ist sie?«

»Das weiß ich nicht.«

Wieso wandte der Priester sich an seine Haushälterin und nicht an die Gemeinde? Oder an Gott? Hatte er mit diesem Akt nicht seine Mission verraten? Seinen Glauben? Der Selbstmord war für die katholische Kirche eine Todsünde, für einen Priester ein absolutes Tabu.

War in einem so verzweifelten Augenblick für Don Sebastiano allein der Gedanke an die Haushälterin entscheidend? Weil er ihr zumutete, seine Leiche zu entdecken? Aber wieso hing er im Glockenturm? Wo der Küster viel eher hinkam als die Haushälterin?

Irgendetwas passte hier nicht zusammen.

»Ist sie zu Hause?«

»Nein, das glaube ich nicht«, antwortete der Küster.

»Wieso nicht?«

»Weil sie ausgezogen ist.«

»Wohin?«

»Weiß ich nicht.«

Der Mann machte De Santis verrückt.

»Ich muss später noch mit Ihnen reden, warten Sie bitte im Kirchenschiff«, sagte er und wandte sich ab.

Da niemand etwas vom Gerichtsmediziner oder der Staatsanwaltschaft gehört hatte, rief De Santis den Questore als obersten Dienststellenleiter an. Das Handy klingelte etliche Male, ehe sich die verschlafene, mürrische Stimme Raffaele della Piccas meldete. Offensichtlich hielt er jetzt, um halb vier, seinen Mittagsschlaf.

De Santis entschuldigte sich für die Störung und erklärte den Sachverhalt.

»Wenn es Selbstmord war, hat die Sache keine Eile«, meinte della Picca.

»Ich bin nicht sicher, dass es Selbstmord war. Aber ich stehe hier allein auf weiter Flur. Weder Pathologe noch Staatsanwalt sind bisher eingetroffen.«

»Dann warten Sie eben auf die beiden.«

»Wer von der Staatsanwaltschaft ist zuständig?«

»Ja, um Himmels willen, woher soll ich das denn wissen? Haben Sie dort schon angerufen?«

»Natürlich. Es meldet sich niemand.«

»Heute ist Sonntag.«

»Ich weiß.«

De Santis schwoll allmählich der Kamm. Ganz Neapel lag am Strand, im Bett oder saß im Stadion. »Die Spuren müssen gesichert werden, ehe hier alles zertrampelt ist.«

»Sie sagten, es gebe keine Anzeichen von Fremdverschulden.«

»Bei oberflächlicher Betrachtung. Mich macht allerdings der Fundort der Leiche stutzig.«

»Ich verstehe nicht recht.«

»Es ist ohnehin ungewöhnlich, dass ein Priester Selbstmord begeht. Aber dass er es nicht in seiner Wohnung, sondern im Glockenturm seiner Gemeindekirche tut und dann noch einen Abschiedsbrief demonstrativ am Fundort deponiert …«

»Es gibt einen Abschiedsbrief?«

»Ja.«

»Ist er echt?«

»Kann ich so nicht sagen. Ich finde es aber kurios, dass er auf der Treppe zu Füßen der Leiche lag.«

»Wo hätte er denn sonst liegen sollen?«

»Das Ganze wirkt sehr theatralisch. Noch dazu wendet sich der Priester in seinem Abschiedsbrief an die Haushälterin, die gar nicht da ist.«

»Wo ist sie denn?«

»Ausgezogen. Bisher weiß ich nicht, warum und wohin.«

»Sie meinen, die Haushälterin hat mit dem Tod zu tun?«

»Nein. Dass er sich jedoch an sie wendet, obwohl sie gar nicht mehr bei ihm wohnt, dass er sich im Glockenturm aufhängt und den Brief dort oben hinlegt, das macht mich stutzig.«

Raffaele della Piccas Atmen ging in ein Stöhnen über, das gleichzeitig Tadel, Ungeduld und Groll ausdrückte. »Sie wollen am heutigen Sonntag wegen solcher Spitzfindigkeiten den ganzen Apparat in Aufruhr versetzen? Weil Ihnen der Fundort der Leiche und der Abschiedsbrief nicht passen?«

»Ja.«

»Kommt nicht infrage. Sie warten, bis der Staatsanwalt eintrifft. Der entscheidet.«

»Und wer ist dieser Staatsanwalt?«

»Das sage ich Ihnen gleich.«

Della Picca legte auf und rief zehn Minuten später zurück. Er nannte einen Namen, den De Santis noch nie gehört hatte. Warum nicht Elvira Barbarossa, mit der er so gut harmonierte? Wollte man sie nicht behelligen am Sonntag? Hatte man stattdessen einem unbedarften Neuling den unangenehmen Termin aufgehalst? Oder hatte der Oberstaatsanwalt Angst vor Elviras burschikoser Art? Immerhin war die Kirche involviert, ein Priester, egal ob Mord oder Selbstmord, da musste man diplomatisch vorgehen und so tun, als wäre nichts gewesen. Dazu war Elvira Barbarossa bekanntlich nicht fähig.

De Santis saß fest. Er schrieb Isabella eine SMS, in der er sie vertröstete, und gab dem Kommandanten der *Polizia Municipale* seine Handynummer. »Rufen Sie mich an, sobald der Staatsanwalt eintrifft. Ich unterhalte mich unterdessen mit dem Küster.«

4

Als De Santis neben dem Mann in der grauen Strickjacke ins Freie trat, war der Ort wie ausgestorben. Ihm fiel ein, dass längst das Spiel lief. Die Leute saßen zu Hause oder in einer Bar, verfolgten die Übertragung im Radio oder im Pay-TV.

»Wer weiß, wie sich die Mannschaft heute schlägt«, sagte er, um den Küster in ein Gespräch zu verwickeln.

»Eins zu eins«, erwiderte dieser, immer noch merkwürdig teilnahmslos.

Der Küster führte ihn quer über den Platz zu einer trostlosen Querstraße, in der sich ein Wohnblock an den nächsten quetschte – unterschiedliche Farben und Verputze, aber dieselbe fantasielose Zweckmäßigkeit.

»Was wird jetzt?«, fragte der Küster. »Von meiner Rente aus der Fabrik können wir die Miete nicht bezahlen.«

Er schloss den Aufgang zu einem Gebäude aus den Sechzigern auf. Kein Aufzug, dafür ein mit schwarzen Schriftzügen verschmiertes Treppenhaus, in dem Musik und die Fußballübertragung widerhallten. Im zweiten Stock betraten sie eine enge Wohnung. Zwei Zimmer, Küche, Bad. Das Telefon hing neben Padre Pio im Flur an der Wand. Aus der Toilette zog eine Duftwolke von Waschlauge und feuchtem Kalk herüber. Der Geruch von De Santis' Kindheit.

Die Frau des Küsters hatte dicke Krampfadern, die Zehen quollen aus den Badeschlappen, um die Äuglein zahlreiche Lachfalten. »Signor Commissario, ist Ihnen das eigentlich klar?«, rief sie. »Don Sebastiano! Ausgerechnet Don Sebastiano! Als ob wir nicht schon genug gestraft wären hier in Bagnoli!« Sie hielt De Santis am Ärmel fest und schüttelte ihn bei jedem Ausruf. »So ein guter Christenmensch, eine Seele von einem Priester, überall beliebt, mit einem Herz für Jung und Alt, Arm und Reich, Bucklig und Gerade. Ausgerechnet Don Sebastiano! Jetzt sagen Sie selbst!«

»Mach uns mal Kaffee!«, blaffte der Küster und führte den Gast ins Wohnzimmer. Ein stickiger Raum voller Polstermöbel, Spitzendeckchen, Familienfotos in Silberrahmen.

»Ich muss dringend mit der Haushälterin sprechen. Wann genau ist sie ausgezogen?«

Der Küster dachte nach und ruderte plötzlich mit den Armen. »Zwei Wochen, ungefähr, was weiß ich.«

»Und seitdem haben Sie die Signora nicht mehr gesehen?«

»Nein.«

Die Sache war ungewöhnlich. »Hat Don Sebastiano sie entlassen, oder wollte sie gehen?«, fragte De Santis weiter.

»Nein, nein, er hat ihr gekündigt.«

»Warum? War sie unzuverlässig?«

»Nicht dass ich wüsste.«

Verstohlen sah De Santis auf die Uhr. Inzwischen war es vier. Ob Isabella überhaupt noch auf ihn wartete? Wie gerne hätte er jetzt bei ihr im Bett gelegen, die kostbare Stunde der Intimität genossen, statt sich mit diesem trostlosen Fall herumzuschlagen. »Erzählen Sie, was heute passiert ist.«

Der Küster strich sich über die spärlichen Haare. »Also, ich gehe um acht Uhr die Kirche aufschließen. Und dann war da noch der ganze Saustall. Wir hätten heute eine Hochzeit feiern sollen, deshalb hatten die Arbeiter ja gestern aufgeräumt, angeblich. Aber Sie haben selbst gesehen, wie das hier aussieht.«

»Sie meinen die Besetzer.«

»Genau.«

»Wie stand Don Sebastiano zu dieser Aktion?«

»Anfangs hat er sie unterstützt. Aber irgendwann verlor er die Geduld. Er mochte die aggressiven Parolen und das Geschimpfe über die Kirche nicht. Als dann die lange geplante Hochzeit stattfinden sollte, wurde es ihm zu bunt. Die Braut stand vor der Tür, die Verwandtschaft des Bräutigams war aus Sizilien angereist, die Brautleute aus Mailand. Die arbeiten dort in der Bank. Die Hochzeitsgesellschaft, der Fotograf, alles war gebucht, die Blaskapelle, die Fußballmannschaft des Bräutigams …«

»Sie waren bei heute Morgen.«

»Normalerweise ist Don Sebastiano um halb neun da.«

»Diesmal nicht. Wann ist Ihnen das komisch vorgekommen?«

»So gegen halb zehn. Die Messe beginnt um zehn. Andere Priester treffen erst ein paar Minuten vorher ein, nicht aber Don Sebastiano.«

»Dann hätten Sie doch schon vorher misstrauisch werden müssen?«

Der Küster rutschte auf dem Sofa hin und her, schaute Hilfe suchend nach der Tür und schrie: »Rosà! Der Kaffee!«

»Ja, Heiland. So ein Unglück, mir ist die Kanne umgefallen. Aber kein Wunder. Warum musste ich auch nur so alt und schusselig werden? Hätte der Signore mich nicht früher abberufen können? Warum nicht mich, sondern ausgerechnet Don Sebastiano?«

Der Hausherr verdrehte die Augen.

»Also kam es öfter vor, dass er sich verspätete?« De Santis versuchte seinem Gegenüber zu helfen.

»Na ja, er hatte ziemlich viel Ärger. Da kommt es auf ein paar Minuten nicht an.«

»Mit wem hatte er denn Ärger?«

Der Mann zuckte mit den Achseln. Wie so oft. »Der Ort hier, die Leute, die Arbeitslosen … Der Herrgott hat uns die Zeit gegeben, damit wir uns so richtig schinden, damit wir merken, was für arme Sünder wir sind. Am Ende, wenn wir abberufen werden, ist es dann eine Erlösung. Nur wer von uns will schon sterben?«

»Don Sebastiano.«

Der Küster zuckte zusammen. »Sie meinen, es war Selbstmord?«

»Sie nicht?«

»Ich dachte, ein Unglück.«

»Er hing oben im Glockenturm an einem Seil, an einem soliden Knoten. Das war mehr als ein Zusammentreffen unglücklicher Umstände.«

Sichtlich verlegen schüttelte der Küster den Kopf. »Rosà, Himmel Herrgott, müssen wir uns den Kaffee aus der Bar bringen lassen?«

»Ich komme.«

Sie schlurfte mit einem Tablett herein, auf dem neben der Espressokanne, Zucker, zwei Tässchen und aufgeschäumter Milch auch ein Teller mit goldgelbem, maiskolbengroßem Gebäck stand: *babà*, die neapolitanische Spezialität aus in Rum getränktem Mürbeteig. »Hab ich frisch gemacht. Bitte, greifen Sie zu, Signor Commissario.«

De Santis winkte lächelnd ab. Der Duft war verführerisch, aber am Tatort war sein Magen zusammengeschnurrt.

»Nun lassen Sie sich nicht bitten, Sie können es sich erlauben. Mein armer Mann hat Diabetes, und meine Figur ist auch nicht mehr wie vor dem Krieg«, sie lachte heiser, »aber Sie sind so ein drahtiger, junger Bursche.«

»Beim besten Willen nicht, höchstens eine winzige Kostprobe.«

Zufrieden drückte die Frau ein Brotmesser in das Gebäck und servierte De Santis ein Stück, das immer noch so groß wie ein Hamburger war. Allerdings wäre es eine Todsünde gewesen, das Dessert zurückzuweisen, eine Beleidigung der Gastgeberin und ganz Neapels, denn der *babà* war ein Aushängeschild der Stadt, eines der vielen.

De Santis biss mit geschlossenen Augen hinein. Der Rum kitzelte die Zunge, die in weicher, flockiger Süße versank, und sein Magen entspannte sich, wurde weich und willfährig. Die österreichische Fremdherrschaft, der Neapel die köstlichen Mehlspeisen zu verdanken hatte, ja selbst der Zahnausfall des einstigen Hofkochs erwiesen sich als göttliche Fügung, die in der Erfindung dieses butterzarten Mürbeteigs gipfelten. »Ein Gedicht«, summte er.

Sie strahlte. »Ermanno, du darfst leider nicht. Zu dumm.« Trällernd schwebte sie hinaus, wobei sie immer wieder murmelte: »Mein armer Ermanno! Zu schade, dass er Diabetes hat, wirklich zu schade ...«

De Santis schaute den Mann mit einem solidarischen Lächeln an.

Dieser suchte nach dem Ehering am Finger seines Gegenübers, sah ihn und nickte. »Na ja, Sie wissen Bescheid, Commissario.«

Franco De Santis behielt für sich, dass er getrennt lebte und dass es ihm seitdem noch mieser ging. Er suchte in seinen Taschen nach seinem Notizblock, fand ihn aber nicht – natürlich, er lag in seiner Wohnung – und kritzelte auf eine alte Quittung, dass Don Sebastiano in letzter Zeit offensichtlich von seinen festen Regeln abgekommen war. Da das Thema dem Küster sichtlich unangenehm war, probierte er es von der anderen Seite. »Worum ging es eigentlich bei der Besetzung der Kirche?«

»Wie Sie sicher aus der Zeitung wissen, steht ganz Bagnoli seit der Schließung der Schwerindustriebetriebe ohne Arbeit da. Irgendwann haben sie dann die *Città della Scienza* errichtet, einen Wissenschaftspark, mit Fördergeldern der EU und aus Rom, es waren alle möglichen Geldgeber beteiligt. Das sollte der Anfang einer flächendeckenden Nutzung werden. Mehrere Arbeitergruppen aus den ehemaligen Stahlwerken haben Genossenschaften gegründet und Vorverträge geschlossen mit den Betreibern, aber dann ist das Ganze in Flammen aufgegangen.«

Es war einer der mysteriösen Fälle der letzten Jahre. Unzweifelhaft Brandstiftung, Beweise gab es genug, nur leider keine Täter.

Die Ermittlungen waren im Sande verlaufen. Man vermutete einen Racheakt der Camorra, die die Stadt bei der Auftragsvergabe außen vor gelassen hatte.

»Die Sanierung kommt einfach nicht in Gang, immer wieder wird sie wegen irgendwelcher bürokratischer Hürden verschoben, von den restlichen Projekten wie dem Strandbad oder dem Sport-, Wellness- und Innovationszentrum ganz zu schweigen. Unseren Leuten ist längst das Geld ausgegangen. Sie warten seit Jahren, wollen arbeiten und haben sogar Verträge in der Tasche, verdienen aber keinen Cent.«

»Wieso hat man ausgerechnet die Kirche von Don Sebastiano besetzt? Stand er im Ruf, mit den Bürokraten gemeinsame Sache zu machen?«

»Im Gegenteil. Don Sebastiano hat die Arbeiter schon immer unterstützt. Früher bei Demos, jetzt bei ihrem Protest.«

»Aber dann stand die Hochzeit an, die er unbedingt zelebrieren wollte.«

»Ja.«

»Darüber kam es dann zum Streit.«

»Nicht direkt. Es gab Diskussionen, und alle haben sich darauf geeinigt, dass der Streik ausgesetzt wird.«

»Heute geht er weiter?«

»So war es gedacht. Aber die meisten Arbeiter sind im Stadion, sie wollten gegen Abend wiederkommen.«

»Sie müssen den Leuten Bescheid sagen, dass die Kirche bis auf Weiteres versiegelt ist.«

Der Küster nickte, und sie erhoben sich.

»Ach ja, die Adresse der Haushälterin bräuchte ich bitte noch.«

»Die habe ich nicht.«

De Santis war erstaunt. »Sie muss doch ihre aktuelle Anschrift hinterlegt haben. Für Post, offene Rechnungen und dergleichen.«

»Tut mir leid, ich habe sie nicht.«

»Was ist mit der Handynummer?«

»Kann ich Ihnen geben.«

Umständlich nestelte der Küster ein altes Mobiltelefon aus der Hosentasche und suchte im Adressbuch. Schließlich diktierte er die Nummer, die De Santis in seinem eigenen Gerät speicherte.

»Wie war denn nun die Beziehung zwischen Don Sebastiano und seiner Haushälterin? Ging sie über ein reines Dienstverhältnis hinaus?«

Wieder zuckte der Mann mit den Achseln, eher ein Tick als eine Antwort.

Seine Frau lächelte übertrieben. »So ein guter Mensch«, sagte sie kopfschüttelnd.

Sie sagte »Mensch«, nicht »Priester«, und das schien ein weiterer Hinweis darauf zu sein, dass Don Sebastiano seine Pflichten großzügig auslegte. De Santis wählte Nataschas Nummer. Es meldete sich nur die Mailbox, der gewünschte Teilnehmer sei derzeit nicht erreichbar. Was sollte er jetzt tun? Die Dinge einfach laufen lassen und zu Isabella fahren? Sie hatte auf seine SMS nicht geantwortet, vielleicht war sie schon los auf einen Aperitif.

»Würden Sie mich in Don Sebastianos Wohnung begleiten?«, fragte er.

Der Küster nickte, wenig erfreut.

5

Als De Santis die Wohnung des Priesters betrat, schlug ihm ein Geruch nach Einsamkeit und Tristesse entgegen. Auf Möbeln und Fußboden stapelten sich Bücher und Papiere, dazwischen ungebügelte Wäsche, vergessene Einkaufstüten, Kram aller Art.

»Waren Sie schon mal in der Wohnung?«

»Natürlich.«

»Hat es hier immer so ausgesehen?«

»Früher war mehr Ordnung.«

Der Kommissar zog Einweghandschuhe über und ließ sich Naschas Zimmer zeigen. Ein halb leerer Raum mit Gästebett und Schrank, dunklen Spuren von Bildern oder Fotos, die einst an den Wänden gehangen hatten, dazu der Geruch nach kaltem Zigarettenrauch. Natascha hatte wohl einige Jahre hier gelebt und war starke Raucherin gewesen. Daher die Spuren. Aber dieses Zimmer war aufgeräumt und wirkte, als wäre es seit Längerem nicht betreten worden.

»Haben Sie ein Foto von Natascha?«, fragte er den Küster.

»Nein.«

»Wie alt ist sie?«

»Vierzig, fünfzig.«

»Vierzig oder fünfzig?«

»Irgendwas dazwischen, denke ich.«

Also deutlich jünger als der Priester.

Sie wechselten ins Schlafzimmer. Dort stand ein Doppelbett, jedoch nur ein Nachtkästchen. Vielleicht mochte Don Sebastiano es bequem. Vielleicht hatte der Priester nicht alleine geschlafen, aber den Schein gewahrt.

Wann war er gestorben? Dem Rigor Mortis und den Verfärbungen der Haut nach zu urteilen war er schon mehrere Stunden tot. Vermutlich war es in der Nacht passiert. War er vorher im Bett gewesen? Eine Seite war zerwühlt. Die Matratze unter der Decke fühlte sich noch ein wenig warm an. Lag es an der Hitze des Tages, oder war es Körperwärme?

De Santis schlenderte durch die Wohnung. Sie war seit Tagen nicht geputzt worden. Auf den Möbeln lag Staub, aber es gab mehrere Abdrücke von Gegenständen, die offensichtlich bewegt worden waren. Auch auf dem Schreibtisch, auf dem benutzte Teetassen standen und Rechnungen sowie Notizen für Predigten lagen. Ungewaschene Kleider im Bad und auf dem Stuhl neben dem Bett. Der Herd war sauber, das Geschirr gespült. Im Kühlschrank der trostlose Anblick eines Junggesellenhaushalts: Käse, Wurst, Butter, alles in kleinen Packungen, dicht am Verfallsdatum oder darüber hinaus, hier und da Schimmelränder. Eine angebrochene Flasche Wein. Ob er seit dem Weggang der Haushälterin eine Putzhilfe hatte? De Santis fragte den Küster, der es nicht wusste. Es gab keine Hinweise auf übermäßigen Alkoholkonsum oder Finanzprobleme, auch keine Zigarettenstummel. Der Kommissar trat auf den kleinen Balkon und sah, dass die Nachmittagssonne über den Golf wanderte.

Zur Linken erhob sich der Felsvorsprung von Posillipo. Dahinter versteckt der Vomero das Haus, unter dessen Dach er jetzt so gerne mit Isabella gewesen wäre. De Santis schrieb ihr noch eine SMS. »Komme gleich.«

Er kehrte in die Wohnung zurück und versuchte, den widersprüchlichen Eindruck zu entschlüsseln. Irgendetwas entging ihm. Er hatte noch nie die Bleibe eines Gemeindepfarrers von innen gesehen, aber so hatte er sie sich nicht vorgestellt. Was stimmte hier nicht? Der Kontrast zwischen der Verwahrlosung und der gediegenen Einrichtung? Die Damastdecken auf dem Doppelbett? Das schwere Besteck in den Schubkästen? Die Ölgemälde an den Wänden? Don Sebastiano hatte nicht im Luxus gelebt, aber die Dreizimmerwohnung mit dem schweren Holzmobiliar machte einen fast großbürgerlich-komfortablen Eindruck, der nicht zu einem Priester passen wollte, der an der Basis kämpfte, Seite an Seite mit dem Proletariat.

Der Kommissar entdeckte einen Karton mit Fotos. Ein Gruppenausflug, Gottesdienste, Tauffeiern, Bilder aus Afrika. Dann ein Frauenporträt. Eine attraktive, nicht mehr ganz junge Frau. Sie blickte den Fotografen direkt an, mit einem stillen Lächeln, das gleichzeitig ernst und lebensfroh wirkte, nicht kokett oder herausfordernd.

»Ist das Natascha?«, fragte er.

Der Küster nickte.

Der Priester war deutlich älter gewesen als diese Frau. Hatte er sich in sie verliebt, war von ihr verlassen worden und hatte sich deshalb umgebracht? Hatte er sich daher in dem Brief an sie gewandt? Weil er ihr mit seiner Tat Schuldgefühle aufbürdete? Nur warum hatte er den Brief in den Glockenturm gelegt? Warum hatte er sich dort erhängt?

Zurück im Gästezimmer, in dem Natascha gelebt hatte, suchte De Santis nach Spuren ihrer Anwesenheit. Nichts. Das Bett war frisch bezogen, der Kleiderschrank sauber und leer, ebenso Nachttisch, Papierkorb und der kleine Sekretär.

Er legte sich auf den Boden und spähte unter das Bett, unter die Möbel, suchte nach Unebenheiten im Parkett. Der vergessene Staub und die Fußabdrücke, die er als Muster darin erkennen konnte, zeugten von dem Leben, das sich hier abgespielt hatte. Und das im Glockenturm geendet hatte.

Ein solch starkes Gefühl von Traurigkeit, von Empörung und

Verzweiflung kam in ihm auf, dass er aufsprang. Er musste dringend an die frische Luft, sonst würde er verrückt. Manchmal dachte er, er sei ungeeignet für seinen Beruf. Er hatte nicht die nötige Distanz, spürte auf einmal ein so heftiges Mitgefühl mit dem Opfer – egal ob Opfer des Zölibats, des Liebeskummers oder eines Gewalttäters –, dass er eine Stinkwut auf den Küster, die Einwohner von Bagnoli und die Amtskirche entwickelte. Don Sebastiano hatte für die Leute hier gekämpft, und jetzt saßen sie vor dem Fernseher, weil Neapel spielte. Er lief zur Tür. Ein letzter Blick. Auf einmal wusste er, was hier nicht stimmte. Auf dem Schreibtisch standen ein Drucker und ein Modem. Aber wo war der Computer? Und wo Don Sebastianos Handy? Auf dem Schreibtisch lag auch kein Kalender.

»Wissen Sie, wo Don Sebastiano seine Termine notierte?«

Der Küster schüttelte den Kopf.

Mit seinem Smartphone fotografierte De Santis die Papiere auf dem Schreibtisch, danach alle Räume. Er trat ans Festnetztelefon und suchte im Menü die Liste mit den letzten Anrufen. »Angenommene Anrufe: 0.« – »Ausgehende Anrufe: 0.« Jemand hatte den Speicher gelöscht.

»Wer hat einen Schlüssel zu der Wohnung?«, fragte er den Küster.

»Nur Don Sebastiano und Natascha, denke ich«, erwiderte dieser.

Während De Santis darüber nachdachte, wer wohl die Wohnung gefilzt hatte und warum, piepte sein Handy. »Bitte komm nach Hause. Es ist wirklich dringend.« Isabella.

Was war dringend? Ihre Sehnsucht nach ihm? Oder war etwas passiert? Er rief sie an, aber sie antwortete nicht. Ein Spielchen? Lag sie etwa noch im Bett und wartete auf ihn? Die Sehnsucht bohrte in ihm. Er konnte Isabella nicht enttäuschen, nicht in einer so heiklen Phase, in der ihre Ehe auf dem Spiel stand. Hier in Bagnoli mussten sowieso zuerst einmal die Kriminaltechniker die Spuren sichern.

»Wer hat die Akten geführt, die hier stehen?«, fragte er und zeigte auf die Regale.

»Don Sebastiano selbst«, antwortete der Küster.

»Hatte er keine Sekretärin? Niemanden für die Buchhaltung? Er kann den gesamten Schriftverkehr doch nicht allein abgewickelt haben.«

»Es gibt noch den Gemeinderat und die Kirchenverwaltung, da arbeiten ehrenamtliche Helfer.«

»Danke. Ich brauche die Namen der Mitglieder. Schreiben Sie bitte außerdem auf, wie Don Sebastianos Tag gewöhnlich ablief, und notieren Sie jedes Detail, das Ihnen vom Todestag in Erinnerung ist. Wann Sie den Pfarrer wo gesehen haben, wann das Komitee mit ihm sprach, wer wann die Kirche betreten hat und so weiter.«

»Ja, na ja …«

»Was, na ja?«

»Schreiben ist nicht meine Stärke.«

»Verstehe. Dann wird das ein Kollege von mir für Sie tun. Sie denken in Ruhe nach und geben uns dann Bescheid.«

»Einverstanden.«

Damit entließ er den Küster und ging zur Kirche zurück. Pizzuoli stand auf dem Vorplatz und befragte die Anwohner.

»Hast du die ehemalige Haushälterin aufspüren können?«, fragte der Ispettore.

»Nein, sie wohnt nicht mehr in Bagnoli. Habe ihre Handynummer, kann sie aber nicht erreichen. Was hast du herausgefunden?«

»Don Sebastiano war beliebt. Ein echter Seelsorger, der an der Basis gekämpft hat. Ich habe eine Liste mit den fleißigsten Kirchgängern und Mitgliedern des Gemeinderates erstellt. Außerdem eine grobe Übersicht, wer ihn wann zuletzt gesehen hat. Die Hochzeitsgesellschaft sitzt bei der Familie der Braut in der Wohnung, die arme Frau ist in Tränen aufgelöst. Was hältst du von der Geschichte?«

»Es gibt ein paar Ungereimtheiten. Egal, geh endlich nach Hause.« Als er Pizzuolis Protest kommen sah, fügte er hinzu: »Ich fahre jetzt auch.«

Er wählte die Nummer der Staatsanwältin Elvira Barbarossa. Sie antwortete nicht. Mist, dachte er. Es war Sache der Staatsanwaltschaft, über die Einleitung eines offiziellen Ermittlungsverfahrens zu entscheiden. Elvira hätte ihn sicher unterstützt. Dann würde eben er entscheiden. Die Ungereimtheiten reichten aus. Er rief in der Questura an und beorderte die Kriminaltechniker in den Kirchturm. Dann kehrte er auf den Vorplatz zurück und wandte sich an den Commandante der *Polizia Municipale*.

»Ich muss dringend in die Zentrale zurück. Sie warten hier auf den Staatsanwalt und lassen niemanden in die Kirche. Die Spurensicherung wird ebenfalls gleich eintreffen.«

De Santis ging über den leeren Vorplatz, auf dem zwei struppige Katzen in Pizzakartons stöberten. Aus den offenen Fenstern der Wohnblocks dröhnte der Livekommentar des Fußballspiels. Noch hofften alle auf einen Sieg. Bagnoli lag in staubiger Hitze, wartete auf etwas, das vielleicht nie kommen würde. Von der Silhouette des riesigen Stahlwerks mit den Hochöfen, Schloten und Laufkränen war nur noch ein Schornstein übrig, der hilflos mahnend hinter den Fassaden der Hochhäuser aufragte.

6

Er setzte sich ins Auto, stellte das Radio an und fuhr zurück Richtung Autobahn. Kaum Verkehr, die Schlussminuten der Partie liefen, noch saßen die Leute im Stadion, vor dem Fernseher oder dem Radio. Er trat aufs Gas, und eine gespannte Nervosität kam auf. Und wenn zu Hause doch etwas passiert war? »Wirklich dringend«, hatte Isabella geschrieben. Wieder wählte er ihre Handynummer. Keine Reaktion. Auch nicht am Festnetz. Dann kam der Schlusspfiff aus dem Radio. 2 : 2 gegen Sampdoria Genua, wieder nur ein Punkt. De Santis hatte dem Fußball abgeschworen, trotzdem verspürte er jedes Mal einen Stich in den Eingeweiden, wenn Neapel nicht gewann. Vorerst waren Verkehrschaos und gereizte Stimmung auf der Straße garantiert.

Tatsächlich war Richtung Innenstadt Stau. Die Wagen standen in traurigen Kolonnen, niemand scherte aus, überholte, hupte oder drängelte. Der neuerliche Punktverlust hatte die Neapolitaner ihrer Energie beraubt, sie brüteten in stiller Solidarität unter den glühenden Autodächern. Die Fans des SSC Neapel hatten in ganz Italien einen üblen Leumund, galten als heißblütige Schläger – eines der vielen Vorurteile, die Medien und Politik immer wieder aufwärmten und die im Vorfeld der Spiele die Stimmung aufheizten. Ein falsches Vorurteil.

Dreißig Minuten später war Franco De Santis auf dem Vomero, vor Isabellas Haus. Er parkte den Dienstwagen in einem Lieferanteneingang, wischte sich die schweißnassen Haare aus der Stirn und stieg aus. Seine Laune besserte sich schlagartig, als er in den Schatten des Jugendstilgebäudes trat. Die floralen Ornamente, geschwungenen Simse und die Engelstrompeten, die aus dem Mauerwerk wuchsen, waren ein stilvoller Vorgeschmack auf das, was ihn oben erwartete. De Santis schloss die Tür mit seinem Schlüssel auf – dieses Privileg war ihm geblieben –, als sich ein Mann neben ihn schob. Rosa Hemd, hellgrauer Anzug, die Farben bildeten einen gelungenen Kontrast zur spätsommerlichen Bräune der Haut. Zusammen betraten sie das Foyer, dann den Aufzug und betrachteten einander mit höflichem Lächeln.

»Ganz nach oben«, sagte der Kommissar, »und Sie?« Er wartete mit dem Zeigefinger auf der Knopfleiste.

»Ebenfalls«, sagte der Mann.

Ihn umgab die wohldosierte Eleganz der oberen Zehntausend, vielleicht sogar nur der Eintausend. Mitte dreißig, mit Gewichten und Laufband dezent in Form gehalten, darüber der Anzug, der so auf den Leib geschneidert war, dass eine harmonische Silhouette entstand, keine Kraftmeierei. Vielleicht ein Arzt, dachte De Santis, Chefarzt an einer Klinik, der am Wochenende Privatpatienten besucht. Neben Isabella wohnte das Ehepaar Magistris. Die Frau litt an Multipler Sklerose, saß im Rollstuhl und hatte häufig Atemkrisen.

Der Aufzug stoppte mit dem gewohnten Ächzen, Franco zog das Scherengitter auf und ließ dem Unbekannten den Vortritt. Dieser erwiderte die Geste, und so kam es zu einem Patt der Zuvorkommenheit. Schließlich quetschten sie sich gemeinsam durch die Öffnung und traten – ebenfalls gemeinsam – vor Isabellas Tür. Wer war der Typ? De Santis' Kopf wurde heiß. Er verzichtete darauf, den Schlüssel ins Schloss zu stecken, entschied sich stattdessen zu klingeln.

Von drinnen ertönte ein lang gezogenes »Halloooo!«, das De Santis nicht an Isabella kannte. Auch das auf Figur geschnittene

Cocktailkleid und die Silberkette, die sie im tiefen Ausschnitt trug, waren ihm neu. Ihre Miene entgleiste für einen Moment, als sie die beiden Männer vor sich sah, dann fing sie sich wieder.

Ehe sie etwas sagen konnte, ergriff Franco das Wort. »Ich habe jemanden mitgebracht. Wer ist er?«

»Bitte fang nicht so an.«

»Was soll das heißen? Ist wegen einer kleinen Verspätung alles hinfällig?«

»Kleine Verspätung?«

»Schneller ging es nicht. Von Bagnoli aus braucht man mindestens eine Dreiviertelstunde.«

»Jetzt ist es sechs. Gegangen bist du um zwei. Das nennst du eine Dreiviertelstunde?«

»Ich rede von deiner SMS.«

»Welcher SMS?«

»Isabella, ist nicht weiter tragisch, ich kann auch ein andermal ...«, mischte der Mann sich ein, was De Santis in Wallung brachte.

Außerdem fasste er Isabella am nackten Oberarm, an der feinen Einbuchtung, wo die Schultermuskulatur in den Bizeps überging. Es war Francos persönliche Lieblingsstelle an Isabellas Arm. Die Selbstverständlichkeit, mit der der Unbekannte zufasste, machte ihn rasend.

»Nimm die Finger weg«, sagte er.

»Sag mal, spinnst du?«, zischte Isabella.

»Wer ist der Typ? Willst du mir das jetzt vielleicht mal erklären? Und wann hast du dich überhaupt mit ihm verabredet? Konntest du nicht einmal eine Dreiviertelstunde abwarten? Bist du vielleicht notgeil?«

»Ich erlaube Ihnen nicht, dass Sie so mit Isabella sprechen«, sagte der Mann.

De Santis drehte sich zu ihm um. Er musste an sich halten, um ihm nicht eine zu scheuern. »Ich muss, wenn ich in meiner eigenen

Wohnung mit meiner Frau spreche, nicht die Erlaubnis von einem dahergelaufenen Wicht einholen.«

»Ich glaube, Sie wissen nicht, mit wem Sie reden.«

»Ich weiß nur, dass Sie hier nichts verloren haben. Wer sind Sie? Der Steuerberater? Ein Bauzeichner?«

Franco spürte, dass er sich lächerlich machte. Aber für guten Stil hatte er keine Kraft mehr.

»He, he, he«, sagte der Mann und packte ihn an den Schultern.

»Ich rate Ihnen, mich sofort loszulassen«, sagte De Santis und suchte nach der geeigneten Stelle an der Nase seines Widersachers. Der andere war nicht nur jünger, sondern auch kräftig und fast zehn Zentimeter größer als er. Als der Fremde zudrückte und ein elektrisierender Schmerz durch Francos Arme fuhr, ließ dieser den Kopf nach vorne schnellen. Im nächsten Moment schlug er mit der Stirn auch schon gegen das Nasenbein des anderen. Ein unangenehmes Geräusch, eine Art Ächzen. Sein Gegner plumpste auf den Hosenboden. Blut schoss ihm aus der Nase. Er fing einen Teil davon mit der offenen Hand auf und sah ungläubig zu, wie es zwischen den Fingern hindurch auf das Parkett tropfte.

»Aber … Er hat mir die Nase gebrochen. Sie ist zer-trüm-mert!« Instinktiv wollte er sich ans Nasenbein fassen, hielt sich dann jedoch zurück, aus Angst, noch mehr Schaden anzurichten. »Sie sind ein Soziopath«, sagte er, und seine Stimme zitterte. »Ich werde Sie anzeigen. Sie werden sich für Ihre Tat verantworten müssen. Isabella, warst du tatsächlich mal mit diesem Menschen verheiratet? Ist er allen Ernstes im Staatsdienst?«, fragte er.

Sie reichte ihm ein Taschentuch und zwei Kühlelemente aus der Gefriertruhe, die sie in ein Geschirrtuch gewickelt hatte. Ludovica war aus ihrem Zimmer gekommen und betrachtete die Szene mit einem belustigten Grinsen.

Der Fremde war sichtlich schockiert, dass Isabella so routiniert mit den Kühlakkus herbeikam. »Hast du denn keinen Krankenwagen gerufen?«, fragte er.

»Du brauchst keinen, ich kann dich fahren.«

»Und wenn ich eine Gehirnerschütterung habe?«

O Gott, dachte De Santis. »Unten steht ein Dienstwagen, damit kommen wir am schnellsten durch den Verkehr.«

»Ich denke nicht daran, zu Ihnen ins Auto zu steigen.«

»Franco, mach dich nicht lächerlich«, mischte Isabella sich ein. »Komm, leg dich erst einmal aufs Sofa.« Sie zog den Mann ins Wohnzimmer, streifte ihm die Schuhe ab, bettete ihn auf die Couch und kam zurück in die Diele. »Was bildest du dir eigentlich ein?«, fauchte sie.

»Es tut mir leid. Er hätte mich nicht anfassen sollen.« De Santis betrachtete die Füße des Mannes in den Feingarnsocken, die ihn um den Verstand brachten.

»Und deshalb brichst du ihm die Nase?«

»Sie ist nicht gebrochen. Wir hatten eine Abmachung. Außerdem sind wir immer noch verheiratet.«

»Auf dem Papier.«

»Was soll das heißen?«

»Was das heißen soll? Ich hatte mich klar ausgedrückt.«

»Trennung auf Zeit.«

»Ich habe nie gesagt: auf Zeit.«

Franco spürte eine große Leere im Bauch, einen Schwindel, der den Fußboden zum Kippen brachte. Sein ganzes Leben, wie er es sich bisher ausgemalt, wofür er all die Jahre gekämpft hatte, sollte plötzlich verloren sein? »Und unsere Sonntagnachmittage? Du hast mich doch nicht nur benutzt, um deinen Eltern eine Komödie vorzuspielen.«

»Irgendwie musste ich dich ja ködern.«

Die Füße in den Socken zuckten, schwenkten zur Seite.

»Das glaube ich dir nicht. Willst du dich etwa auf eine Stufe mit irgendwelchen Prostituierten stellen? Wozu? Hör auf, dich schlecht zu machen.«

»O bitte! Jetzt spiel hier nicht auch noch den edlen Ritter. Als ob du dir jemals Gedanken über mein Selbstwertgefühl gemacht hättest!«

De Santis verlor jegliche Orientierung. Nie wäre er auf die Idee gekommen, dass Isabella nicht genügend Selbstwertgefühl haben könnte. Sie stammte aus einer privilegierten Schicht, hatte Klasse, war eine erfolgreiche Architektin, Mutter, eine Frau, wie man sie sich nicht attraktiver vorstellen konnte ... Er zog sein Handy hervor. Tatsächlich war eine SMS eingegangen, was er im Lärm des Martinshorns nicht gehört hatte. »Wir müssen es wohl auf kommenden Sonntag verschieben. Habe um sechs einen Termin«, hatte Isabella geschrieben.

»Wann hast du diesen Termin ausgemacht?«

»Was spielt das für eine Rolle?«

»Ist der da dein Liebhaber?«

»Der da heißt Stefano Baldini und ist mein Steuerberater.«

»Seit wann hast du einen neuen Steuerberater?«

»Seit ich die Scheidung eingereicht habe. Wir werden künftig getrennt veranlagt.«

Scheidung? Davon war nie die Rede gewesen. Er spürte einen Kloß in der Kehle und versuchte, Haltung zu bewahren. Sicher nur ein Bluff. Verächtlich blies er Luft durch die Nase. »Steuerberater machen keine Hausbesuche, schon gar nicht am Sonntag.«

»Das hängt vom Klienten ab oder von der Klientin«, erwiderte Isabella mit einer Lust an der Provokation, die sie mit ihrer Tochter teilte.

»Wann hast du dich mit ihm verabredet?«

»Was hat das für eine Bedeutung?«

»Wenn es unbedeutend ist, kannst du es mir ja sagen.«

»Der Termin stand lange fest.«

»Du lügst. Ist er dein Liebhaber?«

»Könntest du Stefano bitte aus dem Spiel lassen und über uns reden?«

Stefano, wenn er den Namen schon hörte! Und wie sie ihn aussprach. Genauso selbstverständlich, wie der Typ sie angefasst hatte. »Wie soll ich das, wenn er auf meinem Sofa liegt?«, fragte De Santis.

»Es ist nicht dein Sofa. So, das reicht. Bitte, geh jetzt.«

Ihr Ton gab ihm den Rest. Vollkommen ruhig und bestimmt. Sie hatte all die Entschlossenheit hineingelegt, zu der Frauen fähig waren und die weit über das hinausging, was Männer auf die Beine stellen konnten. Franco warf Ludovica ein hilfloses Lächeln zu, und sie antwortete mit einem Daumen-hoch-Zeichen, was auch immer das heißen sollte. Er nickte Isabella zu und trat hinaus.

»Der Schlüssel«, rief sie ihm nach. »Besser, du lässt ihn hier. Dann können wir künftig derartige Missverständnisse vermeiden.«

»Ich hatte geklingelt«, antwortete er. »Dadurch ist es erst zu dem Missverständnis gekommen.« Aber das war nur noch die groteske Geste eines Boxers, der gerade k.o. gegangen ist und sich über dem zugeschwollenen Gesicht die Locken richtet.

7

Endlich!, dachte De Santis, als er das Haustor in Stella erreicht hatte, nach der üblichen Odyssee durch die Straßen der Innenstadt, die Gassen und Einbahnstraßen, die er in falscher Richtung gefahren war. Wenigstens musste er nicht mehr stundenlang nach einem Parkplatz suchen oder einen der illegalen Wächter bezahlen, die einem den Wagen immer wieder umrangierten. Er hatte nämlich seit ein paar Wochen einen Stammplatz ergattert, eines der halblegalen Provisorien, die einem in Neapel dank Gewohnheitsrecht das Überleben sichern.

Vom Innenhof einer Pizzeria öffnete sich eine Grotte im Tuffstein, ein etwa zwei Meter breiter Stollen, der sich zu einem kilometerlangen Labyrinth unter der Stadt verzweigte. Dort unten hatten die Anwohner sich mit handgeschriebenen Papptafeln kostenlose Parkplätze gesichert. Ein Schild mit der Aufschrift »Alfa Romeo 147« hatte De Santis an die Wand genagelt. Sein Platz zwischen dem eingestaubten BMW und dem Ape Car, einem dreirädrigen Lastenmoped, war frei. Er parkte den Alfa, in dem er nach Hause gefahren war, während der Dienstwagen noch im Lieferanteneingang vor Isabellas Haus stand. Aber niemand würde dem Strafvollzug einen Strafzettel an die Scheibe hängen. Er schloss den Wagen ab und ging durch die feuchten, kühlen Gänge.

Der Kommissar trat aus dem Schlund an die Oberfläche und kehrte in den abendlichen Trubel der Gassen zurück. Die *Bar Totò*, wo er oft noch auf einen Spritz und einen Schwatz mit Aldo vorbeischaute, war leider schon geschlossen, ebenso wie der Fahrstuhl hoch auf die Brücke Sanità. Also musste er Treppen steigen, eine der unzähligen Stufen, die sich, schmal und finster oder prächtig geschwungen, mit Balustraden, Statuen und Basreliefs, durch die Eingeweide der Stadt wanden. Zwei Jugendliche in Kapuzenpullis lehnten rauchend an einer Mauer, kamen auf ihn zu, erkannten den Bullen in ihm und drehten ab. Ihren Stoff mussten sie bei wem anders loswerden.

Er trat in den Hauseingang, unter das majestätische Gewölbe mit dem ramponierten Verputz und den Schmierereien, der ihm sechs Wochen lang das Gefühl eines provisorischen Zuhauses gegeben hatte, ein inspirierend-aristokratisches Gefühl, aber da hatte er die Junggesellenwohnung auch noch für ein Provisorium gehalten. Jetzt war alles anders.

»*'na sera, dottore*«, rief Crescenzio aus der Portiersloge, einem mit Schnitzereien verzierten Holzkasten in der Toreinfahrt, in dem er vierundzwanzig Stunden am Tag zu wachen schien.

»*Buona sera*, Crescenzio«, antwortete De Santis.

»Harter Tag, hm? Sie sehen mir müde aus.«

»Bin ich auch.«

»Kein Wunder, bei Ihrem Job.« Crescenzio war die Diskretion in Person, obwohl er alles über jeden im Haus wusste. Vermutlich hatte er auch schon von dem Fall in Bagnoli gehört und dass De Santis nicht von Selbstmord ausging. »Ich will Sie nicht behelligen, aber Betta hat nach Ihnen gefragt. Scheint dringlich zu sein«, schob er nach.

O Heiland, dachte Franco, das fehlte noch. Er hatte wahrlich genug von diesem Tag. Aber Betta konnte er nicht hängen lassen. Sie wohnte im Erdgeschoss, in einem *basso*, einem der stickigen Zimmer, die direkt auf die Straße hinausgehen, zwanzig bis fünfundzwanzig Quadratmeter, auf denen sich oft das Leben einer ganzen Familie abspielt. Die Klingel funktionierte nicht, also klopfte er.

»Komm rein, ist offen.«

Er trat durch den Fliegenvorhang und tauchte ein in den Duft von Räucherkerzen und schummriges Kerzenlicht. In Strapsen, Top und Morgenmantel lag Betta auf dem Doppelbett und rauchte, während auf dem Herd irgendetwas im Topf blubberte.

»Was gibt's, Betta?«, fragte De Santis.

»Das siehst du doch, *sbirro*.« Das »Bulle« klang aus ihrem Mund fast zärtlich. Sie machte eine weitschweifige Geste und ließ die Hand auf ihre pralle Brust sinken. Zwölftausend Euro waren darin angelegt, und sie lenkte gerne die Blicke darauf.

De Santis sah sich um. In dem *basso* schien alles beim Alten zu sein. An der Seitenwand der Gasherd mit dem Hängeschrank, in der Mitte das Doppelbett, gegenüber der Fernseher, ausnahmsweise abgeschaltet, ein purpurfarbener Vorhang teilte den WC-Bereich ab. Überall an den bunt gestrichenen Wänden hingen Fotos aus Erotikmagazinen in billigen Rahmen.

»Ist der Fernseher kaputt?«

»Die Schweine haben mir den Strom abgestellt.«

»Hast du die Rechnungen nicht bezahlt?«

»Ach, Unsinn. Jetzt setz dich doch erst mal. Willst du eine kleine Massage? Siehst abgespannt aus«, sagte Betta mit ihrer tiefen Stimme. »Lass mal sehen, was ich tun kann für dich.«

Franco mochte Betta, sie schleppte einen ganzen Sack an Traumata durchs Leben, tat dies jedoch mit Würde und ließ den Sack anderen nicht auf die Füße fallen.

»Ich habe nie eine Rechnung bekommen, das ist das Problem.« Sie schaute in einen kleinen Handspiegel und zupfte sich mit den Fingernägeln die Augenbrauen. »Ich sehe scheiße aus.«

Es war ihre Lebensaufgabe, anderen zu gefallen. Eingeimpft von einem Vater, der sie von klein auf missbraucht hatte. Der Kommissar kannte sämtliche Stationen ihres Lebens, die Flucht nach Amsterdam, Drogenexzesse, Knast, Straßenstrich, Entzug, aber ihr Alter hatte er nie errechnen können.

»Stimmt nicht. Wenn ich nicht hetero wäre …«

»Lüg mich nicht an. Du hast sogar Angst, wenn ich dir den Nacken massieren will.«

»Was ist denn mit dem Strom?«

»Ich wohne jetzt seit drei Jahren hier, und nie hatte ich eine Rechnung im Briefkasten.«

»Und da hast du dich nicht gewundert?«

»Nicht besonders.«

»Wo kommt der Strom denn her?«

»Angeblich von der öffentlichen Beleuchtung. Irgendwer hat die Leitung angezapft. Vermutlich mein Vormieter.«

»Das hätte dir doch spanisch vorkommen müssen, dass du nie für den Strom bezahlt hast.«

»Die Wohnung ist sowieso völlig überteuert.« Sie schaute wieder in den Spiegel. »Ach, dieser elende Bartwuchs! Zwei Stunden – und schon erkennt man einen Schatten!« Das letzte Wort hatte sie mit übertriebenem Ekel ausgesprochen und De Santis dabei komplizenhaft angelächelt.

Es war müßig, Betta zu erklären, dass der geldgierige Eigentümer nichts mit dem Energieversorger zu tun hatte. Betta war nicht dumm, hatte aber, wie alle Neapolitaner, einen sehr subjektiven Sinn für Gerechtigkeit.

»Melde den Anschluss an, dann hast du bald wieder Strom. Legal.«

»Das glaubst aber auch nur du! Zuerst soll ich eine Nachforderung für die letzten zehn Jahre bezahlen. Dafür muss ich ein ganzes Jahr anschaffen gehen. Für ein bisschen Strom, den noch dazu mein Vorgänger verbraucht hat. Sieht so Gerechtigkeit aus?«

»Ich kümmere mich darum, Betta.«

»Franco?«

»Ja?«

»Du hast etwas gut bei mir, denk dran.«

De Santis versprach, daran zu denken, und ging.

8

Er stieg die fünf Stockwerke bis in seine Mansarde hoch, vorbei an der Wohnung der verarmten Gräfin, vorbei an der Tür des schwulen Kunstsammlers, an jener der fünfköpfigen Familie mit den fröhlich lärmenden Kindern, der Wahrsagerin, dem Buchmacher. Die Temperatur stieg mit jeder Stufe, auf der letzten Treppenrampe warf der Putz gelbliche Blasen, als ob er kochte. Als De Santis seine Wohnung aufschloss, schlug ihm die Hitze des nordafrikanischen Hochs entgegen, das Neapel zum Ende des Sommers noch einmal täglich fünfunddreißig Grad bescherte. Vor einer Woche hätte ein reinigendes Gewitter kommen sollen, aber es war ausgeblieben, und seitdem schnitten die Meteorologen das Thema nicht mehr an.

De Santis lief durch das kleine Wohnzimmer, das ihm auch als Ess- und Arbeitszimmer diente, riss alle Fenster und die Tür zur Dachterrasse auf. Sein Refugium. Zwölf Quadratmeter, die in keinem Bebauungsplan, keiner Katasterzeichnung und keinem Mietvertrag verzeichnet waren. Aber sie waren da, zum Glück. Sie gehörten nicht nur zu der Mansardenwohnung, sie waren ihr Mittelpunkt. Franco liebte es, morgens, mittags, nachmittags oder abends auf dem Eisenstuhl zu sitzen, der auf den losen Terrakottafliesen wackelte, sich eine Zigarette anzustecken und über die glühenden *coppi* zu blicken, die von der Meeresbrise gekühlt wurden. Zwischen dem First eines Art-déco-Palazzos und einem Bürohochhaus konnte man bei gutem Wetter ein wenig von der See erahnen.

Erschöpft ließ er sich in den Eisenstuhl sinken, stemmte die Füße gegen das Geländer und steckte sich eine Zigarette an. Kein Vergleich zu Isabellas Panorama, aber ihm reichte dieser kleine Fleck. In der Ferne zogen die Lichter eines Kreuzfahrtschiffes durch den Spalt. Vielleicht hatte er die Mansarde damals nur aus Nostalgie ausgewählt, dachte De Santis. Vielleicht wollte er sich nicht wirklich verabschieden aus Isabellas Wohnung, hatte sie verzweifelt imitieren wollen. Isabellas Wohnung ... Das war sie wohl von Anfang an gewesen, nicht ihre gemeinsame, sondern Isabellas. Für ihn als Commissario wäre sie nicht finanzierbar gewesen. Das ging nur mit dem Geld von Isabellas Eltern. Was er nicht akzeptieren wollte. Damals hatte es den ersten großen Krach gegeben. »Dein kleinkarierter Stolz«, hatte sie geschrien, weil er weiter in ihrer Studentenbude wohnen wollte, statt Hilfe anzunehmen. »Mein Kind wird nicht in einem Loch aufwachsen.« Ihr Kind. Ludovica. Das iPhone 6. Das konnte Isabella unmöglich ernst gemeint haben, dass sie die Scheidung wollte. Sie hatten gestritten, gut, öfters mal, über Lappalien, wie es eben nach siebzehn Jahren Ehe vorkam. Ein jeder brachte weniger Geduld auf für die kleinen Schwächen des anderen. Jetzt hätte er diese Schwächen gerne wieder um sich gehabt.

Was für ein beschissener Tag. Immer wieder sah er die schwarze Zunge des Priesters und die höhnische Fratze vor sich, dann die lässige Geste, mit der dieser Stefano Isabella angefasst hatte. In Franco kochte sofort wieder die Wut hoch. Er musste sich ablenken, sonst würde ihn die Sehnsucht nach Isabella noch umbringen. Er ging hinein, stellte die Stereoanlage an und legte E Zézi auf. Eine Gruppe rebellierender Arbeiter seines Vororts, die mit Schellentrommeln, Flöten und den typischen neapolitanischen Instrumenten eine Tarantella durch den Raum toben ließen. Auf der Anlage stand das Terrarium mit Spiky, dem Leopardgecko, der neugierig aus seiner Höhle kam und sich an der Scheibe hocharbeitete.

»Hunger?«, fragte De Santis und holte die Schachtel mit den Grillen von der Terrasse.

Er ließ zwei der Insekten in den Glaskasten springen, schloss die Luke und lief in die Küche. Dann holte er die angebrochene Flasche Weißwein aus dem Kühlschrank, ein Glas dazu, setzte sich auf die Terrasse und steckte sich die nächste Zigarette an. Er trank einen Schluck, sog dazu den Rauch tief in die Lungen – das Gift tat gut.

Nach einer Weile zog er sein Handy aus der Tasche und rief das Foto auf, das er von dem Abschiedsbrief geschossen hatte.

Liebe Natascha,
verzeih mir …

Es dauerte eine Weile, bis es in voller Schärfe zu sehen war, und er musste es mit zwei Fingern auf dem Smartphonebildschirm etwas vergrößern. Besser wurden seine Augen nicht mehr.

Ich bin vom rechten Weg abgekommen, habe Schuld auf mich geladen, ich war in den letzten Jahren und Monaten kein guter Seelsorger mehr, und dir konnte ich nicht geben, was du verdient hättest. Ich hätte mich niemals hinreißen lassen dürfen. Es ist allein meine Schuld, dass wir gesündigt haben und ich das reine Gewissen verloren habe, das mir für meine Berufung und ein Leben an deiner Seite unabdingbar war.

Ich habe zugelassen, dass eine große Verwirrung uns erfasst hat, die zu unser beider Verirrung geführt hat.

Leider weiß ich mir keinen Rat mehr, es gibt keinen anderen Ausweg. Ich hoffe, du wirst mir glauben, dass ich zwar vieles beschmutzt, meine Gefühle zu dir aber immer in ihrer ursprünglichen Reinheit bewahrt habe.

Kein Mensch außer dir wird meinen Schritt je verstehen können. Falls du noch ein wenig Liebe für mich in deinem Herzen trägst, dann versuch mir ein letztes Mal zu verzeihen.

In Liebe
dein Sebastiano

De Santis las den Brief noch einmal, aber natürlich stand noch immer derselbe Wortlaut da, der ihm nicht gefiel. »... dass wir gesündigt haben«, das klang, als hätte Don Sebastiano ein Verhältnis zu seiner Haushälterin gehabt. Und »ein Leben an deiner Seite« hörte sich ebenfalls so an. Hatten seine Gewissensbisse den Priester zuerst dazu getrieben, Natascha zu kündigen? Hatte er dann unter der Trennung gelitten und war in ein seelisches Dilemma geraten? Hatte er obendrein den Glauben verloren, vielleicht sogar ihre Liebe? Immerhin hatte der Tag der Hochzeit bevorgestanden, er sollte das junge Paar segnen, dessen unschuldiges Glück im Kontrast zu seiner eigenen Verwerflichkeit stand ... Hatte er sich deshalb umgebracht? Nur warum war dann der Computer verschwunden, der Telefonspeicher gelöscht worden? Von wem?

Franco legte den Kopf in den Nacken und dachte wieder: Was für ein beschissener Tag, was für ein beschissenes Leben. Da hatte sich ein guter, aufrichtiger Mensch verliebt, vermutlich hatte die Haushälterin die Liebe erwidert, aus Pragmatismus oder echtem Gefühl oder einer Mischung von beidem, wer mochte das schon wissen? Vielleicht gab es Liebe ja nur in dieser von der Natur gewollten Mischung, und dann war der Priester an seinen eigenen Ansprüchen zerbrochen, wie die meisten Selbstmörder. Er hätte das Techtelmechtel in seiner Wohnung bequem weiterführen können, aber das war ihm zu schäbig. Er hätte sein Priesteramt niederlegen können, dazu hätte er nicht einmal aus der Kirche austreten müssen, aber das hatte er sich offenbar nicht getraut. Vielleicht war ihm auch die Gemeinde so wichtig, dass er sie nicht im Stich lassen wollte. Oder seine Natascha wollte nicht, dass er Amt und Würden verlor und sie beide vor dem Nichts standen, allein mit ihrer Liebe. Doch was hatte er mit dem Selbstmord gelöst? Er hatte nur seine Schuldgefühle ausgelöscht, indem er sein Leben ausgelöscht hatte.

Don Sebastiano war fünfundsechzig gewesen. Wie alt war Natascha? Er wählte wieder ihre Nummer – keine Reaktion.

Im Wohnzimmer holte er den Laptop von dem kleinen Schreibtisch unter der Dachschräge und trug ihn hinaus auf die Terrasse. Er schenkte Wein nach, zündete noch eine Zigarette an und wählte sich ins Internet ein. Die Homepage der Gemeinde Sant'Anna in Bagnoli fand er auf Anhieb. Ein Pfarrblatt mit den Terminen der Gottesdienste, Events, Initiativen, das Kirchenjahr, Fotos von Festen, vom Gemeindepfarrer, den Ministranten, kein Foto von der Haushälterin. Wie lautete ihr Nachname? Er war nirgendwo zu finden.

Warum hatte der Priester einen Brief, der für Natascha bestimmt war, auf die Treppe gelegt, wo ihn jeder finden konnte, nur sicher nicht sie? Franco De Santis zog an seiner Zigarette und schaute in den blauen Nachthimmel. Dann rief er die Biografie Don Sebastianos auf. Sie war sehr knapp: »Am 06.08.1950 in Neapel geboren. Priesterweihe 1976, danach Kaplan in Pomigliano d'Arco.«

De Santis zuckte zusammen. In Pomigliano d'Arco? Da war er selbst aufgewachsen. 1976 bis 1981, das hieß, Don Sebastiano war »sein« Don Sebastiano? Der Kaplan, der ihm die Erstkommunion gespendet und ihn zum Ministranten berufen hatte?

Das war unmöglich. Der Sebastiano, den er in Erinnerung hatte, war ein hagerer Mann gewesen, mit kantigen Gesichtszügen, ein asketischer Eiferer. War es denkbar, dass aus ihm ein aufgeschwemmter Hedonist geworden war? Konnte die Zeit einen Menschen so sehr verändern? Oder war es etwas anderes gewesen?

Er überschlug noch einmal die Jahreszahlen. Kein Zweifel, es musste sich um denselben Mann handeln, vor dem er, den Weihwasserkessel in der Hand, als Ministrant aus der Sakristei getreten war, der ihn sanft am Chorhemd gezogen und dirigiert hatte. Er erinnerte sich noch genau an die sanftmütigen Bewegungen, die nichts von Zurechtweisung oder Ärger spüren ließen. Konnte so jemand eine solche Gewalttat vollbringen? Noch dazu an sich selbst?

Immer mehr Bilder tauchten vor Francos geistigem Auge auf: der Kaplan, der auf dem Kirchplatz mit den Ministranten Fußball spielte, über seine Fehlpässe lachte, der mit strahlender Miene junge Leute traute, Kinder taufte und immer wieder voller Überzeugung und mitreißender Leidenschaft vom Wunder des Lebens sprach, das Gott den Menschen geschenkt hatte. Das Heiligste, das es um jeden Preis zu schützen galt. »Liebe deinen Nächsten wie dich selbst«, hatte er immer gesagt, »das heißt, ihr müsst zuerst einmal lernen, euch selbst zu lieben.« Mit einem Selbstmord hätte er diese Überzeugung verraten.

Franco trank noch ein Glas Wein, in seinem Bauch rumorte es, aber zum Kochen war er zu faul. Er ging in die Küche, wusch ein paar Tomaten, schnitt sie gemeinsam mit einer Büffelmozzarella klein, gab Salz, Balsamessig und Öl dazu, stellte den Teller auf ein Tablett und trug es mit einem Stück trockenen Weißbrots und Besteck auf die Terrasse. Er riss ein paar Blätter Basilikum und Oregano von den Kräuterpflanzen in den Blechkübeln, streute sie über den Salat und kostete eine Gabel davon. Die leichte Säure der Tomaten löste sich im Prickeln des Weißweins auf, und die milchige Süße der Büffelmozzarella schmiegte sich tröstlich an den Gaumen. Der Alkohol verlieh ihm außerdem wieder ein wenig Mut.

Es kann kein Selbstmord gewesen sein, dachte er.

Andernfalls reißt der Chef mich morgen in Stücke.

9

Sie ging die finstere Gasse hinab, drehte sich um – die Schritte verstummten. Seit ihrer Flucht aus dem Apartment hatte sie immerzu den Eindruck, dass er sie jagte. Egal wo sie sich versteckte, er schien sie aufzuspüren. Dabei war sie vorsichtig. Sie hatte kein Handy mehr, hatte keine bekannte Adresse mehr aufgesucht. Sie schob die Sonnenbrille hoch und suchte die Gasse ab. Da bewegte sich etwas. In einem Hauseingang, ein Schatten, der sich fast unmerklich über die unteren Stufen schob, ein schwarzer Schuh oder eine Tasche.

Er.

Sie presste sich gegen die Wand, der feuchte Putz schwitzte die Hitze des Sciroccos aus, Tintenfisch, Brokkoli, Paprika und Zwiebeln, die dahinter frittiert worden waren, die Waschlauge, Schweiß und Blut, die hier in Jahrtausenden vergossen worden waren. Diese Stadt war voller Gespenster, voller Toter und Untoter, ihr makabrer Geist zermürbte sie. Sie war nicht geboren, um hier zu leben, es war ein fataler Fehler gewesen, in die Fremde zu gehen. Ihre Instinkte funktionierten hier nicht richtig, und jetzt saß sie in der Falle. Sie musste weg aus Neapel. Nur wie? Ohne Geld und ohne Papiere?

In der Via San Biagio dei Librai ertönte Gelächter, ein Paar ging vorbei, eng umschlungen, angeheitert und verliebt. Ihre Rettung. Sie sprang aus ihrem Versteck, drei, vier Meter nur musste sie schaffen. Kaum hatte sie den ersten Schritt gemacht, ertönte ein Kreischen aus dem Hauseingang, und der Schatten sprang hervor. Eine Katze. Das Herz schlug ihr bis in den Hals, sie schrie. Ein Fensterladen klappte auf, ein Mann im Unterhemd rief heraus: »Ihr Hungerleider, wollt ihr endlich Ruhe geben?« Die beiden Verliebten blieben stehen und sahen sie an, dann brachen sie erneut in Gelächter aus.

Ihre Rippen schmerzten, genauso wie die Wunden im Schritt und an den Armen. Zitternd stützte sie sich mit den Handflächen ab und schob sich zurück, bis sie wieder den Aufgang der Barmherzigen Schwestern erreicht hatte. »Duschen samstags ab zehn geöffnet, frische Unterwäsche bitte mitbringen, kann nicht gestellt werden« stand handschriftlich auf einem Pappschild.

Eine blecherne Schelle ertönte, als sie an der Schnur zog, und in der Luke erschien das engelsgleiche Gesicht einer Nonne in Tracht.

»Ich brauche eine Unterkunft für die Nacht.«

»Sicher, Schwester. Der Herr hat Platz für alle geschaffen.«

Schön wär's. Sie glaubte nicht mehr daran. So wie *er* am Ende nicht mehr daran geglaubt und sie verstoßen hatte. Der Herr hat uns geschaffen, der Rest ist unser Bier. Die Nonne, die sie anstarrte, war erbleicht. Sie hatte das Gesicht in einen Schleier gehüllt, um die Hämatome zu verstecken, aber inzwischen hatten sich die blauen Flecken auch um die Augen zusammengezogen.

»Brauchen Sie einen Arzt?«

»Nein. Alles okay.«

Die Tür ging auf, und als sie hindurchgehen wollte, trat jemand aus dem Halbdunkel. Der Schreck fuhr ihr wieder in die Glieder, aber es war nur eine zweite Nonne, die ihr einen Meldebogen hinhielt.

Wenn die Frau meinen Pass will, bin ich aufgeschmissen, dachte sie.

»Nur für uns, Schwester«, sagte die Nonne mit gütigem Blick.

Eine der beiden brachte sie in einen Schlafsaal, in dem es nach

Urin und säuerlichem Schweiß roch. Im Zwielicht erkannte sie Stockbetten, in denen verwahrloste Frauen lagen, hustend, weinend, stinkend.

»Hier, bitte«, sagte die Nonne und deutete auf eines der unteren Betten.

Die pisst mich voll, war ihr erster Gedanke, als sie sich auf die Decke legte und auf die Matratze über ihr starrte, die sich unter dem Gewicht des Schlafgastes durchbog. Sie dachte an den Knast in Russland zurück, an die langen Nächte im Schlafwagen. Sie hatte viel ausgehalten, aber da war sie noch jünger gewesen, kräftiger, vor allem mit stärkeren Nerven. Hier kann ich kein Auge zumachen, fuhr es ihr durch den Sinn, als sie auf die Kakofonie aus Schnarchen, Weinen, knarzenden Dielen und quietschenden Metallstangen lauschte. Ihr Magen knurrte, aus einer Ritze drang weißliches Licht, das die Bettenflucht streifte. Es schaukelte, ihr wurde schwindlig, sie kam sich vor wie im Bauch einer Galeere, in einem schwimmenden Lazarett von Pestkranken. Der Gestank steckte auch im Kopfkissen und in der Decke, aber als der Schweiß auf ihrer Haut trocknete, wurde ihr kalt. Ich sollte mich zudecken, sagte sie sich, sonst werde ich auch noch krank. Dann schlief sie ein.

10

Franco De Santis trat aus dem kühlen Hausflur, bog auf die breite Via Santa Teresa degli Scalzi ein und ging Richtung Norden auf die Sanità-Brücke, die in der Morgensonne erstrahlte und die stinkende Blechlawine von den Randbezirken und dem Flughafen hinunter ins Stadtzentrum leitete. Neapel war in mehreren Schichten auf Hügeln, Felsvorsprüngen und in Schluchten errichtet worden, Straßenzüge verknäuelten sich in- und übereinander, und je höher man stieg, durch steile Gassen oder über imposante Treppen, desto höher gelangte man meist auch auf der sozialen Leiter. An der Brücke dagegen gab es den besonderen Luxus eines kostenlosen öffentlichen Aufzugs. De Santis betrat den gelb verputzten Quader und genoss die Stille, als sich die Metalltüren schlossen und er knapp dreißig Meter hinabschwebte, mitten hinein in die engen, dunklen, dreckigen Gassen von Sanità, wo es den besten Kaffee Neapels gab.

Als er ausstieg, sah er Blaulicht über den abgeplatzten, mit Graffitis verschmierten Häuserputz springen. Eine Frau schrie verzweifelt, wollte sich auf ein lebloses Bündel am Boden werfen und wurde von Polizisten zurückgehalten. Mehrere Streifenwagen parkten kreuz und quer, eine Menschentraube hatte sich hinter dem Absperrband versammelt, Männer in weißen Overalls sammelten Patronenhülsen ein und fotografierten die Einschusslöcher an den Fassaden und in Autokarosserien. Mitten auf der Straße lag ein junger Mann mit offenen Augen und zerfetztem Hals. Mehrere Projektile mussten ihn in Brust und Kopf getroffen haben. Der Kommissar erkannte einige Kollegen von der DIA, der Abteilung für organisiertes Verbrechen. Tatsächlich sah man hier die typische Handschrift der Camorra, die ihre Revierkämpfe möglichst spektakulär austrug. De Santis nickte den Beamten zu, lehnte sich über das Absperrband und schaute noch einmal in die Augen des jungen Mannes, die in den Himmel starrten. Dann ging er dreißig Meter weiter durch die Via Sanità bis zur *Bar Totò*, wo er wie gewöhnlich seinen Tag begann.

Es war eigentlich keine echte Bar, eher das Wohnzimmer eines alten Ehepaars, das einen Plastiktisch und zwei Stühle vor die Tür gestellt hatte und seine Gäste mit frischem Gebäck und exzellentem Kaffee der Marke Mexico bewirtete. Aldo und Cirella – De Santis kannte sie seit zwanzig Jahren, seit er mit Isabella in diesem Viertel in der Studentenbude gewohnt hatte. Sie hatten sich gefreut, als er eines Tages wieder aufgetaucht war, hatten nach Isabella gefragt und nach seiner ausweichenden Antwort nie wieder insistiert. Aldo, ein siebzigjähriger, drahtiger Greis mit weißer Fliege und spärlichem, streng nach hinten gekämmtem Haar, winkte müde, als der Kommissar eintrat.

Cirella und er hatten selbst vor vielen Jahren ihren einzigen Sohn verloren. Damals hatte es schon einmal einen Bandenkrieg hier im Viertel gegeben, und eines Morgens lag der Junge in einer Blutlache auf der Straße, so wie der Tote von heute. Niemand wusste, ob er Opfer einer Verwechslung geworden war, irgendeinen Boss unwissentlich beleidigt oder gedealt hatte. De Santis kannte ihn nur flüchtig. Nach den Eltern zu urteilen, konnte er kein schlechter Kerl gewesen sein. Vielleicht einer von den grünen Jungs, die ihr Leben für die faulige Patina von schnellem Geld und heroischem Mut weggeworfen hatten, für die Überzeugung, dass man sich als Mann mit einer Waffe in der Hand beweisen müsse. Der Täter war nie ermittelt worden. Damals ein Grund mehr für

De Santis, Polizist zu werden. Jahrelang war Ruhe gewesen, die Clans stritten sich um die Macht in den Randbezirken wie Scampia, Secondigliano, Ponticelli. Jetzt war der Konflikt erneut im Herzen der Stadt entbrannt. Bereits die vierte Schießerei in diesem Sommer. Seitdem einige Bosse hinter Gitter gewandert oder abgetaucht waren, schienen sich die zerfallenden Clans um die Drehscheibe zwischen Flug- und Seehafen zu streiten. Der ewig schwelende Kampf der Camorra war wieder aufgeflammt, und Neapel, das in den letzten Jahren in der Kriminalitätsstatistik hinter Mailand und Rom gelegen hatte, wurde in den Zeitungen plötzlich wieder mit Beirut und Bagdad verglichen.

Die drei anderen Gäste redeten wild durcheinander. »Was macht die Polizei? Schaut zu?« – »Sie kommen immer erst, wenn es zu spät ist.« – »Die freuen sich doch, wenn die Banden sich gegenseitig umlegen.« De Santis schwieg.

Aldo wischte über den Tresen und stellte ihm die Tasse vor die Nase. Franco nickte ihm zu, dankend und mitfühlend, weil diese Tat alte Wunden aufriss. Aldo nickte zurück. Er nahm mit untrüglichem Gespür die Stimmung seiner Gäste wahr und fand entweder ein aufmunterndes Wort, eine launige Bemerkung oder beließ es beim Servieren. Heute freute er sich, dass De Santis ihn nicht behelligte.

Der Kommissar winkte kurz zum Abschied und ging zu Fuß die enge Via Santa Maria Antesaecula hinab, dann durch die Gasse Sanità und weiter über die Piazza Cavour, von wo die Boulevards mit den Kiosken und Straßencafés abgingen. Seine Stimmung war so finster wie das Vulkangestein, mit dem die engen Gassen gepflastert waren. Der Geruch nach Seifenlauge und frischem Kaffee drang aus den Wohnungen, Mülltüten stanken, dazwischen das Johlen von Kindern, übertönt vom Geschrei der Mütter. Der abgeblätterte Putz war mit Graffitis übermalt, die meisten Eisenrollos waren geschlossen. Die Geschäfte würden später oder gar nicht mehr aufmachen. Die Wirtschaftskrise hatte auch Neapel seit Jahren im Griff, und wo die Leute noch Handel trieben, geschah es meist ohne Registrierkasse und die Fixkosten eines Ladens. Der Schwarzmarkt florierte, vor allem mit gefälschten Waren aus China, die direkt aus dem Hafen in die Gassen flossen und zu lachhaft niedrigen Preisen verramscht wurden. Die Kunst, sich zu arrangieren, trieb neue Blüten, aber die Verdienstmöglichkeiten waren so gering, dass eine ganze Generation abwanderte. So wie Francos Geschwister. Neapel blutete aus. Er dagegen wollte durchhalten.

Es war halb neun, die Hitze kroch schon wieder an den Fassaden hoch, als er aus der Via Monte Oliveto auf die Kreuzung mit der Via Diaz kam und die Questura erblickte, das mit weißem Travertin verkleidete trapezförmige Gebäude. Ein gewaltiger Klotz, nüchtern, streng. Ein Repräsentationsbau des Faschismus, der meinte, auch in Neapel eine neue Ordnung errichten, endlich die Einheit Italiens durchsetzen zu können. Eine Einheit, an die kein Neapolitaner glauben wollte. Glatt, ehern, unangreifbar, aber eben nur die Fassade. Er mied den Haupteingang, das Gewusel aus Beamten, Besuchern und Immigranten, die um Papiere kämpften, sondern nahm einen der Seiteneingänge.

Die Mordkommission IV lag im dritten Stock. Von einem langen Flur gingen neun Türen ab, vier zu den Büros der Ermittler, je eine zu einem großen Besprechungsraum, zur Toilette, zu den beiden Verhörräumen und der ehemaligen Teeküche, die sich in eine Abstellkammer verwandelt hatte.

Als er sein Büro betreten wollte, bemerkte er, dass die Tür gegenüber offen stand. Mario Marin sah von seinem Computer auf und grüßte mit einem zackigen »Guten Morgen, Signor Commissario«.

»Schon fleißig?«, antwortete De Santis. »Wie war der Heimaturlaub?«

»Ja, dumme Sache. Ausgerechnet wenn ich ein Mal nicht in der Stadt bin, passiert so etwas.«

De Santis fand, dass Marin wie so oft seine Bedeutung überschätzte. Nicht alle Mörder in dieser verrückten Stadt konnten auf ihn warten. Sein Vize ging ihm auf die Nerven mit seinem Ehrgeiz, seiner vorbildlichen Dienstauffassung, seinem Wissen aus den Lehrgängen in Brüssel und vor allem mit seinem offenkundigen Wunsch, De Santis' Posten zu übernehmen. »Ich speise gerade die Informationen ins System ein.«

»Gibt es denn schon welche?«

»Sicher. Zwar alles nur vorläufig, aber Kriminaltechnik und Pizzuoli haben erste Aufzeichnungen geliefert.«

»Allerhand«, sagte der Kommissar und wollte in sein Büro gehen. »Sobald alle Kollegen da sind, machen wir eine Lagebesprechung.«

»Ach ja ...«, hielt Marin ihn auf, und sein Tonfall hatte etwas Provokantes. »Der Questore bittet Sie umgehend zum Gespräch in sein Büro.«

»Woher wissen Sie das?«, fragte De Santis zurück. »Sind Sie etwa an meinen Apparat gegangen?«

»Nein. Ihr Telefon war auf meinen Anschluss umgestellt. Das wollten wir doch so handhaben.«

Wollten wir das?, fragte Franco sich zerstreut, denn mit seinen Gedanken war er längst beim Chef.

11

Auf sein Klopfen an der Tür zum Vorzimmer des Questore kam lange keine Reaktion. Dann rief die Sekretärin ein unfreundliches »Jaaaaa?«. De Santis trat ein und sagte, er habe einen Termin. In einer aufwendigen Zeremonie hielt sie Rücksprache mit ihrem Chef, deckte die Sprechmuschel ab, stellte Zwischenfragen und wedelte ihr aufdringliches Parfüm in seine Richtung.

Der Commissario verlor die Geduld. »Wenn er Zeit hat, soll er mich anrufen oder vorbeikommen«, sagte er und wandte sich zur Tür.

»Er hat jetzt Zeit«, antwortete sie herrisch und wies auf den Durchgang.

Della Picca residierte im sechsten Stock in einem klimatisierten Büro, das so groß wie ein Ballsaal war, geschmückt mit Fahnen der Staatspolizei, der Europäischen Union, der garibaldinischen Freischärler, mit der Trikolore, Urkunden, Wimpeln, Pokalen und natürlich dem Porträt des Staatspräsidenten. Auf der Fläche, die della Picca beanspruchte, um sich wichtig zu fühlen, hätten fünfzehn Leute bequem Platz zum Arbeiten gefunden. De Santis setzte sich, ohne aufgefordert worden zu sein, und blickte aus den großen Fenstern über den dichten Verkehr unter ihm und die Tauben auf den umliegenden Palazzi.

»Können Sie mir erklären, was das soll?«, fragte der Questore vorwurfsvoll.

»Wovon reden Sie?«, fragte De Santis zurück. Wenn der Chef ihm die Zeit stahl, konnte er umgekehrt dasselbe tun.

»Stellen Sie sich nicht dümmer, als Sie sind. Sie kennen das Prozedere. Der Staatsanwalt entscheidet. Und was tun Sie? Zitieren die Kriminaltechnik herbei, verschwinden einfach vom Tatort und lassen einen völlig orientierungslosen jungen Kollegen damit alleine, die Spurensicherung, den Pathologen, die *Polizia Municipale* und was weiß ich wen noch alles zu koordinieren. Sie haben über meinen Kopf hinweg Anordnungen getroffen, die nicht Ihnen, sondern der Staatsanwaltschaft zustehen. Das ist Amtsanmaßung. Noch dazu gründet das alles auf eine völlig versponnene Vermutung. Nur weil Ihnen der Fundort des Abschiedsbriefes nicht passt, versetzen Sie den ganzen Ermittlungsapparat in Aufruhr. Am Sonntag! Sind Sie eigentlich noch zu retten?«

Der Questore hatte sich in einen cholerischen Anfall hineingesteigert, und De Santis erkannte, dass er wohl ein Eigentor geschossen hatte. Egal. Unwillkürlich musste er an Ludovica denken. Ihre Strategie war eigentlich die effektivste, und sie schien obendrein Spaß zu machen. Sie ließ es gerne mal darauf ankommen, dass ihr alles um die Ohren flog.

»Für mich war auch Sonntag«, sagte er. »Und irgendjemand hat entschieden, dass für diesen Fall in Bagnoli ausgerechnet die vierte Kommission zuständig ist. Also ich. Waren Sie das zufällig?«

»Sie sind Commissario. Ich habe Sie auf diesen Posten befördert, weil Sie ein kluger Kopf sind.«

De Santis musterte seinen Chef. Er war damals über den Karrieresprung überrascht gewesen, und er war es noch heute. Seitdem in Italien die Polizeireform im Sande verlaufen war, warteten Tausende Beamte auf ein Vorrücken in der Hierarchie, und ausgerechnet De Santis hatte es erwischt. Bei diesem Chef. Warum? »Mich freut, dass Sie so denken, aber wenn Sie schon auf diese Klugheit bauen …«, sagte er.

»Lassen Sie mich bitte ausreden. Ein kluger Kopf ist zum Denken da, zum Abwägen. Ein Commissario der modernen Schule bündelt sämtliche Erkenntnisse, er agiert aus der Vogelperspektive.«

»Sie meinen, aus dem Büro?«

»Das ist zu einfach. Aber Sie benehmen sich noch immer wie ein Berserker, rennen auf die Straße, agieren aus dem Bauch heraus und leiten Schlüsse aus Detailbeobachtungen ab.«

»Auch wenn ich alle bisherigen Erkenntnisse bündele, bleibt eine gravierende Ungereimtheit, die auf Selbstmord …«

»Bitte verschonen Sie mich damit. Das hatten wir bereits. Der Fundort des Abschiedsbriefes. Der Priester wendet sich an seine ehemalige Geliebte, und deshalb hätte er den Brief an sie schicken oder irgendwo deponieren müssen, wo sie ihn sicher findet.«

Genau, dachte De Santis, gut aufgepasst.

»Nur leider ist diese Natascha abgetaucht. Unauffindbar. Wahrscheinlich auch für unseren Priester. Er ist verzweifelt, denn er soll ein junges Paar trauen, wozu er sich nicht imstande sieht. Er will also seinem Leben ein Ende setzen, und da er nicht weiß, wie er Natascha erreichen kann, da er keine Adresse, kein Lebenszeichen von ihr hat, bleibt ihm nichts anderes übrig, als den Brief dort hinzulegen, wo er sich umbringt. In der Hoffnung, dass die Botschaft sie irgendwie erreichen wird, und sei es über die Medien, die heutzutage jede larmoyante Geschichte bis ins letzte Detail ausschlachten. Was soll er sonst tun?«

Der Questore war erstaunlich gut informiert und hatte sich schlüssige Gedanken gemacht. Aber das durfte De Santis sich nicht anmerken lassen.

Schnell erwiderte er: »Sicher nicht in den Glockenturm steigen. Er sitzt in seiner Wohnung, liest noch einmal seine Predigt für den Traugottesdienst und gerät dabei in eine Sinn- und Glaubenskrise. Er beschließt, sich umzubringen. Da nimmt er doch ein Seil und hängt sich gleich neben dem Schreibtisch auf.«

»Vielleicht hatte er kein Seil parat.«

»Wir haben Wäscheleinen und Draht in der Wohnung gefunden.«

Der Questore lehnte sich zurück, zwirbelte an seinem Kinnbart, als wären es De Santis' Nervenenden, und sagte grinsend: »Gut, Signor Commissario. Wenn es kein Selbstmord war, was war es dann? Ein Unglück oder Mord?«

Was sollte die dumme Frage? Etwas mehr Grips als der Küster sollte der Questore schon haben.

»Leite ich die Mord- oder die Unglückskommission?«

Der Questore schlug mit der Hand auf den Schreibtisch. »Was erlauben Sie sich? Jemand will also einen Priester umbringen, der an seinem Schreibtisch sitzt. Und da hat er nichts Besseres zu tun, als ihn aus der Wohnung quer über die Straße in die Kirche und weiter in den Turm zu zerren, um ihn an einer Glocke aufzuknüpfen, die womöglich anfängt zu schlagen. Dazu sind zwei, drei Leute nötig. Mindestens. Die ein Höllenspektakel veranstalten. Die Mörder gehen das Risiko ein, gesehen und im ganzen Viertel gehört zu werden, und sie riskieren einen Drahtseilakt im Glockenturm, bei dem jeder von ihnen in die Tiefe stürzen, sich verletzen oder mit großer Wahrscheinlichkeit eindeutige Spuren von Gewaltanwendung an dem Opfer hinterlassen könnte? Wollen Sie mich auf den Arm nehmen? Spuckt das Ihr kriminalistischer Sachverstand aus?«

»Sowohl der Computer als auch der Terminkalender des Priesters sind verschwunden.«

»Na und! Die kann sonst wer geklaut oder vernichtet haben, weil sie peinliche Details enthalten. Vielleicht der Priester selbst. Vielleicht diese Natascha, die nicht als Hure dastehen will, weil sie eine Anstellung in einer anderen Pfarrei sucht und auf ihren Leumund angewiesen ist.«

Auf diesen naheliegenden Gedanken war De Santis gar nicht gekommen. Er neigte dazu, andere Menschen zu unterschätzen, vor allem, wenn sie auf Chefsesseln saßen, das musste er mal wieder eingestehen. Also versuchte er es konzilianter. »Chef, Sie wissen selbst, dass man bei einem Mordfall den Verdächtigen innerhalb der ersten achtundvierzig Stunden dingfest machen muss, weil die Erfolgsaussichten sonst auf unter fünfzig Prozent sinken. Der Täter kann Spuren verwischen, die Aussagen der Zeugen werden vage. Für mich gab es eine nicht unbeträchtliche Wahrscheinlichkeit, dass wir es hier nicht mit Selbstmord, sondern Mord zu tun haben. Ich musste sofort handeln. Erst recht bei einem derart heiklen Fall, einem exponierten Vertreter der katholischen Kirche ...«

»Gut, dass Sie das erwähnen. Nachdem unsere Leute jetzt schon in Heerscharen in Bagnoli eingefallen sind, sich quietschvergnügt haben ablichten und interviewen lassen, möchte ich, dass Sie die Ermittlungen möglichst rasch und ohne viel Aufhebens zu Ende führen. Die Kurie wird nicht gerne mit ansehen, wie ein angesehener Priester zur Skandalnudel degradiert wird.«

»Für seine Lebensweise und die Todesumstände kann ich nichts.«

»Aber für die öffentliche Wahrnehmung dieses Falles. Bis heute Abend haben Sie Zeit, mir einen stichhaltigen Beweis für Fremdverschulden zu liefern, andernfalls werden jegliche Nachforschungen eingestellt, damit der Priester seinen Frieden findet.«

»Der Priester oder die Kurie?«

Della Picca schien heftig an seiner Wut zu kauen. Ehe der Bericht des Pathologen vorlag, konnte sowieso keine abschließende Entscheidung getroffen werden. Der Pathologe hatte zwei Wochen Zeit, und wenn er einen Antrag auf Fristverlängerung stellte, sogar noch länger. Das wusste natürlich auch der Questore, der sich nun ebenfalls konziliant gab.

»Wir ziehen doch alle am selben Strang. Sie wissen, wie schmal unser Budget ist. Die Kriminaltechnik am Sonntag anrücken zu lassen, mit allen Fahrzeugen, den Laborkosten und den Feiertagszuschlägen, bedeutet, dass wir an anderer Stelle sparen müssen. Nur wo?«

De Santis zuckte mit den Achseln. Er litt selbst darunter, dass der

Sprit für die Fahrzeuge, das Papier für die Kopierer, ja selbst das Geld für die Wartung der Computer knapp waren. Dann wieder regnete es unverhofft Schulungen, internationale Kongresse oder ein neues Zentralsystem mit einem interaktiven Whiteboard für das Besprechungszimmer, auf dem sich per Intranet alle Einträge der Ermittler zusammenführen und abbilden ließen.

»War's das?«, fragte er.

»Nein.«

Della Picca genoss die Spannung, die er aufbaute. Der Kommissar dachte an seine Leute, die unten auf ihn warteten, und an Elvira Barbarossa, die er nach wie vor nicht erreichen konnte, weil sie auf keinen seiner Anrufe reagierte. Die Staatsanwältin wäre seine einzige Rettung gewesen. Der Questore war nur an seiner Karriere interessiert, und das hieß, dass er es sich weder mit der Presse noch mit der Bevölkerung und schon gar nicht mit der katholischen Kirche verscherzen durfte. De Santis wollte Don Sebastianos Mörder finden. Dazu brauchte er andere Verbündete als den Chef.

»Ich wünsche mir, dass Sie mir bis morgen einen Bericht liefern.«

»Selbstverständlich.«

»Moment, nicht, was Sie jetzt denken.« Diesmal strich della Picca mit der flachen Hand den Kinnbart glatt, zärtlich und obsessiv, als wäre er ein Haustier, zu dem er eine morbide Bindung hatte. »Sie verfassen mir bitte ein Kurzporträt über jedes Mitglied Ihrer Abteilung, Sie selbst eingeschlossen.«

De Santis wollte aufbegehren, aber sein Gegenüber ließ ihn nicht zu Wort kommen.

»Sie gehen dabei insbesondere auf die Teamfähigkeit und etwaige kritische Reibungspunkte zu den anderen Ermittlern der Abteilung ein.«

»Ich verstehe nicht, was das bringen soll.«

»Die Aufklärungsquote Ihrer Abteilung liegt bei zweiundachtzig Prozent, was in etwa dem nationalen Durchschnitt entspricht.

Wir beide wissen, dass die Arbeit in Neapel oft schwieriger ist als andernorts.«

Der Kommissar nickte, lauschte und wartete ab, denn er machte sich immer größere Sorgen.

»Stillstand bedeutet Rückschritt. Wir haben permanent unsere Arbeit zu optimieren. Entscheidend dafür ist, dass ein solches Team, das nur aus vier Männern besteht, reibungsfrei zusammenarbeitet. Falsch: Reibung darf sehr wohl entstehen, sie schlägt manchmal gar Funken. Unterschiedliche Temperamente, Mentalitäten, Bildungs- und Sozialstatus, da kommt es zwangsläufig auch zu Missverständnissen. Wichtig ist, dass die Missverständnisse durch Kommunikation ausgeräumt und in Synergien verwandelt werden. Vertrauen und Transparenz, das sind die wesentlichen Faktoren für erfolgreiches …« Bitte nicht, dachte De Santis, verschon mich mit deinen Modebegriffen. »… Teambuilding. Die unterschiedlichen Perspektiven und Erfahrungshorizonte der einzelnen Player können eine Bereicherung sein, vorausgesetzt, sie werden miteinander kurzgeschlossen.«

Im Prinzip hatte der Chef recht. Trotzdem saß De Santis ungern in seinem Büro, um sich Binsenweisheiten und Anglizismen anzuhören. Die Hälfte der achtundvierzig Stunden war bereits verstrichen, und sie hatten noch nicht einmal ein offizielles Ermittlungsverfahren eingeleitet, was bedeutete, dass sie bisher keine Genehmigungen für Auskünfte über Bank- und Telefondaten hatten und sich lediglich an der Oberfläche dieses Falles bewegten.

»Ich wünsche mir, dass Sie mir die Knackpunkte in Ihrem Team beschreiben. Ungeschminkt.«

»Nun denn …« Es widerstrebte De Santis, andere anzuschwärzen, denn darauf lief es hinaus. »Ich bin sicher nicht immer gerecht, wenn jemand anderer Meinung ist …«

»Commissario, fangen Sie bitte nicht an, vor Ihrer eigenen Haustür zu kehren. Das ehrt sie. Ich möchte keine Einschätzung aus dem Stegreif. Denken Sie in Ruhe über alles nach und formulieren Sie Ihre Eindrücke schriftlich. Das wird Ihnen und mir helfen, Verbesserungen voranzutreiben.«

»Bis wann?«

»Sagen wir morgen, neun Uhr?«

Das verstand der Chef unter »in Ruhe nachdenken«?

»Jawohl«, sagte De Santis im Aufstehen. »Ich werde mir Gedanken machen.«

Der Questore runzelte die Brauen, und der Kommissar verließ das Büro.

12

»Gut«, fing De Santis an, nachdem sich alle an den hufeisenförmigen Tisch gesetzt hatten.

Beppe Bombas Kopf glänzte frisch gewaschen unter dem schwarzen Stoppelschnitt, die Miene von Neapels neuerlichem Punktverlust gezeichnet, Gennaro Pizzuoli sah rasiert und einigermaßen ausgeschlafen aus, schielte jedoch schon wieder nach der Espressokanne, die hinten auf der Kochplatte stand. Und Mario Marin saß ebenso steif wie energisch zu De Santis' Rechten. Er hatte das Whiteboard angeworfen, das etwa zeitgleich mit ihm in die Abteilung gekommen war, als sein bester – wenn nicht einziger – Verbündeter.

De Santis fasste zusammen, was er am Vortag erfahren hatte, und erteilte dann Marin das Wort, der bereits die ersten Einträge im Intranet ausgewertet hatte.

»Wir gehen von einem Todeszeitpunkt aus, der zwischen null und ein Uhr des gestrigen Sonntags liegt. Männliche Leiche, identifiziert als Don Sebastiano, Gemeindepriester in Bagnoli. Laut äußerlicher Inaugenscheinnahme durch den Pathologen keine Anzeichen für Fremdeinwirkung.«

Das war neu für De Santis und besserte seine Stimmung nicht. Genauso wenig wie das leicht süffisante Lächeln, mit dem Marin dies vortrug.

»Don Sebastiano, am sechsten August neunzehnhundertfünfzig in Neapel geboren, ältester von drei Söhnen eines Schusters mit Werkstatt im Bezirk Secondigliano. Musterschüler, neunundsechzig Abitur mit Auszeichnung, dann Priesterseminar in Neapel, Priesterweihe im Februar sechsundsiebzig, anschließend erste seelsorgerische Tätigkeit, und zwar als Kaplan in Pomigliano d'Arco.«

Das wusste De Santis bereits.

»Nach vier Jahren beantragt er die Verschickung in die Mission an die Elfenbeinküste.«

Der ganze Ort hatte bei Don Sebastianos Abschied getrauert, die Ministranten hatten ihm sogar Steine unter die Autoreifen gelegt, um ihn am Wegfahren zu hindern. »Hängt leider nicht von mir ab«, hatte er damals zum Abschied gesagt. Jetzt erfuhr der Kommissar, dass er den Auslandseinsatz selbst beantragt hatte. Warum hatte Don Sebastiano sie damals angelogen? Um sie nicht zu verletzen?

»Drei Jahre Afrika, dann eine Pfarrstelle in Mondragone, Provinz Neapel, ab siebenundachtzig Gemeindepfarrer in Bagnoli.«

»War er bis heute ununterbrochen in Bagnoli tätig?«, fragte De Santis.

»Soweit sich das auf die Schnelle feststellen ließ, ja.«

Während Marin eifrig die ersten Informationen in lupenreines Technokratenitalienisch übersetzte, dachte der Commissario über die Worte seines Chefs nach. Dass der Mord, wenn es denn einer war, im Glockenturm verübt worden war, ließ sich tatsächlich nur schwer erklären. Hinzu kam, dass die Kirche seit Tagen rund um die Uhr besetzt gewesen war, was das Risiko für den oder vielmehr die Mörder ins Unkalkulierbare steigerte. Es sei denn, sie wussten davon, dass man die Aktion unterbrochen hatte. Nur von wem? Oder kamen die Täter aus eben jenem Komitee? Der Chef hatte recht, wenn es Mord war, dann war er von einem perfekt eingespielten Team verübt worden. Aber warum da oben im Turm?

»Es gibt Hinweise, dass der Priester eine intime Beziehung zu seiner ukrainischen Haushälterin Natalia, genannt Natascha,

Smirnowa unterhielt. Vor zwei Wochen kündigte der Priester ihr. Derzeitiger Wohnort der Frau unbekannt, Mobilfunknummer liegt vor, alle Versuche der Kontaktaufnahme bisher erfolglos.«

»Danke, sehr gute Arbeit«, ergriff De Santis das Wort. »Solange die zahlreichen Ungereimtheiten nicht geklärt sind, ermitteln wir hier in einem Mordfall. Don Sebastiano war allseits beliebt, ein durch und durch anständiger Seelsorger. Ich möchte, dass wir jedes Detail über sein Leben, vor allem über die letzten Wochen, ans Tageslicht befördern. Er scheint nicht nur seiner Haushälterin gekündigt, sondern seinen ganzen Lebensstil verändert zu haben, nachlässiger geworden zu sein. Ich will wissen, mit wem er Umgang pflegte, was ihn belastete, ob er trank, welche Medikamente er nahm, ob er Schlafstörungen oder eine depressive Verstimmung hatte.«

»Aber …«, wollte Marin einwenden, doch De Santis bügelte ihn mit einer Geste ab.

»Logisch, dass die Suche nach Natascha höchste Dringlichkeit hat. Deshalb beauftrage ich Sie, Vicecommissario Marin, damit.« Dieser lächelte, befriedigt durch die Auszeichnung, vor allem aber durch die Wirkung seines eigenen professionellen Vortrags. »Beppe und Gennaro, wir drei fahren nach Bagnoli und befragen die Anwohner und mögliche Zeugen.«

Marins Lächeln wurde brüchig.

Sie saßen zu dritt im einzigen Zivilfahrzeug, das derzeit der Mordkommission IV zur Verfügung stand. Nachdem sie vor der unverändert hässlichen Sant'Anna-Kirche geparkt hatten, schickte De Santis Beppe in die nördlichen und Pizzuoli in die südlich des Kirchplatzes gelegenen Straßen.

»Ich möchte, dass ihr an jeder Wohnung im Umkreis von hundert Metern klingelt. Wir suchen zuerst einmal Tatzeugen. Irgendjemand muss beobachtet haben, wie Don Sebastiano in den Glockenturm gezerrt wurde, muss zumindest Autotüren oder Rufe gehört haben. In der zweiten Phase konzentrieren wir uns dann auf den Priester, auf seine Persönlichkeit, die letzten Monate, vor allem seinen letzten Tag. Dazu vernehmen wir die Mitglieder des Gemeinderates, die Brautleute, die treusten Kirchgänger und so weiter. Ich kümmere mich um die Arbeiter des Streikkomitees. Zuerst will ich aber noch einmal den Glockenturm inspizieren.«

Die beiden nickten und zogen los. Der Commissario sah, wie Beppe Bomba an einem Haus klingelte und sofort mit einer Frau, die einen Balkon kehrte, ins Gespräch kam. Man sah ihm einfach den Polizisten nicht an.

De Santis läutete beim Küster, der noch mürrischer und verschlossener wirkte als beim ersten Treffen. Er ließ sich in die versiegelte Kirche führen. Wären die Transparente nicht gewesen, hätte sie den stillen, feierlichen Ernst eines jeden Gotteshauses ausgestrahlt, nur ein wenig karger. Staub tanzte in dem seitlich einfallenden Licht, und es roch nach Weihrauch und Kerzenwachs. Dezent drangen die Chemikalien durch, mit denen die Spurensicherung Blutreste hatte sichtbar machen wollen. Über dem klobigen Altar hing ein altes Ölgemälde, auf dem die Heilige Anna mit ihrer Tochter Maria und dem Jesuskind zu sehen war. Der Künstler hatte es geschafft, in ihren Blick so viel Zärtlichkeit, Hoffnung und Glück zu legen, dass De Santis gerührt war. Er war Atheist, doch wenn er allein in einer Kirche stand, kamen ihm auch daran Zweifel.

Der Kommissar ließ sich in der Sakristei Don Sebastianos Schrank sowie Mechanik und elektronische Steuerung der Glocken zeigen. Sie funktionierten einwandfrei. Also kein Grund, nachts in den Turm zu steigen. Eine Erklärung für den ungewöhnlichen Tatort konnte nämlich auch sein, dass jemand den Priester dort überrascht hatte. Nur: Was hatte er da oben zu nachtschlafender Zeit gesucht?

Sie stiegen die um den Schacht gewundene Treppe hinauf, hörten bloß ihren schweren Atem und ihre Schritte, die auf den

Metallstufen knallten, während De Santis Geländer und Wände absuchte. Nichts Auffälliges, bis auf das Pulver der Kriminaltechniker, die hier und da Fingerabdrücke gesichert hatten. Auf halber Höhe kamen sie an eine mannshohe graue Eisentür.

»Wo führt die hin?«, fragte De Santis.

»In eine Art Dachboden über dem Hauptschiff.« Der Küster reichte ihm den Schlüssel.

Ein hoher Raum öffnete sich, in dem alte Stühle und bemalte Tafeln von Gemeindefesten im Neonlicht lange Schatten warfen. Eine dicke Staubschicht zeugte davon, dass hier lange niemand gewesen war.

Sie kamen an der Stelle vorbei, wo Don Sebastiano gehangen hatte und wo jetzt das schwarze Quadrat des Schachtes gähnte. Nicht einmal das Seil war mehr da. Es lag im Labor der Kriminaltechnik. Nachdem sie die drei schweren Glocken passiert hatten, endete die Treppe. Über ihren Köpfen war nur noch eine Eisenluke.

»Sie führt zum Schlag- und Läutwerk«, sagte der Küster und reichte ihm denselben Schlüssel wie vorher.

De Santis stieg die Eisensprossen hoch, schob die Luke auf und steckte den Kopf in eine Wolke aus Maschinenöl und klebrig heißem Staub. Zahnräder, Stahlseile und Walzen, die zu einem dichten Gestrüpp montiert waren.

»Wann haben Sie das letzte Mal von Natascha gehört?«, fragte er und schloss die Luke.

Der Mann zog die Mundwinkel nach unten. »Seit ihrer Entlassung nicht mehr.«

»Sie schaute nicht mehr vorbei? Sie muss doch Freunde in der Gemeinde gehabt haben.«

Der Küster, der wieder die graue Strickjacke trug, zuckte mit den Achseln. »Sie war sehr hilfsbereit, auch bei Kindergartenfesten und Tombolas. Backte *crostate* und ukrainische Kuchen, wundervollen Mürbeteig.« Für einen Moment war sein Geist entrückt, fern von Mord und Diabetes. »Aber sie scheint zu allen hier den Kontakt abgebrochen zu haben.«

Was merkwürdig war, ebenso wie die Tatsache, dass sie nicht ans Telefon ging. Es würde einiges an Ermittlungsarbeit kosten, Natascha ausfindig zu machen. Immerhin wusste der Küster von einer guten Bekannten, mit der sie oft zusammen gekocht hatte. De Santis ließ sich Namen, Adresse und Mobilnummer geben und steckte sie ein.

»Wissen Sie, wo Don Sebastianos Handy ist?«, fügte er beiläufig an.

»Er hatte keins.«

»Wie bitte? Als Priester?«

»›Mein Ort ist meine Kirche‹, meinte er, und: ›Wer mich wirklich braucht, der findet mich. Festnetztelefon genügt. Alles andere ist Zerstreuung.‹«

13

De Santis trat hinaus in die gleißende Luft, entließ den Küster, zündete sich eine Zigarette an und ging auf der schattigen Straßenseite Richtung Süden. Je länger er lief, desto wütender wurde er. Er mochte fast alle Ecken Neapels; selbst unter den monströsen Autobahnpfeilern und den Hochhäusern der Bürostadt entdeckte er noch einen besonderen Zauber, die Mixtur einer lebendigen, gequälten, zwischen Hässlichkeit und ewiger Grazie zerrissenen Welt. Immer wieder taten sich überraschende Panoramen auf, man erhaschte plötzlich einen Blick auf den Golf oder auf den »Berg«, wie die Neapolitaner den Vesuv nannten. Man stieß auf einen vergessenen Brunnen mit bizarren Putten oder ein Bildnis von Padre Pio, das die Anwohner pflegten und mit frischen Blumen versorgten. Überall begegnete einem die anarchische Poesie, mit der die Stadt seit Jahrtausenden allen Eroberern und profitgierigen Planern trotzte.

Nicht in Bagnoli. Hier hatte man das Kunststück fertiggebracht, die Einwohner, die bloß einen Steinwurf vom Strand entfernt lebten, in einen blinden Betonkäfig zu sperren, in nichtssagende Zweckbauten, die wiederum, ein flaches Trapez bildend, von zwei Bahnlinien mit hohen Schallschutzmauern umschlossen waren. Als hätten sich die Städteplaner vorgenommen, fünfundzwanzigtausend Menschen zu demoralisieren und selbst des letzten Funkens Hoffnung zu berauben.

Zwischen fleckigen Fassaden, schäbigen Werkstätten und Supermärkten ohne Kundschaft schritt der Commissario bis an die Grundlinie des Trapezes. Es war die Adresse, die der Küster ihm genannt hatte, es war das Büro der *Società per Azioni*. So hieß die Genossenschaft, die eine Gruppe arbeitsloser Gießer, Monteure und Hochofenarbeiter gegründet hatte, wobei mit *azioni* nicht Aktien, sondern Aktionen gemeint waren. Kein schlechtes Wortspiel. Als De Santis den schmucklosen Raum betrat, in dem fünf ältere Männer um einen Schreibtisch saßen und diskutierten, verstummte schlagartig das Gespräch.

»Ich suche Angelo Giordano«, sagte er. So hieß, laut Küster, der Anführer des streikenden Arbeiterkomitees.

»Polizei«, sagte ein Mann mit tiefen Furchen um die Augen, in denen sich Schwarzpulver abgelagert zu haben schien.

Es war nicht freundlich gemeint, und es war auch keine Frage, daher verzichtete De Santis darauf, zu antworten oder den Ausweis vorzuzeigen. Er repräsentierte den Staat, diesen fremden Staat, der vom Norden dominiert und von Rom aus gesteuert wurde. Gegen die Interessen des Südens. Gegen Neapel, die einstige Hauptstadt des blühenden Königreichs der beiden Sizilien, des reichsten Staates in Europa, den sich das überschuldete, kriegstreiberische Haus Savoyen einverleibt hatte, um seine Kassen zu sanieren. Und hier hockten die Opfer, arbeits- und perspektivlos, von den Medien als faules Gesindel stigmatisiert, das nicht einmal seinen Müll wegräumte.

Einer der Männer gab den anderen ein Zeichen, woraufhin sie vor die Tür traten, sich in den Schatten einer mit alten Plakaten und Schmierereien überzogenen Mauer kauerten, auf den Boden spuckten und sich Zigaretten anzündeten.

Angelo Giordano war sechsundfünfzig, ein untersetzter Mann mit Bierbauch, Koteletten und langem, schütterem Haar, das an seinem Schädel klebte. Er wirkte wie der Frontmann einer Zigeunerkapelle, der sich in einen geliehenen Anzug gezwängt hatte. Er gab dem Besucher die Hand, setzte sich hinter den Tisch und bot ihm einen Stuhl an. De Santis betrachtete die Poster an den Wänden. Fotos von den Werkhallen, von glühendem Stahl in Walzanlagen. Plakate zu Kundgebungen, Theateraufführungen und Konzerten von Aktionsgruppen. Wie in Pomigliano d'Arco, in seiner Kindheit.

»Danke, dass Sie sich Zeit nehmen«, sagte er.

»Zeit habe ich wie Sand am Meer.«

»Wie Sie wissen, hat man gestern die Leiche Don Sebastianos im Glockenturm der Kirche gefunden.«

Der Mann nickte.

»Wie standen Sie zu ihm?«

»Ich weiß, was Sie denken.«

»Bitte beantworten Sie meine Frage.«

»Sie denken, wir haben Don Sebastianos Kirche besetzt, es gab Ärger, und als der Schwarzrock um jeden Preis seine Hochzeit zelebrieren wollte, haben wir ihn kaltgemacht. Wir sind Ketzer, Pfaffenhasser, und der erstbeste Vorwand war uns recht, um einen von den Klassenfeinden zu lynchen und eine Art Spanischen Bürgerkrieg wieder aufleben zu lassen.«

»Nein, das denke ich nicht. Würden Sie jetzt bitte meine Frage beantworten?«

Giordano rieb sich das Kinn, als müsste er nachdenken, dann sprudelte es nur so aus ihm heraus. »Er war in Ordnung. Ich kann mit dem ganzen Kirchenbrimborium nichts anfangen, aber Don Sebastiano war einer, bei dem man nachts mit einem gebrochenen Knöchel oder mit Liebeskummer klingeln konnte, er half mit seinem Auto und mit seinem Wissen aus. Ich ging nicht zu ihm, ich weiß es von Freunden. Don Sebastiano kam nicht mit irgendeinem Bibelspruch daher, wenn die Leute nichts zu beißen hatten, sondern mit Brot.«

De Santis nickte. »Wieso haben Sie die Besetzung der Kirche unterbrochen?«

»Don Sebastiano hat uns bekniet. Die Familien der Brautleute waren von weither gekommen, Urlaubstage, Reisekosten, das Festbankett. An so einer Hochzeit hängt viel dran …«

»An Ihrer Aktion auch. Sie kämpfen um die Existenz Hunderter Familien.«

»Ach, da fallen neunzig Minuten Gottesdienst nicht weiter ins Gewicht. Wir hatten vereinbart, dass der Traugottesdienst still, heimlich und leise zelebriert wird und die Besetzung dann weitergeht. Das sollte gar nicht publik werden.«

Das war De Santis neu, er machte sich eine Notiz. »Dann hat es aber doch jemand ausgeplaudert, und ihr Besetzer habt euch lächerlich gemacht.«

Giordano blickte mürrisch drein. »Hätten Sie es übers Herz gebracht, die beiden jungen Leute abblitzen zu lassen?«

»Nein. Sie haben sich sehr menschlich verhalten.«

»Menschlich und inkonsequent. Die Presse hat sich natürlich über uns lustig gemacht. Aber glauben Sie im Ernst, dass wir deswegen einen Mord begehen? Don Sebastiano hatte mit der undichten Stelle nichts zu tun. Irgendwer hat das der Journaille gesteckt.«

»Haben Sie einen Verdacht, wer es gewesen sein könnte?«

Der Mann zuckte mit den Achseln. »Der Küster oder seine Olle, was weiß ich. Wir waren einigen ein Dorn im Auge. Hier meinen die meisten, wenn man nur oft genug Padre Pio anruft oder nach Lourdes pilgert, öffnen sie die Stahl- und Fiat-Werke wieder, dann haben alle Arbeit und ein menschenwürdiges Leben. Sie wissen nicht, dass beten in der Kirche noch nie geholfen hat, sondern nur der Kampf auf der Straße.«

De Santis beobachtete, wie Angelo Giordano seinen abgearbeiteten Körper in Pose warf. Ideologische Formeln, Glaubenssätze und Dogmen hüben wie drüben. Die in Neapel keiner allzu ernst nahm. Deswegen liebten hier alle Padre Pio, den Einzelkämpfer, den Spinner, den die Amtskirche mit seinen Wundmalen zum Ketzer abgestempelt hatte, bis sie seine Popularität nicht länger unterbinden konnte und ihn heiligsprach. Die Unfehlbarkeit des Volkswillens hatte sich gegen den Papst durchgesetzt.

»Weder Jesus noch Marx waren je in Neapel«, sagte De Santis.

Giordano lachte. »Sie haben's erfasst.«

»Sie mochten Don Sebastiano also. Und die anderen in Ihrem Komitee?«

»Auch.«

»Wann haben Sie ihn das letzte Mal gesehen?«

»Vorgestern Nachmittag. Wir hatten uns darauf geeinigt, welche Transparente in der Kirche verbleiben dürfen, auch während der Messe.«

»Ohne Streit?«

»Ohne Streit.«

»Wo waren Sie danach und wo vorletzte Nacht?«

Er zögerte. »Sie wollen hören, ob ich ein Alibi habe?«

»Wo waren Sie?«

Giordano strich sich ums Kinn, zuckte mehrmals mit dem Kopf. Er war sehr schlecht darin, seine Verlegenheit zu überspielen. »Na ja, zu Hause. Zuerst war ich noch in der *Bar Excelsior* Karten spielen, dann bin ich zum Abendessen gegangen, und von da ab war ich zu Hause.«

»Ihre Frau kann das bestätigen?«

»Meine Frau und meine Kinder.«

Nervös rutschte Angelo Giordano auf seinem Stuhl herum. Die pampige Auflehnung war einer Unsicherheit gewichen, für die es keinen ersichtlichen Grund gab. Was stimmte nicht mit ihm? Log er? Verlor er die Geduld?

»Warum ist Ihnen das peinlich?«

»Nichts ist mir peinlich. Hören Sie, ich habe mein Leben lang gekämpft. In den Achtzigerjahren, bei der ersten großen Stahlkrise, da haben wir die Produktivität erhöht, haben Lohnabschläge, Entlassungen und Sonderschichten in Kauf genommen. Ich war sechs Monate im Norden auf Fortbildung, habe meine kleinen Kinder alleine gelassen, wir haben für modernere Öfen und Stranggießanlagen gekämpft, waren plötzlich wieder rentabel, weil wir uns alle den Arsch aufgerissen haben. Und wozu? Damit die Fabrik einen höheren Marktwert hatte. Damit die Chinesen und Inder ein paar Millionen mehr bezahlen mussten für unser Werk, das die Glücklicheren unter uns Schraube für Schraube, Teil für Teil zerlegen und, mit Holzwolle gepolstert, in Kisten verpacken durften. Stilllegung und Verkauf waren längst beschlossene Sache, als wir uns aufopferten. Wozu das alles?« Er wurde laut. »Wir sind verarscht worden, verstehen Sie? Ein Leben lang, und dann auch noch gegeneinander ausgespielt worden. *Divide et impera.* Die Lektion haben sie als Erstes gelernt.«

»Wer?«

»Wer schon? Sie sind doch Lakai am Hofe dieser Bagage. Sie sind doch dazu da, auf die Arbeiter einzuknüppeln und die Leute einzubuchten, wenn sie im Laden eine Zitrone mitgehen lassen.«

De Santis wusste, wovon Giordano sprach. Er war als Student gemeinsam mit den Gewerkschaftern und Arbeitern auf die Straße gegangen. Auch in der Automobilindustrie in Pomigliano d'Arco fuhr man die Produktion herunter, redete von Stilllegung. Es wurden nur noch Nichtsnutze eingestellt und künstlich Schulden gemacht, man schien die Fabriken systematisch zu sabotieren, um einen Vorwand zur Schließung zu haben.

Aber die Arbeiter hatten den Studenten noch nie über den Weg getraut. Sie wussten, dass die Studenten an der Uni lernten, um später mal die Arbeiter zu dirigieren, auch wenn sie selbst aus Arbeiterhaushalten stammten. Die Diskussion war sinnlos. Jedenfalls im Rahmen der Ermittlungen.

»Ihr Komitee hat also am Nachmittag die Kirche geräumt?«

Giordano brauchte eine Weile, um den Faden wieder aufzunehmen. De Santis fragte sich, warum er so in Wallung geraten war. Log er? Alibi überprüfen, notierte er im Stillen.

»Also, das ganze Komitee?«

»Ja.« Die Antwort kam zögerlich.

»Hören Sie, das ist wichtig. Ich kann Sie auch vorladen lassen, und dann erstellen wir ein offizielles Protokoll. Ich kann Sie als Zeugen vereidigen lassen, dann begehen Sie eine Straftat, wenn Sie …«

»Machen Sie sich nicht lächerlich. Ich lüge nicht.«

Sie starrten einander in die Augen. Giordanos Wut war stärker als seine Angst.

»Haben Sie einen Schlüssel? Wie haben Sie sich eigentlich am Anfang Ihrer Aktion Zutritt verschafft?«

»Wir sind nach einer Messe einfach sitzen geblieben und haben uns nicht verjagen lassen. Don Sebastiano war Pazifist. Er hätte uns nie angerührt.«

»Sie haben also keinen Schlüssel für die Kirche?«

»Nein.«

»Während der Besetzung war rund um die Uhr jemand von Ihrem Komitee da?«

»Ja.«

»Und ausgerechnet vorletzte Nacht niemand?«

»Wie gesagt, wir hatten die Kirche offiziell geräumt.«

»Ich dachte, für neunzig Minuten.«

»Jetzt legen Sie doch nicht jedes Wort auf die Goldwaage! Warum sollten wir uns in der Kirche die Nacht um die Ohren schlagen, wenn wir am Morgen sowieso nach Hause wollten?«

De Santis sagte nichts, aber natürlich dachte auch Giordano darüber nach, dass es sich um einen merkwürdigen Zufall handelte. Eine Nacht lang war die Kirche unbesetzt gewesen, und genau in dieser Nacht war sie zum Schauplatz eines Mordes geworden.

»Ich wünsche mir, dass Sie mir helfen«, sagte De Santis versöhnlich.

Angelo Giordano wartete auf eine Erklärung, und der Kommissar fuhr fort, wobei er etwas ungelenk nach Formulierungen suchte.

»Don Sebastiano ist mir ein Rätsel. Ich kenne ihn seit meiner Kindheit, aber damals hat er wie ein glühender Idealist gewirkt. Unerschütterlich.«

»So hat er auch hier angefangen. Er hat an vorderster Front für die Arbeiter gekämpft, ist bei den Demos vorneweg marschiert.«

»Auch am Ende?«

»Am Ende hat es keine Demos mehr gegeben. Man konnte nur noch die Misere verwalten, die Leute zum Durchhalten motivieren. Nur wozu? Das ist nicht wie bei einem Krieg, der irgendwann vorbeigeht.«

»Also hat auch er irgendwann die Hoffnung aufgegeben? Hat er vielleicht den Halt verloren?«

Giordano zuckte mit den Achseln. »Meinen Sie, er hat sich umgebracht?«

»Weiß ich nicht. War er denn bis zuletzt so hilfsbereit, wie Sie ihn beschrieben haben?«

»Ich meine, schon.«

»War er vielleicht ausgebrannt?«

»Da müssen Sie seine glühenden Verehrer fragen.« De Santis horchte auf. Hatte Don Sebastiano etwa noch mehr Affären gehabt?

»Die Anhänger der christlichen Botschaft, meine ich.«

»Namen?«

Angelo Giordano dachte nach. »Na, als Erstes der Küster, aber der ist nicht besonders helle, dann noch Professoressa Sabatini, die Vorsitzende vom Gemeinderat.«

»Danke«, sagte De Santis, legte eine Visitenkarte auf den Tisch und schüttelte Giordano die Hand.

»Wissen Sie was?«, rief der Gewerkschafter ihm nach. De Santis wartete. Der Mann wedelte mit den Armen Richtung Stahlwerk, von dem nur noch die kilometerlange Umgrenzungsmauer und ein Schornstein standen. »Es ist nicht nur das Geld, das fehlt. Mein Leben lang hat mich morgens um halb sieben die Sirene geweckt, unser ganzes Leben hat nach dem Ruß geschmeckt, der in der Luft, in den Kleidern, auf den Zähnen hing. Die kreischenden Maschinen, die Hitze, das Schichtende, die vor Müdigkeit zitternden Muskeln, wenn man morgens in die Dämmerung hinausging. Man meint, man hasst das alles. Aber wenn es plötzlich verschwindet ...« Er schüttelte den Kopf. »Es ist, als hätte man uns ein Stück Fleisch aus dem Leib gerissen.«

De Santis verstand ihn gut. Sein Vater hatte früher in den Kurzarbeitsphasen wie ein verwundetes Tier gewirkt, hatte nur brütend auf dem Balkon gesessen und sich nicht einmal mehr für seine Fahrräder interessiert. Und er selbst hatte beim Anblick des mysteriösen und schier grenzenlosen Werksgeländes von Fiat immer eine besondere Faszination gespürt.

14

De Santis ging wieder Richtung Ortskern und kam auf den Kirchplatz, der in der Hitze des frühen Nachmittags erstarrt schien. Kein Luftzug regte sich, die Leute hatten sich in den Häusern verbarrikadiert. In Bagnoli schien immer Sonntag zu sein. In seinem Bauch nagte der Hunger, den er mit einer Zigarette in Schach hielt. Er rief Pizzuoli und Bomba an und bestellte sie in die *Bar Excelsior*.

Als er eintrat, schaute ein junger Mann über den Tresen und nickte, mehr kam nicht als Begrüßung. Er hatte in De Santis auf den ersten Blick den Bullen erkannt.

Der Commissario setzte sich an einen freien Tisch, was nicht schwierig war, denn er war der einzige Gast, bis auf einen Mann mittleren Alters, der einen Trainingsanzug des SSC Neapel trug und die *Gazzetta dello Sport* las. Vielleicht ein Aufpasser der Camorra, vielleicht ein x-beliebiger Arbeitsloser. Vom Fenster aus betrachtete De Santis die verlassene Straße, nachdem er ein kleines Bier und ein *panino* bestellt hatte. Ihm wollte nicht aus dem Kopf, was der Chef gesagt hatte: Falls es Mord war, dann war es das Werk einer gut eingespielten Truppe.

Dem Arbeiterkomitee traute er die Tat nicht zu, auch wenn Giordano erst verlegen und dann pampig geworden war. Und dem organisierten Verbrechen? War Don Sebastiano Opfer des Bandenkrieges geworden, der wieder aufgeflammt war?

Bisher gingen die Ermittler und Journalisten davon aus, dass die aktuellen Protagonisten hitzige Jugendliche waren, teilweise unter achtzehn, die meinten, mit Heldenmut und Schnellfeuergewehren könnte man eine neue Ordnung errichten, ihre Ordnung. Sie hatten jedoch kaum Sinn für Strategien, sie wussten weder, wie man Allianzen schmiedete, noch, wie man sich Achtung und Vertrauen in der Unterwelt erwarb. Sie waren viele, und da jeder der Anführer sein wollte, legten sie sich derzeit gegenseitig um. Daher die Schießereien in der Sanità, das Aufflackern von Gewalt in allen Vierteln, die Messerattacken, Bombenanschläge, Einschüchterungsversuche. Dieser vermeintliche Selbstmord trug eine ganz andere Handschrift.

Außerdem hatte der Mord an einem Priester eine andere Qualität. Wenn die Camorra tötete, dann tat sie es auf blutrünstige, demonstrative Art, sie fingierte keinen Selbstmord. Jeder sollte sehen, dass die Bosse jemanden hingerichtet hatten. Wenn die Camorra jedoch tatsächlich einen Priester getötet hatte, dann hatte sie ein Tabu gebrochen, denn sie stellte sich gewöhnlich nicht offen gegen die katholische Kirche. Wenn doch, musste es einen gewichtigen Grund geben, der Teil einer langfristigen Strategie war. Die neuen Halbstarken hatten weder das eine noch das andere.

Oder steckte etwa doch einer der abgehalfterten Bosse dahinter, einer, dessen Einfluss schwand und der sich durch eine spektakuläre Aktion erneut Achtung verschaffen wollte? Ging es um die gigantischen Investitionen, die auf dem Brachland des einstigen Stahlwerks getätigt werden sollten? Bei denen die Stadt die Camorra offensichtlich schon einmal übergangen hatte?

Beppe Bomba kam herein und setzte sich an den Bistrotisch, der unter dem Gewicht seiner Unterarme ächzte. Er wischte sich über den glänzenden Kugelkopf und stöhnte. »Was für eine Sauna.«

»Iss was.«

Beppe hatte sich längst die Plastikkarte geschnappt und trug einen inneren Streit mit sich aus. Er warf einen Blick auf das Panino, kämpfte kurz mit der Melancholie, die ein derart schlichtes

Gericht in ihm auslöste, und sprang dann mit den Augen zurück in die Zeilen der Karte, um Trost zu suchen.

»Bestell dir was Ordentliches«, sagte De Santis.

»Auf Spesen?«, fragte Bomba zurück.

Der Kommissar nickte. Einer neuen Anordnung zufolge bekamen sie bei Befragungen innerhalb des Stadtgebietes keine Verpflegungskosten mehr erstattet, und selbst wenn sie tricksten, kostete der Papierkram etliche Stunden plus x Wochen Wartezeit auf die Erstattung. Für gewöhnlich zahlte einer der drei aus eigener Tasche. Meistens De Santis.

»Verstehe«, erwiderte der Agente knapp und drückte mit einem Wort aus, dass er all das begriffen hatte. »Dann nehme ich eine Pizza fritta und eine große Cola.«

Hatte er etwa doch nicht alles verstanden? Er schlug jedenfalls ordentlich zu.

Pizzuoli kam herein und schaute sich hektisch um, der Wirt deutete auf den Tisch der beiden Beamten. Ganz Bagnoli schien bereits zu wissen, dass sie zusammengehörten und was sie hier trieben.

»Ich glaub, ich krieg keinen Bissen runter«, sagte der Ispettore und wischte sich den Schweiß von Stirn und Nacken.

»Du musst was essen«, sagte De Santis. »Wenigstens ein Panino, es ist sehr lecker.«

Er winkte dem jungen Mann. Dieser kam nach einer Weile an den Tisch und blieb einfach wortlos stehen. Drei Polizisten schien er noch weniger zu mögen als einen.

»Kennen Sie Angelo Giordano?«, fragte De Santis.

»Denke schon.«

»Wann haben Sie ihn das letzte Mal gesehen?«

Der Mann im Trainingsanzug schien hellhörig geworden zu sein.

Der Wirt zögerte kurz und sagte: »Kann mich nicht erinnern.«

»Waren Sie am Samstagabend auch hier?«

»Nein.«

De Santis betrachtete ihn eindringlich. Der junge Mann hatte einen Ring im Nasenflügel und zwei feine Schneisen in den Augenbrauen. Narben oder rasiert. Er schaute betont gelangweilt. Es hatte keinen Sinn, ihn zu befragen. Nicht jetzt.

Sie bestellten, dann beugten sie sich über ihre Notizen. Frustriert.

»Nicht zum Aushalten«, fing Pizzuoli an. »Alle sagen dasselbe: Ausgerechnet Don Sebastiano! Ausgerechnet er!« Er imitierte den Klageton, den auch De Santis kannte. »Er war bei allen beliebt, ein echter Seelsorger, der sich um die Basis gekümmert hat.«

»Er muss eine Krise durchgemacht haben. Das aufgedunsene Gesicht, die Wohnung, sein ganzer Lebensstil sind wohl immer deprimierender geworden.«

»Davon haben die Leute mir nichts gesagt. Vielleicht waren ihm seine vier Wände egal und haben nur auf Sie deprimierend gewirkt.«

Pizzuoli mochte recht haben. Auch der Küster hatte nicht gewusst, was De Santis an der Wohnung störte. War er so empfindlich, weil sie ihn an Isabellas Abwesenheit erinnert hatte?

»Natascha hat ihm keiner verübelt?«, fragte er.

Bomba winkte ab. »Geschenkt. ›Besser als mit kleinen Jungen rumzumachen‹, haben die meisten gesagt.« Erstaunlich, wie schnell der junge Kollege das Vertrauen der Leute gewann. Er sprach das Neapolitanisch der unteren Schichten, trat entsprechend auf, und seinen Dienstausweis zeigte er vor, als wäre er gefälscht. Das wirkte.

»Irgendwelche Zeugen, die in der Nacht etwas Besonderes wahrgenommen haben?«, hakte De Santis nach.

Allgemeines Kopfschütteln. Es war zum Verrücktwerden. Ein Schlag ins Wasser.

»Was ist mit diesen Kirchenbesetzern?«, fragte Pizzuoli zurück.

Der Commissario war unentschieden, wie er seine Eindrücke zusammenfassen sollte. Nur in einem war er sich sicher. »Sie kommen für mich als Täter nicht infrage. Ich kann kein ausreichendes

Motiv erkennen. Die Parteien hatten sich darauf geeinigt, die Besetzung für die Dauer der Trauung zu unterbrechen.«

»Geeinigt?«

»Ja. Womöglich müssen wir da noch einmal nachhaken. Auch das Alibi des Anführers muss überprüft werden. Irgendetwas verschweigt er. Eine Spur ist das bisher aber nicht.«

Niemand sprach es aus, doch es gab nicht einen Hinweis auf Mord.

»Hoffentlich hat Marin die Haushälterin aufgetrieben. Die weiß sicher mehr.«

»Oder der Bischof«, warf Bomba ein, während er die Zähne in die Pizza fritta schlug. Ein Paradebeispiel für die Küche der armen Leute, die einst durch körperliche Arbeit reichlich Kalorien verbrannt hatten: ein mit Speck, Wurst- und Käseresten gefüllter Pizzateig, den man zu allem Überfluss in siedendes Fett tauchte. Bomba schloss die Augen.

»Der Bischof?« De Santis war jetzt hellwach.

»Er war hier in Bagnoli, allerdings nicht in offizieller Mission. Kurz danach wurde Natascha entlassen.«

»Bist du sicher? Erzbischof Kardinal Silva?«

Beppe Bomba nickte unbeirrt. »Das haben sogar mehrere Zeugen erzählt. Vor zwei, drei Wochen hat spätabends ein Wagen mit Fahrer vor der Pfarrei gehalten, und der Erzbischof höchstpersönlich ist ausgestiegen.«

Vor zwei oder drei Wochen? Hatte der Erzbischof Don Sebastiano vor die Alternative gestellt, entweder das skandalöse Verhältnis zu beenden oder versetzt zu werden?

»Weiß man, wie lange die beiden miteinander geredet haben?«

»Mindestens vier Stunden. Daran konnten sich auch mehrere Zeugen erinnern. Die schwarze Limousine ist wohl erst nach Mitternacht wieder aufgebrochen. Der muss dem Pastor ordentlich die Leviten gelesen haben.«

Vielleicht war das der entscheidende Hinweis auf eine schwere

Glaubenskrise bei Don Sebastiano. Wenn der Bischof ihn nur maßregeln wollte, dann konnte er das mit einer knappen Botschaft tun. Wenn er allerdings einen seiner engagiertesten Seelsorger für den Dienst in der katholischen Kirche retten wollte, war das ungleich aufwendiger.

»Okay«, sagte De Santis und winkte dem Wirt, er solle drei Kaffee bringen. »Versucht, den Ablauf der letzten Stunden von Don Sebastianos Leben zu rekonstruieren. Zudem müssen wir wissen, wie der Schichtwechsel bei der Besetzung abgelaufen ist. Und überprüft bitte das Alibi von Angelo Giordano. Er will in der Mordnacht erst hier in der Bar und anschließend zu Hause gewesen sein, mit Frau und Kindern. Morgen früh machen wir eine Lagebesprechung mit Marin in der Zentrale.«

Sie tranken den Kaffee am Tresen, und De Santis bezahlte.

Beppe Bomba beobachtete ihn. »Auf Spesen?«, fragte er noch einmal.

»Auf Spesen.« Der Kommissar nickte. »Hat jemand von euch ein Busticket übrig?«

Die beiden schauten ihn erstaunt an.

»Ich habe noch etwas zu erledigen und lasse euch den Wagen da.«

Bomba zog ein Bündel Fahrscheine aus der Tasche und drückte sie seinem Chef in die Hand. »Auf Spesen«, sagte er lachend.

»Zwei reichen mir«, antwortete De Santis und grinste ebenfalls. Bomba hatte sehr wohl verstanden.

15

Vele bedeutet »Segel«. Die Architekten der *Vele di Scampia* hatten die verspielte Leichtigkeit weißer Schiffssegel zum Vorbild genommen, um in den Sechziger- und Siebzigerjahren ein neues Viertel aus vermeintlich humanen Sozialbauten zu schaffen. Herausgekommen war ein Betonmonster, ein gigantischer Hochhauskomplex und sozialer Brennpunkt am nördlichen Rand der Stadt, der unter anderem durch Film und Fernsehen zum Inbegriff des hässlichen, von Drogen, Korruption und der Camorra dominierten Neapel geworden war.

Im Erdgeschoss der Vele wurde heute eine Kinderkrippe eingeweiht. Kein Geringerer als Erzbischof Kardinal Gianpaolo Silva hatte sich dazu angekündigt. Ein Mann von Mitte fünfzig, untersetzt, mit blitzenden Augen und Lachfalten in den kindlichen Wangen, schlicht in Schwarz gekleidet.

»Es gibt viele Arten, Verbrechen und Gewalt zu bekämpfen. Wir müssen unseren Kindern ein Vorbild sein, ihnen christliche Werte vermitteln und vorleben, und wir müssen bei den Allerkleinsten anfangen. Deshalb ist es mir eine besondere Ehre, dieser Einrichtung den Segen Gottes bringen zu dürfen«, sagte er, während er mit einer Schere das Plastikband zerschnitt und in den allgemeinen Applaus einfiel. »Gebt den Kindern Spielzeug, Buntstifte und Bücher. Sie werden sich die Welt mit gesunder Neugier aneignen, nicht mit dem primitiven Wunsch, sie zu unterwerfen und zu vergewaltigen.«

Dein Wort in Gottes Ohr, dachte De Santis. Er traute der Amtskirche nicht über den Weg. Aber immerhin bewies der Bischof Mut, indem er sich mitten ins Herz der Camorra-Hochburg begab und so deutliche Worte sprach. Vor einigen Wochen erst hatte jemand einen Sprengstoffanschlag auf seinen Wagen verübt, und entweder war er davon nicht beeindruckt, oder er ließ es sich nicht anmerken.

Nachdem er die Erzieherinnen umarmt und gesegnet und das Blitzlichtgewitter der Journalisten mit einer amüsierten Geste abgewehrt hatte, verließ er das mit Luftballons verzierte Betonkonglomerat, flankiert von seinen Mitarbeitern, die ängstlich die unzähligen Galerien, Treppen, Nischen und Dachfirste mit Blicken absuchten. Unzählige Augenpaare starrten aus Fenstern und von Balkonbrüstungen auf ihn herab. Da hätte leicht auch ein Gewehrlauf darunter sein können, und dagegen half kein Begleitschutz. Deshalb wagte sich kaum ein Prominenter, der offen gegen die Camorra predigte, in dieses Viertel.

»Glückwunsch zu Ihrer Courage«, sagte De Santis und stellte sich dem Bischof in den Weg.

Dieser warf einen überraschten Blick auf den Dienstausweis, aber da schob sich schon ein groß gewachsener Begleiter vor ihn, nahm das Dokument und hielt es mit skeptischer Miene ins Sonnenlicht. Er nickte, um zu signalisieren, dass er echt war.

»Hätten Sie eine Minute für mich?«, hakte der Commissario nach.

Die Prozession von Mitarbeitern, Gläubigen, Uniformierten und Journalisten geriet ins Stocken.

»Würde es Ihnen etwas ausmachen, zu mir in den Wagen zu steigen?«, fragte der Bischof. »Ich habe es eilig.«

»Im Gegenteil«, erwiderte De Santis. Er hatte für den Weg nach Scampia über eine Stunde gebraucht, war entnervt aus dem Bus gestiegen, hatte dann vergeblich auf den Anschluss gewartet und schließlich ein Taxi genommen.

»Auf Spesen?«, hätte Bomba ironisch gefragt.

Der Fahrer hielt zuerst dem Bischof, dann De Santis den Wagenschlag auf und setzte sich ans Steuer der dunklen Limousine. Die Menge teilte sich, und der Geistliche spendete ihr noch einmal den Segen. Hinten stieg der Leibwächter zu, der den Kommissar überprüft hatte und nun neben ihm Platz nahm.

»Entschuldigen Sie, dass ich Sie so überfalle«, sagte De Santis, »aber ich untersuche den Tod eines Ihrer Gemeindepriester.«

Der Bischof nickte. »Schlimme Sache«, sagte er. »Don Sebastiano war ein echter Hirte, wie Jesus ihn sich gewünscht hat.«

»Den Eindruck habe ich auch.«

»Wie kann ich Ihnen weiterhelfen?«

Der junge Fahrer mit dem fein geschnittenen Gesicht steuerte den Wagen souverän durch den dichten Verkehr. Im gepanzerten Innenraum herrschte wohltemperierte Stille, doch irgendetwas lenkte den Kommissar ab. Es war verwirrend unkompliziert gewesen, an den Erzbischof heranzukommen. Aber nun hatte er Mühe, die Gelegenheit zu nutzen. Er musterte den Leibwächter neben sich: um die dreißig, schwarzer Anzug, ohne den weißen Kragen des Geistlichen. Die Statur hatte er sicher auch nicht vom Choräle-Singen. Routiniert suchte der Mann den Straßenrand nach möglichen Gefahren ab.

»Es gibt etwas an seiner Persönlichkeit, das ich nicht verstehe. Sein Leben war so geradlinig, beseelt von zeitlosen Idealen. Ich hatte als Kind mit ihm zu tun und habe seinen Eifer erlebt. In letzter Zeit schien sich ein Schatten auf ihn gelegt zu haben. Ich kann es nicht genauer ausdrücken, obwohl ich das als Ermittler eigentlich müsste.«

Der Bischof lehnte sich zurück. Er hatte seine Beklemmung bisher meisterhaft kontrolliert. Jetzt, da der Wagen die dunkelgraue Schlucht der Betonklötze hinter sich ließ, wurde seine Erleichterung spürbar.

»Ich nehme an, dass Sie über Don Sebastianos Privatleben unterrichtet sind.«

De Santis nickte.

»Ein Priester ist ein Mensch wie jeder andere, mit allen Schwächen. Diese Schwächen können ihn jederzeit einholen, gerade in Phasen der Erschöpfung.«

»Sie haben ein ausführliches Gespräch mit ihm geführt.«

»Viele Gespräche. Zuerst telefonisch, dann per Brief. Schließlich habe ich ihn aufgesucht.«

»Um von ihm zu verlangen, dass er die Beziehung mit seiner Haushälterin beendet?«

»Das greift etwas zu kurz. Das Zölibat ist eine Verpflichtung durch das kanonische Recht, sozusagen ›der um des Himmelreiches willen übernommene evangelische Rat der Keuschheit‹, dessen Sinn heute heftig diskutiert wird.«

»Also haben Sie eine Grundsatzdiskussion geführt?«

»Ja. Bei Don Sebastiano hatte in den letzten Jahren eine Art geistliche Erosion eingesetzt, ausgelöst durch die spät entdeckte Sinnlichkeit. Sie hat einen Flächenbrand in ihm ausgelöst, eine existenzielle Erschütterung.«

»Aber er hat sich Ihrer Auflage gebeugt?«

»Ich wollte ihn nicht beugen, sondern zu einer bewussten Entscheidung führen. Er musste schlichtweg wissen, ob er noch katholischer Seelsorger sein konnte.«

»Konnte er denn?«

»Am Ende ist er wohl zu dem Schluss gekommen, dass es nicht geht.«

»Sie gehen also von Selbstmord aus?«

Der Bischof schaute De Santis überrascht an. »Sie etwa nicht?«

»Nun denn, es gibt da so ein paar Indizien ...«, sagte De Santis vage.

»Verstehe, Sie können nicht darüber sprechen.«

»Tut mir leid. Aber ich danke Ihnen herzlich für Ihre Geduld.«

»War mir ein Vergnügen, Commissario De Santis.«

Der Kommissar war überrascht, dass der Bischof sich seinen

Namen sofort eingeprägt hatte, und erfreut, dass er fast vor der Questura angekommen war.

»Würden Sie mich hier rauslassen?«, fragte er und gab dem Bischof die Hand.

Dieser tippte dem Fahrer auf die Schulter, und die Limousine hielt in dritter Reihe. Der Verkehr stockte, wand sich um den Wagen herum, aber niemand wagte zu hupen.

16

Als De Santis am nächsten Tag die Abteilung betrat, herrschte gespenstische Stille. Einen Moment glaubte er, seine Mitarbeiter seien noch nicht da. Aber dann entdeckte er Marin im Besprechungszimmer, vertieft in die Betrachtung des Whiteboards, auf dem ein Porträtfoto von Natascha zu sehen war.

»Wo sind Pizzuoli und Bomba?«, fragte De Santis.

»In ihren Büros. Speisen gerade die letzten Informationen ins System ein.«

»Die wollten wir doch mündlich austauschen.«

»Alles, was ermittlungsrelevant ist, muss laut der neuen Anordnung ins Intranet.«

De Santis rief die beiden Kollegen und öffnete unterdessen die Espressokanne. Er ließ Leitungswasser in den Boden ein, füllte den Filter mit gemahlenem Kaffee, schraubte sie zusammen und stellte sie auf die Kochplatte. Immer wieder vergaß er, wie viel Kraft es ihn kostete, Marin zu ertragen.

Bomba kam mit einem fröhlichen Gruß herein, knallte seinen Notizblock auf den Tisch und ließ sich in den Stuhl fallen. Pizzuoli trat mit schleichendem Schritt ein, schaute seinem Chef über die Schulter und nahm für den Kaffee vier Tässchen aus dem Wandschrank.

»Könnte ich heute ein bisschen früher gehen?«, fragte er zögerlich.

»Klar«, antwortete De Santis. »Sonderschicht in der Pizzeria?«

»Ich muss meine Tochter zu einem Geburtstagsfest bringen.«

»Wer möchte beginnen?«, fragte der Kommissar. »Kollege Marin, haben Sie Natascha ausfindig gemacht?«

»Alle Informationen dazu sind ins System eingespeist.«

De Santis riss sich zusammen und fragte ruhig: »Haben Sie mit ihr gesprochen?«

»Nein.«

»Was haben Sie dann herausgefunden?«

»Natascha Smirnowa, geboren in Lwiw, Ukraine, fünfundvierzig Jahre alt, Diplom als Erzieherin. Über die Organisation Kirche Ost-West vor sechs Jahren nach Italien gekommen, reguläre Aufenthaltsgenehmigung. Zuerst bei einem greisen Pfarrer in Caserta tätig, vor vier Jahren dann als Haushälterin von Don Sebastiano eingestellt.«

Auf dem Flachbildschirm baute sich eine PowerPoint-Präsentation auf, die mit einem körnigen Porträtfoto startete. Zu sehen war die attraktive Frau, die De Santis bereits von einem anderen Bild kannte: ausgeprägte Wangenknochen, helle Augen und sinnliche Lippen, nicht mehr ganz jung, aber ein Gesicht, das bei den meisten Männern einen Schalter umlegte. »Natascha Smirnowa« ploppte in knalliger Schrift auf, dann wurde in den Lebenslauf mit den wichtigsten Eckpunkten überblendet.

»Wo ist sie jetzt?«

Marin fingerte an der Tastatur herum. Stehen blieb das Porträtfoto, über dem sich immer wieder der Name »Natascha Smirnowa« in bunten Buchstaben aufbaute, die dann wie Seifenblasen zerplatzten.

Der Vicecommissario zuckte mit den Schultern. »Spurlos verschwunden. Weder Kirche Ost-West noch die Bank, Steuerbehörde oder sonst wer haben eine aktuelle Anschrift von ihr. Offiziell ist sie noch immer bei Don Sebastiano gemeldet oder unbekannt verzogen.«

»Nachsendeauftrag?«

»Nichts zu finden.«

»Wo hat sich ihr Handy das letzte Mal ins Netz eingewählt?«, fragte De Santis.

»Wir haben noch keine Telefondaten. Die Staatsanwaltschaft hat bisher keine Genehmigung erteilt.«

Und du hast dich nicht darum bemüht, dachte De Santis. Laut sagte er: »Es ist jedenfalls verdächtig, dass sie abgetaucht ist.«

»Vielleicht ist sie in ihre Heimat gefahren«, mutmaßte Pizzuoli.

»Ich habe unter anderem auch die Busunternehmen und Fluggesellschaften kontaktiert. Nichts«, fiel Marin ein.

»Eisenbahn?«

»Schwierig zu sagen. Keine Online-Bestellung auf ihren Namen. Sollte sie irgendwo an einem Schalter ein Ticket gekauft haben, ist es ziemlich aussichtslos.«

»Exzellente Arbeit«, sagte De Santis. Es klang ironisch, aber er meinte es ernst. Marin war genau, hartnäckig und effizient – wenn er wollte.

Pizzuoli verteilte die vier Tässchen mit Kaffee.

»Also fassen wir zusammen«, sagte der Kommissar und trank einen Schluck. Er ließ einen Moment das bittere Aroma wirken und spürte den kleinen, wohligen Schub. Nach und nach rekonstruierten sie den letzten Tag im Leben von Don Sebastiano. Er hatte verschiedene Gemeindemitglieder besucht, die Brautleute getroffen und sich um fünf Uhr nachmittags das letzte Mal mit den Arbeitern des Komitees unterhalten, ehe sie auseinandergegangen waren. Der Priester hatte sich in seine Wohnung zurückgezogen, und zwischen Mitternacht und ein Uhr war er gestorben. Giordanos Alibi war bestätigt worden. Es gab keine Zeugen für Gewalt oder unliebsamen Besuch beim Priester. Alle Angaben deckten sich.

»Ich habe da noch zwei ältere Geschichten«, schaltete Bomba sich ein. »Es gab wohl Streit mit dem Küster. Jemand hatte Geld aus dem Klingelbeutel unterschlagen. Außerdem hatte Don Sebastiano eine Genossenschaft für junge Künstler gegründet, die am Ende ohne Geld dastand. Sie sollten ein Gemälde aus Sant'Anna restaurieren, haben dafür aber nie ein Honorar gesehen. Die jungen Leute haben für lau geschuftet.«

De Santis zögerte einen Moment. »Bei der Unterschlagung der Spenden, um welche Summe ging es da?«

»Um zwölfhundertfünfundvierzig Euro.«

»Zwölfhundertfünfundvierzig Euro?« De Santis winkte ab. »Der Küster hat deshalb nicht mal seinen Job verloren. Wann ist die Sache passiert?«

»Vor anderthalb Jahren.«

»Erzählt hat der Küster Ihnen das jedenfalls nicht, oder?«, warf Pizzuoli ein.

»Wer von uns hätte das beim ersten Gespräch getan?«, erwiderte De Santis. »Der Mord war, falls es einer war, genau geplant und umgesetzt. Dazu ist der Küster nicht fähig. Einen solchen Plan kann er unmöglich alleine aushecken, und Helfer kann er auch nicht bezahlen. Wer sind diese Restauratoren?«

»Junge Leute aus Bagnoli, arbeitslose Akademiker und Künstler, die sich mit Praktika und Gelegenheitsjobs über Wasser halten. Sie haben eine Genossenschaft gegründet, um Aufträge an Land zu ziehen, allerdings ohne großen Erfolg. Dann kam Don Sebastianos Projekt mit der Restaurierung des Altarbildes.«

»Wie lange haben sie daran gearbeitet?«

»Mehrere Wochen.«

»Warum hat man sie nicht bezahlt?«

»Don Sebastiano hatte Fördergelder beantragt, die nicht bewilligt wurden.«

»Bringt man ihn deshalb um?« De Santis dachte nach. »Nein. Trotzdem gibt es Dinge, die nicht zusammenpassen. Sein Computer ist verschwunden, der Speicher seines Telefons gelöscht, es gibt keine Datenträger, und die Fotos aus Don Sebastianos Wohnung wurden abgehängt.«

»Das kann er selbst vor dem Suizid getan haben«, warf Marin ein, natürlich einer Meinung mit dem Questore. »Der Abschiedsbrief ist jedenfalls authentisch«, schob er nach.

»Wer sagt das?«, fragte De Santis.

»Das grafologische Gutachten.«

»Welches grafologische Gutachten?«, polterte der Commissario. »Damit steht und fällt doch alles. Warum sagen Sie das denn nicht gleich?«

»Ich habe die Information umgehend ins Intranet gestellt.«

»Verschonen Sie mich mit Ihrem Intranet«, brüllte De Santis. »Wir sind ein Team. Entscheidende Fakten können wir einander doch mündlich mitteilen.«

»Schriftlich ist sicherer. Es beugt Missverständnissen vor. Das Intranet ...«

»Woher hatte eigentlich der Polizeichef die Interna über den Fall? Von Ihnen?«, blaffte der Kommissar.

»Nein.«

»Woher dann?«

Bomba und Pizzuoli zuckten mit den Achseln.

»Marin, Sie waren gestern früh als Erster im Büro. *Sie* haben mit ihm geredet. Haben Sie ihm den Stand der Ermittlungen offenbart?«

»Nein.«

Sein Vize unterdrückte ein Grinsen. De Santis verstand sofort. Das Intranet.

»Haben Sie ihm das Passwort gegeben?«

»Ja.« Marin sagte dies in zufriedenem Ton.

Wer wusste schon, was er dem Polizeichef noch alles steckte. De Santis dachte an den Bericht zum Teambuilding, den der Questore von ihm wollte. Und den Marin sicher schon abgeliefert hatte, vermutlich in beispielhafter Ausführlichkeit. Sie waren in den drei Jahren, die De Santis der Mordkommission IV vorstand, zu einer verschworenen Gemeinschaft zusammengewachsen, die Freude an der gemeinsamen Arbeit gehabt hatte, in unausgesprochener Solidarität gegen die Zumutungen von oben. Jetzt aber konnte ihnen ein unliebsamer Chef permanent auf die Finger sehen, dank des Intranets und eines Zuträgers, der mitten unter ihnen war.

»Wie geht es weiter?«, fragte Pizzuoli.

De Santis ließ sich auf den Stuhl fallen und fuhr sich mit der Hand über die Stirn. Er spürte die Skepsis seiner Mitarbeiter. Für sie war es Selbstmord, und nur sein Spleen bürdete ihnen sinnlose Arbeit auf.

»Was hat die Spurensicherung herausgefunden?«

»Dutzende von Fingerabdrücken im Glockenturm, kaum Zuordnungen. Da sind Einsatzkräfte, Sanitäter und wohl auch etliche Gemeindemitglieder herumgelaufen.«

»Irgendwelche vorläufigen Hinweise aus dem Autopsiebericht?«

»Nichts Auffälliges. Er hatte Salat und Brot zu Abend gegessen und null Komma acht Promille Alkohol im Blut. Keine Hämatome oder Abschürfungen, die auf Fremdeinwirkung hinweisen.«

»Chef?«, fragte Pizzuoli, »ich müsste langsam los.«

De Santis schaute gedankenverloren auf. »Jetzt? Wann ist denn der Kindergeburtstag?«

Pizzuoli wurde plötzlich unsicher. »Ich muss noch ein Geschenk mit ihr suchen und ein paar Dinge erledigen.«

»Um zwölf kannst du meinetwegen gehen«, erwiderte der Kommissar, seine Irritation nicht kaschierend. Dann wandte er sich an seinen Vize. »Marin, was meinen Sie? War es Selbstmord oder Mord?«

»Ich glaube, es war Selbstmord.«

»Warum?«

»Weil es keinen Hinweis auf das Gegenteil gibt. Laut Vorschrift können wir nur ermitteln, wenn wir Beweise für Fremdeinwirkung haben.«

»Jetzt vergessen Sie bitte einmal die Vorschrift. Warum ist Natascha Ihrer Meinung nach verschwunden?«

»Keine Ahnung. Vielleicht Zufall. Vielleicht Enttäuschung über Don Sebastiano, über ihr Leben in Italien. Womöglich ist sie schon seit zwei Wochen in ihrer Heimat.«

De Santis schrieb einen Namen und eine Adresse auf einen Zettel. »Das hier ist eine gute Bekannte von ihr in Bagnoli. Der Küster hat sie mir genannt. Fahren Sie hin und reden Sie mit ihr.«

»Wird gemacht«, sagte Marin.

»Beppe, du fährst mit, und danach solltet ihr einmal bei der Ausländerbehörde wegen Natascha anfragen. Wir müssen herausfinden, wo ihre Verwandtschaft lebt.«

Bomba nickte, aber er rührte sich nicht.

»Was ist?«, fragte De Santis.

»Poggioreale hat angerufen.«

Der Wagen vom Strafvollzug! Er stand noch oben am Vomero. Vor Isabellas Haus.

»Soll ich mich darum kümmern?«, fragte Bomba.

»Nein, das mache ich«, erwiderte De Santis.

17

Er verabschiedete sich, ging in sein Büro und kontrollierte den Posteingang im Computer: Zweiundzwanzig Mails hatten sich aufgestaut. Einige davon konnte er nicht ignorieren: Anfragen von Kollegen, die er beantworten, Einladungen zu Veranstaltungen, bei denen er zumindest absagen musste. Es dauerte bis zur Mittagspause.

Danach wählte er sich ins Intranet ein, um sich einen Überblick über den Kenntnisstand zu verschaffen. Respekt, Marin hatte ganze Arbeit geleistet. Er hatte Ordner angelegt für die Biografien von Don Sebastiano und Natascha, für Tatort und Wohnung, für die Ergebnisse der Kriminaltechnik und die Befragungen vor Ort. Leider gab es aus Bagnoli nichts Neues. Keine Spur von Natascha, keine Zeugen für Don Sebastianos vermeintlichen Selbstmord. Die Einträge von Bomba und Pizzuoli waren sehr fragmentarisch und zum Teil orthografisch fragwürdig, von De Santis fand sich fast nichts.

»Akten in Don Sebastianos Wohnung vollständig? Von Fremden durchsucht? Mit Akten im Gemeinderat abgleichen. Zeitungsartikel zum Streikkomitee sichten, vor allem im Hinblick auf die Unterbrechung der Aktion wegen der Hochzeit«, schrieb er, so wie er es in seinem Notizblock formuliert hätte. Wer soll damit etwas anfangen?, dachte er. Für Marin war das sicher nur ein weiterer Beweis fehlender Professionalität.

Sein Handy klingelte.

»Franco?« Es war Elvira Barbarossa. »Was ist denn los?«

»Das fragen Sie? Wo sind Sie?«

»Wieder in Neapel, vor einer Stunde gelandet. Ich habe elf entgangene Anrufe von Ihnen.«

»Weil ich elfmal versucht habe, Sie zu erreichen.«

»Und?«

»Hat sich vermutlich erledigt. Es ging um einen Fall.«

»Ich bin jetzt im Büro. Wollen wir uns nachher auf einen Aperitif treffen?«

Und ob.

Als sie an das kleine Restaurant auf der Piazza Dante kam, wirkte Elvira Barbarossa eleganter und selbstbewusster denn je. Die roten Locken fielen ihr über die Schultern, das grüne Kostüm schmiegte sich um den schlanken Körper, der jedoch nicht von Diäten malträtiert war.

De Santis, der unter einem Sonnenschirm im Freien saß, stand auf, tauschte zwei Wangenküsse mit ihr, dann nahmen sie Platz. Sie lächelte ihn an, ein wenig amüsiert, ein wenig überlegen, aber nicht überheblich. Sofort hatte er gute Laune.

»Wenn man Sie einmal braucht«, sagte er.

»Ich war in Brüssel, auf einer Konferenz über die Harmonisierung europäischer Strafverfolgung. Das hat man Ihnen doch sicher gesagt.«

Man hatte es ihm nicht gesagt, weil er nicht gefragt hatte.

»Also, was ist mit dem Priester?«, fragte sie.

»Es will mir nicht in den Kopf, dass er sich umgebracht haben soll. Es passt einfach nicht.«

»Ich weiß Bescheid. Der Questore hat in der Staatsanwaltschaft angerufen.«

Die Sonne sank glühend rot auf die gegenüberliegende Häuserfront. Unten auf der Piazza spielten Jungs Fußball, oben auf einem

Podest stand Dante Alighieri in Marmor und strahlte im Scheinwerferlicht. Keine Kunst, dachte De Santis. Elvira Barbarossa ließ ihn alle Details ausbreiten, während sie zwei Gläser Weißwein trank und immer wieder lächelte. Er spürte ihre Skepsis, wollte sich jedoch nicht geschlagen geben. Nicht bei ihr, deren Einschätzungen er fast immer teilte.

»Jemand muss diesem Priester die Würde zurückgeben«, sagte er.

Sie spießte eine Olive auf, ließ sich Zeit. »Sie? Liegt es nicht eher daran, dass Sie nicht verlieren können? Es wurmt Sie, dass ausgerechnet der Questore und Marin richtigliegen könnten.«

»Ich gebe zu, es macht die Sache schlimmer.« Sie lachten beide. »Es ist vor allem ein Gefühl. Und Sie wissen, damit habe ich noch nie falschgelegen.«

Sie blickte ihn konsterniert an.

»Na ja, selten.«

Sie legte ihre Hand auf seine, was sich gut anfühlte. Sehr gut.

»Wollen Sie meinen Rat? Lassen Sie sich Zeit. Sie meinen, Sie müssten sofort den Durchbruch schaffen ...«

»Die Spuren muss man sichern, solange sie heiß sind.«

»Lassen Sie mich bitte ausreden.« Sie drückte seine Hand, ein wenig unduldsam, und De Santis' Herz schlug ein wenig schneller. Was macht sie?, dachte er. Und was mache ich? »Wenn es Mord war, dann ein besonders raffinierter. Sie werden dabei kaum auf herkömmliche Spuren bauen können. Warten Sie ab. Den Obduktionsbericht, die weiteren Entwicklungen, einen Zufall. Es gibt derzeit keinen Grund für ein Ermittlungsverfahren. Wenn Ihr Gefühl Sie nicht trügt, dann wird es auch irgendwann auf die Lösung stoßen.«

De Santis saß da und fühlte sich wie ein Schuljunge, dem man mit Rotstift den Aufsatz zerpflückt hatte. Aber dieses Rot hatte seinen Reiz. Einen anderen als bei Isabella. Er sah Elviras schlanken Hals, die Schlüsselbeine, die sich unter der Bluse abzeichneten. Er hatte sich oft gefragt, was genau ihn anzog an dieser Person. Lag es daran, dass sie eine Frau war in einer Rolle, die meist Männer ausfüllten?

»Haben Sie schon zu Abend gegessen?« fragte er.

»Kennen Sie jemanden, der vor dem Aperitif isst?«

»Nein.«

»Ich bin leider schon verabredet.«

Er spürte einen feinen Stich.

Sie blickte ihm in die Augen. »Ihnen liegt noch mehr auf der Seele, oder?«

Er winkte ab. »Ein andermal.«

Sie umarmten einander, dann verschwand sie in der Via Toledo, wo der Abendverkehr sich in dichten Kolonnen voranschob. Es dämmerte bereits, die Menschen ließen die Arme aus den offenen Fenstern baumeln und genossen die laue Brise.

18

De Santis schlenderte durch die Quartieri Spagnoli, das dichte Schachbrettmuster aus engen Gassen, die von Leinen mit feuchter Wäsche, Schlingpflanzen, Wimpeln, selbst geschmiedeten Wasserspeiern, von provisorischen Lastenaufzügen und dicht bepflanzten Balkonen überspannt waren. Ein Junge in Jeans und weißem T-Shirt trat aus einer Bar und bot ihm »günstige« Zigaretten an.

»Marlboro, Camel, alles halber Preis«, nuschelte er.

»Wie alt bist du?«, fragte der Kommissar.

Mit einem feindseligen Blick verschwand der Bursche in einer Seitengasse.

Der Commissario tauchte ein in die finsteren Eingeweide der Stadt, einst der spanischen Soldateska, die das rebellische Neapel in Schach halten sollte und sich unterdessen in Glücksspiel, Trunksucht und Hurerei ergangen hatte.

Kaum ein Auto passte durch die gewundenen Schluchten, und trat man in einen Innenhof, herrschte gespannte Stille, unterbrochen von einer knallenden Tür oder einem Dialog, der plötzlich verstummte.

Er spürte die vielen Kilometer, die er bereits abgespult hatte, er spürte vor allem ihre Vergeblichkeit, und dennoch tat die Bewegung ihm gut. Die sanfte Steigung ging über in eine steile Treppe, die sich durch die Felsen fraß. Rechts und links Bretterzäune, hinter denen die Leute Gemüse und Obst anbauten. Die Beleuchtung wurde immer spärlicher, die meisten Straßenlaternen waren zertrümmert. Eine gebeugte Gestalt stocherte im Müll und trampelte auf der Karkasse eines Fernsehers herum. Macchia und Feigenbäume dufteten, Lichter und Lärm der Stadt verschmolzen zu einem brandenden Teppich, auf dem ein Netz gelblicher Lichter blinkte. Dahinter das Meer als pechschwarzer Film.

Plötzlich stand De Santis auf einer der Panoramastraßen des Vomero, kurz darauf unter Isabellas Palazzo. Der Dienstwagen parkte noch immer schräg in der Einfahrt.

Nachdem er geklingelt hatte, meldete sich Isabellas Stimme: »*Pronto?*«

»Ich bin's, Franco, ich war zufällig in der Gegend ...«

»Zufällig, ja? Meinst du nicht, dass dein Auftritt von vorgestern gereicht hat?«

»Es tut mir leid. Ich würde mich auch entschuldigen bei«, er hatte Mühe, den Namen auszusprechen, »Stefano.«

»Wenn du dich bei Stefano entschuldigen willst, musst du zu ihm gehen. Oder wolltest du bloß kontrollieren, ob er hier ist?«

»Er ist mir egal.«

»Ach ja? Am Sonntag hatte ich einen anderen Eindruck.«

»Ich will nur erklären ...«

»Aber ich will deine Erklärungen nicht hören. Wir lassen uns von dir nicht mehr auf den Arm nehmen.«

»Wann habe ich euch je auf den Arm genommen? Was heißt überhaupt: ihr? Dass ich als Vater und Ehemann gleichermaßen versagt habe? Sollte ich darüber nicht mit Ludovica reden?«

De Santis merkte, dass die Gegensprechanlage tot war. Ich Idiot, dachte er. Wieder einmal war er ohne jede Strategie vorgeprescht. Er hätte sich denken können, dass sie aufgebracht war, stattdessen meinte er, er müsse nur auf seine innere Stimme hören, dann würde sich schon alles einrenken. Seine innere Stimme. Vielleicht sollte ich mal auf die anderen hören, dachte er.

Franco ging zum Dienstwagen, setzte sich ans Steuer und zündete sich eine Zigarette an. Er brauchte eine Luftveränderung, der Rauch allein genügte nicht. Aber er hatte keine Lust, quer durch die Stadt bis nach Poggioreale zu fahren. Wer wusste schon, ob er den Wagen dort jetzt loswürde.

Hinunter ans Meer wollte er, die schwankenden Segelmasten beobachten, die Schreie der Möwen und die Brandung hören. Bei Posillipo folgte er den Serpentinen die Steilküste hinauf. Hier war er am Wochenende früher mit der Vespa entlanggebraust, hinter ihm Isabella, die gebräunten Arme um seinen Bauch geschlungen, den Kopf an seinem Schulterblatt.

Er kam durch die Villenviertel, dann auf die Küstenstraße, die sich Richtung Bagnoli steil in die Tiefe wand, unter sich die weite Ebene, auf der einst das Stahlwerk »Italsider« gestanden hatte. De Santis umrundete das Gelände entlang der hohen Tuffsteinmauer, die am Ortseingang von Bagnoli mit wütend-bunten Graffitis überzogen war. Auf der Seeseite hatte man die größte Mole als Denkmal und Flaniermeile stehen lassen, über zwei Kilometer ragte sie schnurgerade ins Meer, breit wie eine Autobahn. Er stieg die Metalltreppe hoch und marschierte hinaus in die Finsternis, unter sich die schwappende See, die gegen die hohen Betonpfeiler klatschte, vor ihm die Inseln im Dunst.

Heute Morgen hätte er dem Questore einen Bericht liefern sollen. Wie sollte er Beppe Bomba skizzieren? Wie seine Reibungspunkte mit den anderen Teammitgliedern? Gennaro Pizzuoli, Mario Marin? Wenn der Commissario die Wahrheit schrieb, würde der Chef sie nicht verstehen. Und falls er sie doch verstand, würde er die falschen Schlüsse ziehen. Was wollte er überhaupt anfangen mit seinem Wissen? Versetzungen in die Wege leiten? Beförderungen? Umstrukturierungen? Der Einzige im Team, der störte, war Marin. Und den würde der Questore nicht antasten.

Er schirmte die Hand gegen den Wind ab, zündete mit Mühe noch eine Zigarette an und erreichte den Kopf der Mole. Hier hatten Lastschiffe aus aller Welt an- und abgelegt, hatten Koks und

Eisenerz gebracht, Stahl wieder mitgenommen. Am Ende hatten sie das ganze Werk abgeholt, verpackt in Container.

Hinter sich sah er das verlassene Industriegelände, auf dem Gras und Gestrüpp wuchsen. Dort wäre Platz für eine traumhafte Küstenstadt gewesen, oder wenigstens für ein paar Bolzplätze, während die Kinder auf der anderen Seite der Mauer in Wohnblocks gepfercht wurden.

Da war auch der schwarze Schacht, in dem Don Sebastiano erfolglos um sein Leben gekämpft hatte, allein gelassen von einem Gott, dem er treu gedient hatte, Jahrzehnt um Jahrzehnt. De Santis dachte an das Bild des jungen Kaplans, der mit einem warmen Lächeln, begeistert von den Kommunionkindern, Jesu Botschaft erklärt hatte. Bei Nachfragen lächelte er gütig. Gütig, das war ein Wort, das der Kommissar lange schon nicht mehr gehört hatte. Es fehlten die Menschen, auf die es gepasst hätte.

Er ging zurück zum Wagen und fuhr auf den Kirchplatz. Die Turmuhr schlug zehnmal und ließ die Luft vibrieren, als der Commissario die kleine, in das Haupttor eingelassene Seitentür aufschloss. Die Straßenlaternen warfen einen gelblichen Schimmer durch die schmalen Seitenfenster, bildeten Lichtinseln auf den Metallstufen im Glockenturm. Die Zugluft riss ihm fast die Tür aus der Hand, und während er hinaufstieg, spürte er die kühle Nachtluft durch die Fenster. Zugluft ... Wieso war der Abschiedsbrief nicht weggeflogen? Klar, er war mit einem Stein beschwert gewesen.

Wo war der Stein? Vor allem: Wo war er hergekommen? Nicht aus dem Turm, denn dieser bestand aus Betonwänden, der Fußboden aus großen Travertinplatten.

Auch der Kirchplatz gab nichts her. Er war asphaltiert, die Ränder mit verwahrlosten Blumenrabatten geschmückt. Vielleicht stammte der Briefbeschwerer ja von hier? Per Smartphone wählte De Santis sich ins Intranet ein und griff auf Marins vorbildliche Arbeit zurück, um den Stein zu finden. »Keine verwertbaren Fingerspuren« stand da.

Spontan rief er den verantwortlichen Kriminaltechniker an. Dieser brauchte eine Weile, bis er verstand, was sein Kollege wollte.

»Du weißt schon, wie spät es ist, oder?«

»Es ist extrem wichtig, sonst würde ich dich nicht stören. In deinem Bericht zu dem untersuchten Stein steht ›keine verwertbaren Fingerspuren‹. Was heißt das genau? Dass sie nicht aussagekräftig waren oder dass es gar keine gab? War die Oberfläche ungeeignet, Fingerspuren nachzuweisen, waren sie verwischt oder zu fragmentarisch?«

»Nein, es war ein glatter Kieselstein, trocken, eigentlich die ideale Basis.«

»Es waren also überhaupt keine Spuren darauf?«

»Nein.«

De Santis legte auf. Don Sebastiano hatte keine Handschuhe getragen. Warum auch? Wieso sollte ein Selbstmörder die Fingerabdrücke von dem Stein entfernen, mit dem er einen Abschiedsbrief beschwerte?

Dies war der Beweis, dass Don Sebastianos Tod kein Selbstmord war. Ein Beweis für De Santis, für den gesunden Menschenverstand, jedoch kein Beweis im juristischen Sinne und damit kein Beweis für den Questore. Also nutzlos. So wie alles, was er hier tat.

Er ging zum Auto, und als er wendete, glitten die Kegel der Scheinwerfer über die Fassade der gespreizten Miesmuschel, die die Misere Bagnolis ästhetisch auf den Punkt brachte. Als er die Bahnlinie kreuzte, sah er einen schlanken jungen Mann, der unter einer Straßenlaterne stand. Es war Marin. De Santis bremste und beobachtete ihn im Rückspiegel. Was tat der Kollege hier? Er schien auf den Bus zu warten, starrte auf sein Smartphone. Hatte er ermittelt? Außerhalb der Dienstzeit? Ging sein Ehrgeiz etwa über die Korrektheit? Offensichtlich wollte er zurück ins Zentrum und wusste nicht, dass dies keine Nachtlinie war. Er würde morgen früh noch hier stehen. Für einen Moment überlegte der Commissario, ob er ihn mitnehmen sollte. Aber eine halbe Stunde auf engstem Raum mit Marins Ermittlungsergebnissen und Vorträgen über die strukturellen Mängel in der neapolitanischen Behördenarbeit, das war zu viel für ihn. Er wollte nicht aus Marins Mund hören, was der Chef sagen würde: Keine Fingerabdrücke auf dem Stein mochten zwar unlogisch wirken, waren aber kein Beweis für Mord. Und so ließ er den Kollegen stehen.

19

Als De Santis am Mittwochmorgen aus dem Treppenhaus trat und in die Concierge-Loge sah, grüßte Crescenzio merkwürdig verkniffen. Der Grund stand neben dem Eingangstor: der Dienstwagen mit dem Schriftzug »*Polizia Penitenziaria*«. Jetzt wussten alle, dass Franco Polizist war. Auf die Karosserie hatte jemand in der Nacht »*sbirri di merda* – Scheißbullen« gesprüht. Der silberne Schriftzug hob sich deutlich von dem dunkelblauen Untergrund ab. Er rieb mit dem Finger daran – nichts zu machen. Scheiße, dachte er. Nicht nur, dass sie in Poggioreale seit drei Tagen auf den Wagen warten. Oder haben sie ihn etwa vergessen? Bomba hatte das Thema nicht wieder angesprochen.

»Crescenzio«, rief De Santis.

Der Portier hatte sich hinter der Zeitung versteckt. »Dottore?«, fragte er scheinheilig.

»Wer war das?«

»Bedaure.« Er zuckte mit den Achseln.

De Santis setzte sich in den Wagen, in dem immer noch Beppe Bombas merkwürdiger Alkohol- oder Aftershave-Geruch hing und mit dem Geruch die Erinnerungen. Don Sebastianos triste Wohnung, Isabellas feindselige Stimme an der Gegensprechanlage, der Questore, der seinen Bericht wollte.

Das alles war zu viel für Franco. Nicht einmal ein Kaffee bei Aldo war drin, jedenfalls nicht mit dem Streifenwagen. Er musste ihn loswerden, er musste ihn im Knast abgeben. Also fuhr er Richtung Zentrum und bog auf die Alte Römerstraße nach Apulien, die unterwegs am größten Gefängnis Neapels vorbeiführte. Poggioreale war ein feindseliger Klotz, eine braune, endlos lange Fassade aus dem neunzehnten Jahrhundert. De Santis mochte den Bau nicht, und er mochte die Kollegen nicht, die dort arbeiteten. Sie hatten einen grausamen Job und waren darüber selbst grausam geworden.

Eine halbe Stunde später ging es De Santis besser. Er hatte Poggioreale einfach links liegen lassen und war weiter nach Portici gefahren. Dort gab es eine Quelle, die ihm vielleicht wichtige Informationen liefern konnte: Bruno, sein bester Freund aus Kindertagen. Dazu bedurfte es allerdings einer unorthodoxen Befragung.

Er stand an der Mole des kleinen Fischereihafens und sog den würzigen Geruch nach Muscheln und Tang ein. Brunos kleines Holzboot schaukelte auf den glitzernden Wellen, dahinter blütenweiße Möwen. Eine junge Frau schob beschwingt einen Kinderwagen vorbei, zwei alte Männer saßen auf Campingstühlen, ließen sich die Sonne auf die Socken scheinen und blickten wehmütig der Passantin nach. De Santis ging zur Remise und hörte durch das geschlossene Holztor den Motor knattern. Der Kompressor lief, Bruno füllte die Sauerstoffflaschen.

Sein Freund ging einmal die Woche tauchen, und wenn nicht gerade eine dringende Ermittlung anstand, kam De Santis mit. Diesmal wollte er das Angenehme mit dem Nützlichen verbinden und klopfte. Bruno öffnete, schlug ihm auf den Rücken, und dann umarmten sie einander.

»Na, dann muss ich wohl zwei Flaschen klarmachen.«

»Musst du wohl.«

Sie beluden das Boot mit den Anzügen, Bleigurten, Flaschen, einem Gasgrill, Getränken und Küchenutensilien. Dann warf Bruno den Außenborder an, Franco machte die Leinen los, und sie stachen in See. Das gleichmäßige Brummen des Viertakters, die salzige Brise, das Klatschen des Holzbugs auf der Dünung … Alles wie immer, alles gut.

Trotzdem überlegte De Santis, wie er die Sprache auf Don Sebastiano bringen konnte. Bruno hatte ihn genauso gemocht wie er, vielleicht sogar noch besser gekannt. Immerhin war er ein Jahr früher Ministrant geworden, hatte alle Gemeindefreizeiten und Zeltlager mitgemacht.

Sie gingen an ihrem Riff vor Anker, zogen sich um und ließen sich rücklings, vom Gewicht der Pressluftflaschen gezogen, über Bord kippen. Kalt zwängte sich das Meerwasser unter die Neoprenanzüge, wurde durch den Körper angewärmt und bildete dann eine wohlige zweite Haut. Franco drehte sich auf den Bauch, ließ ein wenig Luft aus der Rettungsweste ab, ehe er langsam, fast unmerklich hinab in die dunkelblaue Tiefe sank. Er hörte nur seinen pfeifenden Atem im Lungenautomaten, die Blasen, die blubbernd an seinen Ohren vorbei in die Höhe stiegen. Er drehte die Lampe an, der Lichtkegel verwandelte das diffuse Blau in ein Feuerwerk aus leuchtenden Farben: Seeanemonen, Hundskorallen, Schnecken und Seesterne.

Sie suchten die Höhlen nach Langusten ab – ohne Erfolg. Dann harpunierten sie jeder zwei, drei Fische und steckten sie in das Netz am Bleigurt. Die Luft in den Flaschen ging zur Neige, sie dekomprimierten eine Weile und kletterten zurück an Bord. Sie legten an einer Bucht an, bauten den Grill in einem versteckten Felsvorsprung auf, nahmen die Fische aus und legten sie auf den Rost. Nachdem Bruno einen Fiano entkorkt und in zwei Pappbecher gegossen, sie gegessen und in der Wärme des Spätsommertages geruht hatten, rückte De Santis endlich mit seiner Frage heraus.

»Hast du von dem toten Priester gehört?«

»Natürlich«, antwortete Bruno und setzte sich auf, leicht gereizt.

Sie gingen zusammen tauchen und fingen illegal Fische, die Arbeit war jedoch tabu. Bruno hatte Franco nie gefragt, warum er zur Polizei gegangen war, und Franco hatte Bruno nie gefragt, was an den Gerüchten dran war, dass er den Tod seines Vaters mit der Waffe gerächt und sich unter den Schutz eines Clans gestellt hatte.

»Es war Don Sebastiano.«

»Unser Kaplan?« Bruno war hellhörig geworden.

»Das wusstest du nicht?«

»Nein.«

»Hattest du je wieder von ihm gehört?«

»Nein.«

Franco wollte mehr erfahren, aber es verstieß gegen die Regeln ihrer Freundschaft. Nur was war das für eine Freundschaft? Angeblich arbeitete Bruno für den Clan von O'Svizzero, der seit zwanzig Jahren in Ponticelli das Sagen hatte. Wahrscheinlich war das damals Brunos einzige Chance gewesen, dem Knast und dem Tod zu entgehen. Als Polizist stand Franco auf der anderen Seite. Dennoch taten sie so, als wären sie noch immer die Halbstarken aus Pomigliano, zwei Kumpels, die mit der Vespa ausbüxten und die Schule schwänzten, um heimlich tauchen zu gehen.

»Du hast ihn besser gekannt als ich. Meinst du, er hatte ein dunkles Geheimnis?«

»Was für ein Geheimnis?«

»Das frage ich dich. Kannst du dir vorstellen, dass er sich umgebracht hat?«, hakte De Santis nach.

Bruno zuckte mit den Achseln. »Jedem kann es zu viel werden.«

Sie beluden das Boot und fuhren zurück in den Hafen von Portici. Nachdem sie einander mit dem Schlauch abgespritzt hatten, griff De Santis den Faden wieder auf: »Was kann einem zu viel werden?«

»Alles. Das Leben, die Aussichtslosigkeit.«

»Er war Gemeindepfarrer in Bagnoli, ein überzeugter Seelsorger, bis zum Schluss.« De Santis tunkte immer wieder seine Haube ins Süßwasser. »Hast du irgendwelche Gerüchte aufgeschnappt?«

»Hörst du mir nicht zu? Ich hab nicht einmal gewusst, dass es unser Don Sebastiano war.«

»Deswegen kannst du trotzdem was gehört haben.«

»Selbst wenn ich etwas wüsste. Du bist Bulle.«

»Unserer Freundschaft zuliebe. Don Sebastiano zuliebe.«

»Wenn ich dir einen Gefallen tue, dann musst du eine Gegenleistung erbringen. Das weißt du. Informationen gehören nicht zur Freundschaft, sondern zum Geschäft. Da gibt es keine Gefälligkeiten. Schon gar nicht für die Polizei.«

»Mit Ponticelli hat das sicher nichts zu tun. Vielleicht mit dem Clan in Bagnoli«, insistierte De Santis.

Bruno schwieg.

Sie umarmten einander, der Kommissar nahm seine Tüte mit den restlichen Fischen und ging zurück zum Wagen. Sichtlich aufgebracht. Ich Idiot, dachte er. Was habe ich erreicht? Gar nichts. Ich habe Bruno brüskiert und den Tag versaut. Den einzigen, der hätte gut werden können in dieser Woche.

20

Als er im Auto sein Handy anschaltete, war es mit dem Frieden ganz vorbei. Auf der Mailbox stauten sich die Anrufe, mehrere SMS gingen ein. Die meisten von Pizzuoli. De Santis rief ihn zurück.

»Franco, wo steckst du denn?«, fragte der Ispettore.

»In Poggioreale. Den Wagen abliefern …«

Es war inzwischen halb zwei. Poggioreale war als Erklärung ein wenig dürftig.

»Ich weiß nicht, wo ich anfangen soll«, sagte Pizzuoli atemlos.

»Am besten vorne.«

»Gut. Heute Morgen kam Marin an, er will in Bagnoli wer weiß welche heiße Spur entdeckt haben. Dann hat er sich mit Bomba gestritten und angefangen, alle möglichen Hospize, Obdachlosenunterkünfte und Krankenhäuser abzuklappern.«

Der Kommissar fuhr Richtung Stadtmitte, der Verkehr war erträglich. »Gennaro, ich dachte, es wäre dringend.«

»Ist es auch, er hat nämlich tatsächlich eine Spur gefunden. Behauptet er jedenfalls.«

»Was für eine Spur?«

»Natascha.«

»Er hat sie ausfindig gemacht?«

»Nein, aber jemand will sie im Krankenhaus gesehen haben, im *Ospedale dei Pellegrini*. Die sagen aber nichts, von wegen Arztgeheimnis. Ausgerechnet Marin, dem erzählt doch keiner was, also wollte Bomba hinfahren, und dann ging es richtig los. Ich dachte, die prügeln sich.«

»Wo bist du eigentlich?«, fragte De Santis, denn im Hintergrund hörte man Möwen, Dieselmotoren und Stimmen.

»Dazu wollte ich gerade kommen. Auf einer Müllkippe in Ponticelli. Wir haben hier eine Leiche, weiblich.«

»Das sagst du mir erst jetzt?«

»Der Reihe nach, haben Sie gesagt.«

»Ist es Natascha?«, fragte De Santis.

»Bisher nicht identifiziert, aber nicht auszuschließen.«

Mist, dachte der Kommissar. Sie hatten den ganzen Fall unterschätzt, vor allem Nataschas Bedeutung.

»Ich komme sofort.«

Er brauchte etwa dreißig Minuten bis nach Ponticelli, ein Viertel am Stadtrand aus Hochhauskomplexen, Brachflächen, Gewerbegebieten und breiten Straßen, die im Nichts endeten. Das Ganze durchschnitten von der Autobahn, unter der sich Obdachlose und Straßenhändler, illegaler Müll und jugendliche Skater tummelten. Die Mülldeponie war schon von Weitem an den hoch am Himmel kreisenden Möwen auszumachen.

Die Leiche war erst auf den zweiten Blick als Mensch zu erkennen. Zusammengesetzt aus Teilen, die die Kollegen im Müll gefunden und auf einer Plastikfolie angeordnet hatten. Ein Torso, von dem vier Gliedmaßen abgingen. Die Arme endeten in zerfransten Stümpfen. Die Hände fehlten, auch der Kopf war unvollständig. Das verfilzte, dunkle Haar rahmte eine unförmige Masse ein, der das Kinn fehlte.

Der süßliche Gestank nach Verwesung vermischte sich in der Hitze mit dem Fäulnisgeruch des organischen Materials und der anderen Gase, die aus dem Müllberg an die Oberfläche stiegen. Die Kriminaltechniker in ihren weißen Overalls stocherten wie große, flügellose Möwen darin herum.

»Können wir jetzt endlich?«, fragte einer von ihnen, der mit einem Leichensack bereitstand.

»Wir haben so lange gewartet, da kommt es auf die paar Minuten nicht an«, erwiderte Elvira Barbarossa. Sie hatte De Santis mit einem flüchtigen Händedruck und einem erbosten Blick begrüßt.

Am Fundort herrschte allgemeine Gereiztheit. Die Hitze, der Gestank und der grausige Anblick hatten die Nerven aller Beteiligten strapaziert. Und De Santis hatte sie warten lassen. Sein schlechtes Gewissen besserte sich durch den Anblick nicht. Einziger Trost: Die Frau war schon vor einer Weile gestorben, lange bevor der Kommissar sich zu seinem Tauchgang aufgemacht hatte. Er hätte Natascha nicht mehr retten können. War es überhaupt Natascha?

»Danke«, sagte er.

Die Kollegen legten die Leichenteile vorsichtig in den ausgebreiteten Sack und schlossen den Reißverschluss.

De Santis erhob sich und fragte: »Wo ist eigentlich der Gerichtsmediziner?«

Die Staatsanwältin wies auf einen Abhang der Halde, wo ein schmächtiger, alter Mann in Hockstellung saß. Es war Umberto De Maria, Leiter des pathologischen Instituts am Krankenhaus Cardarelli. Der Kommissar watete durch die weiche Masse und grüßte den Mediziner, der wie immer einen Nadelstreifenanzug trug, dazu allerdings Gummistiefel und eine Art Regencape mit Kapuze, unter der ihm der Schweiß die Schläfen hinabrann.

»Ich hatte gehofft, das wäre eine der Hände, ist aber nur ein alter Lederhandschuh«, sagte er.

»Was können Sie mir bisher sagen?«, fragte De Santis und half dem Mann hoch, indem er ihn sanft am Arm zog.

Der Professor schaute ihn indigniert an. »Nichts, was Sie nicht auch erkennen könnten. Wir werden Mühe haben, die Leiche zu identifizieren. Hände und Unterkiefer fehlen. Selbst aus dem Oberkiefer hat man fast alle Zähne herausgebrochen.«

»Sie meinen, das war Absicht?«

De Maria zog eine Augenbraue hoch.

»Wodurch könnten diese Verletzungen entstanden sein?«, fragte De Santis. »Sind es die Folgen der Müllpressen?«

Professor De Maria schwieg weiter.

»Ungefährer Todeszeitpunkt?«, hakte der Kommissar nach. »Wenigstens der Tag?«

»Je früher Sie mich meine Arbeit machen lassen, desto eher kann ich etwas sagen. Finden Sie heraus, wie lange die Leiche hier bedeckt lag, ob sie vorher Sauerstoff ausgesetzt war oder nicht. Ich muss wissen, wie lange aerobe und anaerobe Bakterienkulturen Zeit zum Wachsen hatten. Mal abgesehen von den drei Stunden, die wir verloren haben, um auf Sie zu warten. Seien Sie froh, dass die Staatsanwältin hier das Sagen hat und nicht ich.«

De Santis bedankte sich und suchte seine Kollegen. Marin stand inmitten einer Traube aus weißen und orangefarbenen Overalls und redete mit Elvira Barbarossa. Dahinter waren riesige Müllkipper, Bagger und Förderbänder zu sehen, alles war gespenstisch still, bis auf die Schreie der Möwen.

Als er nach Pizzuoli fragte, antwortete Marin: »Der ist unten in der Bürobaracke und befragt den Baggerfahrer, der sie gefunden hat.«

De Santis ging hinunter, klopfte und blickte in das Büro, das aus drei weißen Containern bestand. Angenehm kühle Luft, dezent mit einem Raumdeo auf Fichtennadelduft getrimmt. Pizzuoli redete mit einem Mann in einem hellen Hemd, offensichtlich der Firmeninhaber, und einem dicken, etwa fünfzigjährigen Mitarbeiter in Latzhose.

Der Kommissar winkte seinen Kollegen vor die Tür.

»Der Chef ist seit heute Morgen um neun auf dem Gelände. Der Arbeiter seit acht. Gegen elf ist er auf die Leiche gestoßen«, referierte Gennaro Pizzuoli.

»Was ist das hier für eine Müllkippe?«

»Scheint alles legal zu sein. Die Lizenz läuft seit drei Jahren, wurde nach dem letzten großen Skandal vergeben. Der Inhaber ist nicht vorbestraft, ein angesehener Unternehmer aus der Stadt. Mehrere Sabotageakte. Scheint der Camorra ein Dorn im Auge zu sein.«

Oder die Sabotageakte waren inszeniert, um sich ein gutes Image zu verschaffen. Müll war in Neapel ein heikles Thema. Illegale Entsorgung im Umland. Müllberge in den Gassen. Von erbosten Bürgern in Brand gesteckt. In den Medien waren der Müll und seine Verschiebung durch die Camorra zum Symbol für die Stadt geworden.

Inzwischen hatte die Stadt Neapel die gesamte Entsorgung neu strukturiert, betrieb Recycling und suchte nach Standorten für moderne Müllverbrennungsanlagen. Unter Ausschluss der Camorra. Allerdings gab es die Müllverbrennungsanlagen noch nicht. Deshalb schob man das Problem vor sich her, man verpackte den Restmüll in große weiße Plastikballen, die man *ecoballe* nannte und auf Brachflächen zu Gebirgen auftürmte.

De Santis schickte Pizzuoli an den Fundort zurück, während in der Baracke ein lautstarker Streit entbrannte. Er klopfte und trat ein. Der Firmeninhaber und sein Untergebener hatten hochrote Köpfe.

»So etwas ist für alle Beteiligten unangenehm«, sagte der Kommissar zum Chef. Dann wandte er sich an den Arbeiter, der sich mit dem Ärmel über die Stirn fuhr und einen schmutzigen Streifen hinterließ. »Sie haben also in Ihrem Bagger gesessen, als Sie die Leiche fanden?«

»Das habe ich doch schon alles Ihrem Kollegen erklärt.«

»Wir müssen wissen, mit welchen Materialien die Leiche hier in Berührung gekommen ist.«

Der Chef zuckte erschrocken zusammen, während sein Untergebener schnell einsprang. »Ich bin mit dem Bagger hoch auf die Halde. Als ich die erste Schicht abgetragen hatte, bin ich auf die Leiche gestoßen. Zuerst habe ich sie für ein Bündel Altkleider gehalten und wollte sie zum Depot bringen ...«

Der Chef schaltete sich ein. »In unserem Restmüll sind rund siebzig Prozent Fehlwürfe: Plastik, Papier, Elektroschrott. Wir bügeln hier die Fehler der Konsumenten aus.«

»Woher kommt der Abfall auf der Halde?«

»Aus den verschiedenen Vierteln der Innenstadt, in denen man die Mülltrennung eingeführt hat.«

»Ich brauche eine Übersicht über alle Anlieferungen. Uhrzeiten, Firmen und so weiter. Außerdem die Dienstpläne Ihrer Angestellten und eine Liste der Firmen, mit denen Sie zusammenarbeiten.«

Der Chef, randlose Brille, Poloshirt und goldene Uhr, nickte verständnisvoll. »Wann können wir hier weiterarbeiten? Bei diesen Temperaturen kriegen wir Probleme, wenn wir das Material nicht schnell in den Prozess einspeisen.«

»Je schneller Sie uns helfen, desto früher ziehen wir ab.«

»Verstehe.«

»Was glauben Sie, wie die Leiche auf das Gelände gekommen ist?«

»Die einfachste Erklärung wäre, dass sie in einem Müllcontainer lag und per Lkw angeliefert wurde.«

»Und die komplizierteste?«

Der Mann kratzte sich das Brusthaar im Ausschnitt.

»Könnte jemand unbemerkt eine Leiche hier abladen?«

»Das Gelände ist nachts verschlossen, wir beschäftigen einen Wachdienst mit Hunden.«

»Halten Sie es für möglich, dass jemand die Leiche hier deponiert hat, um Ihre Arbeit zu sabotieren und ein schlechtes Licht auf Sie zu werfen?«

Der Mann zögerte. »Eine anonyme Anzeige wäre unkomplizierter, bei all den Genehmigungen, Behördenkontrollen und dem Papierkram. Oder eine Kugel in die Beine.«

»Wir müssen trotzdem die Wachleute vernehmen.«

Sie gaben einander die Hand, und De Santis ließ seine Visitenkarte da. Als er hinaus in das Sonnenlicht trat, nahm ihn wieder

der schwüle Mief auf. Auf dem Gipfel der Halde leuchtete Elvira Barbarossas rote Mähne. Er war ihr eine Erklärung schuldig und ging zu ihr.

»Und? Was halten Sie davon?«, fragte De Santis.

Ein verwunderter Blick. »Wo waren Sie eigentlich heute Vormittag?«

Er winkte ab. »Eine Nebenspur.«

»Verstehe.«

»Ich freue mich, dass man Sie geschickt hat.«

Elvira Barbarossa schien durch das Kompliment nicht besänftigt und schwieg eisern.

»Ich fürchte, dass es sich bei der Leiche hier um Natascha handelt, die Haushälterin Don Sebastianos. Es ist ein und derselbe Fall.«

Sie wirkte mürrisch. »Sind Ihnen Ihre Erleuchtungen im Bett gekommen?«, fragte sie und musterte ihn eindringlich.

»Lange habe ich heute Nacht nicht geschlafen.«

Ein Nicken. »Ich dachte auch eher an einen Mittagsschlaf.«

Mit dem Fingernagel fuhr sie an seiner Schläfe entlang. De Santis war verblüfft.

»Wir müssen Leute anfordern, um die Halde zu durchsuchen. Wir brauchen die restlichen Leichenteile zur Identifizierung«, sagte er.

»Sonst noch was?«

Die Staatsanwältin deutete erneut auf sein Gesicht und dann auf die Baracke. »Sie werden denen die unangenehme Nachricht überbringen.«

Damit verabschiedete sie sich, winkte den Beamten zu und sprach kurz mit De Maria. Dann verschwand sie vom Gelände in ihrer ausgewaschenen Jeans und den Gummistiefeln.

Was hatte sie nur so an seinem Gesicht gestört? De Santis ging in dem Bürocontainer auf die Toilette und betrachtete sich im Spiegel. Eine feine rote Linie umrandete sein Antlitz. Wenn man großzügig war, konnte man das für eine Schlaffalte halten, genau genommen war es der Abdruck der Neoprenhaube. Er rieb sich kaltes Wasser ins Gesicht, ehe er das Büro betrat.

»Tut mir leid«, sagte er. »Die Deponie ist bis auf Weiteres gesperrt. Wir müssen die restlichen Leichenteile finden.«

»Wie lange soll das dauern?«

De Santis zuckte mit den Achseln.

»Und wenn sie gar nicht hier sind?«

»Anordnung durch die Staatsanwaltschaft.«

Der Mann im Polohemd ließ sich in seinen Bürosessel fallen und blickte an die Decke. »Das hat man nun davon.«

De Santis wusste, was der Unternehmer meinte. Es wäre unproblematischer gewesen, die Leiche verschwinden zu lassen, irgendwo in einem Berg organischen Materials. Neapels Mordrate war nicht so hoch wie die von Großstädten wie Rom oder Mailand, aber nicht alle Leichen wurden so demonstrativ ausgestellt wie die Opfer der Camorra. Es gab eine hohe Dunkelziffer an Toten, die ebenso spurlos verschwanden, wie sie gelebt hatten. Illegale Einwanderer aus Nigeria, China, Osteuropa. Kleindealer, Schwarz- und Sklavenarbeiter ohne Girokonto, ohne Krankenversicherung, Steuernummer, die in Baracken hausten und im Falle des natürlichen oder gewaltsamen Todes zerstückelt und in Kleinteilen im Umland, im Meer, auf Feldern, in Säure oder Betonfundamenten entsorgt wurden.

»Wir beeilen uns, das versichere ich Ihnen. Danke für Ihr korrektes Verhalten.«

Der Kommissar verließ die Baracke mit dem unguten Gefühl, wieder einen Bürger für den Rechtsstaat verloren zu haben.

Er wies Pizzuoli an, die Wachleute einzeln zu befragen, Marin sollte sich um die Arbeiter der Tagschicht kümmern. Bomba schickte er mit dem Wagen nach Poggioreale. Der Kollege stieg ein, ohne den Schriftzug »*sbirri di merda*« auf der Beifahrertür zu bemerken.

21

Um halb fünf brachen sie gemeinsam auf, von der Hitze und dem Gestank wie betäubt. De Santis saß am Steuer, Marin daneben, hinten Pizzuoli.

Letzterer unterbrach das dumpfe Brüten. »Ich glaube nicht, dass der oder die Mörder die Tote direkt aufs Gelände gebracht haben. Es gibt Kameras, Alarmanlagen, den Wachschutz. Das Risiko ist viel zu groß.«

»Und wenn der Wachschutz involviert ist?«, fragte der Kommissar.

»Dann ergibt der Fundort auch keinen Sinn. Warum sich die Mühe machen, mit der Leiche auf ein gesichertes Gelände zu kommen?«

»Vielleicht ist sie dort umgebracht worden?«

»Unwahrscheinlich. Außerdem ist auf den Videoaufzeichnungen nichts Auffälliges«, sagte Pizzuoli.

De Santis dachte nach. Vor ihm staute sich der Stoßverkehr, wie jeden Tag um diese Zeit – und um jede andere Zeit.

»Dann müssen wir uns eben die Müllcontainer in den Vierteln anschauen, die infrage kommen.«

Pizzuoli stöhnte. »Wissen Sie, wie viele Straßen das sind?«

»Haben Sie bei den Arbeitern etwas herausgefunden?«, fragte De Santis Marin.

Der schüttelte den Kopf und schien mit den Gedanken ganz

woanders. »Angenommen, es ist Natascha«, fing er an, »und angenommen, sie ist vor Don Sebastiano gestorben …«

Der Kommissar wusste nicht, worauf Marin hinauswollte, und schaute in den Rückspiegel, wo er einen ebenso ratlosen Blick von Pizzuoli auffing.

»Diese Verstümmelungen könnten auch auf Mord im Affekt hindeuten. Don Sebastiano hat Natascha in rasender Verzweiflung umgebracht, konnte mit der Schuld und den Gewissensbissen nicht leben und hat sich dann selbst gerichtet.«

Don Sebastiano als Mörder? Als jemand, der eine Leiche derart zurichtet? Das ging über De Santis' Vorstellungskraft. Aber die Wirklichkeit überstieg so gut wie immer die Vorstellungskraft eines einzelnen Polizisten.

»Und der Abschiedsbrief an sie?«, fragte Pizzuoli.

»Kann ehrlich gemeint sein. Eine letzte verzweifelte Geste«, insistierte Marin.

»*Leider weiß ich mir keinen Rat mehr, es gibt keinen anderen Ausweg … Kein Mensch außer dir wird meinen Schritt je verstehen können.* Er wird sie doch nicht umbringen und dann erwarten, dass sie ihn versteht?« Pizzuoli hatte den Wortlaut auswendig im Kopf.

»Wer weiß, welche Leidenschaft die beiden getrieben hat.«

»Aber nach Ihrer Theorie war sie schon tot, als der Brief geschrieben wurde.«

»Es waren übrigens keine Fingerabdrücke auf dem Stein«, mischte sich De Santis ein.

»Auf welchem Stein?«

»Mit dem der Brief beschwert war. Das alles passt nicht zusammen. Auf der einen Seite rasende Leidenschaft, eine Verzweiflungstat, und dann diese Akribie. Wenn er sich umbringen wollte, brauchte er keine Spuren zu beseitigen.«

»Vielleicht hat wer anders den Stein daraufgelegt.«

»Wer denn?«

»Ein Polizist, irgendjemand, der an den Tatort …«

»Nein. Der Kommandant und der Küster sind sich sicher, dass der Stein schon auf dem Brief lag.«

Schweigend fuhren sie in den Hof der Questura.

»Jeder von uns sichtet noch einmal seine Notizen. Sobald Bomba kommt, halten wir eine Besprechung ab«, meinte De Santis und stellte das Zivilfahrzeug der Abteilung ab. Es war einer der nach Plastik riechenden Seats, mit dem neuerdings alle Einheiten ausgestattet wurden. Nicht einmal der italienische Staat kaufte noch bei Fiat ein.

Durch den Seiteneingang gingen sie hinauf in den zweiten Stock. Der Kommissar trat mit Marin in dessen Büro und schloss die Tür.

»Was gab es mit Bomba für einen Zwist?«, fragte er.

»Wissen Sie, wie er sich bei den Leuten beliebt macht?«, fragte Marin zurück und setzte sich an den Schreibtisch.

»Er gewinnt ihr Vertrauen, indem er sich gibt, wie er ist.«

»Indem er gibt, was er hat, meinen Sie.«

»Geht's etwas genauer?«

»Er verteilt Geschenke. Lotterielose, Bustickets.«

»Unsinn«, sagte De Santis. »Er hat gar nicht das Geld, um mit Geschenken um sich zu werfen.«

Marin schwieg, und der Kommissar dachte an den Stapel Busfahrscheine, den Bomba in Bagnoli lässig aus der Hosentasche gezogen hatte. »Bestechung ist sicher ein wenig übertrieben, er hat eben ein gutes Händchen.«

»Das ist nicht Ihr Ernst!«, polterte Marin los. »Sie rechtfertigen es, wenn sich einer von uns durch Gefälligkeiten Aussagen erkauft? Ist das der Geist Ihrer Abteilung? Oder ist es der Geist, der in dieser Stadt herrscht? Dann ist mein Einsatz hier noch notwendiger als vermutet. Italien …«

»Bleiben wir beim konkreten Fall. Ganz Italien, das ist mir zu unübersichtlich.«

»Damit kann sich jeder rausreden. Mit Sonderlösungen und

Ausnahmen. Aber das große Ganze setzt sich aus all diesen Einzelteilen zusammen. Wer ein Puzzleteil verliert, der hat das ganze Bild zerstört.«

O Gott, dachte De Santis und sagte: »Wir werden darauf zurückkommen.«

»Ganz bestimmt«, antwortete Marin und fuhr den Computer hoch.

Da hörte De Santis, dass Bomba eingetroffen war, und machte sich daran, die Sache sofort aus der Welt zu räumen.

Beppe Bomba saß in seinem Büro, umrahmt von einer Unzahl SSC-Neapel-Poster: Torjäger aus den verschiedensten Epochen, allen voran natürlich Diego Armando Maradona. Der Agente schien in Akten vertieft, mit Kugelschreiber unterstrich er Uhrzeiten, Hausnummern und andere Zahlen, übertrug sie auf ein DIN-A4-Blatt und teilte sie in verschiedene Listen auf.

Als er seinen Chef eintreten sah, versuchte er, seine Notizen mit dem Arm zu verdecken.

»Gibt es Neuigkeiten?«, fing De Santis an.

»Ja«, sagte Bomba und ließ das Blatt Papier in einer Schublade verschwinden. »Ich habe eine Cousine im Krankenhaus.« Er lehnte sich zurück und grinste verschmitzt. »Sie ist Hilfspflegerin im Schichtdienst, ein Bild von einem Weib. Ihr seid ja verheiratet und auch schon ein bisschen ... Na ja, versteht mich nicht falsch, eine andere Generation.«

Der Kommissar verlor allmählich die Geduld. »Gibt es sonst noch etwas zu mir und deiner Cousine zu sagen?«

»Nun ja, Jessica hatte an besagtem Abend Nachtdienst. Nicht an der Pforte, sondern auf der Pflegestation. Natascha, oder vielmehr eine Frau, die ihr ähnlich sah, genannt hat sie sich Ludmilla, wurde in die Notaufnahme gebracht. Jessica hat sie nicht selbst gesehen, sondern nur mitbekommen, was die Schwestern im Schwesternzimmer redeten, vor und nach der OP.«

»Was denn für eine OP?«

»Sie musste genäht werden.«

»Eine Platzwunde?«

»Nicht direkt.« Bomba wand sich auf seinem Stuhl.

»Jetzt red schon.«

»Eine … Unterleibsverletzung.« Er stammelte. »Wohl infolge einer Vergewaltigung. Sie hatte alle möglichen Läsionen. Auch Brandwunden, wie von Zigarettenstummeln, eine aufgeplatzte Augenbraue. Außerdem soll sie total merkwürdig angezogen gewesen sein, gelbe Handschuhe und blaue Müllsäcke als Gewand.«

Bei den Müllsäcken musste De Santis sofort an die Deponie denken. Aber die Leiche dort war vermutlich in mehrere reißfeste Einkaufstaschen gepackt worden.

»Wann war das?«

»In der Nacht von Samstag auf Sonntag.«

Das war die Nacht, in der Don Sebastiano gestorben war.

»Wann genau?«

»Das weiß sie nicht mehr. Ihre Schicht hatte um acht begonnen. Es war nach Mitternacht, als sie davon hörte.«

»Da kann die Einlieferung wer weiß wie lange her gewesen sein.«

Sollte Marin doch recht haben? Waren Don Sebastiano die Sicherungen durchgebrannt? Aber wieso war Natascha gestorben, wenn sie im Krankenhaus behandelt worden war? Wer hatte ihre Leiche zerlegt, ihr die Hände und das Kinn abgetrennt?

»Wie heißt deine Cousine mit Nachnamen?«

Ein feistes Grinsen. »Die wollt Ihr jetzt wohl doch in Augenschein nehmen, oder?«

»Beppe, übertreib es nicht. Du spielst mit dem Feuer. Du hast eine gute Menschenkenntnis, liegst aber manchmal daneben. Ich bin an deiner Cousine nicht interessiert.«

»Wartet ab, bis Ihr sie gesehen habt.«

»Abgesehen davon hast du Marin gegen dich aufgebracht.«

Bomba erstarrte, dann lachte er, und sein Kopf wurde noch röter und runder als gewöhnlich. Er schlug sich auf die Schenkel, warf sich gegen Rücken- und Armlehnen seines Stuhles, dessen Gasfederung ächzte. »Aufgebracht?«, donnerte er und wurde plötzlich ernst. »Ich wollte ihm aus der Patsche helfen, und das ist der Dank. *Er* hat sich doch dauernd nach den Bustickets erkundigt. *Er* hat gejammert und mich bearbeitet. Wie Ihr schon sagtet, ich bin ein sensibler Mensch, ich spüre, wenn jemand bedürftig ist. Er war in Not. Ich habe ihm ein ganzes Monatsabo geschenkt, und dann schwärzt er mich an.«

»Was denn für ein Monatsabo?«

»Für den Nahverkehr.«

De Santis verstand gar nichts mehr. Der einzige Berührungspunkt in allen Versionen waren Bustickets. »Erzähl mir die ganze Geschichte.«

»Also, Euer Mario Marin, der ist ja ein ganz Korrekter, auch in Sachen Umweltschutz, ökologischer Umbau der Gesellschaft, Rechtsstaat, Pflichterfüllung, jeder muss zuerst bei sich selbst anfangen …«

»Beppe!«

»Ja, also jedenfalls tritt er am ersten Juli seinen Dienst in Neapel an und kauft sich gleich ein Monatsabo für die öffentlichen Verkehrsmittel. Vorbildlich. Die Tickets haben, wie Sie wissen, einen Magnetstreifen, der von den elektronischen Entwertern gelesen wird, und dann öffnen sich die Schranken und Drehkreuze an den U-Bahnhöfen.«

»Ich weiß, und weiter?«

»Theoretisch. In der Praxis sind diese Magnetstreifen aber nach ein paar Tagen entladen.«

De Santis kannte das Problem. Sie versagten den Dienst, und dann blieben die Schranken verschlossen, ein rotes Warnlicht leuchtete auf, manchmal ertönte gar eine Sirene.

»Also, er hatte sich den ganzen Juli mit seinem Abo herumgeärgert, dann kam der August, fing gut an, bis der Magnetstreifen wieder entladen war. ›Du bist Polizist, zieh eine Uniform an, dann brauchst du kein Ticket‹, sagte ich. Er: ›Nein, das ist keine Lösung. Ich will keine Privilegien.‹ Na gut. ›Dann nimm mein Abo‹, sagte ich. ›Das funktioniert.‹ Er wollte nicht, weil die Tickets eigentlich nicht übertragbar sind. Aber irgendwann war er so entnervt, dass er es doch akzeptierte.«

Das alles war eine lange Geschichte, aber immer noch keine Erklärung für Marins Wut. »Und dann entlud sich auch der Magnetstreifen von deinem Abo?«

»Das ist doch eine viel bessere Qualität. Die Magnetstreifen speichern die Informationen länger.«

De Santis nahm die Fahrscheine aus der Tasche, die Bomba ihm in Bagnoli gegeben hatte. »Sehen Sie«, sagte Beppe triumphierend, »was das für ein Spitzenprodukt ist?« Er fuhr mit dem Fingernagel über den blauen Aufdruck, das Symbol der Verkehrsbetriebe und den schmalen schwarzen Magnetstreifen. »Das ist noch edles Handwerk.«

»Warum gab es dann Ärger?«

»Irgendwann ertönte wieder einmal der Alarm, Marin protestierte. Er verlangte, dass der Sache auf den Grund gegangen werde. Man müsse endlich diesen Fehler aus dem System ausmerzen. Und dann haben sie eben das Kontrollsystem und den Magnetstreifen überprüft.«

»Und herausgefunden, dass das Abo nicht auf ihn ausgestellt war.«

»Es war auf ihn ausgestellt. Mein Onkel stellt schließlich keinen Pfusch her.«

»Dein Onkel?«

»Ja, mein Onkel hat eine Druckerei. Schon in der dritten Generation. Der hat mit Bleisatz angefangen, Siebdruck, Offsetdruck, er hat den ganzen technologischen Wandel mitgemacht und war immer ein Meister seines Faches.«

De Santis kam ein Verdacht. Ein schlimmer Verdacht. »Du

wirfst überall mit Bustickets um dich, weil dein Onkel sie massenhaft fälscht?«

Bomba zuckte zusammen und blies sich dann empört zu imposanter Fülle auf. »Fälscht? *Tipografia Bomba*, die Druckerei meines Onkels, hat fünfeinhalb Jahre lang exklusiv für die kommunalen Verkehrsbetriebe gearbeitet. Faltpläne, Infoplakate und eben auch Fahrscheine.«

Der Kommissar war erleichtert. Auch wenn diese Verteilung unter der Hand nicht korrekt war.

»Sie kennen das Gemauschel. Da wird ein neuer Direktor bei den Verkehrsbetrieben eingestellt, und der vergibt den Auftrag an einen seiner Spezis. Und mein Onkel steht vor dem Ruin. Er und seine Belegschaft, fünfzehn Familien. Und dann hat er noch ein großes Herz, arbeitet weiter, fast für umsonst.«

»Die Tickets sind gefälscht, Beppe?«, fasste De Santis zusammen.

»Ist das nun gute Arbeit oder nicht? Ich tue auch nur Gutes damit. Wirklich.«

»Beppe.« Der Kommissar ließ sich auf den Besucherstuhl fallen. »Du wirst diese Tickets aus dem Verkehr ziehen. Du wirst sie nicht mehr verwenden und schon gar nicht verteilen. Stimmt es, dass du sie auch bei der Arbeit unter die Leute bringst? Bei Befragungen?«

»Da verkaufe ich sie aber nicht.«

»Wieso? Verkaufst du sie gar?«

Bomba versuchte abzuwiegeln. »Nein, wo denkt Ihr hin.«

»Lüg mich nicht an. Beppe, du kannst als Polizist so etwas nicht tun. Man kann es grundsätzlich nicht tun.«

»Und mein Onkel? Er kann doch seine Angestellten nicht verhungern lassen. Das ist eine himmelschreiende Ungerechtigkeit. Er hat investiert, hat sich weitergebildet, war immer auf dem neuesten Stand. Seine Magnetstreifen funktionieren einen ganzen Monat lang. Übrigens, wenn Ihr Bedarf an Eintrittskarten für die staatlichen Museen habt, Oper …«

»Beppe!«

De Santis war aufgesprungen, das Blut pochte an seiner Schläfe.

Bomba sah ihn an, plötzlich fahl im Gesicht. »Wenn das mein Onkel erfährt, das bricht ihm das Herz.«

»Schreib mir den Namen deiner Cousine auf. In zehn Minuten treffen wir uns im Besprechungszimmer.«

22

Der Kommissar nahm an der Stirnseite unter dem Whiteboard Platz und kontrollierte sein Handy. »Country Club, 18:00 Uhr, denkst du dran?« stand da. Eine SMS von Isabella, Ludovica musste vom Reiten abgeholt werden. Kein Gruß, nicht mal ihr Name. Ich hätt's schon nicht vergessen, dachte er, obwohl er es vergessen hatte. Nervös sah er auf die Uhr, es wurde verdammt knapp. Erinnerungen an den Sonntag kamen hoch. An die SMS, die sie ihm geschickt hatte. »Es ist wirklich dringend«, um dann so zu tun, als wüsste sie von nichts. Nur weil sie sich vor diesem Baldini schämte? Also musste er mehr sein als nur ihr Steuerberater.

Er öffnete den Browser und gab in einer Suchmaschine »Stefano Baldini, Neapel« ein, es kamen 261 000 Einträge, bei »Stefano Baldini, Neapel, Steuerberater« waren es nur noch 41 000. Er blätterte durch die mitgelieferten Fotos. Wo war der Kerl? Dann änderte er die Suchanfrage und ließ den Beruf weg. Na bitte, da war er. Bildunterschrift: Prof. Dr. … Chefarzt. Privatklinik in Posillipo. Posillipo? Das schlug ja sogar den Vomero. Noch dazu Schönheitschirurgie. Von wegen Steuerberater. Wieso hatte Isabella ihn angelogen?

Es klopfte, Marin trat ein. Wer sonst? Marin mit seinem untrüglichen Gespür für den falschen Augenblick. Er bemerkte die aufgebrachte Miene seines Chefs und entschuldigte sich.

»Nein, schon gut. Tut mir leid, was Bomba Ihnen da eingebrockt hat«, beschwichtigte De Santis ihn. »Ich habe mit ihm geredet.«

»Geredet?«, fragte Mario Marin zurück.

Da kam Pizzuoli herein. Er setzte sich ganz hinten an das Rechteck, das die Tische bildeten, wie immer in die Nähe des Gasherds. »Will jemand einen Kaffee?«, fragte er, und ehe eine Antwort kam, hantierte er bereits mit der *cuccumella*, der neapolitanischen Kaffeemaschine, auf die er schwor.

Nachdem auch Bomba eingetreten war und sich mit einem giftigen Blick in Richtung Marin gesetzt hatte, ergriff De Santis das Wort.

»Wir ermitteln ab morgen in drei Richtungen. Erstens: Don Sebastianos Tod. Ich bin noch immer der Meinung, es war Mord. Wer steckt dahinter? Zweitens, und das hängt damit zusammen: Wo ist Natascha abgeblieben? Wo liegt die Verbindung zu Don Sebastianos Tod? Ist sie eine Zeugin? Eine Mitwisserin? Sind sie womöglich beide umgebracht worden? Drittens: Ist die Tote von der Müllkippe Natascha? Wenn nicht, wer ist sie? Wer ihr Mörder? Und gibt es einen Zusammenhang zu den anderen Fällen?«

Die Kollegen saßen da und schauten bedröppelt.

Schließlich ergriff Pizzuoli das Wort. »Chef, wir brauchen Unterstützung.«

»Die werden wir nicht bekommen. Bevor wir uns an die Arbeit machen, möchte ich eure Meinung hören. Ungefiltert. Spuckt aus, was immer euch in den Sinn kommt. Ein Ansatz ist, dass Don Sebastiano in einem Anfall von Raserei Natascha umgebracht hat und danach, von Schuldgefühlen gequält, Selbstmord begangen hat, wofür er mit einem Abschiedsbrief um Verzeihung bat.«

»Aber …«, wollte Bomba einwenden.

»Es ist eine Möglichkeit von vielen. Es wäre die Lösung, mit der wir am wenigsten Arbeit hätten. Gibt es andere?«

»Das Schlimmste wäre, wenn Don Sebastiano von der Camorra

umgebracht worden wäre«, meinte Bomba. »Zum Beispiel, weil er ihr in Bagnoli bei der Abwicklung und Ausbeutung des Industriegeländes in die Quere gekommen ist. Natascha hat man als Mitwisserin verschwinden lassen, und die Tote von der Müllkippe hat mit alldem nichts zu tun. Da können wir uns die Hacken abrennen, bis wir tot umfallen.«

Pizzuoli sagte: »Ich glaube, die Tote ist Natascha. Sie wurde ebenso wie Don Sebastiano umgebracht, weil die beiden Wind von einer schmutzigen Sache bekommen haben. Eine große Sache, allerdings ohne Beteiligung der Camorra. Hier waren Stümper am Werk, keine Profis.«

»Bleibt immer noch die Möglichkeit, dass jemand zwei Fliegen mit einer Klappe schlagen wollte, eine Leiche loswerden und einen Unternehmer schädigen, der sich dem Gesetz der Camorra nicht beugt«, meinte Marin.

»Die Camorra denkt nicht so kompliziert.«

»Wir haben es mit einer neuen Generation zu tun.«

»Ja, aber das sind junge Wilde, die keine komplizierten Pläne aushecken.«

»Woher wollen wir das wissen? Wenn Machtstrukturen zusammenbrechen, kommen immer diverse neue Strömungen auf. Das war noch bei jeder historischen Zäsur so«, meinte Marin, gelehrsam und nicht ganz unberechtigt.

De Santis schloss: »Also, zur Identifizierung der Toten brauchen wir die DNA von Natascha. Marin, Sie suchen noch einmal Don Sebastianos Wohnung nach verwertbarem Material ab. Außerdem müssen wir dem Umfeld des Priesters in Bagnoli nachgehen. Ich kümmere mich um die Krankenhausgeschichte und Nataschas letzten Aufenthaltsort. Pizzuoli und Bomba suchen in den betreffenden Vierteln nach passenden Müllcontainern.«

Es klopfte, trocken und kurz.

»Herein!«, rief der Kommissar.

Beschwingt trat Elvira Barbarossa ein. »Störe ich?«

»Im Gegenteil«, antwortete De Santis und bemerkte, wie ihr Anblick allen im Raum neue Energie verlieh.

Bomba nahm Haltung an, Pizzuoli holte noch eine Tasse aus dem Hängeschrank, Marin rückte Krawattenknoten und blonden Scheitel zurecht.

»Ich war kurz in der Pathologie.«

Alle hörten gespannt zu. In Italien wurden Ermittlungen von der Staatsanwaltschaft nicht nur angeordnet, sondern auch geleitet. Mehr oder weniger souverän, kleinteilig oder lasch.

»Professor De Maria hat sich zu ersten Schlüssen verleiten lassen.« Sie überging die Frage, wie sie ihn dazu gebracht hatte, und fuhr fort: »Bei der Leiche handelt es sich um eine Frau, nach der Knochendichte zu urteilen um die vierzig. Im Kiefer waren Reste von Goldzähnen, wie sie in Italien unüblich geworden sind. Herkunft vermutlich Balkan oder Osteuropa.«

Alle dachten dasselbe: Also doch Natascha.

»Die Reste der Kleidung lassen keine genaue Zuordnung zu. Billige Stoffe, wie sie überall in der westlichen Welt vertrieben werden, natürlich auch hier in Neapel. Die Verstümmelungen wurden nicht fachmännisch durchgeführt, man hat alle möglichen Werkzeuge benutzt, auch Sägen und eine Axt.« Sie blätterte in ihren Notizen. »Ach ja, es gibt zwei Schussverletzungen. Vermutlich die Todesursache.«

De Santis dachte an die Brandmale und die Folgen der Vergewaltigung, von denen Bomba berichtet hatte. Davon hatte die Staatsanwältin nichts erwähnt. Vielleicht waren diese Spuren aber auch erst bei genauerer Obduktion nachzuweisen.

»Der Pathologe ist sicher, dass die Müllpressen nicht für die Verstümmelungen verantwortlich sind. Er braucht zu einem Abgleich möglichst schnell DNA-Spuren von Natascha Smirnowa.«

»Ist klar«, sagte Marin.

»De Maria hat auch Don Sebastiano auf dem Tisch. Tod durch Ersticken, keine Anzeichen von Fremdeinwirkung.«

»Hat er eine akute Erkrankung, einen Tumor oder Ähnliches feststellen können? Etwas, was einen Menschen vielleicht in den Suizid treibt?«, fragte De Santis.

Elvira Barbarossa schüttelte leicht den Kopf und sagte nur: »Bisher nicht.«

23

De Santis rannte die Treppe hinunter. Er hatte die Besprechung abrupt beendet, denn auf keinen Fall durfte er zu spät zum Reitverein kommen. Wenn er sich etwas zugutehalten konnte, dann war es seine Rolle als Vater. Im Gegensatz zu allen Klischees konnte er den Polizeiberuf sehr wohl mit der Familie vereinbaren. Als Ludovica geboren wurde, hatte er sich in der *Squadra mobile* mit einem simplen Job als Ispettore begnügt, seinen Schichtdienst verrichtet und seinen Teil bei Säuglingspflege und Haushalt geleistet. Isabella wollte emanzipiert leben. Das hatte er unterstützt. Nachts war er genauso oft aufgestanden wie sie, er hatte Ludovica gewickelt, gebadet, zur Krippe und auf den Spielplatz gefahren, wann immer es ihm möglich war. Selbst jetzt, sechs Wochen nach seinem Auszug, hielt er sich an alle Absprachen, obwohl die Wege für ihn umständlicher waren. Er spürte, dass dies zu wenig war, um Isabella zurückzugewinnen. Sie schien den Sex am Sonntag tatsächlich nur als Köder benutzt zu haben, damit sie ihren Eltern die Komödie von der heilen Familie vorspielen konnte. Albas ließen sich nicht scheiden.

Kurz darauf trat er in den Innenhof der Questura. Verdammt, er hatte kein Auto! Hastig lief er die Via Toledo hoch, hielt nach einem Taxi Ausschau. Oder sollte er mit der Bahn fahren? Besser nicht, Ludovica mochte keine öffentlichen Verkehrsmittel. Als er einen Bus kommen sah, fing er zu rennen an, sprintete bis zur nächsten Haltestelle und stieg ein. Eingekeilt zwischen einem müffelnden, zahnlosen Alten und einem Straßenhändler, der einen abenteuerlichen Handkarren voller Plastikspielzeug, Armbändchen und Handycover mitführte, schrieb er eine SMS an Ludovica, dass er sich eventuell um ein paar Minuten verspäten werde. Dabei fielen ihm mehrere Momente ein, in denen Isabella mäkelte, spitze Bemerkungen über seinen Beruf machte oder ihm mit einem gelangweilten Blick zuhörte. Anzeichen der Krise? Oder normale Abnutzung?

Als Ludovica selbstständiger wurde, hatte sie sich auch immer mehr Freiheiten gegönnt. Eigentlich ein gutes Zeichen, hatte er gemeint. War das der Anfang vom Ende gewesen? Der Weg zu Stefano? Stefano. Er hörte das Blut in den Ohren rauschen und konnte die Enge kaum mehr ertragen. Hatte sie recht, dass er sich wie beim Hahnenkampf benahm, statt auf ihre Gefühle zu hören? Aber wie sollte er auf ihre Gefühle hören, wenn sie diese nicht zu Gehör brachte?

Auf der Sanità-Brücke stieg er aus und nahm den Fahrstuhl, fuhr in die Tiefe, ging die Straße bis zum Eingang in die unterirdischen Gänge und weiter zu seinem Alfa Romeo, wie immer von Tuffsteinstaub überzogen. Er lenkte den Wagen durch die Stollen, bis sich der Gang zu einem kreisrunden Platz weitete, einer der ehemaligen Zisternen, groß genug, um sie als Wendeplatz zu nutzen. Dann kämpfte er sich über die Autobahn, holte seine Verspätung auf und sah auf die Uhr. Er wollte noch Beppes Cousine befragen.

Als er zwischen Autowerkstätten, Eisenwarenlagern, verfallenden Begrenzungsmauern und hohem Schilf das Kiesrondell an der Einfahrt des Reitvereins erreichte, kam Ludovica gerade mit einer Kameradin durch das dunkelgrüne Eisentor mit den Warnschildern »Videoüberwachung!«. De Santis betätigte die Lichthupe. Ludovica trat zögernd auf den Alfa Romeo zu und öffnete die Beifahrertür.

»Hallo, Schatz. Sollen wir deine Freundin mitnehmen?«, fragte er. Es war Erminia, die ebenfalls am Vomero wohnte.

»Bloß nicht.« Ludovica ließ sich auf den Beifahrersitz sinken und fragte: »Können wir jetzt endlich losfahren?«

»Schnall dich bitte an.«

Sie schnaubte, tat es aber.

»Wie war die Reitstunde?«

»Wie immer.«

»Und die Schule?«

Sie zuckte nur mit den Achseln.

»Du hast mir gefehlt«, setzte er neu an.

Schweigen.

»Alles in Ordnung bei euch zu Hause?«

»Ja.«

Er fuhr an die Mautstelle der Autobahn, aber dann zögerte er. »Willst du lieber an der Küste entlang? Wir könnten ein Eis essen.«

»O *bitte*. Wieso hat Mama mich nicht abgeholt?«

»Mittwochs habe ich mich schon immer um dich gekümmert.«

»Ja, früher.«

»Was heißt hier früher? Was ist denn jetzt anders?«

Er spürte das Bedürfnis, sich eine Zigarette anzustecken, doch im Beisein seiner Tochter rauchte er nicht.

»Egal wie es zwischen deiner Mutter und mir weitergeht, ich werde immer für dich da sein. Du bist für mich das Wichtigste auf der Welt.«

»Was riecht hier eigentlich so komisch?«, fragte sie und schaute sich mit angewiderter Miene im Auto um. Ekel schien in der Pubertät ein Grundgefühl zu sein. »Irgendwie muffig.«

De Santis mochte keine Raumdeos, lieber roch er Staub und altes Plastik. Oder waren es die Fische, die er von seinem Tauchgang mitgebracht hatte? Wo waren sie eigentlich?

Ludovica schwieg.

»Das mit Mama und mir, das wird schon wieder.«

»Ihr könnt tun und lassen, was ihr wollt.«

Allmählich wurde Franco sauer. Er hatte sich daran gewöhnt, dass es seiner Tochter peinlich war, sich mit ihm in der Öffentlichkeit zu zeigen. Aber dass es für sie auch eine Pein war, mit ihm allein zu sein und über Belanglosigkeiten zu sprechen, war neu.

»Hast du mit deiner Mutter gestritten?«

»Nein, mit Mama verstehe ich mich blendend.«

War das jetzt wieder Ironie?

»Und mit Stefano? Wie nennst du ihn überhaupt?«

Sie schaute ihn von der Seite an wie ein fremdartiges Wesen. »Welcher Stefano?«

»Der Mann, der am Sonntagnachmittag bei euch war. Nicht zum ersten Mal, wie man mir zu verstehen gegeben hat.«

»Ach, der. Deshalb hast du mich also abgeholt? Um mich auszuhorchen.«

»Unsinn. Ich bin bisher noch jeden Mittwoch gekommen.«

Sie wischte sich über die Augen und blickte ihn an. »Ehrlich gesagt hatte ich mit einer anderen Überraschung gerechnet.«

Das iPhone 6. Sie dachte doch nicht im Ernst, dass er jetzt ein Smartphone aus der Tasche zog und ihr schenkte. Einfach so.

»Schatz, das ist eine Ausgabe, die ich mir nicht ohne Weiteres leisten kann.«

»Also stimmt es, was Mami sagt.«

»Was sagt sie denn?«

Sie winkte ab. »Ich will sowieso kein iPhone mehr. Besser, du gibst was zum Pferd dazu.«

»Ein Pferd? Weißt du, was da allein der Unterhalt kostet?«

»Ich werde es selbst füttern und pflegen. Es sind nur die Einstellkosten im Verein.«

»Nur? Das sind Großbürgerallüren.«

»Meine Freundinnen haben auch alle eins. Bloß ich muss in jeder Stunde auf einen anderen Gaul, der sich nicht an den Zügeln reiten lässt.«

»Kommt nicht infrage.«

»Warum?«

»Weil es ein absurder Luxus ist. Wir leben in einer Großstadt.«

»Gerade in einer Großstadt ist die Beziehung zu einem Tier für die Entwicklung eines Heranwachsenden fundamental.«

»Wer sagt das?«

»Steht in jedem Pädagogikratgeber. Gerade bei Scheidungskindern.«

»Du bist kein Scheidungskind.«

»Abwarten.«

Sie hatten den Vomero erreicht. Als Ludovica ausstieg und ein förmliches »Danke schön« durch die zufallende Tür rief, sackte etwas in Francos Magen in die Tiefe. Er beobachtete, wie seine Tochter den Schlüssel in die Haustür steckte und das Licht im Treppenhaus anschaltete. Der Schwung aus dem Handgelenk und das kurze Schütteln des Kopfes, um die langen Haare zu bändigen, waren ihm allzu vertraut. Wie bei Isabella.

Mit jedem Tag wurde die Verbindung zu seiner Familie lockerer, wurden Ludovica und Isabella rätselhafter für ihn. Worauf hoffte seine Frau? Auf einen zweiten Frühling mit diesem Stefano? Wollte sie ihn, Franco, nur noch loswerden? Irgendetwas an dieser Geschichte passte nicht. Trennung, Krise, Seitensprung, Scheidung, das gab es Tag für Tag. Wo Menschen aufeinanderhockten, gab es Krach. Ein Naturgesetz. Aber man schüttelte doch zwanzig Jahre nicht einfach ab, jedenfalls nicht so. Nicht Isabella. Noch dazu ohne Erklärung. Sie hatten die Entscheidung gemeinsam getroffen, dass er für eine Weile ausziehen würde. War das nur Taktik gewesen, um ihn geräuschlos abzuservieren? So war Isabella nicht. Sie mochte manchmal launisch und divenhaft sein, aber Berechnung war ihre Sache nicht. Ein Pferd, dachte De Santis. Wer weiß, was Isabella sich wünscht.

Das Licht im Treppenhaus hatte sich längst abgeschaltet. Er drehte den Zündschlüssel und hörte, wie der kleine, alte Benzinmotor krächzte, sich mühte, um ihn zu trösten. Klang wenigstens noch nach Verbrennungsmotor und nicht wie ein Haartrockner. Sein Weg führte ihn zu Sofia Quinzio. So hieß die Krankenschwester, die Natascha als Patientin aufgenommen hatte und laut Bomba derzeit Dienst hatte.

24

Das *Ospedale dei Pellegrini* lag in den Quartieri Spagnoli, in der Via Portamedina, die sich bergauf zur Schnellbahnstation Montesanto wand. Pendler, Patienten und Besucher drängten sich an einer grauen, rationalistischen Fassade, einem meterhohen Zaun und pakistanischen Straßenhändlern vorbei. In dem Wärterhäuschen neben der Schranke saß hinter der Glasscheibe eine junge Frau, laut Dienstplan Sofia Quinzio.

De Santis grüßte und legte seinen Dienstausweis auf den Schalter. Sofia hatte ein rundliches Gesicht, mit schwarzem Eyeliner hatte sie die übergroßen Augen vergangener Leinwandstars imitiert.

»Ich darf Ihnen nichts sagen«, meinte sie.

»Ich respektiere Ihr Berufsethos«, erwiderte De Santis, »trotzdem müssen wir uns unterhalten.«

Besucher und Angestellte drängten sich vorbei, fragten nach der Handchirurgie und anderen Abteilungen.

Sie blickte sich Hilfe suchend um. »Warum lassen Sie mich nicht endlich in Ruhe?«

»Weil Sie über Informationen verfügen, die für uns enorm wichtig sind. Nicht alle davon unterliegen der ärztlichen Schweigepflicht. Sie haben diese Signora hier aufgenommen.« Er hielt ein Foto von Natascha an die Scheibe. »Jetzt sieht sie so aus.«

Die junge Frau war sichtlich schockiert. Der Kommissar hatte ein Farbfoto von der Müllkippe gewählt. Selbst wenn man täglich mit Unfallopfern zu tun hatte, war das Bild ein Schlag in den Unterleib.

»Die ärztliche Schweigepflicht gilt über den Tod hinaus«, erwiderte Sofia, nachdem sie sich gefangen hatte.

»Sie entfällt aber, wenn die Informationen des Arztes eine schwerwiegende Straftat verhindern könnten.«

»Was denn für eine Straftat?«

»Wir fahnden nach einem Serientäter. Vermutlich wird er wieder zuschlagen.«

Sofia hob den Kopf, erschrak und versuchte, ins Leere zu blicken. »Ich muss erst den Oberarzt fragen.«

»Müssen Sie nicht.«

»Er wirft mich raus. Er hat mir schon am Sonntag damit gedroht. Bitte.«

»Wann haben Sie Dienstschluss?«

Sie antwortete nicht.

De Santis betrachtete ihr verzweifeltes Gesicht. Bei einer längeren Befragung auf dem Kommissariat würde sie zusammenbrechen. Er mochte manchmal die Vorschriften übergehen, die Schwäche anderer Leute nutzte er ungern aus. Außerdem beschäftigte ihn etwas anderes. Wieso Sonntag? »Hat sich etwa schon am Sonntag jemand nach Natascha erkundigt?«, fragte er.

»Ja, ein Kollege von Ihnen. Eigentlich sehr nett. Und besorgt. Er hat dasselbe gesagt wie Sie: Serientäter, Gefahr im Verzug. Die Polizei sei auf einer heißen Spur und könne eine weitere Untat verhindern.«

In De Santis' Gehirn ratterte es. Das war unmöglich. Die ersten Routinekontrollen zu Nataschas Verbleib hatten sie Anfang der Woche unternommen.

»Sind Sie sicher, dass es am Sonntag war? Um wie viel Uhr?«

»Gegen Mittag.«

Suchte eine andere Abteilung nach Natascha?

»Hat der Kollege seinen Namen genannt?«

»Ja, sicher. Ich habe ihn mir aufgeschrieben.«

»Hat er einen Dienstausweis vorgezeigt? Wenn ja, welche Farbe hatte er?«

»Grün.«

Das bedeutete, er hatte den Rang eines Inspektors oder Kommissars. »Die Abteilung haben Sie sich nicht zufällig gemerkt? *Squadra mobile*, *DIA*, *Digos*?«

»Nein.«

»Haben Sie eine Fotokopie von dem Ausweis angefertigt?«

Sie kramte in einem Stapel Notizen und loser Blätter, die hinter dem Schalter lagen. »Nein, aber ... hier. Antonio Sciarelli.«

De Santis hatte den Namen nie gehört. Er rief in der Zentrale an und ließ ihn überprüfen. Es gab keinen Antonio Sciarelli bei der Polizei in Neapel, auch in den umliegenden Provinzen nicht.

»Wie sah er aus?«, fragte De Santis.

Sie überlegte. »Etwa so groß wie Sie. Dünner und jünger, um die dreißig, würde ich sagen.«

»Sie müssen zu uns auf die Questura kommen.«

»Wann?«

»Sofort.«

»Aber ...«

»Unbedingt. Ich rede mit Ihrem Vorgesetzten.«

25

Zwei Stunden später ließ sich Franco De Santis auf der Piazza Dante auf einen Stuhl fallen, unter demselben Sonnenschirm, unter dem er mit Elvira Barbarossa einen Aperitif getrunken hatte. Die Scheinwerferketten des Autoverkehrs zeigten erste Lücken, die Passanten wurden weniger. Der Kommissar hatte leichte Kopfschmerzen, Hunger und ein Phantombild in DIN A4. Darauf war ein junger Mann mit Schnurrbart und breitem Gesicht zu sehen, Segelohren, schmale Augenbrauen. Wie die meisten Phantombilder wirkte es künstlich, man hatte den Eindruck, es könnte Tausenden ähneln, aber niemand würde wirklich so aussehen wie auf der Zeichnung. Wie dieser Mann, der hinter Natascha her gewesen war, der sie vielleicht auf dem Gewissen hatte.

Er bestellte ein Glas Wein und einen Teller Spaghetti *allo scoglio*. Kaum hatte er eine Gabel von den glänzenden Nudeln und den saftigen Meeresfrüchten im Mund, konnte er wieder denken. Doch der Fall wurde immer verworrener. Ein ermordeter Priester, eine Haushälterin, die wochenlang verschwunden, dann schwer verletzt und schließlich umgebracht worden war. Alles durch ein und denselben Täter?

Er starrte in die Nacht. Eine Gruppe von amerikanischen Touristen kam vorbei, ein Hundehalter, eine verlorene Alte mit sieben Plastiktüten, dann ein Paar wie aus einem Klatschmagazin, sie im weißen Sommerkleid, er im schwarzen Anzug. Der Mann mochte so alt sein wie Nataschas Mörder, so alt wie einst De Santis, damals als er Isabella und die drei Tage alte Ludovica in der Tragetasche aus dem Krankenhaus abgeholt und in die mit Girlanden geschmückte Wohnung gebracht hatte. Es zog im Bauch.

Er kippte einen Schluck Wein in das Loch und schaute wieder auf die Phantomzeichnung.

Augen, die ihn ausdruckslos anstarrten. Wer war der Kerl? Neapolitanischer Akzent, laut Sofia Quinzio. Er sei an den Schalter getreten, habe den Ausweis vorgelegt und um Informationen zu Natascha gebeten. Nachdem Sofia ihm Abteilung und Zimmernummer genannt hatte, sei er verschwunden. Kurz nach seinem Besuch sei auch Natascha verschwunden. Mit ihm? Oder vor ihm geflüchtet?

Sie war alleine in der Notaufnahme erschienen, außer Atem, nur in Fetzen gehüllt. Hatte dieser Sciarelli sie misshandelt, sie war ihm entwischt, und dann hatte er weiter Jagd auf sie gemacht?

De Santis trank einen doppelten Espresso, zahlte und stand auf. Er ignorierte die Müdigkeit und ging die Via Toledo hinab. Wie so oft zog die Stadt ihn magisch an, hinein in funkelnde Boulevards, auf belebte Plätze und in verlassene Gassen. An der riesigen Baustelle des U-Bahnhofs Municipio ragten Armierungsstahl und Betonpfeiler, Kräne und Zäune aus der Grube, die sich bis hinunter zum Hafen erstreckte. Vor der Stazione Marittima, die inzwischen geschlossen war, spielten ein paar Halbstarke Fußball. Auf der Mole, an der Fahrgäste auf eine Fähre nach Ischia oder Capri warteten, zeigte er die Bilder von Natascha und Sciarelli vor. Womöglich hatte sie sich ja auch auf eine Insel geflüchtet. Die Leute schüttelten den Kopf.

Ein paar Kilometer wandelte er am Meer entlang, Hunderte Masten, die in der leichten Dünung wie Metronome schwankten. Auf jedem dieser Boote konnten sich Menschen verstecken, von den Millionen Wohnungen, den Barackensiedlungen, Notunterkünften in seinem Rücken ganz zu schweigen. Es war idiotisch, dass er alleine in der Nacht herumirrte und jedem Passanten ins Gesicht starrte, auf der Suche nach Natascha, auf der Suche nach einer Ähnlichkeit mit dem Phantombild.

In Chiaia bog er wieder Richtung Innenstadt ab. Hoch, still und finster waren hier die Gebäude. Aus einem Lokal tönte Musik, Soulklänge und Reggae, über die sich eine rauchige Frauenstimme legte. Er brauchte eine kleine Stärkung, er brauchte Menschen. De Santis schob die Tür auf.

Buntes Licht rührte durch das schummrige Lokal, bunt war auch das Publikum. Mit seinen siebenundvierzig Jahren kam der Kommissar sich für die meisten Clubs zu alt vor. Dass er Bulle war, machte die Sache nicht besser, doch hier war er gut aufgehoben. Gegerbte Gesichter von alten Fischern und Skippern, Studentinnen, Touristen und abenteuerlustige Angestellte aller Altersgruppen. Es war inzwischen fast Mitternacht, auf der Bühne ein Sextett und eine Frau in einem violetten, geschlitzten Kleid. Der elektrisch verstärkte Kontrabass vibrierte in Francos Unterleib, die Soulstimme der Frau fuhr wie ein Reibeisen über seinen Rücken. Isabella fehlte ihm – alle Spirituosen hinter dem Tresen hätten das Loch in seinem Bauch nicht füllen können. Er probierte es trotzdem und begann mit einem Whiskey.

Dann schob er sich zwischen die Tänzer, wiegte sich zu den Klängen, und ihm wurde warm und wohlig. Ein Gesicht kam ihm mehrmals nahe, funkelnde Augen. Sie berührten einander beim Tanz, verloren sich, fanden sich wieder. Er nahm ihre Hände, ihr Bauch presste sich für einen Moment gegen ihn, ihr Atem streifte sein Ohr. Als er ihr Schulterblatt unter der Handfläche spürte, meinte er fast, es wäre Isabella. Rasch entschuldigte er sich und kehrte an den Tresen zurück. Hin und wieder warf sie ihm noch einen pampigen Blick zu, und dann schaute er tief ins Glas.

Als er zwei Stunden später aus dem Lokal trat, war er betrunken, aber noch nüchtern genug, um es zu wissen. Er hatte ein Taxi bestellt, das ihn nach Sanità brachte. Er grüßte Crescenzio mit streng erhobenem Zeigefinger, kämpfte sich die Treppen hoch und dachte mit Grauen an den nächsten Morgen.

Lieber Gott, dachte er, ich habe Strafe verdient, aber zeig dich mal großzügig.

26

Der liebe Gott war großzügig – beim Strafmaß. De Santis wachte um fünf auf, mit dem Schädel in einer Schraubzwinge. Er schleppte sich in das kleine Bad und schlug sich den Kopf an dem Granitfensterbrett in der Dachschräge an, nachdem er Galle in die Kloschüssel gespuckt hatte. Um acht hüpfte er auf der Stelle, hörte es in seinem Kopf rieseln, hockte sich auf die Dachterrasse und rauchte drei Zigaretten. Dann rasierte er sich, setzte eine Sonnenbrille auf und ging Richtung Questura. Da er an jeder vierten Bar hielt, um einen Kaffee und ein Glas Wasser zu trinken, kam er spät an.

Seine Abteilung war schon in heller Aufregung. Bomba, Marin und Pizzuoli liefen zwischen den Büros und dem Besprechungsraum hin und her, wo sich die Morgenausgaben der Zeitungen stapelten. Auf den Schreibtischen klingelten die Telefone, auf dem Whiteboard prangte die Phantomzeichnung des vermeintlichen Antonio Sciarelli, und auf dem Gasherd dampfte die *cuccumella*.

Als Mario Marin den Kommissar erblickte, stellte er sich an der Stirnseite neben den Monitor. »Dann können wir jetzt loslegen, oder?«

De Santis zog den Kopf ein, weil er laute Geräusche nicht ertrug. Schon gar nicht aus Marins Mund.

»Ich fasse zusammen. Wir haben eine nicht identifizierte weibliche Leiche, bei der es sich um Natascha Smirnowa handeln könnte. Wir haben einen toten Priester, dessen vermeintlicher

Selbstmord Fragen aufwirft. Und wir haben diese Phantomzeichnung hier.« Er deutete auf den jungen Mann mit den Segelohren und dem starren Blick. In dieser Größe wirkte er gespenstisch.

Der Kommissar kämpfte mit Brechreiz und sagte: »Wir setzen bei diesem Mann an. Er hat sich im *Ospedale dei Pellegrini* nach Natascha erkundigt. Kurz darauf war sie verschwunden. Damit ist er tatverdächtig. Wir wissen nicht, in welcher Beziehung der Mann zu dem Opfer stand. Ich gehe davon aus, dass er eine ganze Reihe von Notaufnahmen abgeklappert hat, weil er vermutlich über ihre Verletzungen Bescheid wusste. Wir müssen rekonstruieren, was er im Krankenhaus getan hat. Ob Natascha ihn freiwillig begleitet hat oder vor ihm fliehen wollte.«

»Und die Suche nach den Müllcontainern?«, hakte Marin nach, wofür er giftige Blicke erntete. Um diesen Teil der Recherche riss sich nun wahrlich keiner.

»Sekundär. Wir bilden zwei Gruppen. Die eine geht dem Umfeld in Bagnoli nach, die andere setzt im Krankenhaus an. Die Zimmergenossinnen von Natascha müssen befragt werden. Nataschas DNA …«

»Ich habe mir von der Organisation Kirche Ost-West alle Daten kommen lassen. Dabei bin ich auf einen Sohn gestoßen.«

»Der ebenfalls in Neapel lebt?«, fragte De Santis.

»Nein. Es war nicht gerade leicht, ihn ausfindig zu machen. Bei der hiesigen Ausländerbehörde habe ich in Nataschas Akte einen Antrag auf Familienzusammenführung gefunden. Damals war ihr Sohn Sascha Smirnow in Frankreich gemeldet.«

»Und jetzt?« De Santis wurde ungehalten.

»Die offizielle Meldeadresse, die mir die französische Polizei hat zukommen lassen, stimmt nicht mehr. Aber über die Universität, an der er studiert, habe ich eine Handynummer eruiert«, sagte Marin sichtlich stolz.

»Gut. Dort melden wir uns aber erst, wenn wir Gewissheit über die Identität der Toten haben«, warf De Santis ein.

»Signor Commissario, der Questore hat angerufen. Er ist nicht erfreut über das Presseecho«, sagte Beppe Bomba und tippte auf die Titelseite von *Il Mattino*, der wichtigsten neapolitanischen Tageszeitung. Darauf waren Farbfotos von der Müllkippe, den Leichenteilen und den Ermittlern abgedruckt. »Auch das Fernsehen hat berichtet und wilde Spekulationen verbreitet. Es ist durchgesickert, dass Ihr beim Priester von Mord ausgeht.«

De Santis ließ sich auf einen Stuhl fallen. Sein Kopf duldete jedoch weder Beschleunigungen noch Bremsmanöver. Er merkte, dass er noch immer die Sonnenbrille trug.

Als er sie absetzte, fragte Pizzuoli: »Haben Sie die ganze Nacht ermittelt?«

»Nachgedacht.«

Allgemeines Gelächter. Alle blickten auf das Horn, das De Santis' Kopf zierte. Der Kommissar ignorierte es.

»Egal mit wem ihr von nun an redet, zeigt Nataschas Foto und das Phantombild von Sciarelli vor. Womöglich kannten die beiden sich schon länger. Vielleicht gab es auch eine Beziehung zwischen Sciarelli und Don Sebastiano. Zudem müssen wir Nataschas Verschwinden vor der Tat durchleuchten. Es kann nicht sein, dass sie wochenlang unerkannt in Neapel gelebt hat. Irgendjemandem muss sie über den Weg gelaufen sein, in der U-Bahn, im Supermarkt, auf dem Amt, was weiß ich. Wir treffen uns hier wieder um siebzehn Uhr.«

Als er im Innenhof die Beifahrertür des Dienstwagens öffnete, dachte er mit Grauen an die stickige Luft und die Schaukelbewegungen, die ihn im Innern des Fahrzeugs erwarteten.

»Sie können das ganz gut allein in Bagnoli erledigen. Ich suche die Abholbezirke der Müllhalde und die Umgebung des Krankenhauses ab. Der Torso war so groß, er kann nicht unauffällig und nur in einem der Rollcontainer entsorgt worden sein, nicht in normalen Mülltonnen.«

De Santis warf die Tür zu, winkte Marin und ging aus dem Innenhof in die schattige Via dei Fiorentini, auf dem Weg in die Quartieri Spagnoli. Das Sonnenlicht stach ihm ins Hirn, aber er musste weitergehen. Das Gehen half gegen alles, gegen Einsamkeit, Weltschmerz und Kater. Wie viel hatte er eigentlich getrunken? Er erinnerte sich nicht. Früher konnte er drei Nächte hintereinander zechen und brauchte nur einen Tag zum Regenerieren. Jetzt war es umgekehrt. Er wurde alt.

Er würde Buße tun, mit der bescheidensten aller Polizeiaufgaben: Klinken putzen, sich Blasen laufen, in abweisende Gesichter blicken. Er kannte den Frust. Er war daran gewöhnt und ließ sich nicht mehr so leicht entmutigen wie früher.

Die Viertel, aus denen die Müllwagen ihre Fracht auf der Kippe entsorgt hatten, waren Chiaia, San Ferdinando, die Quartieri Spagnoli und sein eigenes, Stella. Hunderte Straßen, verteilt auf über zwanzig Quadratkilometer. Eine Herkulesaufgabe. Allerdings waren die meisten Gassen so eng, dass dort nur schlanke Mülltonnen Platz fanden, zu klein für den Rumpf der Leiche. Also konzentrierte De Santis sich auf die breiteren Straßen mit den Containern. Er suchte die Umgebung nach auffälligen Spuren, Blut oder Kleiderresten ab. Er fand einen Damenschuh, einen billigen Plastikohrring, tütete die Fundstücke ein und markierte die Stellen auf einer Karte in seinem Smartphone.

Straßenzug um Straßenzug lief er ab und präsentierte den Passanten die Fotos von Sciarelli und Natascha. Kopfschütteln, ratlose Mienen. Natascha war schwer verletzt und in eine zerfetzte Mülltüte gehüllt durch die Gassen gerannt. Und das samstagnachts, wenn Kneipen und Straßen voller Leben waren. Niemandem sollte sie aufgefallen sein? Wie hatte der Mörder es geschafft, ihre Leiche unbemerkt in einen Müllcontainer zu stecken? Wieso war er überhaupt dieses Risiko eingegangen? Ein Mysterium.

De Santis passierte die Via Montecalvario und die Via Garibaldi, bog in eine Querstraße ein und war plötzlich nur noch wenige Meter vom *Ospedale dei Pellegrini* entfernt. Er klingelte an den Wohnungen, zeigte die Porträtbilder vor, fragte nach einer Verletzten, die hilflos vorbeigerannt war. Er sah alte Leute in ihren *bassi* neben laufenden Fernsehern, bunten Heiligenbildchen, SSC-Neapel-Fahnen, Häkeldeckchen und Plastikblumen sitzen. Er sah zahnlose Jugendliche mit zurückgegelten Haaren und ohne Schulabschluss, die auf Türschwellen hockten und die Zeit totschlugen. Fischhändler, Barbesitzer, Automechaniker, Handleserinnen. Er kaufte Zeitungen und Lottolose, betrat Lokale, trank Kaffee und versuchte, irgendwie an Informationen zu kommen. Vergeblich. Er war ein *sbirro*, da halfen auch die rot geränderten Augen und das Horn an der Stirn nicht.

Schließlich lief er zur Einfahrt der Rettungsstelle, drehte sich um und spähte in die Gasse, aus der Natascha laut Sofia Quinzio gekommen war. Er klopfte an jede Tür, an jedes Fenster, hinter dem sich ein Vorhang bewegte. Nichts als Kopfschütteln, Achselzucken.

In Bagnoli wollte keiner beobachtet haben, wie man Don Sebastiano in den Kirchturm geschleppt hatte, um ihn umzubringen, und hier war eine blutende, halb nackte Frau unbemerkt geblieben?

Omertà – das Gesetz des Schweigens. Steckte etwa doch die Camorra hinter diesen Verbrechen? Schwiegen die Leute aus Angst? Oder aus Abneigung gegen die Polizei?

Ein Mann, der in einem Keller Holzskulpturen restaurierte, bat De Santis herein und bot ihm einen Stuhl an. Er rieb den Staub und die Sägespäne von seiner Lesebrille und sah sich die beiden Bilder an. »Tut mir leid«, meinte er mit einem bedauernden Kopfschütteln.

Der Kommissar blickte durch das niedrige Kellerfenster hinaus auf die Gasse, wo die Füße Dutzender Passanten vorbeidefilierten. Er erzählte von Natascha.

Der Restaurateur riss die Augen auf. »Von Samstag auf Sonntag?«, meinte er. »Am Wochenende habe ich durchgearbeitet, weil der Sankt Jakob fertig werden muss. Sehen Sie.« Er hielt dem Gast eine bunte Skulptur vor die Nase. »Siebzehntes Jahrhundert. Neapolitanischer Barock.«

»Sie haben die Verletzte gesehen?«

»Am besten geht mir die Arbeit in totaler Stille von der Hand. Nicht, dass ich keine Musik mag. Im Gegenteil, aber ich muss das Stemmeisen hören. Mit seinem Klang führt es mich durch die Maserung des Holzes. Wenn man ein geschultes Ohr hat, dann findet die Klinge von allein ihren Weg. Verstehen Sie? Die Verbindung Ohr – Hand. Ein solcher Faltenwurf, der erfordert schon mal vier, fünf Tage Arbeit. Wenn sie auch nur ein einziges Mal zu tief hineinfahren, dann können sie von vorne anfangen.«

»Sie wollten mir von der Frau berichten.«

»Wie gesagt, es war still, und dann kamen die nackten Füße die Gasse herunter. Ich habe hier durch die Gitterstäbe …« Er spähte durch das Kellerfenster. »Hier sind die Füße vorbeigekommen. Blutige Knöchel, es war nur ein Sekundenbruchteil. Wie ein Traumbild. Ich hatte es vergessen, aber jetzt, da Sie danach fragen, fällt es mir wieder ein. Sie keuchte, blieb kurz stehen, rannte weiter.«

»Wurde sie verfolgt?«

»Ich habe niemanden bemerkt.«

»Uhrzeit?«

»Es war spät. Kaum jemand auf der Straße.«

De Santis sah zu, mit welcher Hingabe der Mann ein etwa vier Zentimeter langes Stück Esche bearbeitete. Es sollte die abgebrochene Spitze des Rauschebarts ersetzen, aus dem der Heilige Jakob mit schräg gelegtem Kopf entrückt, fast leidvoll blickte. Beneidenswert, dachte er. Sitzt hier in diesem Kellerloch, in Dreck, Staub und Armut, aber er ist sein eigener Herr. Ich dagegen renne hinter einer Chimäre her. »Kommen Sie mit Ihrer Arbeit über die Runden?«

Der Schnitzer winkte ab. »Früher wurden für jede Prozession Dutzende Holzkandelaber bestellt, für jeden Patron gab es eine andere Form. Das interessiert heute keinen mehr. Meine Arbeit ist nur ein Hobby. Ich lebe von meiner Rente, jedes Jahr schlechter.«

De Santis dankte dem Mann, schrieb sich den Namen auf, ließ seine Karte da und trat aus der Werkstatt.

Er ging zurück in die Via Toledo und rief im Krankenhaus *Cardarelli* an. Nach zähen Verhandlungen wurde er mit De Maria verbunden.

»Habe ich das der Barbarossa und meiner Gutmütigkeit zu verdanken?«, knurrte der Pathologe.

»Ich will nur wissen, ob die Identität der Toten inzwischen geklärt ist.«

»Das sogenannte DNA-Material, das mir die Kriminaltechnik und Ihr Assistent geliefert haben … soll das ein Witz sein? Es wirkt, als hätte man einmal durch die U-Bahn gekehrt.«

»Die Frau war seit zwei Wochen nicht mehr in der betreffenden Wohnung.«

»Mit unserer Leiche gibt es bisher jedenfalls keine Übereinstimmung.«

»Heißt das, es handelt sich nicht um Natascha Smirnowa?«

»Es wird Tage dauern, bis wir aus dem Material die DNA einer oder mehrerer Personen gewinnen können.« De Maria atmete schwer, rang mit sich und zeigte sich dann gnädig. »Es gibt ein paar besondere Merkmale, eine Blinddarmoperation mit entsprechender Narbe und eine Schienbeinfraktur, lange verheilt. Falls das in Neapel behandelt wurde, müssten irgendwo die Röntgenbilder sein.«

»Und der Todeszeitpunkt?«

»Dazu müsste ich wissen, wie lange sie unter dem Müll lag.«

»Ungefähr?«

De Maria klapperte mit einem Gegenstand. »Ich habe hier Maden. Die Eier, aus denen sie geschlüpft sind, wurden mindestens zweiundsiebzig Stunden vor dem Fund in der Leiche abgelegt. Die Frau ist also spätestens am Sonntagmorgen gestorben.«

»Sind Sie sicher?«

»Bin ich.« Er legte auf.

De Santis achtete nicht darauf, denn ein einziger Gedanke beherrschte sein Gehirn. Die Leiche konnte nicht Natascha Smirnowa sein, denn die war am Sonntagmorgen noch im Krankenhaus gewesen. Lebendig. Das darf nicht wahr sein, dachte er, verdammte Scheiße. Eine Unbekannte. Keine Verbindung zu Don Sebastiano. Damit stehen wir wieder am Anfang. Wir haben völlig verschiedene Fälle und tappen mehr denn je im Dunkeln.

Dann brach sich ein anderer Gedanke Bahn. Wenn es sich bei der Unbekannten nicht um Natascha handelte, dann lebte sie wahrscheinlich noch. Der einzige Mensch, der Licht in die Angelegenheit bringen konnte. Sofern der Mann mit den Segelohren sie nicht inzwischen zur Strecke gebracht hatte.

27

De Santis rannte die Straße hinab, rief die Kollegen an und bestellte sie in die Questura.

Als alle im Raum saßen, schloss er die Tür und sagte: »Die Tote ist nicht Natascha.«

»Chef«, warf Pizzuoli ein, »ich müsste ...«

»Nein, heute nicht. Tut mir leid. Wir brauchen dich hier.«

»Ein Banktermin. Den darf ich auf keinen Fall versäumen.«

Der Kommissar winkte ab. »Morgen«, sagte er. »Oder schick deine Frau.«

Pizzuoli schaute entgeistert.

»Geht es um eure Existenz?«, fragte De Santis.

»Nein, nein, natürlich nicht«, beschwichtigte der Ispettore auffallend hastig.

»Gut. Wir müssen Natascha finden, ehe unser Unbekannter es tut. Sie ist unsere Schlüsselzeugin.«

»Wer ist dann die Tote von der Müllkippe?«, fragte Marin.

»Keine Ahnung.«

»Meinen Sie, es gibt eine Verbindung zwischen ihr und Natascha?«, hakte Bomba nach.

»Das würde ich gerne Natascha fragen. Was habt ihr Neues über sie?« De Santis blickte auf Bomba und Pizzuoli, die nebeneinandersaßen. Bomba hatte einen Schreibblock aufgeschlagen, Pizzuoli war mit seinen Gedanken woanders. »Gennaro?«, rief der Kommissar.

»Kann ich kurz mal telefonieren?«, fragte Pizzuoli zurück.

»Nein, jetzt nicht.«

»Wir haben Patienten und Pflegepersonal befragt und die beiden Frauen gefunden, die mit Natascha Smirnowa im Zimmer waren. Beide erzählen dasselbe. Die Verletzte wurde gegen halb fünf am Sonntag, nach der Operation, zu ihnen ins Zimmer geschoben. Sah furchtbar aus. Blutergüsse und Platzwunden im Gesicht, konnte sich vor Schmerzen kaum rühren.«

De Santis sah, wie Pizzuoli auf seinem Smartphone eine Nachricht tippte, ging aber darüber hinweg.

»Um die Mittagszeit kam dann der Stationsarzt zur Visite und wollte wissen, wie es ihr gehe. Ob sie vernehmungsfähig sei, ein Polizist sei gekommen, um sie zu befragen. Sie sagte: Nein, unmöglich. Kaum war der Arzt wieder gegangen, soll sie ganz hektisch geworden sein. Sie hat sich wohl trotz ihrer Schmerzen aus dem Bett gequält und das Zimmer verlassen. Anfangs dachten die beiden, sie hätte zur Toilette oder duschen gehen wollen, wunderten sich allerdings, weil es auch im Zimmer ein kleines Bad gab … Jedenfalls kam Natascha nicht mehr zurück. Sie hatte sich aus dem Staub gemacht.«

»Sie ist also geflohen«, mutmaßte De Santis.

»Sie muss gewusst haben, dass der Mann an der Pforte nicht von der Polizei war«, meinte Marin.

»Das ist nicht gesagt. Offensichtlich hat sie auch vor der Polizei Angst«, meinte De Santis. »Sonst hätte sie ihren Peiniger angezeigt. Sie ist vor zwei Wochen abgetaucht und hat nicht die geringste Spur hinterlassen. Nicht mehr mit dem Handy telefoniert, kein Bankkonto mehr benutzt.«

»Wie ein Profi.«

»Oder wie jemand, der nicht gefunden werden will. Auch nicht von den Behörden.«

»Weil sie Dreck am Stecken hat?«, mischte Bomba sich ein, während Pizzuoli teilnahmslos vor sich hin starrte.

»Oder sie hat eine andere Identität angenommen«, meinte Marin.

»Warum das?«, fragte Bomba.

»Womöglich ist sie doch in den Tod von Don Sebastiano verwickelt.«

»Und der Abschiedsbrief?«, warf De Santis ein.

Es war zum Verrücktwerden. Nichts passte bei dieser Geschichte zusammen. »Es kann auch banaler sein. Vielleicht ist sie nur sehr vorsichtig und geschickt. Ohne reguläres Arbeitsverhältnis verliert sie die Aufenthaltsgenehmigung. Vielleicht will sie bloß die Abschiebung vermeiden.«

»Wann wird schon mal wer in die Ukraine abgeschoben?«

»Ach ja, wir haben noch etwas Interessantes erfahren«, meinte Bomba. »Es muss nicht unbedingt im Zusammenhang mit ihr stehen, aber an dem Sonntag hat ein Dieb einen Beutezug durch das Krankenhaus gemacht. Hat Bargeld, Schmuck und zwei Kreditkarten geklaut. Niemand wäre auf die Idee gekommen, dass es sich dabei um unsere Natascha handeln könnte«, fügte er grinsend an.

»Außer dir«, meinte De Santis.

Sein Untergebener nickte. »Weil nämlich auch Klamotten verschwunden sind. Sandalen, Unterwäsche und der Tschador einer Perserin. Natascha hatte nichts anzuziehen, und was wäre beim Untertauchen hilfreicher als ein Schleier?«

»Wir brauchen die Farben und eine genaue Beschreibung von dem Tschador und den anderen Kleidungsstücken«, sagte der Kommissar. »Außerdem die genaue Uhrzeit von Nataschas Flucht. Wir ziehen noch einmal los und klappern die Umgebung der Klinik ab. Obdachlosenunterkünfte, Bahnhofsmission, die Schlafplätze der Clochards. Sie hat jetzt Geld. Vielleicht versucht sie, die Stadt zu verlassen, nach Paris zu gelangen. Wir müssen ihren Sohn kontaktieren, Bahnhof und Flughafen überwachen.«

»Falls sie nicht längst weg ist.«

»Chef?«, warf Pizzuoli ein.

»Ja?«

»Überwachen? Wir sind zu viert. Und wir haben Dienstschluss.«

»Was ist mit Bagnoli?«, warf Marin ein.

Was wollte er nur immer in Bagnoli? »Die Suche nach Natascha hat höchste Priorität. Ach, noch etwas, Marin …« Dem Kommissar war nicht entgangen, dass sein Vize sich mal wieder ungerecht behandelt fühlte. »Sie haben doch einen guten Draht zum Questore. Bitten Sie ihn, einige Kräfte abzustellen, die uns bei der Suche unterstützen. Ich rufe inzwischen Nataschas Sohn in Paris an. Und seht die Vermisstenfälle der letzten Tage durch.«

Wieder in seinem Büro, setzte De Santis sich an seinen Schreibtisch und fand im Intranet die von Mario Marin eingetragene Telefonnummer von Sascha Smirnow. Als er nur die Mailbox erreichte, hinterließ er seine Durchwahl und den Grund seines Anrufs. Da begann in seiner Hosentasche das Handy zu vibrieren. Rasch zog er es hervor, »*Amore*« leuchtete auf dem Display auf. Isabella. Er spürte, wie es hinter den Ohren kitzelte. Fast wie früher. Oder schlimmer noch. Dann drückte er auf die grüne Taste.

»Hallo, Schatz.«

»Hallo.« Es klang nüchtern. Er versuchte, irgendetwas herauszuhören. Unmöglich. »Ich denke, wir sollten miteinander reden, Franco«, sagte sie.

»Ja, unbedingt.«

»Es beschäftigt mich schon seit einiger Zeit …«

»Entschuldige, Isabella, aber lass uns ein Treffen vereinbaren. Ich würde gerne in Ruhe mit dir reden. Nicht am Telefon.«

»Ich auch. Du hast doch jetzt Dienstschluss.«

»Ja, aber heute wird es spät.«

Sie schwieg.

»Versteh das nicht falsch. An jedem anderen Tag kann ich mir beliebig viel Zeit nehmen, nur heute …« Das Schweigen klang ungut, und so schob er eine Erklärung nach. »Es geht um eine Zeugin. Sie schwebt vermutlich in Lebensgefahr.«

»Vermutlich. Natürlich.«

»Wir können reden, wann immer du willst. Zum Beispiel am Sonntag, bevor deine Eltern kommen.«

»Auch über Sonntag sollten wir reden.«

»Wieso?« Er war alarmiert. Plötzlich erschien ihm das Essen mit den Schwiegereltern als der seidene Faden, an dem ihre Beziehung noch hing. Die Farce. Besser als nichts. Viel besser.

»Entschuldige die Störung. Ich vergesse immer, dass du die Welt zu retten hast.«

Sie hatte aufgelegt. Seine Beklemmung schlug in Ärger um. Was bildete sie sich eigentlich ein? Waren das die ewig gleichen Spielregeln zwischen Mann und Frau? Oder moderne Gleichberechtigung?

Da klingelte das Telefon auf seinem Schreibtisch, der weiße Apparat, der im Laufe der Jahre einen Nikotinton angenommen hatte. Er hob ab.

»Commissario De Santis?«, fragte eine männliche Stimme. Es war der Kollege aus der Zentrale. »Ich habe hier einen Anrufer, der nach Ihnen verlangt. Er kann kein Italienisch.«

»Stell ihn durch.« De Santis meldete sich.

»Mit wem spreche ich?«, fragte eine Stimme auf Englisch.

Noch einmal nannte er Namen und Dienstgrad.

»Ich bin Sascha Smirnow, Sie haben bei mir angerufen?«

»Ja«, erwiderte der Kommissar.

»Würden Sie es noch einmal tun?«, fragte er und legte auf.

De Santis war verdutzt. Was sollte das? Klar, er wollte Gebühren sparen. Aber warum war er dann nicht sofort rangegangen? Und warum hatte er nicht die Durchwahl genommen, sondern in der Zentrale angerufen? Nach und nach begriff der Kommissar: Vorsichtsmaßnahmen. Der junge Mann hatte den Anschluss der Questura gewählt, da er sichergehen wollte, dass er tatsächlich mit der Polizei sprach.

Er wählte wieder, und sofort ging Sascha ran.

»Ich kontaktiere Sie, weil ich dringend mit Ihrer Mutter sprechen muss. Natalia Smirnowa«, fing er an.

»Ich weiß.«

»Woher?«

»Ein Kollege von Ihnen hat bereits angerufen.«

De Santis war alarmiert. Wieder der Unbekannte? Wie viele Schritte war er der Polizei voraus? »Wann?«, fragte er.

»Am Montag.«

Da hatten sie selbst noch keine Telefonnummer von Sascha. Der Mann mit den Segelohren hatte offenbar andere Quellen. Bessere.

»Ihre Mutter ist eine wichtige Zeugin. Es geht um den Tod von Don Sebastiano, bei dem sie bis vor Kurzem gearbeitet hat. Außerdem fürchten wir, dass sie bedroht wird. Bitte geben Sie niemandem Informationen weiter.«

»Der Anrufer war also gar kein Polizist?«

»Vermutlich nicht. Was haben Sie ihm gesagt?«

»Nichts.«

»Hat er Ihnen einen Namen genannt?«

»Ja, aber ich erinnere mich nicht.«

»Sciarelli?«

»Kann sein.«

»Hat er Ihnen eine Telefonnummer gegeben?«

»Ja.«

Endlich eine Spur! Wenn sie die Nummer lokalisierten, dann würden sie vielleicht auch den Mann mit den Segelohren finden. De Santis ließ sich die Nummer diktieren und schrieb sie auf einen Notizblock.

»Wann haben Sie das letzte Mal mit Ihrer Mutter gesprochen?«

»Ach …« Sascha zögerte. Zu lange, wie der Kommissar fand. »Vor einem Monat etwa.«

Der Junge log. Ganz bestimmt. »Ist Ihnen da etwas aufgefallen? Wirkte sie bedrückt oder besorgt?«

»Nein.«

»Wissen Sie, wo ich sie erreichen kann?«

»Nein.«

»Wie eng ist Ihr Verhältnis zu Ihrer Mutter?«

»Ich verstehe nicht.«

»Wie oft telefonieren Sie miteinander? Würde sie Ihnen mitteilen, wenn sie in Schwierigkeiten steckt?«

»Sie will nicht, dass ich mir Sorgen mache.«

Wenig überzeugend. Sascha wusste mehr, als er sagte. Das erklärte auch seine Vorsichtsmaßnahmen. Aber womöglich meinte er, im Gegensatz zu Natascha, man sollte der Polizei trauen.

»Ich will ganz offen zu Ihnen sein«, fing De Santis an. »Ihre Mutter ist vermutlich in Gefahr. Wir wollen sie schützen. Rufen Sie mich an, wenn Sie einen Hinweis auf ihren Aufenthaltsort haben.«

»Wie wollen Sie sie beschützen?«

»Durch Polizeischutz. Oder durch eine gesicherte Einrichtung.«

»Das will sie nicht.«

»Also haben Sie bereits mit ihr darüber gesprochen?«

»Nein.«

Noch eine Lüge.

»Ich bin sicher, dass Ihre Mutter unschuldig ist. Jedenfalls am Mord an Don Sebastiano. Alles andere interessiert mich nicht, Schwarzarbeit, illegaler Aufenthalt, das ist unerheblich. Geben Sie ihr meine Nummer. Ich helfe ihr.«

»Danke«, sagte Sascha.

28

Sie fanden sich fast gleichzeitig im Besprechungsraum ein. Ohne konkrete Ergebnisse. Der Questore hatte keine zusätzlichen Kräfte zugeteilt, die Vermisstenstelle hatte kein Profil, das auf die Frauenleiche gepasst hätte. Auch zu Natascha gab es keine neuen Hinweise. Weder aus Bagnoli noch aus den Krankenhäusern. Bis die Daten der gestohlenen Kreditkarten eingehen würden, konnten Tage vergehen. Müdigkeit mischte sich mit Ernüchterung und der bedrückenden Aussicht auf eine Sonderschicht. Erneut stundenlang Klinken putzen in der Stadt, Befragung von Obdachlosen, Nachtschwärmern, Junkies und Prostituierten. Niemand hatte Lust darauf, die Schattenseiten Neapels zu studieren, sich in der Nacht mit dem Bodensatz der Gesellschaft zu befassen.

Marin ließ sich auf den Stuhl an der Stirnseite fallen, Bomba an der Flanke der rechteckigen Tischformation, Pizzuoli setzte sich neben ihn, selbst zum Kaffeekochen zu müde.

»Wir müssen Natascha finden. So schnell wie möglich«, stellte De Santis fest.

»Aber …«, wollte Gennaro Pizzuoli einwenden.

»Dieser Sciarelli macht Jagd auf sie, will sie vermutlich eliminieren. Fahr nach Hause, erledige deinen Termin, und dann kommst du zurück.«

»Okay.« Der Ispettore nickte.

»Zuerst bringen wir aber den Fall noch einmal auf den Punkt.«

»Den Fall oder die Fälle?«, hakte Marin nach.

De Santis überging die Bemerkung. »Irgendetwas scheinen wir zu übersehen. Also: Wir haben einen Priester, der sich in der Nacht von Samstag auf Sonntag in Bagnoli umgebracht haben soll. In Wahrheit wurde er vermutlich ermordet. In derselben Nacht erscheint seine ehemalige Haushälterin schwer verletzt in einem Krankenhaus in der Innenstadt. Sie hat Wunden, die auf eine Misshandlung hindeuten. Mehr oder weniger zur selben Zeit wird eine bisher nicht identifizierte Frau ermordet, verstümmelt und in den Müll geworfen. Bisher gibt es keine Verbindung zu Natascha und Don Sebastiano. Aber die drei Gewalttaten fallen in dasselbe Zeitfenster.«

»Nur ungefähr. Die Taten haben außerdem völlig unterschiedliche Charakteristika«, erwiderte Marin.

»Gemeinsam ist allen drei Fällen, dass Spuren getilgt wurden«, sagte De Santis. »Keine Fingerabdrücke auf dem Stein, der auf dem Abschiedsbrief lag. Kein Computer, keine Datenaufzeichnungen in Don Sebastianos Wohnung. Die Frauenleiche wurde so verstümmelt, dass eine Identifizierung kaum möglich ist. Keine Papiere, die Nataschas Identität eindeutig nachgewiesen hätten. Außerdem tut sie alles, um ihre Spuren zu verwischen.«

»Also ist Natascha der aktive Part. Sie sorgt selbst dafür, dass Spuren verschwinden, während die anderen beiden Opfer der Vertuschung geworden sind«, meinte Bomba.

»Natascha als Täterin?«, sinnierte De Santis.

»Vielleicht hatte sie eine körperliche Auseinandersetzung mit der unbekannten«, sagte Bomba.

»Es gab Anzeichen einer Vergewaltigung. Zwei Frauen, die sich so zurichten? Könnt ihr euch das vorstellen?«, erwiderte der Kommissar, während Pizzuoli nur noch körperlich anwesend zu sein schien.

Mehrfach blickte er zum Fenster, hinter dem sich der nachmittägliche Dunst verdichtete. Die Hitze über der Stadt wartete nach wie vor auf ein reinigendes Gewitter, und die Atmosphäre wurde immer drückender.

»Gennaro!«, rief der Kommissar, sein Untergebener zuckte zusammen und nickte aufs Geratewohl.

»Ich habe eine offizielle Anfrage an die ukrainischen Behörden übermittelt, in Sachen Natascha Smirnowa. Leider gibt es den Namen dutzendfach. Nur komischerweise keine Person, auf die Geburtsort und -datum unserer Haushälterin passen«, sagte Mario Marin.

»Du meinst, sie hat eine falsche Identität angenommen?«, fragte De Santis zurück.

»Vielleicht hatten die Russen keine Lust, in ihren Archiven zu suchen«, ulkte Bomba.

»Ukrainer. Die Sowjetunion gibt es nicht mehr.«

»Eben. Nicht gesagt, dass die ihre Archive den abtrünnigen Staaten zur Verfügung gestellt haben.«

Es war zum Verrücktwerden. Dieser Fall wurde immer verworrener, je mehr Fakten sie zusammentrugen. »Wenn ihr abtauchen wolltet, wohin würdet ihr gehen?«, fragte er in die Runde.

»Zur Bahnhofsmission«, sagte Marin.

»In die Galleria Umberto I. oder zur Hauptpost.« Dort schliefen die Clochards, weil sie in den Arkaden vor Regen sicher waren. »Oder in eine der Barackensiedlungen.«

»Vielleicht ist sie längst aus Neapel verschwunden«, meinte Bomba. »Sie wird bei ihrem Sohn sein.«

Wieso hätte der Junge zurückrufen sollen, wenn seine Mutter bei ihm war?

»Ich glaube, sie ist noch in Neapel. Marin, Sie klappern trotzdem noch einmal Flughafen und Bahnhöfe ab. Natascha kann mit ihren Verletzungen nicht unbemerkt geblieben sein. Außerdem hat sie vermutlich keine regulären Papiere.« De Santis hatte eine Liste mit allen Einrichtungen für Obdachlose erstellt, dann das Kerngebiet der Stadt in drei große Sektoren eingeteilt, in denen alle

Herbergen und Missionen markiert waren. »Während Marin sich um die Bahnhöfe kümmert, nimmt sich jeder von uns einen der Sektoren vor. Sucht euch was aus«, sagte er.

Bomba und Pizzuoli betrachteten den Ausdruck mit melancholischem Blick.

»Ihr könnt die Überstunden abfeiern, wenn der Fall gelöst ist.«

»Was, wenn sie in einem Vorort untergekrochen ist?«

»Irgendwann kommen wir auch dorthin«, erwiderte De Santis und beendete die Besprechung.

Kurz darauf kämpfte sich der Kommissar durch die Gassen, sprach mit Clochards, klingelte an Obdachlosenunterkünften, suchte unter Brücken und in Eingängen der Metrolinien. Nirgendwo fand er eine Spur.

Als er ausgelaugt und enttäuscht in seinen Hauseingang einbog, sah Crescenzio von seinem Bildschirm auf.

»Betta hat nach Ihnen gefragt. Sie war völlig aufgelöst, weil sie noch immer im Dunkeln sitzt.«

Betta!, dachte er. Um ihr Problem mit dem Stromkonzern hatte er sich gar nicht gekümmert. Das war jetzt definitiv zu viel für ihn. Mit einem diffusen Schuldgefühl stieg er die Treppe hinauf zu seiner Wohnung, riss die Fenster auf, duschte kalt und legte sich ins Bett.

Die Geräusche der Stadt waberten als sanftes Rauschen in sein Schlafzimmer, manchmal unterbrochen von einer Hupe, quietschenden Bremsen oder dem Gejohle eines Betrunkenen. Er dachte an Isabella, wie jeden Abend.

29

Der nächste Tag war ein Freitag, fünfeinhalb Tage waren seit dem Tod Don Sebastianos und der Unbekannten vergangen. *Il Mattino* brachte auf der Titelseite ein Foto von der Müllkippe. Die Leichenteile waren nicht zu erkennen, aber eine der reißfesten Einkaufstaschen, in denen die menschlichen Überreste versteckt waren. Sie trug ein auffällig vielfarbiges Streifenmuster, das sich bei näherer Betrachtung als Buchrücken in den Regalen einer Bibliothek entpuppte. Von diesen Taschen waren sicher wenige im Umlauf. De Santis hatte einem befreundeten Reporter das Bild zur Verfügung gestellt. Ihm ging nicht aus dem Kopf, dass die Frau in einer oder mehreren Mülltonnen entsorgt worden war, ohne dass jemand etwas bemerkt hatte. Noch dazu in einer Stadt wie Neapel, wo die Menschen wie in einem Bienenkorb zusammensaßen und nichts unbeobachtet blieb, was auf der Straße geschah.

Aus den wenigen Informationen, die De Santis herausgegeben hatte, leiteten die Journalisten ab, dass es sich bei der Toten von der Müllkippe um Natalia Smirnowa handelte. Sehr gut. Genau das hatte der Kommissar sich erhofft. Es spielte der Polizei in die Karten. Und Natascha. Wenn alle annahmen, dass sie tot sei, blieb sie unbehelligt. De Santis gönnte sich einen Kaffee bei Aldo und Cirella, die ihn mit einem leichten Vorwurf in der Stimme begrüßt hatten.

»Wie geht's, Franco? Lässt dich selten blicken.«

»Die Arbeit«, antwortete der Kommissar vage.

Aldo sprach vom Wetter, von der Hitze, die in wenigen Stunden schon wieder in den Gassen stehen würde, und Franco legte diskret die beiden Porträts auf den Tresen. Der Alte schüttelte die grauen Haarsträhnen, schob die Bilder seiner Frau zu, und auch die beiden Männer, die plaudernd neben De Santis am Tresen standen, warfen einen Blick darauf. Niemand kannte die Gesichter.

»Was ist mit dem Jungen, den sie hier abgeschlachtet haben?«, fragte der eine.

»Darum kümmern sich meine Kollegen«, meinte De Santis.

»Deine ehemalige Wohnung ist wieder frei«, sagte Aldo und wies mit dem Kopf die Straße hinauf.

Meine Wohnung, dachte der Kommissar, unsere Wohnung. Das Nest, das er sich mit Isabella eingerichtet hatte. Während die Kommilitonen noch bei ihren Eltern quer durch die Stadt verteilt oder um die Via dei Tribunali herum in WGs gewohnt hatten, waren sie beide hier oben eingezogen, ans Ende der Via della Sanità, die sich an der Flanke des Hügels hinaufwand. Es war ihnen wie ein verwunschener Ort erschienen, mitten in der Stadt und gleichzeitig im Grünen, am Ende der Welt.

»Du kannst sie dir anschauen. Antonio, der Eigentümer, ist mein Freund. Er sucht einen neuen Mieter.«

»Mal sehen«, sagte der Kommissar ausweichend, aber er wusste, dass er den Anblick nicht würde aushalten können. An die Zeit mit Isabella erinnert zu werden, an die schönsten Jahre in seinem Leben, an die Phase der Entdeckungen, die Entdeckung der Frau, überhaupt eines anderen Menschen in all seiner Intimität, die Entdeckung von Sex, Zärtlichkeit, Musik, Rausch, Freiheit, Denken, Schlafen, Trinken. Alles war ihm damals in einem völlig neuen Licht erschienen, in ungeahnten Dimensionen. Scheiße. Es fuhr ihm in den Magen.

Aldo legte ihm eine Hand auf den Kopf, als wäre er ein kleiner Junge.

Franco fischte nach Kleingeld, aber der Alte lehnte ab. »Ist schon bezahlt, war ein *caffè sospeso*«, sagte er.

Der *caffè sospeso* ist einer der vielen Bräuche in Neapel. Man spendiert einem Unbekannten, irgendeinem späteren Gast, einen Espresso und lässt einen Kaffee »in der Schwebe«. Die Bars in Neapel waren voller *caffè sospesi*. Zusammen mit dem Duft der frisch gemahlenen Kaffeebohnen durchströmten die kleinen Aufmerksamkeiten, die selbstlosen Gesten, die unverhofften Glücksfälle das Gewimmel der Gassen, in noblen wie in schäbigen Vierteln. Der Kaffee schwebte über allen, wie die Sonne, die jodhaltige Brise, der Blick über den Golf. Glück sollte jeder haben.

»Dann übernehme ich eben den nächsten *caffè sospeso*«, sagte De Santis und legte die Münzen auf den Tresen. Aldo lachte und schrieb den Kaffee auf. Kein Barbesitzer würde dieses Geld in die eigene Tasche wirtschaften.

De Santis trat hinaus in die Sonne und zündete sich eine Zigarette an. Die Stelle, an der sie den Jungen abgeschlachtet hatten, erkannte man nur noch an den verblassten Markierungen auf dem Asphalt und dem zerfetzten Absperrband, das an einer Hauswand baumelte. Jemand hatte einige Meter von dem Band um einen Metallpfosten gewickelt, um seinem Gewerbe eine gewisse behördliche Autorität zu verleihen. Der Pfosten diente nämlich als Markierung für den Verkauf geschmuggelter Zigaretten, die ein junger Mann in einer Kiste auf einem Klappstuhl offerierte.

De Santis lehnte dankend die Sonderangebote des Händlers ab und trat seinen Marsch Richtung Questura an.

Seine Erleichterung erwies sich allerdings als unangebracht. Als er sich nämlich kurz darauf mit den Kollegen zusammensetzte und auf dem Whiteboard einen Plan Neapels entwarf, in den sie alle Hinweise auf Natascha Smirnowa und den falschen Polizisten Sciarelli eintrugen, ergab sich folgendes Bild: Natascha irrte durch die Stadt, Sciarelli jagte sie. Noch immer. Ihm war egal, was in der Zeitung stand, er schien zu wissen, dass Natascha lebte.

Während Franco De Santis am Vorabend nicht einen Treffer gelandet hatte, trugen seine Kollegen Hinweis um Hinweis zusammen. Vor allem Marin hatte eine Menge beizutragen. Die rekonstruierten Etappen sahen wie folgt aus: Nachdem Natascha aus dem Krankenhaus geflohen war, vermutlich vor Sciarelli, hatte man sie in einer Herberge der Barmherzigen Schwestern gesehen, wo sie die nächste Nacht verbracht hatte. Am Morgen war sie verschwunden, kurz bevor ihr Verfolger auch dort aufgetaucht war. Insgesamt hatte man Natascha bei drei Armenspeisungen in den Vierteln San Lorenzo, Forcella und Chiaia wiedererkannt, als Schlafgast hatte man sie, nach der Nacht bei den Schwestern, in der Nähe des Hafens und in Barra gesehen. In zwölf Unterkünften und Mensen hatten die Befragten Sciarelli mit ziemlicher Sicherheit wiedererkannt. Den falschen Polizeiausweis hatte er überall eingesetzt. Seit zwei Tagen, seit Mittwochabend, gab es keinen Hinweis mehr auf den Verbleib Nataschas.

»Mist«, sagte De Santis. »Vielleicht hat er sie am Mittwoch gefunden.«

»Glaube ich kaum«, meinte Mario Marin und blätterte aufreizend langsam in seinen Notizen. »Wenn wir alle Punkte, an denen wir Nataschas Spur aufgenommen haben, miteinander verbinden, welches Bild ergibt sich dann?«

De Santis, Bomba und Pizzuoli starrten auf das Whiteboard, auf dem der Stadtplan Neapels zu sehen war. Überall dort, wo Natascha gegessen oder geschlafen hatte, blinkten rote Punkte auf, und zwar in der chronologischen Abfolge ihrer Aufenthalte.

»Ich kann kein Muster erkennen.«

»Eben«, meinte Marin. »Es gibt keins. Sie spart Bagnoli aus und die Gegend um das Krankenhaus, weil Sciarelli sie dort aufgespürt hatte. Ansonsten schlägt sie Haken wie ein Hase.«

»Diese Erkenntnis hilft uns leider nicht weiter«, meinte Bomba.

»Dies hier sind die Stationen von Sciarelli.« Nun leuchteten blaue Punkte auf. »Ich lasse sie ebenfalls in chronologischer Abfolge aufleuchten.« Kreuz und quer auf dem Stadtplan sprangen die Punkte herum. »Und jetzt beide, Natascha und Sciarelli.« Das Geblinke wurde immer chaotischer und dichter.

»Was soll das, Marin?«, fragte De Santis.

Sein Vize strahlte. Er schien fast die ganze Nacht gearbeitet zu haben. »Ich habe allen Leuten eingeschärft, Sciarelli hinzuhalten, falls er auftaucht, und uns sofort zu verständigen. Sobald er die Suche wieder aufnimmt, klingelt bei uns das Telefon. Garantiert. Wir kriegen den Kerl, ehe er Natascha findet, da bin ich mir sicher.«

Das war endlich mal eine gute Nachricht. Die erste seit Tagen.

»Glückwunsch, Marin. Wie lange haben Sie heute Nacht gearbeitet?«

Der Gelobte winkte ab, beschwingt und fröhlich.

Es klopfte.

»Herein«, rief der Kommissar.

Eine kleine, beleibte Polizistin stand auf der Schwelle. Agente Santoni, eine Schreckschraube, die gewöhnlich als Wachtposten unten am Nebeneingang der Questura Dienst schob, damit sie verräumt war und einem nicht die Arbeit und die Laune verdarb.

»Hier ist jemand, der Sie sprechen will, Commissario«, sagte sie mit ihrer Quiekstimme. »Es geht um die Leiche auf der Müllkippe.«

De Santis lief zur Tür und stand vor einem älteren Herrn, der seinen Borsalino zwischen den Fingerspitzen kreisen ließ. Er mochte Ende siebzig sein, stilvoll gekleidet in Anzug und Staubmantel, dazu polierte Schuhe.

»Ich darf vorausgehen«, sagte der Kommissar.

30

Als sie in seinem Büro Platz genommen hatten, begann De Santis knapp: »Sie haben Angaben zu der nicht identifizierten Leiche von der Müllkippe zu machen?«

»Ich muss Sie vorher um gewisse Garantien bitten.«

Ein Kommissariat war keine Tauschbörse. Doch das traurige Einstecktuch in der Brusttasche des Besuchers besänftigte De Santis. Verblichen und ungebügelt, der verzweifelte Versuch, Würde und Etikette zu wahren.

»Ich bin für Mord zuständig«, meinte er, »Kavaliersdelikte verfolge ich nicht.«

»Sie nicht, aber wenn in den Akten …«

»Sie kennen die Identität der Toten?«

»Ich fürchte.«

»Wer ist sie Ihrer Meinung nach?«

»Jolanta Chiurbenskaya.« Er sagte es schnell, um es hinter sich zu bringen.

»Wie kommen Sie darauf?«, fragte De Santis vorsichtig.

»Ich habe die Meldung in der Tagespresse gelesen. Fürchterlich. Nichts zu erkennen von Jolanta, aber die abgebildete Einkaufstasche … So eine hatten wir ihr geliehen. Außerdem …«

De Santis musste seine ganze Geduld zusammennehmen. Der Mann kam aus einem längst vergangenen Jahrhundert, was er sagte, schien mit dem Wissen der Menschheit abgeglichen zu werden. Sicher stammte er aus einer anderen Schicht als Francos Vater, und doch erinnerte der Fremde ihn an den hageren, schweigsamen Mann, der die Entbehrungen im Fahrradsattel zu seinem Ideal erkoren hatte.

»Außerdem?«, hakte er nach.

»Meine Frau ist krank, Alzheimer. Sie ist auch motorisch stark eingeschränkt.« Seine Augen wurden feucht. »Ich habe mein Leben dem Studium altphilologischer Schriften gewidmet. Das rächt sich jetzt. Hätte ich mehr auf Leibesertüchtigung gegeben, dann könnte ich die Situation womöglich alleine meistern. Es erfordert enorme körperliche Kraft, den Alltag mit meiner Frau zu bewältigen.«

Der Kommissar wartete, bis sein Gegenüber sich gefangen hatte. Dann sagte er: »Frau Chiurbenskaya hat Ihnen geholfen. Sie haben sie schwarz bezahlt? Falls das der Grund Ihrer Sorgen ist – das interessiert mich nicht.«

»Ich bekomme eine ordentliche Rente, aber selbst die üblichen Tarife für eine illegale Krankenpflegerin …«

»Italien ist ein reiches Land, auch wenn man uns das Gegenteil einreden will, und es ist eine Schande, dass dieses Land seinen Bürgern die Würde nimmt, sobald sie alt oder hilfsbedürftig werden. Dass man kriminell werden muss, wenn man einen Pflegefall in der Familie hat. Aber bitte, reden Sie weiter. Seit wann kommt Signora Chierbu… Chiurbenskaya nicht mehr zu Ihnen?«

»Den Sonntag hatte ich ihr freigegeben. Als sie am Montag nicht kam, sie ist ausgesprochen zuverlässig, versuchte ich, sie anzurufen, ohne Erfolg. Dienstag kam sie auch nicht, und … na ja. Ich hatte ein ungutes Gefühl, aber ich hatte auch Angst.«

»Und dann haben Sie heute Morgen Zeitung gelesen.«

Der Mann nickte, und nun lief ihm eine Träne über die Wange. »Sie ist es? Aber wieso?«

De Santis hatte keine Antwort darauf. Auf nichts hatte er eine Antwort. Für niemanden einen Trost.

Der Greis sagte mit bebender Stimme: »Der geduldigste und

einfühlsamste Mensch, den man sich vorstellen kann. Es ist nicht einfach, die ewigen Wiederholungen, die Gefühlsschwankungen, das grundlose Gelächter und die Schwermut meiner Frau zu ertragen. Ich bringe zu wenig Geduld auf, manchmal bin ich zu den einfachsten Zärtlichkeiten nicht fähig, weil ich so ... wütend über mich selbst bin. Jolanta kennt sie erst seit Kurzem, und dennoch spürt sie genau, was Chiara guttut. Und dann die niederschmetternden Verrichtungen. Entschuldigen Sie, das alles spielt für Ihre Arbeit keine Rolle.«

Der alte Mann wollte seinen Hut aufsetzen, wie um sich nach einer Ausschweifung wieder zur Ordnung zu rufen. Er stand auf, dann brach es aus ihm heraus: »Ist es wahr, dass man ihr alle Zähne aus dem Kiefer gebrochen hat? Dass man sie zerstückelt ...«

»Sie hat nicht leiden müssen. Sie ist an einer Schussverletzung gestorben.«

»Nicht leiden? Woher wollen Sie das wissen?«

Der Mann hatte recht. De Santis wusste nichts über den Schmerz ihrer Verletzungen. »Bisher sind wir nicht sicher, ob es sich bei der Toten um Jolanta Chiurbenskaya handelt. Ich brauche erst noch einige Angaben von Ihnen. Und eine DNA-Probe. Dazu reicht ein Haar oder Ähnliches.«

»Verstehe.«

»Wissen Sie, ob Jolanta einmal einen Beinbruch oder eine Blinddarmentzündung hatte?«

»Sie hat kaum über sich selbst geredet.«

»Wann hatten Sie das letzte Mal mit ihr Kontakt?«

»Sie war am Samstagabend da. Normalerweise übernachtet sie am Wochenende bei uns, aber Chiara war sehr früh eingeschlafen. Deshalb schickte ich Jolanta nach Hause. Ich wollte sie am Sonntag anrufen, falls ich sie brauchte. Sie ging gegen zehn Uhr abends. Danach habe ich nie wieder etwas von ihr gehört.«

»Wissen Sie, wo sie gewohnt hat?«

»Nein.«

Der Mann diktierte dem Kommissar sämtliche Informationen, die er zu Jolanta Chiurbenskaya hatte. Telefonnummern, Alter, Nationalität. De Santis nahm seine Personalien auf und bedankte sich.

»Ich wünsche Ihnen, dass sich Ihr Verdacht nicht bestätigt.«

Der Mann nickte und wandte sich zur Tür.

»Wissen Sie, ob Jolanta hier Familie hatte? Freunde, Verwandte?«

Er schüttelte den Kopf.

Der Kommissar legte ihm die Bilder von Natascha und dem falschen Polizisten Sciarelli vor. »Haben Sie diese beiden Personen schon einmal gesehen?«

Erneutes Kopfschütteln. »Sollte ich?«

»Hat Jolanta jemals eine Natalia oder Natascha erwähnt?«

»Will mir nicht scheinen.«

»Wie kommen Sie jetzt klar?«

»Gute Frage. Vielleicht wissen die bei Kirche Ost-West Rat.«

»Wieso dort?«

»Wir sind sehr gläubig. Einmal habe ich im Beichtgespräch unserem Gemeindepfarrer Don Andrea gegenüber meine Unzulänglichkeiten angedeutet. Er hat mir dazu geraten, Hilfe anzunehmen.«

»Das beantwortet meine Frage nicht.«

»Er hat mir Kirche Ost-West empfohlen, dort würden sie äußerst zuverlässige Kräfte vermitteln.«

Dieselbe Organisation, die Natascha ins Land geschleust hatte.

»Ich wünsche Ihnen viel Glück. Ach, noch eine Bitte«, beendete De Santis die Befragung.

»Sprechen Sie bitte mit niemandem darüber, dass es sich bei der Toten um Jolanta handeln könnte.«

Der Besucher nickte nach kurzem Zögern, lüftete noch einmal den Hut und ging mit kurzen, genau abgezirkelten Schritten den Korridor entlang. De Santis rief Bomba an und bat ihn, den Teilnehmer zu ermitteln, der zu der Telefonnummer gehörte.

31

Die Via Montecalvario ist eine der leicht ansteigenden Gassen, die das Dunkel der Quartieri Spagnoli durchschneiden und den Blick hinauf zur strahlend weißen Fassade der Kartause San Martino auf dem Gipfel des Vomero lenken.

So leicht es gewesen war, hierherzukommen – von der Questura aus waren es nur dreihundert Meter zu Fuß –, so kompliziert war es gewesen.

Franco De Santis war gereizt. Sie hatten anderthalb Stunden verloren, um die Adresse zu Jolanta Chiurbenskayas Telefonanschluss herauszufinden, und dann war niemand von der Hausverwaltung und der Eigentümergesellschaft zu erreichen gewesen. Inzwischen war es fast Mittag, die Sonne stach erbarmungslos in die Tiefen der Straßenschluchten, und er stand mit Beppe Bomba und Gennaro Pizzuoli vor der Haustür der Nummer siebzehn. Ein graues Gebäude, an dem der Putz und die knappen Eternitvordächer über den Fenstern bröckelten. Neben dem Eingang hing ein Käfig mit zwei Wellensittichen, die stumm von einer Stange zur anderen hüpften. Jolantas Wohnung sollte im fünften Stock liegen. Der Kommissar drückte gegen die Tür, sie war nicht abgeschlossen, und sie tauchten in das kühle Zwielicht. Drei Türen auf dem Absatz, Briefkästen und Gerümpel. Kein Concierge. Es wäre auch kein Platz für ihn gewesen. Sie gingen die enge Treppe hoch, in der es nach gedünstetem Knoblauch und frischer Wäsche roch.

Im fünften Stock lagen zwei Wohnungen. Links stand »Tremolo« an der Klingel, rechts fehlte das Schild. Laut Gesetz hatten in Italien alle Wohnungen eines Gebäudes eine interne Nummer, die gut sichtbar neben der Wohnungstür angebracht zu sein hatte. Neapel war nicht Italien, Nummern gab es nicht. Auf das Läuten reagierte niemand. Laut Auskunft der Telecom Italia wohnte Jolanta rechts. De Santis klingelte erneut. Keine Schritte, kein Geräusch. Nur das Gurren von Turteltauben, die irgendwo im Dachstuhl zu sitzen schienen.

»Was machen wir jetzt?«, fragte Bomba. »Brechen wir die Tür auf?«

»Ich kläre das mit Elvira Barbarossa«, erwiderte De Santis, aber die Staatsanwältin war ebenso wenig zu erreichen wie die Hausverwaltung. »Riecht ihr das?«, fragte der Kommissar. Der typische Geruch von Wandfarbe.

Bomba schnupperte am Türrahmen. »Scheint aus der Wohnung zu kommen«, meinte er und schaute seinen Chef fragend an.

Auch De Santis hätte am liebsten die Tür aufgebrochen. Seit Tagen irrten sie in der Stadt umher, ohne Erfolg, ohne konkreten Anhaltspunkt, und wenn sie endlich einen Hinweis bekamen, wurden sie von kleinlichen Vorschriften aufgehalten. »Wir rufen einen Schlüsseldienst«, sagte er. Doch keiner hatte Zeit.

»Ihr solltet nicht erwähnen, dass wir von der Polizei sind«, meinte Bomba. »Darf ich mal?«

Er rief einen Handwerker an, jammerte, er habe sich ausgeschlossen und müsse mit seinem Sohn zum Arzt. Keine zehn Minuten später kam ein Mann mit Akkubohrer, Werkzeugkiste und fröhlichem Hallo die Treppe hoch. Als er die drei Polizisten sah, verschwand die joviale Freundlichkeit. »Sie haben mich angerufen?«, fragte er misstrauisch.

De Santis zeigte den Dienstausweis vor.

»Ich Trottel«, sagte der Mann. »Wer zahlt mir jetzt die Arbeit?«

»Die Questura.«

»Schönen Dank auch. Da liegen elf Rechnungen von mir. Seit anderthalb Jahren.« Er wollte gehen.

»Sie können wählen. Entweder haben Sie den Weg umsonst gemacht, oder Sie verdienen sich zwanzig Euro. Ohne Papierkram.«

»Dreißig«, sagte der Mann.

Der Kommissar nickte, und nach fünf Minuten war das Schloss geöffnet. Er zahlte den Handwerker und bedankte sich. Der Mann ging mit einem Knurren.

Strahlend weißes Licht empfing sie. Die Sonne schien durch geöffnete Fenster auf die frisch gestrichenen Wände, die den Geruch von Dispersionsfarbe ausschwitzten. Böden, Türrahmen, Fensterbretter, alles blank geputzt. Die Wohnung bestand aus zwei Zimmern, einer Küchenzeile und einem kleinen Bad. Und sie war unbewohnt. Ausgeräumt, bis auf einen Hängeschrank im Bad, die bescheidene Einbauküche und einen Gasherd, in den sich Fettspritzer eingebrannt hatten. Die Telefonbuchse in der Wand war ebenso leer wie Wände und Fußboden der beiden Zimmer. Was hatte das zu bedeuten?

Sie zogen sich Einweghandschuhe über und untersuchten die Räume. Nichts zu finden, bis auf ein paar alte Flaschen mit Putzmitteln.

»Was haltet ihr davon?«, fragte De Santis.

»Wir müssen die Nachbarn befragen.«

Sie versuchten es noch einmal nebenan, vergeblich. Im dritten Stock öffnete eine Frau in einem verbeulten Trainingsanzug und violetten Plastikpantinen. Sie studierte den Dienstausweis und sagte dann: »Ist ein bisschen spät, dass ihr kommt.«

»Wieso?«

»Gerufen hatte ich euch am Samstag.«

Sie wurden hellhörig. »Wann am Samstag?«, fragte De Santis.

»Na, am Abend.«

»Warum?« Bomba zückte den Notizblock.

»Der Lärm da oben war nicht mehr auszuhalten. Jeder kann

mal feiern, aber diese Wummermusik und dann das Gepolter auf der Treppe. Na ja, war wohl die Abschiedsfete, da konnte denen egal sein, ob die Nachbarn sich aufregen. Haben sich ja eh davongemacht am nächsten Tag. Am Sonntag. Macht auch kein Christenmensch. Erst haben wir die ganze Nacht nicht geschlafen, und dann am Sonntag der Radau von den Möbelpackern. Möbelpacker, wenn's denn welche waren. Eher Leichenfledderer.«

»Wieso Leichenfledderer?«

»Na, solche Typen, die die Wohnungen ausräubern oder entrümpeln. Schreiben großartig Antiquitäten An- und Verkauf oder irgend so einen Senf, aber in Wahrheit räubern sie den Leuten die Bude aus, sobald einer über den Jordan ist.«

»Könnten wir vielleicht kurz reinkommen?«, fragte De Santis.

»Nee, das geht nun wirklich nicht. Sie sehen doch, ich bin gar nicht richtig angezogen, und zum Aufräumen bin ich auch noch nicht gekommen.«

»Was wollen Sie hier denn aufräumen? Ist doch so was von gemütlich bei Ihnen«, sagte Bomba und deutete beschwingt in den einzigen Wohnraum.

Darin stapelten sich Kartons, Plastiknippes und Goldfischgläser. Zwischen Kommoden und Anrichten standen zwei kleine Sofas und ein Sessel.

»Finden Sie?«, fragte die Frau zurück und strahlte ihn an.

»Klar, diese sterilen Sitzgruppen mit Glas- und Chromtischen sind nichts für mich. Hier merkt man, dass gelebt wird.«

»Ich würde Ihnen ja gerne etwas anbieten, aber ich gehe immer erst am Nachmittag einkaufen.«

»Wäre ja noch schöner«, meinte Bomba. »Dürfen wir?«

»Aber bitte.«

Sie deutete auf die Sofas, und während Bomba sich mit einem genüsslichen Ächzen in die Polster sinken ließ, setzten Pizzuoli und De Santis sich auf die Kanten, als hätten sie Angst, in Treibsand zu versinken.

»Wir sind auf der Suche nach dieser Signora hier«, sagte Beppe Bomba und legte das Foto von Jolanta auf den Tisch, das er von ihrer Facebook-Seite herunterkopiert hatte.

»Ja, natürlich, das ist sie.«

»Die Signora wohnt oben im fünften Stock?«

»Sie hat dort gewohnt.«

»Warum?«

»Na, sie ist doch ausgezogen. Wie gesagt, nach der Abschiedsfete. Eine Unverschämtheit. Hätte wenigstens vorher klingeln und Bescheid sagen oder einen Zettel an die Haustür hängen können. Vielleicht wäre ich sogar kurz vorbeigegangen. Gehört sich doch zwischen Nachbarn, finden Sie nicht?«

»Das war in der Nacht von Samstag auf Sonntag?«

»Sag ich doch.«

Noch ein besonderes Ereignis in jener Nacht, dachte De Santis. Das mit den anderen keinen Zusammenhang erkennen ließ. Außer dass eine weitere Frau plötzlich ihr altes Leben aufgegeben hatte. »Also kannten Sie sie gut?«, hakte er nach.

Die Mieterin sah ihn an. Unangenehm überrascht, dass es neben dem pausbackigen Bomba auch noch diese humorlosen Kollegen gab. »Was wollen Sie damit andeuten?«

»Nichts. Ich meine ja nur, wenn Sie auf eine Einladung gewartet haben …«

»Ich habe auf gar nichts gewartet. Ich hab sie doch gar nicht gekannt. Guten Morgen und guten Abend, das war's. Wenn sie am Abend überhaupt mal da war. War ja über Nacht meistens weg. Unsolider Lebenswandel.«

»Unsolide? Sie meinen, Ihre Nachbarin hatte häufig Männerbesuch?«

»Nein, nein.«

»Aber es war öfter mal laut bei ihr?«

»Nie. Bis auf die Auszugsfete.«

»Wie viele Gäste waren denn bei dieser Fete?«

»Keine Ahnung. War jedenfalls ganz schön was los.«

De Santis legte die Fotos von Natascha und Sciarelli auf den Tisch. »Diese beiden, waren die womöglich auch da?«

Sie schüttelte den Kopf. »Weiß ich nicht.«

»Haben Sie einen oder beide schon einmal gesehen?«

»Nein.«

»Hat Jolanta Chiurbenskaya alleine gelebt?«

»Ich glaube. Jedenfalls habe ich sie nie mit irgendwem kommen oder gehen sehen. Was hat sie denn angestellt?«

»Nichts. Wir suchen sie als Zeugin«, antwortete De Santis und sah sich im Wohnzimmer um.

Das Wasser in den Goldfischgläsern war trüb. Überall Staub. Nur eine schwarze Anrichte glänzte und war noch nicht völlig zugestellt.

»Gibt es jemandem im Haus, mit dem Jolanta engeren Kontakt gepflegt hat?«, setzte er neu an.

»Nicht dass ich wüsste.«

»Welchem Beruf ist sie nachgegangen?«

Sie zuckte mit den Achseln. »Will ich gar nicht wissen.«

»Hatten Sie den Eindruck, dass Ihre Nachbarin die Stadt fluchtartig verlassen hat?«

»Keine Ahnung. Ich hab jedenfalls nichts von einem Auszug gewusst. Wie gesagt, da war auf einmal Partylärm, und am nächsten Nachmittag sind die Umzugsleute gekommen.«

»Und die Renovierung?«

»Davon habe ich nichts mitbekommen.«

De Santis stand auf, Pizzuoli tat es ihm nach, und auch Bomba arbeitete sich mit einem gewissen Aufwand aus dem Sofa.

»Herzlichen Dank, Signora ...«

»Olmo, Santina Olmo.« Sie strahlte, und alle drei drückten ihr die Hand.

»Dürften wir wiederkommen, falls wir noch ein paar Fragen haben?«, schob Bomba nach.

»Sicher, junger Mann. Jederzeit. Wenn Sie sich vorher ankündigen, treffen Sie mich auch nicht in so unvorteilhaftem Zustand an.«

Sie gingen, klingelten noch einmal an allen anderen Türen, aber niemand öffnete.

32

Nachdem sie zu dritt – Marin hatte die Stellung in der Questura nicht aufgeben wollen – in einer Pizzeria gegessen hatten, rumorte es in De Santis' Bauch und Kopf. Die Pizza war ein Geheimtipp von Bomba gewesen, schmackhaft, aber fetttriefend. Darüber hinaus beschäftigte ein merkwürdiger Zufall den Kommissar. Er hatte im Katasteramt angerufen und erfahren, dass die Mietwohnung, in der Jolanta Chiurbenskaya gelebt hatte, der Organisation Kirche Ost-West gehörte. Dieselbe Organisation, die Jolanta und Natascha ins Land geschleust hatte.

De Santis ging Richtung Decumani, in das Schachbrettmuster der ältesten Gassen. Neapel war überbordend, ständig im Fluss, doch so vexierend das Bild an der Oberfläche war, darunter lag eine unverrückbare Matrix, ein zeitloser Kern, der unangetastet blieb. Schicht für Schicht hatte man eine Stadt über die andere gebaut, griechische Tempel auf heidnischen Kultstätten und auf den Grundmauern der Tempel wiederum katholische Kirchen errichtet. Doch die Fundamente blieben bestehen. Wenn De Santis durch diese Gassen schritt, dann spürte er eine Energie, die diesen Flecken Erde durchströmte und das ganze Universum zusammenhielt.

Der Sitz von Kirche Ost-West lag am nördlichen Rand dieser Matrix, in der Gasse Vico Donnaregina, nicht weit vom Dom entfernt. Neben einem geschwungenen Holzportal hingen mehrere Messingplaketten von Firmen und Notarkanzleien – und von

Kirche Ost-West. De Santis stieg eine herrschaftliche Treppe mit weißen Marmorstufen hoch. Die Organisation existierte seit gut zwanzig Jahren, kümmerte sich um den Austausch von weltlichem und geistlichem Personal zwischen Westeuropa und dem Gebiet der russisch-orthodoxen Kirche und wollte zur Versöhnung der Kirchen beitragen. Ohne jemals negative Schlagzeilen gemacht zu haben.

Hinter dem Empfang saß eine etwa vierzigjährige Frau mit glattem Haar, schwerer Brille und kühler Ausstrahlung, nicht unattraktiv. De Santis beobachtete, wie souverän sie Arme und Finger bewegte.

Innerhalb kürzester Zeit hatte die Empfangsdame Jolanta und Natascha im Computer gefunden, alles, was nicht dem Datenschutz unterlag, ausgedruckt und freundlich, aber bestimmt um Verständnis gebeten, dass sie alles Weitere erst nach richterlicher Anordnung herausgeben dürfe.

»Natürlich«, sagte De Santis und studierte die Poster mit den lächelnden Nonnen, die Hände schüttelten und, bei Vertretern der orthodoxen Kirche untergehakt, Volkstänze aufführten. »Allerdings habe ich noch eine Frage zu der Wohnung in der Via Montecalvario siebzehn, die an Jolanta Chiurbenskaya vermietet ist. Sie ist Eigentum Ihrer Organisation und wurde kürzlich renoviert. Von Ihnen? Liegt Ihnen eine Kündigung der Mieterin vor?«

»Mit der Immobiliensparte bin ich nicht betraut.«

»Aber das sehen Sie doch sicher im Computer.«

»Nein, nur der Sachbearbeiter hat Zugang zu der Datenbank.«

»Wo finde ich den?«

»Er ist nur vormittags von neun bis zwölf hier, eine Teilzeitkraft, wissen Sie?« Sie lächelte und drückte ihr aufrichtiges Bedauern aus.

»Wo war er heute Vormittag?«

»Wieso?«

»Niemand hat unsere Anrufe beantwortet.«

Sie zuckte mit den Achseln.

De Santis kam das alles merkwürdig vor. Der Auszug, die Fete, die Renovierung. Wie konnte Jolanta ein Fest für einen Abend organisieren, an dem sie eigentlich hätte arbeiten müssen?

»Wer ist der Leiter Ihrer Einrichtung?«

»Unser Ehrenvorsitzender ist Kardinal Erzbischof Silva. Aber das operative Geschäft leitet Monsignor Anselmo.«

»Ich müsste mit ihm sprechen.«

In einem Karteikasten suchte sie nach einer Visitenkarte, drückte sie De Santis in die Hand und wählte eine interne Nummer. Eine Minute später hatte er eine Verabredung mit Monsignor Anselmo für den nächsten Vormittag.

»Vielen Dank, äußerst effizient«, sagte De Santis. »Noch eine letzte Frage: Waren Natascha Smirnowa und Jolanta Chiurbenskaya miteinander bekannt oder gar befreundet?«

Sie zögerte.

»Diese Information unterliegt nicht dem Datenschutz«, betonte er. »Natascha wurde Opfer eines Gewaltverbrechens. Sie sind zur Auskunft verpflichtet.«

Die Frau nickte. »Ich weiß es nicht. Aber ich sehe hier, dass die beiden mehr oder weniger zur selben Zeit nach Italien gekommen sind. Sie könnten sich durchaus über unsere Organisation kennengelernt haben. Wir bieten nämlich auch Sprach- und Integrationskurse an, zur Eingewöhnung in Kultur und behördliche Fragen. Außerdem gibt es ein wenn auch beschränktes Freizeitangebot, Aktionsgruppen, Feste und dergleichen.«

De Santis bedankte sich ein weiteres Mal und ging. Er war unzufrieden und wusste nicht, warum. Das alles war ihm zu schnell gegangen, zu professionell. Bedauern über das Schicksal von Natascha und Jolanta hatte die Dame allerdings nicht zum Ausdruck gebracht. Er hegte einen Generalverdacht gegen kirchliche Einrichtungen, noch dazu wenn sie eine Art Menschenhandel betrieben. Die Hierarchien der Amtskirche waren so undurchsichtig, die Geschäfte so weit verzweigt, dass eine Organisation, die billige Arbeitskräfte vermittelte, zum Teil aus Nicht-EU-Staaten, eine enorme Gewinnspanne haben musste. Wo landeten diese Gewinne? Sicher nicht in den Taschen der Arbeitskräfte.

Lag hier womöglich der Schlüssel zu dem Fall?

Sein ungutes Gefühl ließ sich auch durch das Gehen nicht vertreiben. Allmählich füllten sich die Gassen wieder, die Menschen hatten die größte Hitze des Tages überstanden und steuerten beschwingt dem Abend entgegen. De Santis rauchte eine Zigarette und trank in der Via Tribunali einen Kaffee im Stehen. Das flaue Gefühl blieb. Er übersah etwas. Schon wieder. Das Grundgefühl, das den ganzen Fall begleitete. Oder war es nur das Loch, das Isabella und Ludovica in seinem Bauch hinterlassen hatten?

Er verscheuchte den Gedanken und ging noch einmal in die Via Montecalvario. Er stieg durch das enge Treppenhaus, an dessen Wänden die frischen Schrammen der Möbelpacker zu sehen waren, nach oben und klingelte noch einmal an allen Wohnungen. Niemand öffnete.

Schließlich zerschnitt er die Siegel, die er an Jolantas Tür angebracht hatte, zog sich Handschuhe über und trat wieder in die leere Wohnung, die im milden Nachmittagslicht strahlte. Er schaltete alle Lampen ein und betrachtete die Wände. Die weiße Farbe war in breiten Bahnen aufgetragen worden, die nicht gleichmäßig deckten. Türstöcke und Fußleisten waren bekleckert. Schlampige Arbeit. Hastig und unsystematisch. Das waren keine Profis gewesen. Wer dann? Freunde von Jolanta? Er kratzte mit dem Autoschlüssel über einen dunklen Fleck. Als er zurücktrat, erkannte er eine Vielzahl von Spritzern unter der Farbe. Blut?

Wie auch immer, hier hatte jemand nicht renoviert, sondern hastig Spuren übertüncht.

Er verschloss die Tür, brachte die Siegel wieder an und wählte die Nummer von Elvira Barbarossa. Sie war gerade in einer Verhandlung und versprach ihm per SMS, schnellstmöglich zurückzurufen. Schnellstmöglich, das konnte dauern bei Gericht. Also rief er in der Questura an und bestellte die Spurensicherung in die Wohnung von Jolanta. Das mochte ihm wieder Ärger mit dem Questore einbringen, aber darauf kam es bei diesem Fall auch nicht mehr an.

Als er wieder im Freien stand, schaute er Richtung Norden. Dort lag das Krankenhaus *dei Pellegrini*. Dort war Natascha hingerannt. Vierhundert Meter. Zur Questura wären es nur dreihundert gewesen.

Stammte das Blut an der Wand von ihr? Hatte Natascha sich in Jolantas Wohnung aufgehalten? Und wenn ja, seit wann?

33

Die Mordkommission IV betrat man über einen langen Korridor mit kaltem Neonlicht. Manchmal standen die Türen zu den verschiedenen Büros, zum Verhörraum oder dem Besprechungszimmer offen, ließen schräge Sonnenstrahlen und Stimmengewirr, Telefonklingeln, das Surren der Kopierer oder das Piepsen eines Faxgeräts hereindringen. Heute herrschte gespenstische Stille. Auch in Mario Marins Büro, das gleich rechts neben dem Eingang lag. Die Tür war halb geöffnet, sein Vize saß wie leblos da, und als der Kommissar klopfte, blickte er mit grauer Miene auf, als wäre er aus schlechten Träumen aufgeschreckt.

»Ich kann mir das nicht erklären«, sagte er. »Ich habe sämtliche Herbergen, Krankenhäuser und Armenspeisungen informiert. Sciarelli muss doch irgendwo auftauchen.«

»Vielleicht hat er ja eine Sommergrippe«, meinte De Santis.

Marin nickte. »Genauso gut könnte er Wind von unserer Suche bekommen haben.«

»Das hätte auch sein Gutes. Dann wäre Natascha vorerst außer Gefahr.«

»Und wenn er jemand anderen losgeschickt hat?«

Das war natürlich eine Möglichkeit. Und eine noch größere Gefahr.

»Gibt es sonst Neuigkeiten?«

»Bomba hat noch einmal mit der Nachbarin geredet und durchforstet gerade das Internet. Pizzuoli hat aus der Wohnung des Altphilologen eine Zahnbürste von Jolanta geholt und in der Pathologie abgeliefert. Er müsste gleich zurück sein.«

»Sobald er da ist, setzen wir uns zusammen.«

De Santis ließ sich in seinen Schreibtischstuhl fallen und betrachtete die Wände seines Büros. Es war eng, hässlich, unpersönlich. Als man ihn zum Leiter berufen hatte, war ihm das größte Zimmer an der Stirnseite der Abteilung zugewiesen worden. Doch das hatte er zum Besprechungsraum umfunktionieren lassen und war dafür in ein kleineres Büro gezogen. Hier passten gerade mal ein Schreibtisch, ein paar Aktenschränke und zwei Besucherstühle hinein. Platz hatte De Santis damals zu Hause genug gehabt, oben auf dem Vomero, wo man frei über dem Golf von Neapel zu schweben schien.

Er hörte, wie die Tür ging und Pizzuoli einen knappen Gruß mit Marin tauschte, während er sich die Homepage von Kirche Ost-West anschaute. Die Organisation hatte den Status der Gemeinnützigkeit, beschäftigte in der Zentrale in Neapel fast einhundert haupt- und ehrenamtliche Mitarbeiter, war mit diversen weltlichen und religiösen Preisen bedacht worden und schien durch und durch seriös zu sein. So wie die Empfangsdame mit der hochgeschlossenen Bluse, dem glatten Haar und den präzisen, aber nichtssagenden Auskünften.

De Santis griff zum Telefon und rief einen Kollegen von der Sittenpolizei an. Er hatte mit Simone Graziano zusammen Jura studiert, nach dem Abschluss hatten sie einander aus den Augen verloren und sich eines Tages in der Questura wiedergetroffen. Graziano freute sich, De Santis zu hören.

Nach kurzem Geplänkel fragte der Kommissar: »Wir haben hier einen Mord und eine schwere Misshandlung, deren Opfer durch die Kirche Ost-West ins Land gekommen sind. Hat es jemals Ermittlungen wegen gewerbsmäßiger Prostitution gegeben?«

»Gegen einzelne Frauen oder gegen die Organisation?«

»Beides.«

»Letzteres kann ich ausschließen. Daran könnte ich mich erinnern.«

»Was ist mit Verdachtsmomenten und Ermittlungen gegen einzelne Subjekte. Könntest du bitte mal in euren Archiven nachsehen? Diskret?«

»Verstehe«, erwiderte Graziano.

Jedem Polizisten in Neapel war klar, dass man gegen politische, kirchliche und andere mächtige Organisationen besser nicht offen ermittelte, ja noch nicht einmal Fragen stellte, die in diese Richtung ausgelegt werden könnten.

»Ich habe zwei Namen. Natascha Smirnowa und Jolanta Chiurbenskaya.«

»Ich kümmere mich darum und melde mich in den nächsten Tagen wieder bei dir.«

»Danke. Wie wär's mit einem Kaffee in der Via Toledo?«

»Gerne.«

Der Kommissar hatte noch nicht aufgelegt, als Bomba gegen die angelehnte Tür klopfte.

»Was gibt's?«, fragte De Santis.

»Die Kollegen von der *Squadra mobile* haben eine alte Zigeunerin festgenommen.«

»Sinti oder Roma«, korrigierte De Santis. »Was hat das mit uns zu tun?«

»Sie hat versucht, mit einer der im Krankenhaus entwendeten Kreditkarten zu bezahlen.«

Oha. Das machte die Sache natürlich brisant. »Die Kollegen haben angefragt, ob wir mit der Signora sprechen wollen.«

»Natürlich. Lass sie ins Verhörzimmer bringen.«

Er rief die Staatsanwältin an. Diesmal erreichte er Elvira Barbarossa sofort und bat um eine Freigabe sämtlicher Daten für die entsprechende Kreditkarte. Sie hatte keine Einwände und versprach, die Genehmigungen umgehend zu faxen.

»Auf Sie ist Verlass, danke. Kann ich mich irgendwie revanchieren?«, fragte er. »Sie hatten mir beim letzten Mal ein Abendessen versprochen.«

»Daran könnte ich mich erinnern.«

»Es war ein Aperitif, und welchen Sinn hat ein Aperitif, wenn man anschließend nicht isst?«

Sie lachte. »Ich habe anschließend gegessen.«

Mit einem Grinsen im Gesicht ging De Santis ins Verhörzimmer, wo eine alte Frau saß und Bomba anstarrte, der sie freundlich anlächelte.

Sie hatte ein runzliges Gesicht, in das Tränen und kleine Kreuze tätowiert waren. An Hals und Handgelenken trug sie Goldschmuck, außerdem Gold im Gebiss, Gold an den Fingern. Ihre Augen funkelten, als wären sie ebenfalls aus Edelmetall, eher Titan als Gold. Laut Protokoll hieß die Frau Eva Dimetrescu, war neunundsechzig Jahre alt, ohne festen Wohnsitz und mehrmals wegen kleinerer Diebstähle und Hehlerei festgenommen worden. Diesmal hatte sie in einer Tankstelle mit besagter Kreditkarte zu bezahlen versucht, und als der Pächter sie festhielt, war der Lieferwagen, aus dem sie gestiegen war, mit quietschenden Reifen und vollem Tank davongefahren.

»Frau Dimetrescu«, fing De Santis an, während er neben Beppe Bomba Platz nahm. »Wer hat in dem Lieferwagen gesessen?«

»In welchem Lieferwagen?«

Das fing ja gut an. Also versuchte er es anders. »Wir brauchen Ihre Hilfe.«

»Ich brauche Ihre Hilfe«, erwiderte sie kalt lächelnd. »Meine Enkelin ist schwer krank. Sie muss ein neues Herz bekommen. Keine Klinik will sie behandeln. Helfen Sie mir?«

De Santis schaute Bomba fragend an. Dieser zuckte mit den Achseln. Das konnte eine Finte sein. Jedenfalls hatte die Frau es sofort geschafft, die Polizei in die Defensive zu drängen. »Deswegen haben Sie den Lieferwagen volltanken müssen?«, fragte er weiter.

»Damit habe ich nichts zu tun.«

»Warum wollten Sie dann die Tankfüllung bezahlen?«

Sie schwieg.

Der Kommissar legte Signora Dimetrescu verschiedene Fotografien von x-beliebigen Frauen vor, darunter auch ein Bild von Natascha. »Erkennen Sie jemanden auf den Aufnahmen?«

Achtlos blätterte die Alte durch die Fotos, legte sie hin und schüttelte den Kopf.

»Nehmen Sie sich Zeit.« De Santis griff sich den Stapel und legte langsam eine Aufnahme nach der anderen auf die Tischplatte. Bei Natascha zuckten die Augäpfel der Frau kurz hin und her. Sie schien dem Bild ausweichen zu wollen, kehrte zurück. Es war nur ein Sekundenbruchteil gewesen.

De Santis tippte mit dem Finger auf Nataschas Gesicht. »Sie scheinen sich bei dieser Dame hier nicht sicher zu sein.«

»Doch. Kenne ich nicht.«

»Sie hat jetzt schwere Verletzungen und Hämatome, die sie entstellen. Deshalb ist sie womöglich schwer wiederzuerkennen.«

»Ich kenne Sie nicht.«

»Sie hat Ihnen die Kreditkarte gegeben.«

»Frau Soriana hat mir die Kreditkarte geliehen.«

»Wir wissen, dass das nicht stimmt.« Eleonora Soriana war der Name der rechtmäßigen Eigentümerin. »Denken Sie in Ruhe nach«, sagte De Santis.

»Ich brauche nicht nachzudenken. Diese Natascha kenne ich nicht.«

»Wie heißt Ihre Enkelin?«, fragte er unvermittelt.

»Leila Chiriches.«

»Und wo können wir sie erreichen?«

Die alte Sinti schaute misstrauisch. »Sie ist gerade im Norden unterwegs. Auf der Suche nach einer Klinik.«

Der Kommissar glaubte ihr kein Wort. Er ließ zwei Wachpolizisten kommen und trat mit Beppe Bomba vor die Tür.

»Der Tankwart hat sich das Kennzeichen aufgeschrieben. Vielleicht führt uns der Lieferwagen ja zu Natascha«, meinte Bomba.

»Dazu müssten wir eine Fahndung einleiten. Das bekommen wir niemals durch, nicht wegen einer Tankfüllung. Versuch du noch mal, ob du sie zum Sprechen bringst.«

»Nichts lieber als das«, erwiderte Bomba grinsend und ging wieder hinein.

Auf dem Weg in sein Büro fing Marin De Santis ab. Das Kreditinstitut hatte eine Aufstellung gemailt mit allen Zahlungsvorgängen, die mit der Karte nach Entwendung und bis zur Sperrung durchgeführt worden waren. Ein Einkauf in einer Tankstelle morgens um halb sechs, ein weiterer in einem Bekleidungsgeschäft sowie in einem Supermarkt. Danach hatte die Bank die Karte gesperrt. Nicht sehr ergiebig.

»Reden Sie mit den Kassierern, ob sie Hinweise auf Natascha haben. Und fragen Sie noch einmal beim Kreditinstitut an, ob es danach weitere Zahlungsversuche gegeben hat, die geblockt wurden. Abgesehen von der Aktion an der Tankstelle.«

Marin nickte und ging. De Santis setzte sich in sein Büro und machte es sich bequem. Natascha war klug und vorsichtig. Sie hatte damit gerechnet, dass der Diebstahl entdeckt werden würde, und die Karte nicht weiter verwendet. Wie war die Karte bei den Sinti und Roma gelandet? Hatte Natascha sie weggeworfen? Verloren? Verkauft?

Marin kam ins Büro gestürzt. »Commissario!«, schrie er. »Commissario!«

»Was ist los?«

»Sie hatten den richtigen Riecher. Natascha hat versucht, ein Zugticket zu kaufen. Im Internet. Über Mailand nach Paris.«

»Für wann?«

»Montag. Aber der Server hat die Zahlung geblockt, weil die Karte gesperrt war.«

Also doch. Natascha hatte sofort versucht, zu ihrem Sohn zu gelangen. Nachdem der Versuch gescheitert war, hatte ihre ziellose Flucht durch die Stadt begonnen.

»Okay, haken Sie noch einmal nach. Ob ein ähnliches Ticket mit einem anderen Zahlungsmittel gebucht wurde.«

Marin verschwand.

De Santis rief die Kollegen von der *Squadra mobile* an und fragte, ob sie wüssten, wo die Frau sich gewöhnlich aufhalte. Niemand hatte eine Ahnung. Über das ganze Stadtgebiet verteilt gab es etliche Stellplätze und Camps, auf denen sich Sinti und Roma aufhielten, viele lebten auch in Wohnungen oder Baracken.

»Habt ihr schon die Anzeige geschrieben?«, fragte De Santis.

»Sind dabei.«

»Ich möchte, dass ihr sie laufen lasst.«

»Bist du verrückt?«

»Worauf hofft ihr? Ihr habt eine Menge Papierkram, sie bekommt bestenfalls ein paar Monate, wird vorzeitig entlassen und macht dann weiter wie bisher.«

»Ja, aber in den paar Monaten kann sie wenigstens kein Unheil anrichten. Und danach verschwindet sie vielleicht in eine andere Stadt oder ein anderes Land.«

»Die Frau führt mich vielleicht zu jemandem, dessen Leben in Gefahr ist. Ein Schlüsselzeuge in einer Mordermittlung.«

»Du hast vielleicht Nerven.«

»Ich beschatte sie. Wir lassen sie an der langen Leine.«

»Das geht auf deine Kappe.«

»Klar.«

Umgehend rief De Santis alle in den Besprechungsraum und erläuterte seinen Plan. Sie würden Eva Dimetrescu freilassen und einander bei der Beschattung ablösen.

»Totaler Irrsinn«, sagte Marin. »Abgesehen davon, dass es illegal ist. Sie hat sich eines Betrugsdelikts schuldig gemacht, ist Wiederholungstäterin.«

»Die Kollegen sind froh, dass sie die Signora loswerden«, beschönigte der Kommissar ein wenig die wahren Verhältnisse. »Selbst wenn sie nach einem langen und komplizierten Prozess verurteilt werden sollte, sie wird einen gnädigen Richter finden, der dem Staat die Kosten für die Haft ersparen will.«

Marin schüttelte den Kopf. »Wenn das Ihre Auffassung von Rechtsstaat ist …«

»Das hatten wir schon, Marin. Wir lassen sie nicht frei, wir nehmen sie nur an die lange Leine. Bomba, du führst sie aus der Zelle, Gennaro, du wartest unten am Seitenausgang und folgst ihr. Marin löst dich später als Erster ab.«

Der Kollege wollte protestieren, aber da klingelte das Telefon in seinem Zimmer. Er stand auf und ging.

De Santis gab Bomba ein Zeichen, die Frau freizulassen. Dieser war kaum verschwunden, als Marin wieder hereinstürmte.

»Commissario!«, rief er. »Das war noch einmal die Bahn. Von derselben IP-Adresse ist tatsächlich ein Ticket gebucht worden, allerdings unter einem anderen Namen und mit einer anderen Kreditkarte.«

»Wo liegt diese IP-Adresse?«

»Ein Internetcafé, öffentlich zugänglich. Viel wichtiger ist der Name: Jolanta Chiurbenskaya. Die Reservierung ist für den Frecciarossa, heute Abend um sechs.«

De Santis sah auf die Uhr. Das war in einer Viertelstunde. »Das könnten wir gerade noch schaffen.«

34

Der Kommissar griff sein Holster, die Windjacke und holte das Handy hervor. Er rief Pizzuoli an und erklärte ihm die Situation. »Ich fahre jetzt mit Marin und Bomba zum Bahnhof. Versuch du, der Alten zu folgen. Fordere Hilfe von der *Squadra mobile* an, die sollen dich ablösen, danach kommst du ebenfalls zum Hauptbahnhof. Gleis dreizehn, Punkt sechs, der Zug nach Mailand.«

Zusammen mit Marin rannte er die Treppe hinunter, fing Bomba ab, der ihnen schnaubend entgegenkam, und zerrte ihn mit in den Hof. Sie hechteten in ein Zivilfahrzeug, stellten Martinshorn und Blaulicht an und schossen aus dem Hof. Bomba fuhr, während De Santis die Lage zusammenfasste.

»Ich vermute, Jolanta und Natascha waren befreundet. Natascha hat das Ticket mit den Kreditkartendaten ihrer Freundin gebucht.«

Bis zum Bahnhof waren es nur gut zwei Kilometer, ein breiter Prachtboulevard mit Barockfassaden und Platz für vier Fahrspuren, trotzdem kamen sie nur mühsam vorwärts. Der Kreisel auf der Piazza Nicola Amore war verstopft. Seit Jahren standen dort Absperrungen für den Bau der neuen U-Bahn-Station.

»Welchen Sitzplatz hat sie reserviert?«, fragte De Santis.

Marin antwortete: »Waggon 10, Platz 8 A, das ist am Fenster.«

Als sie endlich die Piazza Garibaldi erreichten, war es vier Minuten vor sechs.

»Soll ich die Bahnpolizei verständigen?«, fragte Marin.

»Nein, wir schaffen das. Keine Uniformen.«

Sie sprangen aus dem Wagen. Die Piazza mit dem Dach aus Aluminiumsegeln, an deren silbernen Stützpfeilern riesige bunte Schnecken klebten, war tagsüber der belebteste Ort der Stadt, ein Labyrinth aus Verbindungswegen, Einkaufspassagen und Bars. Die Menschen strömten aus der U-Bahn in das Hauptgebäude der Fernbahn, auf unterirdischen Korridoren zur Circumvesuviana, die Pendler in die Vororte brachte, oder verließen zu Fuß die Piazza Richtung Innenstadt.

De Santis und Marin rannten in das Bahnhofsgebäude und suchten Gleis dreizehn. Der Bahnsteig leerte sich allmählich, die Zugbegleiter kontrollierten, dass alle Begleiter der Passagiere die Waggons verlassen hatten.

Der Kommissar wandte sich an den Zugführer, zeigte seinen Ausweis vor und sagte: »Eine Fahndung. Sie können den Zug erst abfertigen, wenn Sie uns wieder aussteigen sehen.«

»Aber ...«

Ehe der Mann protestieren konnte, waren sie bereits hineingesprungen. Von der ersten Klasse arbeiteten sie sich durch die Reisenden, die mit ihrem Gepäck den Gang blockierten, mit Jacken und Handys hantierten. Als sie sich endlich in Waggon Nummer zehn durchgekämpft hatten, suchten sie Sitzreihe um Sitzreihe ab.

Platz acht A war leer.

Sie sahen in der Toilette und im Speisewagen nach. Natascha war nirgendwo zu sehen. Sie zeigten die Fotos umher. Niemand erkannte die Frauen.

»Verdammt!«, sagte De Santis und gab Marin ein Zeichen.

Sie stiegen aus, winkten dem Zugführer und sahen zu, wie der Frecciarossa langsam an ihnen vorbeiglitt. Sie schauten in alle Fenster, suchten in dem Geschiebe der Leiber und Gesichter noch einmal nach Natascha – umsonst.

Als sie in das Bahnhofsgebäude zurückkehrten, sagte De Santis: »Vielleicht hat sie uns kommen sehen und es sich im letzten Moment anders überlegt. Wir suchen noch einmal den Bahnhof und die Umgebung ab.«

De Santis hastete quer durch das Hauptgebäude, vorbei an alten Zigeunerinnen, die mit magischen Formeln Tipps für Lottozahlen verkauften, an Kleindealern, Schwarzen, Touristen, Geschäftsleuten, Bettlern, Obdachlosen, Sicherheitsleuten und Gepäckkurieren. An dem Klavier, das die Stadtverwaltung in der Bahnhofshalle aufgestellt hatte, spielte ein junger Mann eine Mazurka von Chopin. Wenn Natascha klug war, konnte man sie in dem Gewimmel nicht entdecken. Es reichte, dass sie sich irgendwo an einen Tresen lehnte und einen Kaffee bestellte oder eine Buchhandlung betrat. Der Kommissar lief in den Tunnel zur Circumvesuviana.

Dort fiel ihm ein Mann im dunklen Anzug auf. Für einen Sekundenbruchteil hatten sich ihre Blicke gekreuzt. Der Mann schob sich an einer Rolltreppe in eine Gruppe, von der er sich sofort wieder löste und die Treppe hocheilte. Die Segelohren. Natürlich, dachte De Santis, Sciarelli.

Als der Mann merkte, dass der Kommissar auf ihn aufmerksam geworden war, lief er Slalom zwischen den Passanten, tänzelte, fing zu rennen an. De Santis folgte ihm, hielt nach den Kollegen Ausschau. Umsonst. Er war nicht mehr gut in Form, der Abstand zu Sciarelli wuchs schnell. Schließlich blieb er stehen, um per SMS Hilfe anzufordern: »Untergeschoss! Sciarelli!« Als er vom Handydisplay aufsah, war der Mann verschwunden. Auf gut Glück lief De Santis in Richtung Circumvesuviana. In dem Gang drängte sich eine unförmige Menschenmenge zwischen Schaltern und Zugangsschleuse mit den Drehkreuzen und automatisierten Türen. Dazwischen Angestellte der Verkehrsbetriebe, die Tickets kontrollierten und nach Schwarzfahrern Ausschau hielten.

»Polizei, haltet den Mann!«, schrie De Santis, als er auf den Pulk der Wartenden auflief.

Einer der Wärter warf ihm einen Blick zu, folgte seinen Gesten und suchte die Menge ab. Dann ein Aufschrei, weil ein Mann sich mit rudernden Bewegungen und Einsatz der Ellbogen durch den Pulk arbeitete. Es war Sciarelli. Der Kontrolleur verstand De Santis' Gesten und hielt den Flüchtenden am Jackett fest. Doch Sciarelli versetzte ihm einen Stoß, riss sich los und sprang über das Drehkreuz. De Santis arbeitete sich weiter durch die Menge, aber bis er über das Drehkreuz steigen konnte, war Sciarelli schon die Rolltreppe zu einem Bahnsteig hinuntergerannt.

»Ausgänge blockieren!«, brüllte der Kommissar.

Die Leute spürten den Aufruhr.

»Festhalten!«, schrie De Santis, aber es war, als wollten die Anwesenden sich einen Spaß mit der Polizei erlauben.

Sie hielten Sciarelli wohl für einen Schwarzfahrer, und Schwarzfahrer waren den Neapolitanern lieber als Bullen. Deshalb öffneten sie ihm eine Gasse. Da kam ein Uniformierter von der Gegenseite die Rolltreppe herunter, Sciarelli bremste, wollte ins Gleisbett ausweichen. Ein einfahrender Zug ließ ihn zögern. Einen Moment lang schaute er sich ratlos in alle Richtungen um. Zu lange.

De Santis hatte ihn erreicht. Frontal sprang er den Mann an, nahm ihn in die Beinschere und warf ihn mit seinem Gewicht zu Boden. Im Fallen fasste er mit der Rechten seinen Hinterkopf, drückte ihm den linken Unterarm gegen die Kehle, und als sie auf den Beton aufschlugen, nahm er ihn in den Schwitzkasten. Eine Traube hatte sich um die beiden gebildet, die Leute johlten, einige filmten die Szene mit ihren Smartphones. Als zwei Kontrolleure dazukamen, richteten sie Sciarelli auf, drehten ihm die Arme auf den Rücken und legten ihm Handschellen an.

35

Mit dem Rücken zur Wand saß Sciarelli am Tisch des Verhörraums. Er hatte sein Jackett über die Stuhllehne gehängt, strich sich über die Krawatte, lächelte Franco De Santis und Mario Marin provokant an und schwieg.

Die Beamten hatten bei ihm den gefälschten Polizeiausweis, reichlich Bargeld, einen Führerschein, Kreditkarten und einen Personalausweis auf den Namen Rodolfo Arru gefunden. Letzterer war echt. Ebenso wie die schwarzen Visitenkarten, auf denen ein bedrohlich wirkender Adler die Schwingen ausbreitete. Er hielt einen Säbel und ein Sicherheitsschloss in den Klauen, und über seinem Kopf stand in goldenen Lettern: »Security Services, Naples«, darunter: »Rodolfo Arru, Special Manager«.

»Also, noch einmal von vorne. Ihr Name ist Rodolfo Arru?«

Schweigen.

»Sie wohnen in der Rua Catalana sieben in Neapel?«

Der Mann zuckte kaum sichtbar mit den Achseln.

»Was hatten Sie am Bahnhof zu tun?«

Keine Antwort.

»Sind Sie stumm?«

De Santis strich sich mit der Hand übers Kinn und mahnte sich zur Geduld. Keinen Fehler machen. Nicht jetzt. Hier saß ihr wichtigster Fang. Nur: Was hatten sie gegen ihn in der Hand? Verdammt wenig. Dokumentenfälschung, Amtsanmaßung. Bestenfalls Widerstand gegen die Staatsgewalt. Deshalb lächelte Sciarelli nun auch unbeeindruckt und ließ sich nur zu einer Aussage herab: Er wolle einen Anwalt anrufen.

Der Kommissar verließ den Raum und dachte angestrengt nach, während er den Korridor auf und ab tigerte. Wenn Sciarelli hinter Natascha her gewesen war, ging vorerst keine Gefahr von ihm aus. Oder hatte er bei der Flucht jemanden verständigen und ihm Anweisungen erteilen können? Unwahrscheinlich. Die Zeit arbeitete also für Natascha. Womöglich hatte sie die Polizei genarrt und war mit einem anderen Zug aus Neapel geflohen.

Der Kommissar ging zu Bomba ins Büro und fragte: »Irgendwelche Neuigkeiten von Gennaro? Hat die Beschattung etwas ergeben?«

»Die Alte ist in dem Barackenlager an der Via Gianturco verschwunden. Dort hat er sie aus den Augen verloren.«

An der Via Gianturco hatte sich über Nacht auf einem verlassenen Industriegelände eine illegale Siedlung gebildet. Dort lebten, mehr oder weniger toleriert, Sinti, Roma und einige andere Ethnien zusammen.

»Falls Natascha in einen früheren Zug gestiegen ist, kann sie immer noch den Anschluss von Mailand aus nehmen. Übermittle an die dortige Bahnpolizei die Platzreservierung und ein Foto von ihr. Sie sollen auch die nächsten Eurocitys nach Frankreich kontrollieren.«

Wieder in seinem Büro schloss De Santis die Tür, setzte sich an den Schreibtisch und wählte Elvira Barbarossas Nummer.

»Hören Sie«, sagte er. »Wir haben einen Mann festgenommen, der tief in dem Fall drinsteckt.«

»Glückwunsch.«

»Warten Sie ab. Seit der Mordnacht verfolgt er Natascha Smirnowa, die panische Angst vor ihm hat ...« De Santis fädelte die Geschichte in einer langen Reihe von Erklärungen auf.

»Für vierundzwanzig Stunden können Sie ihn in Gewahrsam behalten, aber dann müssen Sie mir mehr liefern. Eine Haftanordnung werden wir andernfalls nicht durchbringen.«

»Er hat regelrecht Jagd auf die Frau gemacht, sie ist in Todesangst, und dafür ist Arru verantwortlich.«

»Das ist Ihre Vermutung.«

»Er läuft mit einem gefälschten Polizeiausweis herum.«

»Das haben Sie mir alles schon erzählt.«

»Ich brauche Ihre Hilfe, verdammt! Ich renne mir hier die Hacken ab in diesem verzwickten Fall, und jetzt haben wir endlich ...«

»Geduld, Franco, das habe ich Ihnen schon am Anfang gesagt.«

»Sie müssen vorbeikommen. Wir brauchen Ihre Unterstützung. Wir brauchen Jolantas Telefonverbindungen, alle Kontobewegungen, das Übliche.«

»Also ist das Opfer identifiziert?«

»So gut wie«, log De Santis.

»Okay, ich komme so schnell wie möglich. Ziehen Sie die Befragung in die Länge.«

»Nichts leichter als das. Er antwortet auf nichts, nicht einmal seinen Namen will er nennen.«

De Santis ging in den Besprechungsraum, kochte einen Kaffee, trank ihn in seinem Büro und rauchte bei geöffnetem Fenster eine Zigarette, auch wenn das streng verboten war. Danach ging es ihm besser. Auf Elvira war Verlass. Und auf das Nikotin. Er kehrte in den Verhörraum zurück, lächelte, setzte sich Arru gegenüber und wiederholte seine Litanei.

»Wie heißen Sie?«

Keine Antwort.

»Sie können auch mit einem Nicken antworten. Heißen Sie Rodolfo Arru?«

Schweigen.

»Verstehen Sie mich?«

Nichts.

Er sah auf die Uhr. 18:42 Uhr. Die Büros in der Stadt leerten sich allmählich. Auch die der Anwälte.

»Sie sind sicher, dass Ihr Verteidiger jetzt noch Zeit für Sie hat?«

»Probieren wir's aus«, sagte Arru mit seinem unerträglichen Lächeln.

Wortlos schob ihm der Kommissar das Telefon hin. Arru wählte eine Nummer und sprach mit einem Anwalt. Und mit was für einem! Dottor Pasquale Pallotta, ein echter Kotzbrocken. Aalglatt, blitzgescheit und extrem erfolgreich. Ein Alptraum für jeden Polizisten. Er war für jedermann da, der horrende Honorare zahlte. De Santis und Pizzuoli wechselten einen Blick, der besagte: Wie kann dieser Rodolfo sich einen solchen Anwalt leisten? Und, vor allem, wie kam er an dessen Handynummer? Damit war endgültig klar, dass sie in ein Wespennest gestochen hatten. Ein winziger Fehler und die gesamte Ermittlung würde ihnen um die Ohren fliegen.

Pasquale Pallotta erschien exakt achtzehn Minuten nach dem Anruf. Ein Rekord. Er begrüßte die Ermittler mit einem Nicken, das Langeweile und Überdruss angesichts der Dummheit in der Welt ausdrückte. Dann schüttelte er seinem Mandanten die Hand, machte mit einem Lidschlag klar, dass es sich bei der ganzen Angelegenheit um eine lästige Formalität handelte, und setzte sich, wobei er die Schöße des Sakkos ausbreitete.

»Um wie viel Uhr haben Sie meinen Mandanten in Gewahrsam genommen?«, fing er an.

»Vor etwa einer Stunde.«

»Bit-te?«, fragte er mit deklamatorischem Gestus. »Etwa eine Stunde? Geht das womöglich genauer? Ich würde gerne das Protokoll zur Ingewahrsamnahme sehen.«

»Ist in Arbeit.«

»Was soll das heißen? Sie haben über eine Stunde verstreichen lassen, ehe Sie meinem Mandanten das Recht eingeräumt haben …«

»Nicht eine Minute. Wir haben keine einzige Minute verstreichen lassen«, sagte De Santis laut. »Sie sind nicht hier, um unsere Arbeit zu beurteilen. Wir beurteilen die Verfehlungen Ihres Mandanten, jedenfalls die strafrechtlich relevanten.«

»Alles, was ich bisher erkennen kann, ist laxe, um nicht zu sagen, schlampige Polizeiarbeit. Mein Mandant hat umgehend klargestellt, dass er mich zu kontaktieren wünschte, um das Gespräch in juristisch adäquate Bahnen zu lenken und damit allen Beteiligten Zeit und Mühe zu sparen. Das nenne ich kooperativ.«

»Das können Sie nennen, wie Sie wollen«, antwortete De Santis. Ruhig bleiben, sagte er sich. Er will dich genau dorthin bekommen, wo du nicht landen darfst: bei einem Tobsuchtsanfall. Wie hatte er das alles satt. Wie sehnte er sich manchmal nach einer Machete, mit der er dem Anwalt und seinem Mandanten einfach einen Finger oder ein Ohr hätte abschneiden können. Oder wenigstens nach einem Hörsaal, wo sich die Trennlinie zwischen Recht und Unrecht sauber an die Wand projizieren ließ.

»Ich würde gerne ungestört mit meinem Mandanten reden«, sagte Pallotta und wies mit dem Kopf zur Tür.

»Dafür ist es zu früh«, erwiderte De Santis.

»Wie darf ich das verstehen?«

»Solange Sie nicht wissen, was ihm vorgeworfen wird, haben Sie nichts mit ihm zu besprechen.« Er lehnte sich zurück und trommelte ungeduldig auf die Tischplatte. »Ihr Mandant hat sich der Dokumentenfälschung, der Amtsanmaßung und des Widerstands gegen die Staatsgewalt schuldig gemacht.« Dann erläuterte er kurz den Sachverhalt.

Bei jedem Wort verzog Pallotta das Gesicht wie ein Sommelier, den man mit Glühwein foltert.

»Sie haben zehn Minuten.« Zusammen mit Pizzuoli verließ der Kommissar den Verhörraum und postierte den Kollegen vor der Tür. »Du bleibst hier. Bin sofort wieder da.« Dann eilte er zu Bomba ins Büro.

»Und?«, fragte er.

»Dieser Arru ist dreiunddreißig, geboren in einem Vorort, in Torre Annunziata, Inhaber der Firma Security Services. Spezialisiert auf Objekt- und Personenschutz, Sicherheitsdienste, Privatermittlungen.«

»Ein Privatdetektiv?«

»So was in der Art. Allerdings der gehobenen Kategorie. Studienabschluss in Informatik. Mehrfacher italienischer Meister im Krav Maga, einer israelischen Kampfsportart. Zu seinen Referenzen zählen hochgestellte Persönlichkeiten und internationale Konferenzen, für deren Sicherheit er gesorgt hat.«

»Irgendwelche Vorstrafen?«

»Fehlanzeige. Ein paarmal ist er ins Fadenkreuz der Kollegen geraten, weil er bei seinen Ermittlungen zu weit ging, sich als Polizist ausgab oder Leute drangsalierte. Einmal soll er in eine Wohnung eingebrochen sein, ist aber alles im Sande verlaufen.«

»Weil er einen guten Anwalt hatte.«

»Aus Mangel an Beweisen oder wegen Geringfügigkeit eingestellt, einmal gab es einen Vergleich.«

»Okay, schreib mir eine Liste mit den Verfahren.«

De Santis beschloss, seine Taktik zu ändern. Sein Zorn hatte sich gelegt, und er würde seine Karten nicht aufdecken. Man konnte einen Beschuldigten in die Enge treiben, indem man ihn mit allem bombardierte, dessen man ihn verdächtigte. Oder man verriet nur das, was nötig war, um ihn in die Defensive zu drängen. Man verunsicherte ihn, indem man bewusst Lücken ließ.

Er kehrte in das Verhörzimmer zurück und fragte beschwingt und freundlich: »Wären die Signori dann so weit?«

Wieder begann er mit der Litanei der Personalien. Name, Adresse, Arbeitsverhältnis, Personenstand. Pallotta wurde zunehmend ungeduldig, was De Santis' Laune besserte.

»Schön, dass wir das mithilfe Ihres Anwalts so effizient klären konnten«, sagte er ironisch.

»Könnten Sie jetzt bitte zum Punkt kommen?«, fragte Pallotta.

»Zu den *Punkten*, Dottore«, De Santis tat, als müsste er in seinen Unterlagen nach der Visitenkarte suchen, »Pallotta.« Dann wurde seine Stimme hart. »Punkt eins: Ihr Mandant hat sich ab Sonntag, dem zweiundzwanzigsten, mehrfach als Polizist ausgegeben, Befragungen in dieser Eigenschaft durchgeführt und dabei einen gefälschten Ausweis vorgelegt. Siehe Beweisstück eins.« Er legte eine Asservatentüte mit dem gefälschten Dokument auf den Tisch.

»Mein Mandant ...«

»Punkt zwei«, unterbrach De Santis ihn mit herrischer Stimme, »Ihr Mandant versuchte, ohne gültigen Fahrschein die Barriere zur Circumvesuviana zu überwinden. Auf Anruf blieb er nicht stehen, und als ein Kontrolleur ihn nach mehrfachem Anruf festhalten wollte, machte er sich unter Gewaltanwendung los.«

Pallotta lachte kurz auf. »Zu Punkt eins: Mein Mandant hat Beweisstück eins noch nie gesehen. Es wurde ihm untergeschoben, und nach allem, was ich hier erlebe, schließe ich nicht aus, dass es durch einen Polizisten geschehen ist.«

Dem Kommissar wäre fast wieder der Kragen geplatzt. Was fiel diesem Wichtigtuer ein? Glaubte er wirklich, er kam mit der Masche durch? Mit Unterstellungen?

Der Anwalt redete unbeeindruckt weiter. »Zu Punkt zwei: Mein Mandant ist in Panik verfallen, als plötzlich mehrere Menschen in Zivil hinter ihm herrannten. Natürlich hatte er einen Fahrschein, der ihm bei der Flucht verloren gegangen sein muss. Die Abwehrbewegung war lediglich ein Reflex, eine Affekthandlung, für die mein Mandant sich ausdrücklich entschuldigt.«

De Santis nickte. Wenigstens das gab er also zu. Musste er. Pallotta wusste, dass es für den Vorfall nicht nur unzählige Zeugen, sondern auch Bilder von Überwachungskameras gab.

»Warum hatte Ihr Mandant Angst vor der Polizei?«

»Er wusste nicht, dass es sich um Polizeikräfte handelte. Wie gesagt, Sie waren in Zivil, und Ihr Auftreten ...«

»Vorsicht«, sagte De Santis scharf. »Sie haben beschlossen, hoch zu pokern und Nebelkerzen abzuschießen. Unter anderem haben Sie bereits angedeutet, wir hätten Ihrem Mandanten Beweismittel untergeschoben. Dafür müssen Sie Beweise erbringen. Andernfalls zeige ich Sie wegen Verleumdung an. Und wegen Verletzung Ihrer anwaltlichen Pflichten. Mir gefällt Ihre Taktik nicht.«

»Es spielt keine Rolle, was Ihnen gefällt oder nicht. Wenn es sonst nichts gibt, würden wir jetzt gerne gehen.«

»Nichts lieber als das. Sie können gerne gehen. Ihr Mandant bleibt hier«, sagte De Santis.

Der Anwalt erstarrte. »Ausgeschlossen. Haben Sie eine richterliche Anordnung, dass ein Ermittlungsverfahren eröffnet wird?«

»Nein«, sagte der Kommissar. »Sie wissen selbst, dass um diese Uhrzeit dort niemand mehr zu erreichen ist.«

»Ja, dann …« Pallotta lächelte siegesgewiss und erhob sich, Arru tat es ihm nach. »Wegen dieser Lappalien können Sie meinen Mandanten nicht in Haft nehmen.«

»Er ist wiederholt mit dem Gesetz in Konflikt geraten. Diesmal ist er zu weit gegangen.«

»Machen Sie sich nicht lächerlich, mein Mandant ist ein angesehener Unternehmer. Er hat einen festen Wohnsitz, es besteht weder Flucht- noch Verdunkelungsgefahr bei den vermeintlichen Delikten, die Sie hier anführen.«

»Wenn Sie einen Richter finden, der eine Freilassung anordnet, können Sie ihn gerne mitnehmen. Andernfalls bleibt er in Gewahrsam.«

»Schikane. Ich werde ein offizielles Beschwerdeverfahren in die Wege leiten.«

»Tun Sie das«, sagte De Santis gelassen. Der Anwalt verdiente pro Stunde zwanzig- oder hundertmal so viel wie er. Die Zeit verstrich, das Honorar lief durch den Taxameter. Für ihn waren es Überstunden, die er liebend gerne ableistete.

Er hatte seinen Trumpf bewusst nicht ausgespielt: Natascha.

Dass er wusste, hinter wem Arru her gewesen war, dass der Festgenommene in einen Mordfall verwickelt war.

»Sie werden meinen Mandanten in meiner Abwesenheit nicht mehr befragen«, sagte Pallotta, während er sich erhob.

»Einverstanden. Es sei denn, er verlangt es ausdrücklich«, erwiderte De Santis und lächelte.

»Das werden Sie nicht tun«, zischte Pallotta Arru zu und entschwebte.

36

Auf dem Korridor traf De Santis auf Staatsanwältin Elvira Barbarossa. Sie hatte an der Scheibe gestanden und das Verhör verfolgt. Er bat sie in sein Büro und ließ sie Platz nehmen.

»Ich brauche einen Durchsuchungsbefehl für Arrus Wohnung und die Firma.«

Sie schüttelte den Kopf. »Dafür reichen die Vergehen nicht aus.«

»Er will Natascha ausschalten, wohl für einen Auftraggeber, den er nicht nennt. Wir können ihn auf keinen Fall freilassen.«

»Wo ist Natascha?«

»Vielleicht geflohen.«

»Also in Sicherheit?«

»Ich weiß es nicht, verdammt. Gut möglich, dass sie ihren Verfolger am Bahnhof entdeckt und es mit der Angst zu tun bekommen hat. Dass sie deshalb nicht in den Zug gestiegen, sondern zu Fuß geflüchtet ist.«

»Wohin?«

»Zum Beispiel zu den Sinti und Roma in die Via Gianturco.«

»Wie kommen Sie darauf?«

Er erklärte, welche Spur sich durch die aufgegriffene alte Frau ergeben hatte.

»Wenn Natascha den Sinti und Roma eine geklaute und gesperrte Kreditkarte verkauft hat, werden sie ihr kaum Unterschlupf gewähren«, meinte Elvira Barbarossa.

»Einen Versuch ist es wert. Wir müssten das Gelände allerdings mit einer Hundertschaft durchkämmen.«

Sie schüttelte den Kopf. »Das wird der Questore niemals genehmigen. Allein wegen des öffentlichen Aufschreis. Es wird eine politische Diskussion über den Umgang mit Minderheiten, die Verhältnismäßigkeit der Mittel und diesen ganzen Kram geben. Das ist della Picca zu heikel.«

»Wie wahr. Ich will trotzdem einen Blick auf das Gelände werfen. Warten Sie kurz auf mich?«

De Santis fragte seine Kollegen, ob es Neuigkeiten gebe. Nichts. Weder aus dem Mailänder Bahnhof noch aus den Herbergen und Armenspeisungen.

»Dann macht Schluss für heute. Ich gehe auch. Morgen früh sehen wir uns hier um neun.«

»Morgen ist Samstag«, sagte Bomba.

»Wir müssen klären, was aus Natascha geworden ist.«

»Kann ich dann wenigstens am Montag früher gehen?«, hakte Bomba nach.

»Mal sehen«, sagte De Santis.

»Sonntag würden meine Mutter und ich Euch gerne zum Mittagessen einladen.«

Der Kommissar winkte ab.

»Sehr schön, wir freuen uns. Um eins?«, sagte Bomba.

Gemeinsam mit Elvira Barbarossa trat De Santis auf die Straße. Das Abendlicht hatte einen kränklichen Gelbstich, heftige Böen wirbelten den Staub von der Straße auf. Kam endlich das reinigende Gewitter?

»Ich fahre Sie in die Via Gianturco. Mein Wagen steht da drüben«, sagte Elvira, die wohl spürte, wie aufgebracht und enttäuscht er war. Auch von ihr. Am nächsten Tag würden sie Arru freilassen müssen, den einzigen Verdächtigen.

»Was macht eigentlich der Fall Don Sebastiano?«, fragte sie.

»Wir durften kein offizielles Ermittlungsverfahren einleiten.«

Sie überquerten die Via Diaz und stiegen in den kleinen knallgelben Fiat, in dem es nach Plastik und Lack roch. Kleinkram lag herum, Talismane, zerknüllte Taschentücher mit verschmierter Schminke, auf dem Armaturenbrett saß ein kleiner Teddy.

»Ich nehme selten jemanden mit«, entschuldigte Elvira Barbarossa sich.

Sie fuhren die lange Gerade Richtung Hauptbahnhof, dann südlich an den dicken Gleissträngen entlang, durch Unterführungen, an demolierten Müllcontainern, schiefen Werbetafeln, verrosteten Fabriktoren und aufgeblähten Hundekadavern vorbei. Die Stadt zeigte ihr hässlichstes Gesicht, sie stank aus dem Mund.

An einer Kreuzung standen ein paar Männer in Badelatschen und Unterhemden herum. Sie rauchten und palaverten neben einer Batterie übergelaufener Müllcontainer. Vermutlich die Wachtposten des Lagers.

»Danke, Sie können mich hier rauslassen«, sagte De Santis.

»Ich komme mit«, erwiderte Elvira Barbarossa.

»Unmöglich.«

»Wieso? Glauben Sie, ich fürchte mich?«

»Das sollten Sie.«

»Einer Frau traut sie vielleicht eher über den Weg.«

»Ich möchte das nicht.«

»Immerhin bin ich für die Ermittlung verantwortlich.«

Sie stiegen aus und gingen auf die Männer zu. Die musterten erst die Ankömmlinge, dann das Auto und kehrten ihnen den Rücken zu. Kommentarlos schlurften sie zu einem Durchlass in einer hohen, einstmals weißen Mauer. Dahinter lag eine Slumsiedlung aus Wohnwagen, Blech- und Holzbaracken.

»Was wollt ihr?«, fragte ein Mann, Mitte fünfzig. Er stellte sich ihnen in den Weg, weißes Unterhemd, Lederweste, schwere Goldkette.

»Wir sind von der Polizei. Wir suchen nach einer Frau, die in Gefahr ist.«

»Gefahr? Was für Gefahr?«, fragte der Mann.

»Kennst du sie?«, fragte De Santis zurück und holte ein Foto von Natascha aus der Tasche.

»Was für Gefahr?«, wiederholte sein Gegenüber.

Der Kommissar beobachtete aus dem Augenwinkel, wie sich hinter dem Tor ein paar Männer versammelten. Das Gelände wurde von einer breiten Straße geteilt, von der im rechten Winkel mehrere Seitenstraßen abgingen. Dasselbe Schachbrettmuster wie zwischen Decumani und Cardi, dachte er. Es gab sogar einen zentralen Platz, der allerdings völlig zugemüllt war. Es stank nach verrottetem Essen und Exkrementen, Rauch zog aus den Behausungen, in der Dämmerung leuchteten die bläulichen Bildschirme, Satellitenschüsseln ragten in den Himmel. Wo der Strom herkam, war ein Geheimnis. Fließendes Wasser und Kanalisation schien es dagegen nicht zu geben.

»Hast du Durchsuchungsbefehl?«, fragte der Mann.

»Nein.«

»Privatgelände.«

»Dein Gelände?«, erwiderte De Santis und ging an ihm vorbei.

Elvira folgte ihm. Sie teilten sich auf, er rechts, sie links, klopften an Türen, fragten nach Natascha. Mütter zerrten ihre Kinder in die Baracken, junge Männer starrten sie provokant an, ohne sich zu rühren. Andere verfielen in hektische Betriebsamkeit, vielleicht weil sie Drogen oder Diebesgut versteckten. De Santis spürte die Ablehnung wie ein geruchloses Gas, er bekam Gänsehaut. Irgendwo hier saß womöglich Natascha hinter einer Bretterwand und beobachtete sie. Ein paar junge Kerle kamen neugierig näher.

»Kennt ihr die Frau hier?«, fragte der Kommissar und zeigte jedem Einzelnen das Foto.

Ein Ruck ging durch die Gruppe. Die Männer wussten, wer da zu sehen war. Allgemeines Kopfschütteln.

Sie logen und spürten, dass er es merkte. Er verteilte seine Visitenkarten, die niemand anfassen wollte. Also legte er sie auf Stühle und Türschwellen, klemmte sie in Autotüren und Bretterfugen.

Die Staatsanwältin und er gingen gemeinsam zurück zum Eingang, eskortiert von dem Männertrupp.

»Die Signora soll sich bei uns melden«, sagte De Santis zum Abschied. »Besser für sie. Und für euch.«

Sie stiegen wieder ins Auto, das Gefühl der Ohnmacht und Lächerlichkeit im Nacken. Bulle in Neapel. Für wen eigentlich?, fragte er sich.

Elvira startete den Motor. »Darf ich Sie noch auf ein Glas einladen?«, fragte sie.

Er betrachtete ihre schlanken hellen Finger, die das Lenkrad umschlossen. Kein Zittern, keine Unsicherheit. Hatte sie wirklich keine Angst gehabt? Er fühlte sich zu ihr hingezogen, dachte an das Abendessen, das sie ihm versprochen hatte. Und dann nahm er ihren Geruch wahr, eine würzige Note, die womöglich doch ein wenig Furcht verriet.

Plötzlich kamen ihm Isabella und Ludovica in den Sinn. Es war Freitagabend. Da hatten sie meist müde auf dem Sofa im Wohnzimmer gelegen und sich vom Fernsehprogramm berieseln lassen. Ludovica ging auf ihr Zimmer, chattete mit Freundinnen oder schaute Videos im Netz. Irgendwann – Isabella war längst eingeschlafen – stellte er den Fernseher ab, schaute auf die Lichter der Stadt und genoss das Wochenendgefühl, das langsam aus der Erschöpfung aufstieg. Die erhebende Aussicht auf zwei freie Tage, Ausschlafen neben Isabella, ein ausgiebiges Frühstück, ein paar Stunden durch die Gassen des Vomero und der Altstadt schlendern, sich von den Düften und gesteiften Tischdecken in ein Lokal locken lassen, irgendwo eine Pizza oder Fisch essen … Einfache Dinge. Die Stadt, die atmete und einen atmen ließ.

»Sie können mich hier absetzen«, sagte er, als sie an eine Straßenbahnhaltestelle kamen. »Ich bin heute keine besonders gute Gesellschaft.«

»Das verlangt niemand von Ihnen. Aber tun Sie mir einen Gefallen …« Er blickte sie erwartungsvoll an. »Machen Sie für heute Schluss.«

Er nickte und warf die Autotür zu, fast gerührt von dieser mütterlichen Facette an Elvira. Als der Wagen im Verkehr verschwunden war, rief er Isabella an. Es läutete dreimal, ehe der Anrufbeantworter ansprang.

»Hier Franco, ich wollte …«

»Franco?«

Er freute sich, und noch größer war seine Überraschung. »Wann wollen wir reden?«, fragte er unvermittelt.

»Morgen Abend?«

»Ich dachte, du hättest Samstag …«

»… etwas Besseres vor?«

»… etwas anderes.« Er musste lachen und hielt damit den Gedanken an Stefano in Schach. »Ich hole dich um acht ab. Ist das okay?«

»Das ist okay.«

»Grüß Ludovica von mir.«

»Mach ich.«

»Ich freue mich«, sagte er noch und drückte dann sanft auf die rote Hörertaste.

37

Als Franco De Santis am nächsten Morgen auf die Straße trat, war ihm leicht ums Herz. Mochte es am Witterungsumschwung liegen, der zwar kein Gewitter, aber frische Luft gebracht hatte, oder an der Aussicht auf das Treffen mit Isabella: Er schwebte mit dem Aufzug hinunter nach Sanità, sog den Duft der Abgase und frischen Pasteten ein und trat beschwingt in die *Bar Totò* ein.

»Man merkt, dass Sie Wochenende haben. Die Arbeit vermiest einem ja das halbe Leben«, meinte Aldo.

»Und die Ehe die andere Hälfte«, ergänzte Cirella, die hinter dem Tresen saß und Patiencen legte.

De Santis trank einen Espresso, wechselte ein paar Worte mit den beiden, zahlte, bedankte sich für den vorzüglichen Kaffee und ging. In der Gasse setzte die Betriebsamkeit des Samstagmorgens ein. Eimer wurden mit den ersten Einkäufen gefüllt und auf die Balkone hochgezogen, ein junger Mann rief seiner Mutter nach, was er zum Frühstück wollte.

Er trat in den Schatten der Brücke, die wie ein starrer Riesenvogel das Viertel überspannte, und passierte das Kabuff der Aufzugwärter, die hinter ihrer Glasscheibe saßen und manchmal auf Videomonitore schauten, meistens jedoch Zeitung lasen oder plauderten. Zwei unten, zwei oben, vier Arbeitsplätze für einen Aufzug, dachte der Kommissar, und wir haben nicht einmal genügend Leute, um Mörder zu observieren. Als sich die Türen hinter ihm schließen wollten, drängte sich im letzten Moment ein breitschultriger Mann herein, drückte auf den Knopf und sagte, als die Kabine anruckte: »Du musst mir einen Gefallen tun.«

Der Kommissar fuhr zusammen. Es war Bruno, den er erst vor drei Tagen verstimmt hatte. Wie ein Gespenst war sein Tauchpartner vor ihm aufgetaucht.

Doch ehe er fragen konnte, wie Bruno ihn überhaupt gefunden hatte, ergänzte dieser: »Die Mülldeponie. Ihr dürft sie nicht freigeben.«

De Santis war mit seinen Gedanken ganz woanders gewesen. Bei Arru, den sie am Nachmittag auf freien Fuß setzen würden, bei den Kriminaltechnikern, die hoffentlich brauchbare Spuren liefern würden. »Das kann ich nicht machen. Die Leiche ist so gut wie identifiziert. Der Unternehmer ist sauber, jeder weitere Tag kann ihn die Existenz kosten.«

»Wenn du mein Freund bist, dann hilfst du mir«, sagte Bruno. »So wie ich dir. Oder, besser gesagt, deinem Kollegen.«

»Welchem Kollegen?«, fragte De Santis.

»Gennaro Pizzuoli.«

Die Türen glitten auf, und Bruno verschwand zwischen den Passanten, die aus dem Bus gestiegen waren.

Während der Kommissar hinunter Richtung Innenstadt ging, stach die Morgensonne in seine Gedanken, und auch die Zigarette, die er sich anzündete, half nicht weiter.

Er sollte die Deponie nicht freigeben. Wozu? Klar, um den Betreiber in die Knie zu zwingen. Offensichtlich war der Mann tatsächlich ein Feind der Camorra. Unmöglich. Und Pizzuoli, was hatte sein Kollege damit zu schaffen? Der Kommissar hatte immer noch Mühe, das alles zu glauben. Seit über dreißig Jahren war er nun schon mit Bruno befreundet. Seit gut zwanzig war er Polizist, und nie hatten die beiden Bereiche sich überschnitten. Nie hatte Bruno auch nur einen Fuß in Francos Viertel gesetzt. Und jetzt tauchte der Kerl aus heiterem Himmel hier auf und verlangte, dass der Kommissar seinen Beruf verriet? War Bruno verrückt geworden? Nur weil er nach dem Tod des Priesters gefragt hatte?

Seit wann wusste Bruno überhaupt, wo er wohnte? Wo er morgens seinen Kaffee trank? Klar, De Santis hatte sich mit einem Polizeiauto im Viertel gezeigt. Und ein Polizist fiel jedem auf. Allen voran den vielen Spitzeln der Camorra. Aber was hatte Bruno mit Pizzuoli zu schaffen? Ponticelli. Da lebte Bruno, da betrieb Pizzuolis Frau ihre Pizzeria, da wohnte die ganze Familie. Es war das Viertel, in dem O'Svizzero regierte, für den Bruno angeblich arbeitete. Da lag auch die Deponie, auf der sie die Leiche gefunden hatten.

Als De Santis in die Abteilung kam, saß Beppe Bomba bereits am Computer und winkte flüchtig, so gefesselt war er von dem, was er auf dem Bildschirm sah.

»Neuigkeiten?«, fragte Franco.

Der Kollege schüttelte den Kopf.

Samstagmorgen, und Bomba als Erster da? Der Kommissar ging in sein Büro und versuchte, sich auf den Fall zu konzentrieren. Wie konnte er Arru in die Enge treiben? Beihilfe zum Mord, das war die einzige Möglichkeit. Doch damit mussten sie die Katze aus dem Sack lassen.

Nacheinander trafen auch Marin und Pizzuoli ein.

Gennaro und der Camorra-Clan von O'Svizzero ... De Santis fiel ein, wie fahrig der Ispettore die letzten Tage gewesen war. Dazu die angeblichen Termine auf der Bank ...

»Mach mal die Tür zu«, sagte er.

Pizzuoli tat wie geheißen und wartete neugierig. »Neuigkeiten?«, fragte er nach einer Weile.

De Santis musterte ihn. »Ich dachte, du hättest welche. Wie war's bei der Bank?«

»Konnte alles klären.«

»Schön. Und sonst so?«

Pizzuoli runzelte die Stirn. »Bisher nichts. Aber ich setze mich gleich wieder dran.«

Er schien nichts zu ahnen. Oder er bluffte exzellent. Seit vier Jahren kannte De Santis ihn. Wie gut eigentlich?

»Ich habe einen Hinweis aus Ponticelli erhalten.«

Dem Ispettore war sichtlich unwohl in seiner Haut, er tat jedoch so, als wüsste er von nichts.

»Dabei ist auch dein Name gefallen. Kannst du dir vorstellen, warum?«

Heftiges Kopfschütteln. »Keine Ahnung.«

»Gennaro …« De Santis starrte dem Kollegen in die Augen. »Wenn du mich hintergehst, bist du für mich gestorben. Wenn du dagegen Hilfe brauchst, sag Bescheid.«

»Ja, ist klar.« Pizzuoli zog ab, sein Lächeln wirkte gequält.

Als Nächstes ging De Santis durch die Büros und verteilte die Aufgaben. Beppe sollte alle Umzugs- und Entrümpelungsfirmen kontaktieren und in den sozialen Netzwerken nach Spuren von Jolanta suchen, Pizzuoli und Marin jeweils ein Dossier über Kirche Ost-West und Arru zusammenstellen.

Er selbst rief in der Pathologie an. De Maria war nicht da, hatte aber das Ergebnis der DNA-Tests hinterlegt. Bei der Leiche von der Müllkippe handelte es sich um Jolanta Chiurbenskaya. Keine große Überraschung.

Das hieß allerdings auch, dass es keinen Grund mehr gab, die Deponie zu sperren. Ehe er es sich anders überlegen konnte, rief der Kommissar den Betreiber an und sagte ihm, er könne die Arbeit wieder aufnehmen.

Plötzlich schrie Bomba aus seinem Büro. »Das glaub ich jetzt nicht! Leute, schaut euch das hier mal an.«

De Santis eilte durch den Flur zu seinem Kollegen, alle versammelten sich um den Computerbildschirm.

»Unsere Informatiker haben Jolantas privates Facebook-Profil geknackt. Ich habe mal die Fotos geöffnet.«

Er klickte einen Schnappschuss an. Darauf war Jolanta in einem knallgrünen Kleid zu sehen und prostete dem unsichtbaren Fotografen zu. »Du meinst, das ist von der Abschiedsfete?«, fragte De Santis.

»Nein, es ist älter. Aber das hier!«

De Santis wusste nicht, worauf Bomba hinauswollte. »Sagst du uns jetzt, was daran so besonders ist?«

»Der Schrank.«

Jolanta lehnte mit dem Gesäß an einem ausladenden schwarzen Vitrinenschrank.

»Die Nachbarin, diese verrückte Messie-Tante ... Der Schrank steht bei ihr im Wohnzimmer.«

Die seltsame Frau mit den Plastikpantinen und den Goldfischgläsern. Deswegen war der Schrank so sauber und leer gewesen. Er war neu in der Wohnung.

»Das hat man davon, dass man der Polizei den kleinen Finger reicht. Sie reißt einem gleich das Herz aus dem Leib!«, jammerte Frau Olmo und klammerte sich an ihren Vitrinenschrank. »Nur über meine Leiche. Wo ist Ihre richterliche Anordnung?«

Bomba redete beschwichtigend auf sie ein. Er hatte in den Türspion gelächelt und ihr behutsam sein Anliegen erklärt. »Wir wollen uns den Schrank nur einmal ansehen.«

»Wieso?« Sie lehnte sich mit dem Rücken dagegen und breitete in ihrem rosa Bademantel und den unvermeidlichen Plastikpantinen die Arme aus.

»Wir behandeln ihn wie ein rohes Ei.« De Santis hatte sich Latexhandschuhe übergestreift.

»Kommt nicht infrage. Ich habe ihn doch noch gar nicht sauber gemacht.«

»Umso besser.«

»Bitte, Signora Olmo«, sagte Beppe Bomba und fasste sie sanft am Oberarm. »Wir setzen uns hier aufs Sofa und trinken gemütlich einen, während mein Kollege nur einen Blick darauf wirft.« Er zückte eine Flasche mit Lakritzlikör.

Die Frau betrachtete das Etikett. »Na gut. Aber keine Putzmittel, keine Chemie, kein Blitzlicht. Das ist Schleiflack, hochempfindlich.«

Sie ließ sich von Bomba wegziehen und suchte in Schränken und Kommoden nach zwei Likörgläsern, während sie jede Bewegung des Kommissars aus dem Augenwinkel beobachtete.

»Keine Sorge«, sagte De Santis, warf Bomba einen dankbaren Blick zu und leuchtete in alle Fächer und Ritzen. Auf den ersten Blick war nichts zu erkennen. Keine Fingerabdrücke, keine Flecken. »Da müssen die Kriminaltechniker ran«, sagte er.

»Nur mit einer richterlichen Anordnung«, erwiderte die Frau.

»Die bekommen Sie«, setzte der Kommissar nach. »Unsere Kollegen sind schon oben«, meinte De Santis und steckte sein Handy ein. »Im Handumdrehen haben Sie den Schrank genau so zurück, wie er jetzt ist. Und Sie erhalten eine Quittung.«

»Was soll ich mit einer Quittung? Meine Sachen darin einwickeln? Ich brauche den Schrank. Haben Sie sich umgesehen? Wie stellen Sie sich das eigentlich vor?«

»Ein, zwei Stunden, länger nicht. Wenn Sie wollen, leisten wir Ihnen so lange Gesellschaft. Oder zumindest mein Kollege hier.« Bomba schaute De Santis alarmiert an, der ungerührt fortfuhr. »Sie haben ihn den Umzugspackern abgekauft, oder?«

»Und werde für meine Gutmütigkeit doppelt bestraft. Sechzig Euro. Dafür, dass ich denen die Plackerei erspare. Wollten sowieso alles auf den Sperrmüll werfen.«

»Haben die Männer das gesagt?«

»Na sicher.«

»Wie haben sie ausgesehen?«

Die Frau gab ihnen eine vage, vollkommen nutzlose Beschreibung zweier Durchschnittstypen. Die Hälfte der neapolitanischen Bevölkerung sah in etwa so aus. Jedenfalls die männliche.

De Santis ging hinauf in die Wohnung, in der endlich die Kriminaltechniker zugange waren. Erst nach dem Autopsieergebnis hatte Elvira Barbarossa die Wohnung offiziell für die Ermittlungen freigegeben. Denn nun gab es einen Mordfall Chiurbenskaya.

»Alles mit Chlor gereinigt«, sagte der Leiter der Abteilung, »und zwar gründlich. Keine Fingerabdrücke.«

»Und die Blutspuren?«

»Die an der Wand lassen sich nicht mehr analysieren. Aber wir finden schon noch was Brauchbares, in den Fliesenfugen oder hinter einer Scheuerleiste. Es ist unmöglich, eine Wohnung komplett zu reinigen. Da müsste man schon grundsanieren.« Er wies auf seine Kollegen, die auf dem Boden saßen und vorsichtig mit einem Stemmeisen die Leisten abhebelten.

De Santis erklärte, warum er hergekommen war. »Am einfachsten ist wohl, wir bringen den Schrank wieder rauf.«

Die Kriminaltechniker am Boden verdrehten die Augen. Doch dann kamen sie wortlos mit.

»Sobald wir etwas haben, rufe ich dich an«, sagte der Leiter der Spurensicherung, als De Santis ging.

38

Die beiden Polizisten führten Arru in den Verhörraum, wo De Santis mit Pasquale Pallotta in einer Wolke aufdringlichen Aftershaves saß und wartete. Für den Aktenkoffer und die Schuhe des Anwalts hatten zwei Krokodile sterben müssen, dennoch hatte der Kommissar seine gute Laune wiedergefunden.

»Die vierundzwanzig Stunden sind um«, sagte Pallotta mit Blick auf seine goldene Armbanduhr und erhob sich. »Das war's dann wohl.«

»Setzen Sie sich. Beide«, erwiderte De Santis scharf. »Es gibt neue Erkenntnisse.«

»Einen Anklagepunkt?«

Der Kommissar gab keine Antwort, und der Anwalt sank langsam wieder auf seinen Stuhl. Sein Mandant nahm neben ihm Platz.

»Signor Arru, Sie sind der Inhaber der Firma Security Services Naples?«, fing De Santis an.

»Das ist längst geklärt«, schnaubte Pallotta.

Er sah Arru direkt in die Augen. »Für wen arbeiten Sie zurzeit?«

»Darauf wird mein Mandant nicht antworten. Das unterliegt dem Berufsgeheimnis«, schaltete der Wichtigtuer sich ein.

»Für Privatdetektive gelten Zivil- und Strafrecht wie für jeden normalen Bürger«, erwiderte De Santis. »Signor Arru, in der Nacht von Samstag auf Sonntag wurde eine gewisse Jolanta Chiurbenskaya ermordet. Deren Freundin Natascha Smirnowa wurde ebenfalls Opfer eines Gewaltverbrechens.« Er formulierte ein bisschen großzügig, denn noch war es nur eine Vermutung, dass die beiden Frauen befreundet gewesen waren. »Sie haben Jagd auf sie gemacht. Damit sind Sie dringend tatverdächtig.«

Der Anwalt lachte künstlich. »Es gibt keinen Beweis für eine Tatbeteiligung meines Mandanten.«

»Wie gesagt, seit Sonntag hat Ihr Mandant unter falscher Identität und Amtsanmaßung Natascha Smirnowa verfolgt. Wir haben mehrere Zeugen, die das bestätigen.«

»Die Aussagen basieren auf einem Phantombild, das keinerlei Ähnlichkeit mit meinem Mandanten hat.«

»So wenig Ähnlichkeit wie das Foto auf dem falschen Polizeiausweis? Natascha war Zeugin des Mordes an ihrer Freundin, und Ihr Mandant hatte offensichtlich größtes Interesse daran, diese Zeugin auszuschalten.«

»Auszuschalten?«, hakte Pallotta höhnisch ein. »Was verstehen Sie darunter?«

»Wenn er es nicht in seinem eigenen Interesse getan hat, dann für einen Auftraggeber. Und solange er uns diesen Auftraggeber nicht nennt, wird er in Haft bleiben. Wegen Beihilfe zu zwei schweren Straftaten und Strafvereitelung.«

Der Anwalt hüstelte in die geschlossene Faust. »Ich würde gerne ein paar Worte mit meinem Mandanten wechseln.«

De Santis verließ den Raum, öffnete ein Fenster und zündete sich eine Zigarette an. Nach drei Zügen wurde er schon wieder zurückgerufen. Nicht einmal in Ruhe rauchen ließen sie ihn.

Sie setzten sich, und der Anwalt ergriff das Wort.

»Es gehört zu den Aufgaben meines Mandanten, Aufenthaltsorte von Privatpersonen festzustellen. Womöglich auch in diesem Fall. Das ist kein Delikt.«

»Die Bedeutung besagter Privatperson habe ich ebenso erläutert wie den Zusammenhang zu zwei Kapitalverbrechen. Warum, Signor Arru, haben Sie einen solchen Aufwand betrieben und sogar Straftaten begangen, um Signora Smirnowas Aufenthaltsort in Erfahrung zu bringen?«

»Mein Mandant ist nicht zur Auskunft verpflichtet. Haben Sie überhaupt einen gültigen Haftbefehl gegen ihn?«

»Nein. Ich befrage Ihren Mandanten aktuell als Zeugen in den Mordfällen Jolanta Chiurbenskaya und Natascha Smirnowa.«

Jetzt war De Santis zu weit gegangen, er hatte bewusst die Unwahrheit gesagt. Dafür würde der Anwalt ihn irgendwann zerpflücken. Aber zuerst musste er es herausfinden, und bis dahin würden sie Arrus Hintermänner erwischt haben. Hoffentlich.

Pallotta blieb gelassen. »Mein Mandant war an keiner der beiden Taten beteiligt und auch kein Augenzeuge.«

»Signor Arru. Stimmt das?«

»Ja.«

»Sie haben aber Kenntnis darüber, wer die Taten begangen hat.«

»Nein.«

»Sie wissen, dass Sie als Zeuge verpflichtet sind, alles auszusagen, was zur Aufklärung beiträgt. Und dass Sie, falls Sie es nicht tun, dafür belangt werden.«

Arru nickte.

De Santis wurde laut. »Sie wandeln auf dünnem Eis. Ich weiß, dass Sie mich belogen haben, und ich werde dafür sorgen, dass Sie Ihre Lizenz verlieren und in den Knast wandern.«

»Was mein Mandant als Zeuge zu sagen hatte, ist geklärt.«

»Nein. Wer hat Ihnen den Auftrag erteilt, Natascha Smirnowa zu suchen?«

Arru schwieg.

Pallotta sah wieder auf die Uhr. »Die vierundzwanzig Stunden sind um. Wir gehen jetzt, stehen Ihnen aber jederzeit zu weiteren Unterredungen zur Verfügung. Wir bitten dann allerdings um eine richterliche Vorladung.«

»Ihr Mandant bleibt in Gewahrsam.«

»Sie können einen Zeugen nicht einfach so in Haft nehmen«, meinte Pallotta.

»Ich kann ihn in Beugehaft nehmen, wenn er nicht aussagt, was er weiß.«

»Mein Mandant weiß nichts.«

»Er lügt. Das ist uns allen klar. Auch Ihnen.«

»Beugehaft. Sie haben dafür vermutlich eine richterliche Anordnung?«, fragte der Anwalt in der sicheren Überzeugung, dass kein Richter ein solches Dokument ausstellen würde. Schon gar nicht am Wochenende. »War's das?«

De Santis versuchte, ruhig zu bleiben, aber die Wut stieg wieder in ihm hoch. Er musste nachgeben.

»Noch ein schönes Wochenende, Signor Commissario«, sagte Pasquale Pallotta, drehte sich beschwingt auf dem Absatz um, fasste seinen Mandanten sanft an der Hüfte und schob ihn hinaus.

Es gibt eine Unzahl von Faktoren, die in Neapel die Polizeiarbeit erschweren. Einer ist die tief verwurzelte Abneigung der Bevölkerung gegen alles, was den Staat und seine vermeintliche Ordnung repräsentiert. Der italienische Staat lässt seine Helfer im Regen stehen, während im Trockenen irgendwelche Bürokraten auf bequemen Sesseln ihre sagenhafte Schwerfälligkeit kultivieren. Im Normalfall dauert es Wochen, ehe ein Antrag auf Aufhebung des Telekommunikationsgeheimnisses bearbeitet und positiv beschieden ist. Die größte Schwierigkeit für die Polizei bilden jedoch die vielen absichtlich oder versehentlich vergessenen Winkel des Rechtsstaates, in dessen Dunkel sich Kriminelle zurückziehen können. Ehe gegen einen Verdächtigen überhaupt ermittelt werden darf, muss ihm ein *avviso di garanzia* zugestellt werden, eine formelle Mitteilung darüber, dass er Gegenstand einer Ermittlung ist und sich entsprechend vorzusehen hat. Um das offizielle Ermittlungsverfahren zu eröffnen, muss man aber erst einmal einen Staatsanwalt zu einer Unterschrift bewegen. Die bekommt man natürlich nur mit Beweisen. Bloß wie soll man die finden, solange man nicht ermitteln darf? Observiert man jemanden, gegen den nicht offiziell ermittelt wird, riskiert man eine Anzeige wegen Stalkings, und zwar egal, ob die Zielperson kriminell ist oder nicht.

Im Falle Rodolfo Arrus scheute De Santis dieses Risiko nicht. Er hatte die Questura sofort nach dem Privatdetektiv verlassen. Er beobachtete, wie dieser kurz mit Pallotta in der Via Medina sprach, wie sie einander herzlich die Hand schüttelten. Rührend. Dann stieg der Anwalt in ein Taxi, der Privatdetektiv ging Richtung U-Bahn-Station Toledo. Es war reichlich Betrieb in den Straßen, aber in die U-Bahn gelangte man nur über elend lange Rolltreppen, auf denen man schön aufgereiht wie auf einer Hühnerleiter stand. Arru musste sich nur einmal umdrehen und konnte jedes Gesicht eingehend studieren.

De Santis verzichtete darauf, Komödie zu spielen. Arru würde ihn früher oder später sowieso entdecken. Der Detektiv täuschte immer wieder ein bestimmtes Ziel an und schwenkte dann im letzten Moment um. Der Kommissar ließ sich nicht abschütteln und folgte Arru in ein Parkhaus. Schlau, dachte er. Parkhäuser waren schlimmer als Einkaufszentren, sie waren wie löchriger Käse, ein Labyrinth aus Treppenhäusern, Notausgängen, Versorgungsschächten, Ein- und Ausfahrten. Aber warum hatte Arru sich ausgerechnet das Parkhaus in der Via Domenico Morelli ausgesucht? Es war eine Falle für einen Flüchtenden, denn es hatte nur einen einzigen Zu- und Ausgang, der sich wie ein Stollen in den Tuffstein bohrte.

Flankiert von beleuchteten Schaufenstern, ging man, ähnlich wie in dem halblegalen Parktunnel in Sanità, mitten in den Felsgrund unter der Stadt. Von einer einstigen Zisterne, die jemand in eine bunt erleuchtete Lounge mit Tresen und Cateringservice verwandelt hatte, gelangte man in das eigentliche Parkhaus. Arru bog vor der Lounge in einen Nebentunnel ab, der zu einer öffentlichen

Toilette führte. De Santis folgte ihm. Als er das WC kontrollierte, war nur eine Kabine besetzt. Er wartete vor dem Eingang. Nach zehn Minuten ging er wieder hinein und durchsuchte alle Kabinen. Sie waren verlassen.

Arru war ihm entwischt.

39

Ich Anfänger!, schalt sich der Kommissar. Nur wie war das möglich? Gab es einen zweiten Ausgang aus dem Tunnel? Er fand keinen, rannte wieder in die Toilette. Dort entdeckte er eine Stahltür, wohl zu einer Art Besenkammer, die abgeschlossen war. Er lief zurück auf die Straße, aber natürlich war Arru längst verschwunden.

Natascha hatte es vermutlich geschafft, aus der Stadt zu fliehen, denn seit zwei Tagen war sie in keiner der Herbergen und Armenspeisungen mehr gesehen worden. Sie war wohl in Sicherheit. Es war Samstagabend, Staatsanwaltschaft, Banken und Telefongesellschaften arbeiteten nicht, vor Montag würden sie weder Durchsuchungsbefehle noch Auskünfte bekommen.

Inzwischen war es kurz vor sechs, seine Kollegen waren seit dem Mittag zu Hause, und ihm blieben zwei Stunden bis zum Treffen mit Isabella. Während er durch die von Asphalt und Hauswänden gespeicherte Wärme flanierte, durch das Stimmengewirr der Barbesucher, die das Wochenende mit einem Aperitif einläuteten, kam die Vorfreude. Und mit ihr eine Idee. De Santis betrat einen Klamottenladen. Er würde sie überraschen.

Anschließend ging er in seine Wohnung, duschte und zog einen Sommeranzug über ein weißes Hemd. Es kribbelte in seinem Bauch. Wie an dem ersten Abend, als er vor einem Kino in Chiaia auf Isabella gewartet hatte. Sie war in Jeans und schwarzem T-Shirt erschienen, lachend, eine halbe Stunde zu spät.

Als er auf die Klingel drückte, war es zehn nach acht. Genau die Toleranz, die sie gewöhnlich brauchte.

»Kommst du kurz hoch?«, fragte Isabella an der Gegensprechanlage.

»Klar, dann kann ich Ludovica Hallo sagen.«

»Sie ist nicht da.«

Er verspürte einen Stich.

Als er oben aus dem Aufzug stieg, war die Wohnungstür angelehnt. Es roch anders als sonst, und er fühlte sich unbehaglich. Isabella tauchte aus dem Schlafzimmer auf, in einem purpurroten Kleid, das er ebenfalls nicht kannte. Der dünne Stoff schmiegte sich an ihre reife, weibliche Silhouette.

»Toll«, flüsterte er ihr ins Ohr, während sie Wangenküsse tauschten.

»Danke.«

Im Aufzug lächelten sie einander an, und sie wirkte ähnlich verlegen und aufgeregt wie er. Als er den Alfa durch die Serpentinen der Via Vittorio Emanuele steuerte, kostete er jede Kurve in der sagenhaft langen Panoramastraße aus, während die Stadt unter ihnen funkelte wie Goldstaub.

»Wo fahren wir hin?«, fragte sie.

»Lass dich überraschen.«

Es ging über das Kap von Posillipo und dann hinaus auf die Landzunge Misino, an dem weißen Strand entlang.

»Was sollen wir hier?«

»Ich habe eine Kleinigkeit für dich.«

Er gab ihr das Päckchen mit der roten Schleife und schaltete die Beleuchtung ein.

Langsam zog sie das Band über dem Geschenkpapier auf. »Oh«, sagte sie.

»Probier's an!«

»Hier?«

»Ich schau auch weg.«

Er stieg aus, zündete sich eine Zigarette an und blickte über das Meer, auf dem die letzten orangefarbenen Flecken glänzten. Die Dünung zischte über den Sand. Er zog seine Kleider aus, unter denen er eine Badehose trug.

»Wir haben kein Handtuch dabei«, sagte Isabella.

»Doch. Ist in dem anderen Päckchen.«

Er hatte Bikini und Badetuch in der Farbenpracht von Missoni gekauft. Feine Streifen, wie Lichtstrahlen in der Tiefe der See.

»Ich habe keine Lust«, rief sie aus dem Wagen, aber er sah, dass sie nicht hatte widerstehen können und den Bikini trug.

Sanft zog er sie heraus, und dann liefen sie Hand in Hand ins Wasser, das an ihren Beinen hochspritzte und sie mild und mächtig auffing. Sie tauchten unter, fassten einander an den Füßen und Handgelenken. Es zog ihn zu ihrem warmen, glatten Körper hin, die Vertrautheit, die Verspieltheit, alles war wieder da. In seinen Ohren rauschte es, und er spürte, dass alles gut war. Das Meer schmeckte salzig, würzig, lebendig, ewig. Nach Geborgenheit und Glück, nach allem, was Isabella für ihn bedeutete. Spontan umarmte er sie, spürte ihr Gesäß an seinem Glied, und sofort regte sich etwas in ihm.

»Sag mal, hast du einen Knall?«, rief Isabella, stieß ihn weg und lief aus dem Wasser.

Schweigend gingen sie zum Auto zurück, trockneten sich ab und zogen sich an. De Santis überlegte, wie er es wiedergutmachen konnte. Die Berührung war zufällig gewesen. Na ja, fast.

Unterwegs kamen sie an einem Restaurant in Posillipo vorbei, an dessen altertümlicher Leuchtreklame Isabellas Blick hängen blieb.

»Sollen wir?«, fragte er.

»Von mir aus. Aber du hörst mit dem Mist auf, wir wollten reden.«

Franco hatte keine Lust mehr zu reden. Vielleicht nie welche gehabt. Als der Kellner kam, bestellte er eine Fischplatte für zwei Personen und hätte am liebsten einfach nur dagesessen und Isabella betrachtet.

Er dachte an das wunderbare Gefühl, neben ihr aufzuwachen, die seidige Wärme, die Weichheit und Vertrautheit ihres Körpers. Er dachte an die nächtlichen Momente, wenn ihr Ellbogen oder ihr Knie ihn unsanft berührt und aus den Tiefen des Schlafs in einen Zwischenzustand geholt hatten, in dem er sie wahrnahm, ebenso sich selbst und die Tatsache, dass er neben ihr lag und zu Hause war.

Sie aßen, und er hing seinen Gedanken nach.

»Es tut mir leid, dass es neulich zu der unschönen Szene gekommen ist«, begann sie, knackte eine Hummerschere mit der Zange und saugte das Muskelfleisch heraus.

»Ach was, mir tut es leid, ich habe mich hinreißen lassen«, sagte De Santis.

»Lass mich bitte ausreden. Ich bedaure, dass du es so erfahren hast. Ich meine, dass es etwas Ernstes ist zwischen Stefano und mir.«

Ihm war plötzlich kalt. Es ging ihr um Stefano Baldinis Nasenbein? Das war hier das Thema?

»Diesen Stefano, den nehme ich dir nicht ab. Isabella, denk bitte nach.«

»Das hat nichts mit Nachdenken zu tun.«

Seit über sechs Wochen lebten sie nun getrennt. Er war so sicher gewesen, dass sie in dieser Zeit zur Ruhe gekommen war und ihn vermisst hatte. Manchmal zumindest.

»Okay, du hast dich verliebt. Das passiert.« Nach einem inneren Anlauf fügte er hinzu: »Ich nehme es dir nicht übel. Wir sind seit zwanzig Jahren ein Paar, da nimmt die Lust auf Abwechslung zu.«

»Kannst du mir nicht ein Mal zuhören?«, fragte sie, tupfte sich mit der Serviette die Lippen ab und trank einen Schluck Weißwein.

Ihre geschäftige Art verunsicherte ihn. »Ja, sicher«, meinte er. »Aber ich darf doch auch meine Meinung sagen, oder etwa nicht?«

»Wie willst du eine Meinung haben zu etwas, das du nicht kennst?«

Er sah durch das Fenster, in dem sich Isabellas Profil vor dem weiten Bogen des Golfs abzeichnete. Es war inzwischen fast zehn, er hatte die Gänge achtlos in sich hineingeschaufelt, nun stieg schon nächtlicher Dunst auf und ließ die Lichter der Küste zu einer leuchtenden Schlange verschmelzen. Der Doppelhöcker des Vesuvs war nur noch zu erahnen. Nie hatte Neapel einen Krieg angefangen, von dieser Stadt war nie ein Eroberungsfeldzug ausgegangen. Wozu auch? Warum sollte jemand, der hier zu Hause war, fremde Länder erobern wollen? Es gab nichts Schöneres, nichts Beglückenderes.

Als hätte Isabella seine Gedanken erraten, fragte sie: »Hast du dich denn nie zu anderen Frauen hingezogen gefühlt?«

»Doch. Aber nur aus der Ferne, so wie man die Sehnsucht manchmal schweifen lässt. Aus der Nähe betrachtet, war keine stärker als das Bild, das ich von dir habe.«

»Das Bild, das du von mir hast, oder wie ich wirklich bin? Trinken wir noch einen Kaffee?«

Er nickte verwirrt. Sie behandelte ihn und das Essen mit kühler Professionalität.

»Ist das nicht dasselbe?«

»Nein.«

»Für jemanden, der verliebt ist, schon.«

Sie winkte dem Kellner und bestellte zwei Espressi. Es fuhr ihm in den Magen. Er hatte dem Wirt eine CD zugeschoben, die dieser auf sein Zeichen einlegen sollte. Der Mann spähte über den Tresen, aber Franco winkte ab. Heiland. Bloß nicht.

»Es hat mich voll erwischt. Ich erspare dir die Details.«

Er hatte sich Illusionen gemacht. Und was für welche! Während der Trennung war seine Sehnsucht immer größer geworden, die Erinnerung an die Scharmützel und Enttäuschungen war verblasst, das einzig wichtige, starke Gefühl war wieder in den Vordergrund getreten. Sie dagegen hatte ein anderes Gefühl entwickelt. Eines, das mit ihm nichts mehr zu tun hatte.

»Die Liebe verändert sich, so wie sich unser Körper und die Mischung aus Begierde und seelischer Anziehung verändern«, sagte er.

Isabella runzelte die Stirn. »Verstehst du mich nicht? Ich liebe ihn.«

»Warum hast du mir dann letzten Sonntag die SMS geschickt?«

»Welche SMS? Fängst du schon wieder damit an?«

Er zog sein Handy aus der Hosentasche. »Bitte komm nach Hause. Es ist wirklich dringend« stand da.

»Die ist nicht von mir.«

»Sie stammt von deinem Handy.«

Ratlos schauten sie einander an. Wenn Isabella sie nicht geschickt hatte, konnte es nur Ludovica gewesen sein. Aber was hatte sie damit bezweckt? Wollte sie ihren Vater ins Bild setzen? Chaos stiften? Ihre Mutter entlarven?

»Es geht nicht um dich«, setzte Isabella wieder an. »Eine Frau will begehrt werden.«

»Vorhin habe ich dich begehrt, und es war für dich eine Zumutung.«

»Eine Frau will begehrt werden und begehren.«

Das war es also. Jetzt war es raus. Franco gab sich immer noch nicht geschlagen, obwohl er wusste, dass er alles nur noch schlimmer machte. Es war ihm egal. Alles war inzwischen egal. »Wir müssen es akzeptieren. Wir müssen lernen, damit zu leben, dass uns Dinge abhandenkommen. Dafür finden sich neue ein.«

»Behauptest du. Ich merke nur, wie alles immer weniger wird.«

»Wieso? Durch mich?«

Sie schüttelte den Kopf, und ihre Tränen fielen in den Teller.

»So gemein das klingen mag, nachdem du ausgezogen warst, konnte ich wieder atmen. Es war, als wäre eine Zentnerlast von mir gefallen.«

»Kein Wunder. Ich bin der Alltag, die Normalität. So wie die Telefonrechnung, das Geräusch der Waschmaschine, der Schimmel unten im Mülleimer und die Launen Ludovicas. Stefano ist die Zierleiste. Aber stell dir vor, du bist auf Dauer mit ihm zusammen. Du streitest dich mit ihm über das verstopfte Flusensieb.«

»Vielleicht bin ich einfach nur müde. Alles ist so schwierig geworden. Nichts, was nicht eine Diskussion auslösen würde. Wenn wir ein Auto kaufen wollen, gibt es Streit. Wenn Ludovica einen Sportverein sucht, gibt es Streit. Wenn sie Hobbys oder Wünsche hat …«

»Du meinst das Pferd? Stefano findet es toll, bezahlt es womöglich. Ist es das? Du willst mich wegen einem Klepper verlassen?«

»Musst du immer alles ins Lächerliche ziehen? Das ist eines von unzähligen Beispielen.«

»Lass uns beim Wesentlichen bleiben, nicht beim Luxus.«

»In Ludovicas Kreisen ist es kein Luxus.«

»Das sind aber nicht unsere Kreise.«

»Meine schon. Es sind nicht deine.«

Franco durchzuckte es schmerzhaft. Lief es darauf hinaus? Auf die Standesunterschiede? Wie im Mittelalter? Nur dass sie sich nicht durch ihre Vorfahren maßregeln ließen, sondern es selbst taten. »Du meinst, ich habe nicht das adäquate soziale Niveau für dich und deine Tochter, die übrigens auch meine Tochter ist? Die also Proletarierblut in den Adern hat.«

»Werd bitte nicht pathetisch. Es geht darum, dass du Dinge für verwerflich hältst, die für uns normal sind.«

»Von dem Geld, das ein Pferd kostet, müssen in dieser Stadt ganze Familien leben. Das ist Irrsinn.«

»So wie es Irrsinn ist, dass du ein Auto hast. Du fährst in der Woche vielleicht fünfzig Kilometer damit.«

»Um Ludovica zum Reiten zu bringen.«

»Lass mich ausreden. Ein Auto, dessen Unterhalt so viel Geld wie eine Familie in Zentralafrika verschlingt, ist für dich normal, ein Pferd nicht. Alles eine Frage der Gewohnheiten, der Parameter, der Prägung durch die Kindheit.«

De Santis saß da und schüttelte den Kopf. Er versuchte, ihre Gedankengänge nachzuvollziehen. »Du hast dich also nicht etwa in einen Schönheitschirurgen verliebt, weil er jünger und attraktiver ist als ich, sondern weil er aus deiner Gesellschaftsschicht kommt?«

»Ach, Quatsch.«

»Aber genau das ist die Quintessenz deiner Aussagen.«

»Du willst Erklärungen hören für Dinge, die sich nicht erklären lassen.«

»Früher fandest du das Proletarische an mir anziehend. War ich ein Exot?«

Sie zuckte mit den Achseln. »Ich war jung und neugierig. Du warst für mich Freiheit, das Neue.«

»Und jetzt willst du wieder das Alte?«

Er sah ihr ins Gesicht. Sie hatte es geschafft zu weinen, ohne dass ihre Schminke verlief. Ihre Wangen waren gerötet, die Augen leuchteten, Herz, Angriffslust, Verletzlichkeit, Leidenschaft. Sie sah wundervoll aus. Ihre Haut war straff, selbst die Labialfalten waren verschwunden. Durch Make-up?

Sie fing seinen Blick auf und griff sich instinktiv an die Mundwinkel, mit einem verschämten Lächeln. Seit wann wurde sie ihm gegenüber verlegen? Ihm kam ein Verdacht.

»Sag mal, du hast ihn doch nicht etwa mit dem Skalpell an dich rangelassen?«

Isabella schüttelte den Kopf. »Nein, nein. Das ist völlig harmlos, ein paar Injektionen …«

»Harmlos? Was denn für Injektionen? Ohne mit mir darüber zu reden?«

»Spinnst du jetzt völlig? Siehst du, dass ich recht hatte? Jede Kleinigkeit wird zu einer Grundsatzdiskussion. Ich halte das nicht mehr aus.«

Sie warf die Serviette auf den Tisch, während er wie erstarrt dasaß. Ihr Gesicht war vor Zorn und Abscheu entstellt, mehr noch durch die Säureinjektionen. Franco sah sie vor sich, mit wulstigen Lippen, porzellanartigen Wangen und dem Blick einer Irren in einer erstarrten Botoxmaske.

»Die Rechnung«, rief er.

40

Franco De Santis hatte Sonntage schon als Kind gehasst, aber an diesem Sonntag fühlte er sich, als hätte man ihn mit einer Dachlatte durchgeklopft. Er hatte sich in der Nacht im leeren Bett hin und her gewälzt, und jedes Mal, wenn er erfolglos nach Isabellas Körper getastet hatte, war die Matratze seitlich weggekippt.

Jetzt war es kurz nach zehn, er saß im Wohnzimmer und betrachtete den Leopardgecko, der sein geschecktes Echsengesicht aus der Höhle schob. Wenigstens du hast mir nicht den Rücken gekehrt, dachte er. Wie auch? Bist ja eingesperrt. Er öffnete die Glastür, ließ das Tier auf die Hand kriechen und trug es hinaus in die Morgensonne. Spikys Bauch war kalt, seine Krallen kitzelten auf der Haut.

»Dich haben sie gegen ein Pferd eingetauscht, mich gegen einen Schönheitschirurgen«, sagte er.

Spiky antwortete nicht. Reptilien bauen angeblich keine emotionale Bindung zu Säugern auf. Ludovica hatte auch keine Bindung zu Spiky aufgebaut. Vielleicht klappte es mit dem Pferd besser.

Franco wäre gerne zu Aldo und Cirella gegangen, aber die saßen jetzt in der Sonntagsmesse. Er setzte den Gecko wieder in den Glaskasten, stellte in der Küche einen Espresso auf und ging unter die Dusche. Hatte Isabella wirklich gesagt, es sei ihr zu »anstrengend«, mit einem Mann aus seiner Schicht zusammenzuleben? Die Frau, mit der er zwanzig Jahre verbracht hatte, war offenbar eine

Unbekannte. Die nach völlig anderen Prinzipien funktionierte, als er immer gemeint hatte. Er war ein mieser Beobachter, ein mieser Menschenkenner. Ein Wunder, dass sie ihn zum Kommissar befördert hatten.

Der Sonntag – ein gähnender Abgrund. Das Leben, das aus den Gassen heraufschallte, hatte mit ihm nichts zu tun. Aber wenn er allein in seiner Wohnung blieb, wurde er verrückt. Sollte er sich in die Questura setzen? Der Fall war ihm so was von egal. Ein Gefühl, das ihm ebenso neu war wie das Gesicht, das Isabella ihm gestern gezeigt hatte. Er hatte Recht studiert und sich dafür entschieden, nicht mit Theoremen und in der warmen Studierstube, sondern im wahren Leben für dieses Recht zu kämpfen, aber nach zwanzig Dienstjahren war sein Idealismus aufgezehrt. Natascha war abgehauen, sie wollte nicht gerettet werden. Der Rechtsstaat auch nicht, jedenfalls nicht von ihm.

Einen guten Freund hätte er jetzt gebraucht. Doch es gab nur Bruno. Wo waren die anderen hingekommen? Seine Kommilitonen von der Uni, die Kumpels aus der Band? Überhaupt sein Leben?

Vielleicht war die Essenseinladung bei Familie Bomba ein Segen. Beppe hatte ihn gestern im Gehen noch einmal daran erinnert, und De Santis hatte es nicht übers Herz gebracht, Nein zu sagen. Eine solche Einladung auszuschlagen glich in Neapel einer Beleidigung. In der Küche suchte er nach einer guten Flasche Wein. Vergeblich. Die guten waren alle getrunken. Auch die schlechten.

Er holte ein frisches Hemd aus dem Schrank, klappte das Bügelbrett auf und stellte die Stereoanlage an. Eine CD von Mario Merola lag darin. Der Schmelz war jetzt zu viel für ihn. Also keine Musik, sondern Radionachrichten. Verbesserte Konjunkturaussichten, Trendwende auf dem Arbeitsmarkt. Italien hatte eine neue Regierung. Die hatte zum Amtsantritt die Redakteure in den staatlichen Sendern ausgetauscht, und so klangen auch die ersten Arbeitsproben. Sie klangen gut. Die Redakteure würden ihren Job behalten, solange sich die Regierung hielt.

Kaum hatte De Santis pünktlich um halb eins im Altstadtviertel Forcella an Bombas Wohnungstür geklingelt, war sein Schmerz wie betäubt. Er schämte sich fast angesichts der Tragödie, in die er nun Einblick bekam. Angesichts des würdevollen Lebensmuts, den die Familie bewahrte. Das Zuhause des Kollegen lag im Erdgeschoss, in einer ärmlichen Gasse voller Wäscheständer, schiefer Stühle und mit Plastikblumen geschmückter Heiligenstatuen. Beppe zog ihn in eine finstere Diele, hinein in einen Kosmos aus Armut, Enge, Frittierfett und verzweifelter Fantasie. Bomba schaffte es, dem Besucher den Wein abzunehmen und gleichzeitig die Tür zur Küche zu öffnen.

»Was für eine Ehre, Himmel!«, rief eine kleine, dralle Frau, die sich in ein Kleid gezwängt hatte, das vermutlich geliehen war. »Da ist er also, der berühmte Kommissar. Der strenge Lehrmeister.« Immer wieder schlug sie die Hände zusammen und legte den Kopf schräg, um De Santis besser betrachten zu können. »Und noch so jung!« Sie drückte den Kommissar an ihren weichen Leib, der wohl nicht älter war als seiner, und küsste ihn überschwänglich. »Wir können essen.«

Die Küche war winzig, wie alles in der Wohnung, außer Bomba. Doch auch der schien geschrumpft in seiner Rolle als Kind und Butler.

»Mein Gatte kann uns leider nicht Gesellschaft leisten. Aber das wisst Ihr sicher schon«, meinte die Frau mit Trauermiene.

De Santis wusste es nicht, er wusste gar nichts über Bombas Familie, außer der Geschichte vom Onkel, dem begnadeten Drucker.

Nach einem Berg Spaghetti und Miesmuscheln tischte die Signora gegrillten Seeteufel, Goldbrasse sowie eine Fischfrittüre mit Calamari und Langusten auf.

Ein ganzes Monatseinkommen, dachte De Santis. Schon wieder Fisch, wie am Vorabend. Er schob die Gedanken an Isabella hastig weg. »Vorzüglich«, sagte er immer wieder, während Beppe mit erstaunlicher Behändigkeit Wein und Wasser nachschenkte.

»Ich will ganz offen zu Euch sein«, sagte die Mutter, als nur noch Gräten auf den Tellern lagen und De Santis mit aller Macht und am Rande der Unhöflichkeit jeden weiteren Nachschlag abgelehnt hatte. »Es war für uns ein schwerer Schlag, dass Giuseppe sich ausgerechnet bei den Savoyern verdingen wollte.« Auch diese Familie sah also wie die meisten Neapolitaner die Einigung Italiens als Okkupation durch das Haus Savoyen an. »Aber was hätten wir tun sollen? Er ist nun mal der Mann im Haus. Mein Gatte, der sein Leben lang gerackert und geschuftet hat … Ganz ohne geregeltes Einkommen geht es nun mal nicht.« Sie tupfte sich die Tränen von der Wange.

»Ja, natürlich. Ihr Sohn macht sich ganz ausgezeichnet«, sagte De Santis und fragte sich erneut, ob Bombas Vater kürzlich verstorben war.

»Daher wollte ich Euch um einen Gefallen bitten.«

De Santis nickte. Er ahnte, warum Beppe ihn eingeladen hatte. Er sollte die Sache mit den gefälschten Tickets vergessen und den Sohn des Hauses gegen eine etwaige Anzeige Marins in Schutz nehmen.

»Ihr könnt Euch nicht vorstellen, wie der Beruf meinen Giuseppe belastet. Die Überstunden, die gefährlichen Einsätze, die Schießereien. Neapel ist ein Moloch. Tag für Tag setzt unser Sohn, unser einziges Kind, sein Leben aufs Spiel.«

»Sie sollten nicht alles glauben, was in der Zeitung steht. Das Meiste ist Routinearbeit.«

»Ein Schuss reicht. Und eine Mutter hat da ein ganz besonderes Gefühl. Deshalb habe ich eine Bitte, eine einzige. Geben Sie ihm morgen frei. Nur morgen.«

»Aber wir warten auf wichtige Ergebnisse.«

»Gestern hat er auch den ganzen Tag geschuftet. Seit sie den Priester, Gott hab ihn selig, gefunden haben, ist er rund um die Uhr mit dem Fall befasst. Und jetzt auch noch die arme Polin. Giuseppe kommt nicht mehr zur Ruhe, schläft nicht, isst nicht, redet kaum noch. Ihr seht selbst, wie blass er ist. Und morgen, ich spüre, dass morgen Gefahr in der Luft liegt.«

In der Luft lag vielmehr das Montagsspiel des SSC Neapel. Bomba sah rosig und glücklich aus. De Santis nickte trotzdem. Einerseits brauchte er den Kollegen. Andererseits hatte auch Pizzuoli in letzter Zeit mehrmals gefehlt, und Marin war am letzten Wochenende zu seinen Eltern gefahren. »Ich denke darüber nach. Allerdings wird es für mich langsam Zeit. Es war vorzüglich.«

Beppes Mutter betrachtete De Santis durchdringend. »Ich entschuldige mich für die Enge. Und die Portion Languste ist vielleicht ein wenig knapp ausgefallen.«

De Santis hob beide Hände. »Nicht ein Gramm mehr hätte ich essen können.«

Sie lächelte zufrieden. »Ich würde mich freuen, wenn Ihr noch kurz meinem Mann Guten Tag sagen würdet«, flötete sie. Also lebte er noch?

Eilig führte sie den Kommissar aus der Küche und klopfte leise an die einzige Zimmertür, die, neben der Toilette, von der Diele abging. Ein heiseres Stöhnen war zu vernehmen. Sie schob die Tür zu einem fensterlosen Verschlag auf, in dem es nach Medikamenten roch. In dem monumentalen Ehebett aus geschnitztem Eichenholz lag ein Mann, hager, unrasiert, mit eingefallenen Wangen, eine Infusionsnadel im Arm. Er stieß einen Klagelaut aus und hob eine knöcherne Hand. Signora Bomba ermunterte den Kommissar mit einem Nicken, und De Santis ergriff die Hand, die so kalt war wie der Bauch von Spiky.

Der Kranke nickte, dankbar und hoffnungslos. Der Kommissar wollte weg, an die frische Luft. Wie hielt Beppe das nur aus? Wo schlief er überhaupt? In der Küche? Und sollte er einmal eine Frau kennenlernen – was passierte dann?

»Danke, Ihr habt ein großes Herz«, sagte Signora Bomba zum Abschied, der aus Platzgründen auf der Straße stattfand. Ein kleines Zucken ihrer Augen, und ihr Sohn verschwand in der Wohnung, dann sagte sie: »Er ist so schüchtern. Ich wollte es nicht in seiner Gegenwart sagen, aber es gibt da noch etwas.«

»Das wäre?«

»Mein Junge hat sich verändert. Er ist deprimiert und abgespannt, auch ein wenig appetitlos.«

»Ein zermürbender Fall. Es kommen auch wieder bessere Zeiten. Aber wenn ich etwas für Giuseppe tun kann …«

Ihr Gesicht erblühte, das der Familie ureigene Strahlen erschien um die Augen. »Ich habe mich nicht in Euch getäuscht. Die Sache ist ganz einfach. Dieser Norditaliener. Seit er in der Abteilung ist, geht es meinem Sohn schlecht. Er muss weg.«

»Tut mir leid, aber das fällt nicht in meinen Kompetenzbereich.«

»Ihr mögt ihn auch nicht, das spüre ich. Außerdem hat er meinen Sohn mit dem bösen Blick belegt.«

»Ausgeschlossen. Der böse Blick …«

»Ich habe Giuseppe testen lassen. Es gibt keinen Zweifel: der böse Blick. Sie hätten einmal sehen sollen, wie die Fettflecken auseinandergelaufen sind. Als wäre der Leibhaftige hinter ihnen her.«

De Santis kannte dieses Testverfahren. Man stellte der betreffenden Person einen Teller mit Wasser auf den Kopf, goss einige Tropfen Olivenöl hinein, und wenn die Tropfen sich teilten, war das der Beweis, dass derjenige vom bösen Blick befallen war.

»Wir können ihn in Eurer Gegenwart gerne wiederholen«, meinte Bombas Mutter.

»Nicht nötig. Es ist jedoch nicht gesagt, dass der Kollege dafür verantwortlich ist.«

»Wer denn sonst? Na gut, jetzt wird Giuseppe sich erst einmal einen Tag erholen. Bis dahin findet Ihr sicher eine Lösung«, schloss Signora Bomba großmütig, und ehe De Santis protestieren konnte, drückte und herzte sie ihn so heftig, dass ihm die Luft wegblieb. »Er ist so ein guter Junge. Die ganze Verwandtschaft war stolz auf ihn. Aber er musste ja ausgerechnet zur Polizei gehen. Na ja, so sind sie, die jungen Leute. Den Kopf voller Flausen. Festanstellung, wo gibt's denn so was noch? Und wer hätte denn annehmen können, dass er den Einstellungstest schafft?«, meinte sie und ließ den Kommissar los.

»Er ist eben begabt, Ihr Junge«, sagte De Santis erleichtert. Als er wieder Luft geschöpft hatte, bedankte er sich noch einmal und ging die Gasse hinab.

Ihm war deutlich leichter ums Herz.

41

Während er die Straßen entlanglief und aus den offenen Fenstern klapperndes Geschirr und fröhliches Geschwätz zu hören war, schweiften die Gedanken des Kommissars wieder zu Isabella und der SMS, die angeblich nicht von ihr stammte. Er wählte Ludovicas Handynummer.

»Hi, Paps«, sagte sie.

»Wie geht es dir?«

»Gut. Und dir?«

»Beschissen.«

»Wieso?«

»Hör zu, hast du mir vor einer Woche mit dem Handy deiner Mutter eine SMS geschickt und so getan, als käme sie von ihr?«

»Hast du nicht einmal am Sonntag etwas Besseres zu tun, als Verhöre zu führen?«

»Antworte gefälligst.«

»Keine Lust.«

»Also ja. Lassen wir Verärgerung und Vorwurf mal aus dem Spiel. Ich verstehe nichts mehr, weder dich noch deine Mutter. Was hast du damit bezweckt?«

Ludovica schnaubte genervt. »Nichts Besonderes.«

»Wolltest du deine Mutter bloßstellen? Wolltest du, dass ich nach Hause komme und sehe, was los ist?«

»Wie, was los ist?«

»Deine Mutter ist in diesen Stefano verliebt. Sie sind ein Paar. Er …« Franco verkniff sich den Rest. Er wollte nicht über Isabella herziehen, nicht vor Ludovica.

»Dir geht es wirklich mies, oder?«, fragte sie unverhofft.

»Geht schon.«

Er sagte ihr noch, wie sehr er sie liebte, dann war das Gespräch zu Ende.

Er schlich an Crescenzio vorbei und die Treppen hoch. In seiner Wohnung staute sich eine klebrige Wärme. Er riss alle Fenster auf und setzte sich auf die Terrasse, aber auch das half nicht. Er öffnete den Kühlschrank. Nicht mal was zu trinken gab es. Obwohl, er wollte gar nichts trinken. Haltung bewahren! Für wen? Don Sebastiano. Kein Wunder, dass der Priester sich aufgehängt hatte. Wenn so der Liebeskummer aussah und auch der liebe Gott nicht half.

Um Don Sebastiano kümmerte sich gar keiner mehr. Der Questore blockierte die Ermittlungen, weil er keinen Skandal wollte, aber De Santis war sicher, dass der Mann sich nicht selbst umgebracht hatte. Er wählte sich ins Intranet ein und sah nach, ob Marin neue Erkenntnisse eingespeist hatte. Don Sebastiano war in den letzten Wochen immer häufiger abwesend gewesen und hatte seine Gemeinde vernachlässigt. Aber nichts ergab eine echte Spur, kein Motiv.

Es klopfte. Er ignorierte es. Es klopfte lauter.

»Franco! Ich weiß, dass du da bist.«

Betta. Verdammt, er hatte sie vollkommen vergessen.

»Jetzt mach schon auf, du Misanthrop. Du kannst mich nicht täuschen.«

Er stellte sich tot.

Betta fing zu schreien an. »Franco, o Gott, Franco! Was ist los mit dir? Brauchst du Hilfe? Hilfe!« Er hörte, wie sie eine Treppe hinabstöckelte und gegen die Nachbartür hämmerte. »Hilfe, nun helft mir doch. Franco hat sich eingeschlossen …«

Er lief zur Tür, öffnete und rief: »Lass das. Komm hoch!«

In getigerten Leggings und einem Kimono aus falscher Seide trat sie ein. »Süßer, was ist mit dir?«, fragte sie.

»Nichts, wieso?«

»Crescenzio macht sich Sorgen und ich auch.« Sie hatte eine Flasche billigen Weißwein dabei. »Hast du Gläser?«

»Betta, mir ist nicht wohl.«

»Ich weiß. Sonntagnachmittag, höchste Selbstmordrate weltweit. Familienväter bringen sich um, weil es mal wieder Krach gab, und wer keine Familie hat, bringt sich um, weil es so still ist.« Sie war in seine Küche gegangen und suchte nach einem Korkenzieher.

»Ich mach schon«, sagte er und nahm ihr die Flasche ab.

Sie warf einen Blick auf den Leopardgecko und fragte: »Wieso hältst du eine Eidechse im Terrarium?«

»Das ist keine Eidechse, sondern ein Gecko.«

»Geckos haben Saugnäpfe an den Beinen. Und sie sollten in Freiheit leben.«

Es war nicht seine Idee gewesen, einen zentralasiatischen Gecko anzuschaffen und im Terrarium zu halten.

»Schön hast du's hier«, sagte Betta und setzte sich in die Abendsonne auf der Terrasse. Er kam mit zwei Gläsern, und sie stießen an. »Auf bessere Zeiten«, sagte sie. »Apropos. Wie lange soll ich eigentlich noch im Dunkeln sitzen?«

»Tut mir leid, Betta. Ich bin noch nicht dazu gekommen.«

»Macht nichts«, erwiderte sie, »ich habe inzwischen selbst eine Lösung gefunden.« Dann erklärte sie ihm, wie sie sich diese Lösung vorstellte.

Sie sammelten alle Verlängerungskabel zusammen, die sie im Haus auftreiben konnten, und legten über die Terrasse eine Verbindung in Bettas *basso*. Dabei wanderten nicht nur Dutzende Meter Kabel, sondern auch einige Flaschen Wein durchs Treppenhaus.

Als Franco rührselig wurde und seine Gedanken sich verselbstständigten, fragte er sie nach Stefano Baldini.

»Der Stefano Baldini? Wer kennt ihn nicht?«

Er deutete auf ihre Brüste. »Ist das etwa sein Werk?«

Betta lachte schrill. »Bestenfalls biederes Handwerk. Baldini dagegen«, sie ließ schwärmerisch die Hand in die Lüfte kreisen, »der kann zaubern. Aber da hätten mich die Dinger das Dreifache gekostet. Ich musste in die Tschechische Republik fahren. Sag bloß, du hast ihn wegen einer krummen Sache am Wickel?«

»Nein, nein.«

»Hätte mich auch gewundert. Man hört nur Gutes von ihm.«

De Santis schnitt ein anderes Thema an. Als sie sich gegen Mitternacht voneinander verabschiedeten, hatte der Alkohol ihn wieder ein wenig aufgerichtet.

42

Es war eine Erleichterung, dass die Arbeitswoche wieder begann. Montagmorgen. Fast neun Tage waren inzwischen seit dem Tod von Don Sebastiano und Jolanta vergangen, und es gab in keinem der Fälle einen Tatverdächtigen. Immerhin hatten sie Arru. Zwar nur ein Handlanger, aber er konnte sie zum Täter führen.

De Santis setzte sich in sein Büro und fuhr den Rechner hoch. Er hatte eine E-Mail von der Spurensicherung bekommen, mit einer guten Nachricht. An Jolantas Vitrinenschrank war ein Fingerabdruck gefunden worden. Blut. Eine vergrößerte Aufnahme des Abdrucks war an die Mail angehängt. Die Qualität war hervorragend, man erkannte deutlich die Schleifen und Inseln in den Papillarlinien. De Santis gab den Abdruck in die Datenbank ein und suchte nach Übereinstimmungen. Der Computer arbeitete minutenlang, bis das Ergebnis kam: »Keine Einträge vorhanden.« Mist.

Inzwischen waren nacheinander Bomba, Marin und Pizzuoli eingetroffen. Er bat die Kollegen in den Besprechungsraum.

Während er das Whiteboard einschaltete, sagte er: »Derzeit bleibt uns nichts, als Rodolfo Arru zu durchleuchten und nicht eher Ruhe zu geben, bis wir die Verbindung zu seinem Auftraggeber gefunden haben. Vorher gibt es aber noch etwas Dringenderes.« Er projizierte den Fingerabdruck auf den Monitor. »Dieser Abdruck hier, vermutlich von einem Zeigefinger, stammt von dem Vitrinenschrank aus Jolantas Wohnung«, fing er an.

»Der kann von den Möbelpackern, von der Mieterin Signora Olmo oder sonst wem sein«, meinte Marin.

»Es war eine Blutspur. Eine relativ frische. Und von Santina Olmo ist er nicht, das hat die Spurensicherung geklärt.«

»Von wem dann?«, fragte Pizzuoli.

»Keine Ahnung. Leider gibt die Datenbank dazu nichts her. Allerdings stimmt die Blutgruppe mit der von Jolanta überein. Es könnte also der Finger des Mörders sein.«

»Wie schön, dass wir ihn nicht zuordnen können«, meinte Marin sarkastisch.

»Wir haben noch eine Chance«, beteuerte De Santis, und alle schauten ihn neugierig an. »Ihr wisst, dass unser modernes, schickes Digitalarchiv von einem chinesischen Billiganbieter kommt. Es entspricht zwar internationalen Standards, ist aber im Grunde unbrauchbar. Bei den vielen Schreibfehlern, stümperhaft eingescannten Karteikarten und vertauschten Handseiten ist die Treffgenauigkeit geringer als beim Lotto.« Mario Marin wollte etwas einwenden, doch der Kommissar wiegelte ihn ab. »Zum Glück sind die Originale nicht vernichtet. Jedes Kommissariat hat zwar nur ein örtliches Archiv, einen Versuch ist es dennoch wert.«

Fast synchron rutschten die Kollegen ein wenig tiefer in ihre Stühle. Ein Archiv durchsuchen und Abertausende Karteikarten studieren, viele davon in unleserlicher Schrift und von Leuten, die teilweise schon lange tot waren – das war eine echte Sisyphosarbeit, die höchstwahrscheinlich nichts brachte.

»Gibt es einen Freiwilligen?«

Alle schwiegen.

Dann hob Bomba zögerlich den Arm. »Chef, kann ich heute früher gehen, wenn ich den Job übernehme?«

»Wenn du den richtigen Abdruck findest, bekommst du den Nachmittag frei.«

Bomba verschwand Richtung Keller, und der Kommissar ergriff wieder das Wort.

»Wir haben festgestellt, dass Don Sebastiano in den Wochen vor seinem Tod seine Gemeinde vernachlässigte und sich oft anderweitig aufhielt.«

»Vermutlich bei Natascha.«

»Gibt es dafür Beweise? Und wenn ja, wo genau war das? In Jolantas Wohnung vielleicht? Ich möchte, dass wir noch einmal neu ansetzen. Mal angenommen, er war einer krummen Geschichte auf der Spur und diese Spur war sowohl mit Natascha als auch mit Jolanta verknüpft. Beide Frauen sind über Kirche Ost-West ins Land gekommen, und die Wohnung, in der vermutlich Jolanta getötet und vielleicht auch Natascha misshandelt wurde, gehört der Organisation. Ich möchte, dass du, Gennaro, noch einmal bei denen vorstellig wirst. Fang mit Don Anselmo an, der ist für die Immobiliensparte zuständig. Ich hatte einen Termin bei ihm, doch dann ist uns die Aktion am Bahnhof dazwischengekommen. Fühl ihm auf den Zahn. Womöglich laufen illegale Geschäfte mit den Wohnungen. Marin, Sie finden heraus, wo Don Sebastiano sich aufgehalten hat, wenn er Bagnoli verließ.«

»Was ist mit der Suche nach Natascha?«, fragte Marin zurück.

»Sie hat sich vermutlich in Sicherheit gebracht. Und wenn nicht ... Arru wird es nicht wagen, sich ihr zu nähern. Allerdings müssen wir Druck auf ihn ausüben. Gennaro, sobald du zurück bist, stattest du seiner Firma einen Besuch ab und befragst die Mitarbeiter, ebenso die Nachbarn seiner Wohnung. Wirble ruhig ein wenig Staub auf.«

»Wenn wir das ohne offizielles Ermittlungsverfahren tun, wird sein Anwalt auf uns losgehen«, meinte Marin.

»Soll er ruhig. Zuerst einmal muss er die Verleumdung beweisen, wir hätten Arru den gefälschten Polizeiausweis untergeschoben.«

De Santis beendete die Sitzung und kehrte in sein Büro zurück. Er rief den Kollegen von der Sitte an und erhielt von diesem mehrere Namen osteuropäischer Frauen, die wegen Prostitution aktenkundig geworden waren. Vier von ihnen waren über Kirche Ost-West ins Land gekommen. De Santis notierte die Personalien und hakte nach, ob die Organisation als Prostitutions- oder Menschenhändlerring infrage komme.

»Vier von mehreren Hundert, das ist schlichtweg zu wenig«, meinte der Kollege.

De Santis hatte kaum aufgelegt, als Bomba lärmend die Abteilung betrat. Er rief alle ins Besprechungszimmer, wartete, bis sie sich gesetzt hatten, und legte dann feierlich eine Kladde auf den Tisch vor dem Whiteboard. Er wollte seinen Triumph ganz auskosten. *Er* hatte dieses Möbelstück aufgespürt, *er* hatte das verstaubte Archiv durchgepflügt.

»Ihr hattet recht, Chef. Ein Zeigefinger, die rechte Hand eines Mannes, der bei uns erfasst ist.« Bomba nahm den Karton mit dem Tintenfleck heraus, auf dem der Originalabdruck zu sehen war. »Vor fünfzehn Jahren haben unsere Kollegen ihn festgenommen, er heißt Giancarlo Capuozzo.«

Die drei anderen sahen einander an. Niemandem sagte der Name etwas.

»Warum?«

Beppe Bomba nickte vielsagend. »Jugendsünde, eine saftige allerdings. Er hat schon mal gesessen. Ich habe alle relevanten Daten abgerufen und ins System eingespeist.« Er klickte sich durch das Menü des Whiteboards, bis ein PDF-Dokument mit einem Foto des polizeilichen Erkennungsdienstes erschien. »Laut Melderegister ist Giancarlo Capuozzo der Leiter des erzbischöflichen Fuhrparks«, sagte Bomba.

Ein schlankes, fast hageres Gesicht mit kindlichen Lippen und Augen. Seit der Aufnahme waren zehn, fünfzehn Jahre vergangen, und doch war sie unverkennbar. Bei dem Mann, der auf den Bildern frontal und im Profil zu sehen war, handelte es sich um jenen Mann, der den Kommissar neulich zur Questura chauffiert hatte.

»Warum hat er gesessen?«

»Er war damals kaum volljährig. Ein Autodiebstahl, bei dem jemand zu Tode gekommen ist. Die Anklage lautete auf Raub und Totschlag. War aber sehr umstritten. Trotzdem ist er verurteilt worden, wegen guter Führung aber nach knapp drei Jahren entlassen worden. Seitdem ist er sauber.«

»Ein Justizopfer?«, fragte Pizzuoli.

Bomba zuckte mit den Achseln. »Ein Waisenknabe war er nicht. Den Autodiebstahl hatte er zugegeben.«

Wie kam so ein Mann in eine derartige Stellung? »Seit wann arbeitet er für das Episkopat?«

»Sie haben ihn vor zwölf Jahren eingestellt, direkt nach der Haftentlassung. Reintegration. Irgendeine subalterne Anstellung, Autowäscher oder so. In den zwölf Jahren hat er sich jedermanns Vertrauen in der Kurie erworben.«

»Und jetzt hat er vielleicht einen Mord begangen«, überlegte De Santis laut. Er spielte die Hypothese durch, sprang in Gedanken von Jolanta zu Natascha und Don Sebastiano. In Jolantas Wohnung hatte er ein Gewaltverbrechen begangen, vielleicht sogar zwei, indem er Jolanta getötet und Natascha misshandelt hatte. Vielleicht kannte er ja auch Don Sebastiano. Wahrscheinlich war es Capuozzo, der den Erzbischof damals nach Bagnoli gefahren hatte, zu der langen Aussprache mit dem Priester. Hatten sie mit ihm eine Schlüsselfigur? Oder hatte Capuozzo nur die Spuren für den Täter beseitigt? Hielt er wieder für einen anderen den Kopf hin? De Santis musste sich unbedingt ein Bild von dem damaligen Fall machen.

»Wie gehen wir vor?«, fragte Pizzuoli.

»Jemand hat sich viel Mühe gegeben, alle Spuren zu beseitigen«, erwiderte der Kommissar. »Er wiegt sich in Sicherheit, und das ist ein Vorteil für uns. Die Entdeckung des Fingerabdrucks bleibt deshalb absolut geheim. Niemand außerhalb unserer Abteilung erfährt davon, klar?« Er sah seine Kollegen eindringlich an. »Auch der Questore nicht. Die Zuordnung kommt nicht ins Intranet.«

Alle nickten, obwohl das gegen die Vorschriften verstieß.

»Beppe, du setzt dich an den Rechner und findest alles über Giancarlo Capuozzo raus. Vor allem will ich wissen, welche Verbindung er zu Arru hat. Die beiden sind in etwa gleich alt. Womöglich kennen sie sich noch aus der Kindheit.«

»Chef …«

»Der SSC Neapel spielt in Rom, das sind nur zwei Stunden mit dem Zug«, fügte er an. »Hast du die Eintrittskarte schon?«

»Sicher«, antwortete Beppe mit einem Strahlen.

»Gennaro, du rufst im Episkopat an und findest heraus, ob und wo Capuozzo heute arbeitet. Wir versuchen, ihn möglichst diskret in Gewahrsam zu nehmen.«

Pizzuoli zog ab.

»Marin, Sie durchforsten das Polizeiarchiv und stellen alles zu Vorstrafen, dem damaligen Prozess und etwaigen Komplizen zusammen. Ich informiere die Staatsanwältin.«

Wie auf Knopfdruck erhoben sich alle. Endlich kam Bewegung in die Ermittlung.

43

Das Persönlichkeitsprofil, das sie erarbeiteten, war nicht besonders aussagekräftig:

Giancarlo Capuozzo war dreiunddreißig Jahre alt und wohnte im gutbürgerlichen San Ferdinando, in der Via Monte di Dio 66. Ein beachtlicher Aufstieg, gemessen an der Betonwüstenei Secondigliano, wo er als jüngstes Kind einer sechsköpfigen Familie auf die Welt gekommen war. Der Vater *bidello*, eine Art Mädchen für alles an einer Grundschule, die Mutter Hausfrau. Normale Schulbildung, Abitur an einem *Istituto Professionale*, Schwerpunkt Maschinentechnik. De Santis kannte die graue Welt des Proletariats in einem Problemviertel, wo die eigene Existenz von der Willkür anderer abhing: ob man die Wohnung behalten durfte, die Arbeit, die Zähne. Capuozzo aber wollte von klein auf hoch hinaus und Rennfahrer werden. Schraubte an alten Mopeds und Autos herum, anfangs noch ohne mit dem Gesetz in Konflikt zu geraten. Dann eine Anzeige wegen Fahrens ohne Führerschein. Kurz nach dem Abitur schließlich der Diebstahl einer Mittelklasselimousine mit tödlichem Ausgang.

De Santis las die Ermittlungs- und Prozessakten zu dem damaligen Fall. Es gab dabei einige merkwürdige Umstände. So hatten die Kollegen einen Tipp bekommen und Capuozzo in flagranti ertappt. Von wem der Tipp kam, war nicht vermerkt. Der Junge war angesichts der Polizei in Panik geraten und geflüchtet, hatte mit dem gestohlenen Fahrzeug den Besitzer überfahren und tödlich verletzt. Das Strafmaß war erstaunlich hoch, denn damals waren Verkehrsdelikte in Italien noch nicht strafrechtlich relevant. Er rief den Kollegen an, der seinerzeit den Fall bearbeitet hatte.

»Klar erinnere ich mich an ›Babyface‹, wie wir ihn damals genannt haben«, sagte der Beamte am Telefon.

»Wieso? Das Ganze ist immerhin fünfzehn Jahre her.«

»Er war ein ungewöhnlicher Junge. Hochintelligent. Bis zum Ende bin ich nicht schlau geworden aus ihm, weil er nie die Contenance verlor, trotz seiner achtzehn Jahre nicht. Ist einfach in den Bau gegangen, ohne mit der Wimper zu zucken. So wie er direkt auf den Eigentümer des Wagens zugehalten hat.«

»Du meinst, es war vorsätzlicher Mord?«

»Ich kann es mir bis heute nicht erklären. Er hatte keine Chance. Es war völlig sinnlos, den Mann umzubringen.«

»Ein Aussetzer?«

»Oder Sadismus.«

»War das Strafmaß deswegen so hoch?«

»Der Richter hat sich von seinem Engelsgesicht nicht beeindrucken lassen.«

»Von wem habt ihr damals den Tipp bekommen?«

Der Mann am anderen Ende der Leitung versuchte, sich herauszuwinden.

»Spuck's aus. Wenn Capuozzo als gewerbsmäßiger Autoknacker in Secondigliano unterwegs war, dann nur für einen Clan oder mit dessen Duldung.«

»Eben.«

»Also war er der Camorra ein Dorn im Auge, und der Tipp stammt von einem Clan-Mitglied.«

»So in etwa.«

»Und er hat das nie erfahren? Wer war denn der getötete Eigentümer des Wagens? Hat man Capuozzo für eine Fehde missbraucht, von der er nichts wusste?«

»Keine Ahnung. War nicht unser Bier. Aber ich war sehr gespannt, was nach seiner Entlassung passiert. Ich dachte, wenn er etwas herausfindet, rächt er sich. Wenn nicht, geht er vielleicht geläutert aus der Haft hervor.«

»Er arbeitet jetzt für die Kirche.«

»Siehst du, geläutert. Warum interessierst du dich überhaupt für ihn?«

»Ich brauche ihn als Zeugen und muss wissen, ob er zuverlässig ist.«

»Na ja, die Polizei hat er nicht gerade ins Herz geschlossen.«

De Santis bedankte sich und legte auf. Hatte Capuozzo etwa doch Rache geübt? Hatte er womöglich durch einen dummen Zufall etwas über die damaligen Hintergründe herausgefunden? Aber wo war die Verbindung zu den beiden Frauen? Vor fünfzehn Jahren waren sie noch nicht in Italien gewesen.

Pizzuoli klopfte an die halb offene Tür. »Capuozzo ist seit Samstag im Urlaub, um seine schwer kranke Schwester in den USA zu besuchen.«

»Scheiße. Wann hat er den Urlaub eingereicht?«

»Am Freitag.«

Am Freitag hatten sie Arru festgenommen. Ein Zufall? Sicher nicht.

»Wann ist er geflogen?«

»Bisher haben wir keinen Flug gefunden, der auf seinen Namen gebucht wäre. Jedenfalls nicht in die USA.«

44

De Santis nahm sein Baumwollsakko vom Stuhl und schnallte sich das Holster um. Im Flur rief er nach Bomba. »Fahr zu Capuozzos Wohnung. Kein Zugriff. Stell nur fest, ob er da ist. Und dann wartest du auf mich.«

»Chef?«, fragte Bomba kleinlaut und sah vom Computer auf.

»Ich weiß, das Spiel. Anpfiff ist um Viertel vor neun. Die Sonderzüge fahren um drei. Bis dahin sind es noch vier Stunden.«

Bomba nickte. »Ich wollte mich aber noch zu Hause umziehen.«

»Werd nicht unverschämt. Du kannst dir am Bahnhof einen Fanschal kaufen.«

»Das bringt Unglück.« Damit ließ Bomba ihn stehen.

Der Kommissar ging zum erzbischöflichen Palais und informierte unterwegs Elvira Barbarossa über den Fingerabdruck. Bei ihr musste man sich keine Sorgen über Indiskretion machen. In seinem Kopf arbeitete es, während er sich durch die Touristenmassen in den Gassen der Altstadt kämpfte. Alles drehte sich um die Kirche. Don Sebastiano im Glockenturm, die Organisation, die Jolanta und Natascha ins Land geschleust hatte, der Fahrer des Erzbischofs. Wenn es nicht um Prostitution ging, worum ging es dann?

Er kam an der monumentalen, weiß verputzten Mauer entlang, die das erzbischöfliche Palais mit all seinen Nebengebäuden und

Innenhöfen umschloss, bis er auf einen bogenförmigen, von zwei Polizisten bewachten Durchlass stieß. Natürlich, auch hier stellte der Staat sich in den Dienst der Kirche. Hätte der Katholizismus nicht über Jahrhunderte hinweg Reichtümer angehäuft, müssten sie auch nicht in Trutzburgen bewacht werden. De Santis zeigte seinen Ausweis vor, durfte passieren und kam an eine Schranke.

»Ich muss dringend Gianpado Silva sprechen«, sagte er zu dem Pförtner in dem Glaskasten.

»Kardinal Erzbischof Silva?«, fragte der Geistliche in einem Ton, als hätte der Kommissar um eine Partie Federball mit dem lieben Gott gebeten.

De Santis reichte seine Visitenkarte durch die Luke. »Es geht um seinen Fahrer, Giancarlo Capuozzo. Ich bin sicher, dass er mir behilflich sein möchte.«

Der Mann in dem Talar betrachtete die Visitenkarte und sagte: »Versprechen kann ich nichts.« Er verschwand kurz, flüsterte mit einem Kollegen und trat wieder in seinen Glaskasten. Er bot De Santis einen Platz auf einer unbequemen Bank an.

Tatenlos saß der Kommissar da und starrte auf sein Handy. Sobald sich in seinem Tag eine Lücke auftat, sprang Isabella daraus hervor. Ihm blieben noch ungefähr vierzig Jahre. Unvorstellbar. Es ist wie bei einer Gefängnisstrafe oder einem Marathonlauf, dachte er, du musst dich auf kleine Einheiten konzentrieren, auf den nächsten Tag, die nächsten Meter. Irgendwann ist es geschafft. Nur wozu? Das Handy klingelte. Es war Bomba.

»Niemand da. Auch sein Auto nicht. Er fährt angeblich einen roten Mercedes.«

»Ich löse dich gleich ab«, sagte De Santis.

Eine Gruppe orthodoxer Geistlicher mit langen Bärten und schwarzen Kutten kam vorbei. Mittendrin Erzbischof Silva, der beschwingt redete, wobei er Italienisch mit Latein und Russisch mischte. Er schien den Kommissar aus dem Augenwinkel wahrgenommen zu haben und sich über die Begegnung zu freuen. »Signor Commissario!«, rief er und schüttelte De Santis beide Hände. »Liebe Brüder, das hier ist Commissario Franco De Santis, ein exzellenter Polizist.«

Die orthodoxen Priester verneigten sich.

»Ich hätte nur zwei, drei kurze Fragen an Sie.« De Santis verneigte sich ebenfalls.

»Bitte.« Silva wies dem Kommissar den Weg.

Sie gingen durch kühle, gekalkte Arkaden und Kreuzgänge, durch Korridore und Treppenhäuser. Die strenge Macht der Geschichte. Und der Machtpolitik, dachte der Kommissar. Silva führte ihn in ein Arbeitszimmer. Kein Prunk, eher die Aura einer Mönchszelle. Der Blick über den Kreuzgang mit seiner Blütenpracht und den Heiligenstatuen war bezaubernd. Stille, Harmonie, eine zeitlose Ordnung. Unangreifbar.

»Da Ihre Termine drängen, erlaube ich mir, ohne Umschweife zur Sache zu kommen«, fing De Santis an. »Wissen Sie, wo sich Ihr Fahrer Giancarlo Capuozzo derzeit aufhält? Wir müssen dringend mit ihm sprechen.«

»Er ist in die USA geflogen. Seine Schwester …«

»Weiß nichts von einem Besuch. Und sie ist auch nicht krank.«

Dem Kardinal war klar, dass die Polizei ihn nicht wegen irgendeiner Kleinigkeit aufsuchte. Er wirkte irritiert. Weil sie sein Wort in Zweifel zogen und Nachforschungen angestellt hatten? Oder weil ihn sein Fahrer belogen hatte?

»Ihr Mitarbeiter hat Ihnen die Unwahrheit gesagt. Können Sie sich vorstellen, warum?«

Silva war anzumerken, dass der Ton ihm missfiel, doch er beherrschte sich. »Nein.«

»Es erstaunt, einen Mann mit seiner Vorgeschichte in dieser Position zu finden.«

»Er hat bereut und verdient unsere Achtung.«

»Man kann jemanden auch aus der Distanz achten. Sich in seine Hände zu begeben …«

Silva lehnte sich zurück und schloss die Lider. »Kennen Sie den Auftrag, den Jesus uns gegeben hat? Haben Sie die Priester gesehen, mit denen ich eben sprach? Russisch-orthodoxe Popen. Was tragen die denn für komische Hütchen?, werden Sie sich fragen. Es sind unsere Brüder, die uns durch persönliche Eitelkeiten und Machtspiele im Spätmittelalter entfremdet wurden. Vielleicht nur, weil uns die Hüte nicht passten.«

»Ein Tötungsdelikt ist keine Frage der Kleiderordnung.«

»Wenn wir Menschen und ganz besonders wir Priester eine Mission haben auf dieser Erde, dann ist es Versöhnung. Es ist leicht, so etwas von der Kanzel zu predigen. Schwieriger ist es, damit ernst zu machen. Wir müssen die Leute in unser Leben lassen, wenn wir sie erreichen wollen.«

»Wie genau habe ich mir das vorzustellen? Wann haben Sie Signor Capuozzo in Ihr Leben gelassen?«

»Er wurde vor Jahren über ein Resozialisierungsprogramm eingestellt, das ich selbst ins Leben gerufen habe.«

»Als Einziger?«

»Nein, es waren insgesamt vier oder fünf Sträflinge, die auf Bewährung freikamen.«

»Und alle haben sich so gut gemacht wie er?«

»Leider nicht.«

Die Antworten kamen ohne Zögern, und doch hatte De Santis das Gefühl, dass sie nicht aufrichtig waren. Silva wirkte brüskiert, gekränkt. Aber anscheinend nicht durch den direkten Ton der Fragen. Sondern? Durch die Lüge seines Chauffeurs? Was hatten die beiden für ein Verhältnis?

»Habe ich nicht das Recht zu erfahren, was ihm vorgeworfen wird?«, fragte Silva.

»Nichts. Er ist ein wichtiger Zeuge in einem Mordfall.«

Der Erzbischof war nicht weiter schockiert. »An wem?«

»Jolanta Chiurbenskaya.«

Jetzt zuckte er doch zusammen.

»Kennen Sie die Frau?«, fragte De Santis.

Der Würdenträger sah hinaus in den Kreuzgang. »Was? Nein. Wieso sollte ich?«

»Frau Chiurbenskaya ist durch die Organisation Kirche Ost-West nach Neapel gekommen.«

Silva nickte. Von seiner jovialen Freundlichkeit war nichts mehr übrig. Plötzlich wirkte er alt und überarbeitet. Draußen mit seinen Gästen hatte er noch die perfekte Theatralik des Neapolitaners beherrscht. Jetzt schien sie ihm zu schwer.

»Wo wurde sie denn umgebracht?«, fragte dieser.

»Das darf ich Ihnen leider nicht sagen. Und es dürfte Sie auch nicht besonders interessieren.«

»Natürlich nicht.« Silva winkte ab. Ein bisschen zu heftig.

»Wann haben Sie Ihren Fahrer zuletzt gesehen?«, setzte De Santis wieder an. »Keine Sorge, wir ermitteln nicht gegen ihn. Wir sind auf eine Aussage angewiesen.«

»Natürlich.« Der Erzbischof tat nicht einmal mehr so, als würde er dem Kommissar glauben. »Am Freitagnachmittag hat er mich hier abgesetzt. Übers Wochenende hatte er frei.«

»Sie wussten also schon, dass Sie ihn eine Weile nicht sehen würden.«

»Ja, er hatte Urlaub beantragt.«

»Wer fährt Sie jetzt?«

Silva ruckte auf dem Stuhl hin und her. »Sie sind sicher, dass diese Informationen von Belang sind?«

»Nein.« De Santis lachte und machte sich eine Notiz: »Neuen Fahrer eruieren.«

Danach schien der Kardinal seine Contenance wiedergefunden zu haben. Resolut und selbstsicher sah er den Kommissar an. Bereit, jeder Finte auszuweichen. Jetzt hatte die Befragung keinen Sinn mehr.

»Falls Sie von Signor Capuozzo hören – er soll sich umgehend bei uns melden.«

»Sicher. Tut mir leid, dass ich Ihnen nicht weiterhelfen konnte«, sagte Silva und erhob sich. »Ich bin ein wenig angestrengt heute.«

»Hatten Sie zufällig am Samstagabend Kontakt mit ihm?«

Der Kardinal wurde steif, seine Empörung war kaum zu übersehen. »Ich sagte Freitagnachmittag.«

»Falls Sie zufällig wissen, wo er Samstagabend war, wäre die Angelegenheit schon erledigt.«

Kardinal Silva lächelte mitleidig, um zu signalisieren, dass er das Spiel durchschaut hatte. »Er hatte frei. Und ich pflege meine Mitarbeiter in ihrer Freizeit nicht zu behelligen. Dies ist eine Unsitte unserer Zeit, die uns wegführt von uns selbst und auch von Gott.«

Amen, dachte De Santis. »Hat er eine Dienstwohnung hier im Palais?«

»Nein.«

»Hat er früher für Kirche Ost-West gearbeitet?«

»Nicht dass ich wüsste. Und ich wüsste es. Die Organisation ist nämlich, wenn Sie so wollen, mein besonderes Steckenpferd. Ich sehe es, wie gesagt, als meine Lebensaufgabe an, die Menschen zu einen. Jede freie Minute, und jeden Euro, den ich erübrigen kann, stecke ich in dieses Engagement. Wir Würdenträger können zwar Konferenzen abhalten und unser Kriegsbeil begraben, aber das bleiben Gesten, Rituale. Sinn bekommen sie erst, wenn die Bevölkerung mitzieht.«

Fromme Sprüche, dachte De Santis und verabschiedete sich.

45

Der Kommissar ging durch die Gassen zurück, um Beppe Bomba abzulösen. Aus den umliegenden Pizzerien strömte der Duft der Holzöfen. Die Leute, überwiegend Touristen, saßen unter Sonnenschirmen und im Schatten der Kirchen, tranken Wein und ließen die Blicke über die Schätze von Jahrhunderten, die Patina des Verfalls gleiten. Sie sahen das Lächeln auf dem Gesicht der Kellner und der Lotterieloseverkäufer, duschten abends ihren Schweiß ab, legten sich müde und zufrieden in ihre Hotelbetten und hatten keine Ahnung davon, wie müde die Neapolitaner waren.

Er erreichte die Via Monte di Dio und entdeckte das Haus von Capuozzo. Eine beige Fassade mit herrschaftlichem Granitportal, schmiedeeisernen Balkonbrüstungen und Überwachungskameras. Bomba stand rund fünfzig Meter weiter, halb verborgen im Eingang einer Bar, trat von einem Bein aufs andere und starrte abwechselnd auf das Haus und auf die Uhr.

De Santis schob sich wie zufällig neben ihn und raunte ihm zu: »Du schaffst es noch. Aber morgen brauche ich dich wieder. Und lass dein Handy an.«

»Nicht während des Spiels. Das bringt Unglück.«

»Alles, was dir gegen den Strich geht, bringt Unglück«, erwiderte der Kommissar und betrat die Bar.

Während er sich an einen Tisch am Fenster setzte, sprang Bomba in das Zivilfahrzeug, rangierte hektisch aus der Parklücke und fuhr mit singenden Reifen davon. Auswärtsspiele, lange her, dachte De Santis voller Wehmut. Geld, das man beiseitelegte, jeder Cent ein wenig Vorfreude, der Geruch der schwitzenden Leiber in überfüllten Eisenbahnwaggons, lauwarme Bierpfützen, die Schwefelschwaden der Pyrotechnik, die sich wie ein Vorhang öffneten und den Blick auf das leuchtende Grün mit den Spielern freigaben. Ein Traum. Ausgeträumt. Mit dem Bankrott und dem damit verbundenen Zwangsabstieg Neapels war für Franco Schluss gewesen. Der Fußball schmeckte nur noch nach Geld. Und im armen Süden war dieser Geschmack besonders fade. Die norditalienischen Clubs hatten jahrzehntelang falsche Bankbürgschaften und Bilanztricks angewandt, um sich ihre Lizenzen zu erschwindeln. Ungestraft. Am SSC Neapel hatte man dann ein Exempel statuiert.

De Santis bestellte ein Nudelgericht und eine Cola. Das Getränk war noch nicht serviert, als ein roter Mercedes langsam angerollt kam. Am Steuer saß Giancarlo Capuozzo, der die Straße absuchte.

Der Kommissar wollte gerade Pizzuoli anrufen, um eine Beschattung zu organisieren, als er aus dem Augenwinkel Capuozzo zu Fuß näher kommen sah. In Maßanzug und polierten Schuhen. Wo war er so schnell das Auto losgeworden? Capuozzo blickte sich mehrmals um, überquerte die Straße, zog ein Schlüsselbund aus der Tasche. Doch dann zögerte er. Verflucht. Hatte er etwa Verdacht geschöpft? Zügig ging er in die Gegenrichtung davon.

Hastig warf De Santis einen Geldschein auf den Tisch und hängte sich dran. Die Via Monte di Dio war eine Nebenstraße, wenig frequentiert. Deshalb konnte er die Zielperson gut im Blick behalten. Aber er musste vorsichtig sein, schließlich kannte Capuozzo ihn.

Tatsächlich schien der Mann zu ahnen, dass er verfolgt wurde, denn er wandte dieselben Tricks an wie Arru, betrat eine Buchhandlung und verließ sie durch einen Nebenausgang. Nachdem er eine Grünanlage durchquert hatte, schlug er unvermittelt einen Haken und verschwand hinter einer Hecke. Das Spiel war inzwischen sinnlos, denn wenn er wusste, dass er observiert wurde, würde er die Polizei sicher nicht auf eine heiße Spur führen. Also Festnahme. Möglichst schnell und möglichst gefahrlos.

De Santis holte sein Handy heraus, rief Pizzuoli an und bat um Unterstützung beim Zugriff.

Unterdessen verschwand Capuozzo hinter einer Schaufensterfront. Der Kommissar folgte ihm und stand plötzlich im kühlen Halbdunkel einer Einfahrt, die zwischen einer Glasgalerie und einer Tuffsteinmauer lag. Sie führte in einen Stollen, etwa vier Meter breit und ebenso hoch. Das Tageslicht warf eine helle Beule in den Eingang, dahinter Zwielicht und modrige Finsternis. Die Capuozzo verschluckt zu haben schien. De Santis lauschte und hörte Schritte in entfernten Windungen verhallen. Er betätigte einen Lichtschalter, und mit einem vielfachen Klicken sprangen Neonröhren an. Sie erleuchteten die Wände, die unzähligen Schraffuren der Klingen, mit denen die Leute hier über Jahrhunderte hinweg Baumaterial aus dem Fels geschlagen hatten. Die Häusermauern einer ganzen Stadt.

Neapel ist eine überirdische Ausstülpung von Hohlräumen, ein Moloch, der über dem Nichts balanciert, über dem Brodeln von Lava und See. Eine Stadt, die allen Gesetzen widersteht, selbst den Naturgesetzen.

Eigentlich wollte De Santis Pizzuoli neue Instruktionen durchgeben, aber um Capuozzo nicht zu verlieren, folgte er den Geräuschen tiefer in den Stollen. Ehe die Verbindung stand, hatte er keinen Empfang mehr. An einer Gabelung wurde er unsicher. Das Licht erlosch. Nirgendwo ein Schalter. Es war stockfinster. Und still. Auf einmal setzten die Schritte wieder ein, verhalten, vorsichtig. Sie schienen aus der linken Abzweigung zu kommen. Was sollte er tun? Umkehren und Verstärkung holen? Dann verschwand Capuozzo irgendwo in diesem Labyrinth, das sicher Dutzende Ausgänge hatte. Womöglich war dies die einzige Chance, den Täter zu schnappen. Ehe er abtauchte oder doch noch ins Ausland floh.

Nachdem er die Taschenlampe seines Handys angestellt hatte, setzte er seinen Weg fort, geleitet durch die Schritte in der Ferne. Nach wenigen Minuten war er durch so viele Abzweigungen gegangen, dass sich die Frage, ob er umkehren und Verstärkung anfordern sollte, erledigt hatte. Alleine würde er kaum mehr herausfinden. Capuozzos Schritte waren sein einziger Orientierungspunkt, er durfte sie keinesfalls verlieren. Der Gang wurde enger und beklemmender, verjüngte sich zu einer Ritze, in der De Santis nur mit Sidesteps vorankam, doch dann weitete er sich zu einem kreisrunden Platz. Modergeruch, Algen und Schimmel hatten eine Landkarte auf die Wände geworfen. De Santis erkannte eine gemauerte Zisterne, die wie ein riesiger Mostballon mitten auf dem Platz stand. Sie verjüngte sich nach oben und ging in die Decke über.

Kein Laut. War Capuozzo etwa hinaufgeklettert? Dazu war die Zisterne zu glatt und zu steil. Wo war er dann? Der Kommissar wartete auf einen verdächtigen Laut, doch alles blieb still. Er zwängte sich in die Nische zwischen der Stollenwand und dem Ballon. Immer enger wurde der Durchlass, er musste den Ballon umarmen und sich seitlich voranschieben, bis er plötzlich das Gleichgewicht verlor und nach hinten kippte. Er trat ins Leere und meinte, in die Tiefe zu stürzen, aber er schlug nur auf dem feuchten Boden auf. Ohne Schrammen und mit pochendem Herzen, während das Blut in den Ohren rauschte. Er ertastete sein Handy, schaltete das Licht an und fand sich in einer Zisterne wieder, geräumig wie ein Kinosaal. An den Wänden glitzerte Feuchtigkeit.

Hatte es Sinn weiterzugehen? War Capuozzo überhaupt hier? Die Akkuleistung war inzwischen bei unter zehn Prozent. Er schaltete das Handy ab und wartete. Nichts tat sich. Auf einmal packte ihn die Angst. Er wusste nicht mehr, wie weit er überhaupt gegangen war, und in welcher Richtung der Eingang lag. Um in den Stollen zu gelangen, schob er sich wieder an der bauchigen Zisterne entlang, doch als er in den Gang leuchtete, kam dieser ihm schmaler vor als vorher. Er kehrte in den »Kinosaal« zurück, entdeckte einen anderen Ausgang und leuchtete hinein. Erneut der falsche. Noch enger und nicht einmal mannshoch. Auf Brusthöhe bemerkte er mysteriöse Zinken in den Wänden, die im Mittelalter den zwergenhaften Brunnenreinigern in der totalen Finsternis zur Orientierung gedient hatten. De Santis halfen sie nicht. Aber er meinte, am Ende des Stollens ein Kratzen zu hören, als ob jemand lose Steine aus der Wand löste. Auf allen vieren kroch er weiter, während die Batterieladung allmählich gegen null ging. Dann erlosch das Handy.

Er pulte sein Feuerzeug aus der Zigarettenpackung und ließ die Flamme aufleuchten. Das Geräusch wurde immer deutlicher, es klang nach einer Spitzhacke oder einem Meißel in losem Geröll. Als er um eine Biegung kam, schrumpfte die Flamme und erlosch. Das Gas war aufgebraucht, und er saß endgültig fest. Hin und wieder meinte er, etwas zu hören, es klang wie tropfendes Wasser, dann wieder wie ein sanftes Rauschen. Über, neben, unter ihm. Oder war es bloß das Blut in seinen Schläfen? Was sollte er tun? Im Gedärm des Tuffsteins, in pechschwarzer Nacht. Wie Jonas im Bauch des Walfischs. Nur würde dieser Fels ihn nicht ausspucken. Und niemand würde ihn jemals hier finden.

Pizzuoli ... Würde er den Eingang entdecken? Hineingehen? Und wenn ja, wie weit? De Santis spürte, wie die klamme Kälte durch sein Jackett drang. Er rief Pizzuolis Namen und hörte das Echo, das sich in der Ferne verlor. Sinnlos, er musste weiter. Immer öfter spürte er Feuchtigkeit an den Fingern und meinte, sich dem Meer zu nähern, aber die Nässe schmeckte süß. Dann wieder glaubte er, bergauf oder bergab zu gehen, doch auch das musste eine Täuschung sein, denn das Leitungssystem war damals mit einem verschwindend geringen Gefälle angelegt worden.

De Santis verlor jedes Gefühl für Zeit und Raum. Mit den Fingerspitzen oder den Ellbogen streifte er an den Stollenwänden entlang, zunehmend hungrig, schwach und verzweifelt. Sein Erinnerungsvermögen hatte längst aufgegeben. Alle Wände, alle Abzweigungen, Stufen und Zisternen fühlten sich gleich an.

Plötzlich kam ein leichter Geruch von Chemikalien auf – und damit neue Hoffnung. Im Zweiten Weltkrieg waren hier im Untergrund Bunker und Depots angelegt worden. Also musste er in der Nähe einer Zufahrt sein. Falls sie nicht verschüttet war.

Dann das Prasseln von Wasser. Steinbrocken, die in ein Bassin fielen. Oder wurden die Stollen geflutet? Hektisch krabbelte er davon. Plötzlich gab der Boden nach, er fiel, spürte Kälte, die seine Hände, die Knie, das Geschlecht umschloss. Er versank im Wasser. Panisch trat und ruderte er, kam wieder an die Oberfläche. Er schlug mit den Armen, bis er an eine Wand stieß und einen Absatz ertastete, an dem er sich hochziehen konnte. Etwas rieselte auf ihn herab, er spürte Staub und Steine, die auf seine Schultern prasselten.

De Santis ging in die Knie und klammerte sich an dem Absatz fest, um nicht ins Wasser gedrückt zu werden. Wie eine harte, steinerne Hand legte sich ein Gewicht auf seine Schultern. Er hustete, versuchte, sich aufzubäumen. Die Hand war stärker, presste ihn zu Boden, verschloss ihm Lippen, Nase und Ohren. Ich werde verschüttet, dachte er, ich verrecke hier. Dutzende Meter unter der Erde, Kilometer vom nächsten Ausgang entfernt. Isabellas Augen kamen ihm in den Sinn, das schallende Lachen Ludovicas. Fern und unerreichbar. Mit letzter Kraft versuchte er, die Finger zu bewegen, sich aufzurichten. Doch der Sand nahm ihm den Atem, und dann wurde es auch vor seinem inneren Auge schwarz.

46

Die mit dem Goldschmuck behängte Alte stand am Herd und kochte etwas, das nach Hammel und Kohl roch. Ständig gab es Hammel. Ab und zu trank die Frau, die sich Eva nennen ließ, einen Schluck aus der Flasche und wischte sich mit dem Ärmel über den Mund wie ein Bauarbeiter.

Natascha beobachtete sie aus dem Augenwinkel und tastete nach dem Beutel unter dem Feldbett. Er war leer, bis auf die vierzig Cent, die sie im Gitter eines Luftschachts gefunden hatte. Zu wenig, um auch nur eine halbe Stunde in einem Internetcafé zu surfen.

Als Eva merkte, dass Natascha wach war, sagte sie: »Du musst verschwinden. Deinetwegen waren die Bullen hier. Wir wollen keine Bullen.«

»Ich habe euch mein ganzes Geld gegeben. Sobald ich wieder ein wenig zusammenhabe, gehe ich.«

»Nein, noch heute«, antwortete Eva.

Ohne ein weiteres Wort zog sich Natascha ein schwarzes Kopftuch über, setzte ihre Sonnenbrille auf und hüllte sich in ein altes, zerrissenes Laken. Dann ging sie in der Abendsonne durch die Hauptstraße ans Tor.

Die Männer gafften. Mit ihren dreckigen Zehennägeln standen sie da und entblößten grinsend ihre gelben Zähne. Wie früher auf dem Schulhof. Kerle, die die Mädchen belächelten, sie verachteten. Warum eigentlich? Weil sie stärker waren. Sie waren größer und schwerer, hatten mehr Muskeln, waren brutaler. Das war der Grund ihrer Überlegenheit. Und der diktierte das Leben einer Frau. Angst vor Männern.

Sie ignorierte die Kerle. Auf keinen Fall durften sie ihre Furcht spüren, das stachelte sie nur an.

Genau wie ihn, der sie erniedrigt hatte, der sie auf die Knie gezwungen und ihr sein Geschlecht entgegengereckt hatte. Frauen, die sie erniedrigen konnten, erregten sie. Frauen, die sich ihnen nicht ergaben, erregten sie noch mehr, machten sie schier wahnsinnig. Irgendwann unterwarfen die Frauen sich einem Mann, von dem sie hofften, er würde sie nicht missbrauchen. Oder weniger brutal sein als die anderen.

Unter den abschätzigen Blicken der Widerlinge erreichte sie das Tor. Sie war die Fremde. Die Alleinstehende, die Geduldete. Doch mit der Duldung war es jetzt vorbei. Es gab keine Solidarität auf der Welt, weder oben noch unten. Wenn einem das Wasser bis zum Hals stand, half einem keiner. Es gab immer jemanden, der sein Selbstwertgefühl aufpolierte, indem er einen anderen noch tiefer hineintunkte.

Natascha trat auf den Bürgersteig und ging an der kilometerlangen dreckigen Mauer entlang. Sie musste dringend ins Internet. Einen Euro brauchte sie dafür. Notfalls würde sie ihn erbetteln.

Es dauerte fast eine halbe Stunde, bis sie den Bahnhof erreichte. Die Sonne war untergegangen, der Schweiß trocknete auf ihrer Haut. In der großen Halle mischte sie sich unter die Reisenden, steckte die Sonnenbrille weg und versuchte, Mitleid zu erregen mit ihrem zerschundenen Gesicht und den paar Cents in der offenen Hand. Sie stellte sich wildfremden Menschen in den Weg. Die meisten gingen wortlos vorbei, sahen durch sie hindurch.

Am Klavier saß diesmal ein Mädchen, in dessen Hut eine Münze nach der anderen fiel. Es spielte nicht gut, aber es tat etwas für sein Geld, während Natascha nur bettelte.

»Maruzzella, Maruzze'«, sang es, und Natascha wurde schwindlig. Plötzlich war die Erinnerung wieder da. Wie sie vor ihm kniete, die Waffe an ihrer Schläfe, sein Geschlecht vor ihren Lippen, feucht und rot.

»Das wirst du doch können«, hatte er gesagt. Dann hatte er sie hochgerissen, auf die Sofalehne geworfen, die Fesseln an den Knöcheln gelöst, um sein Glied in sie hineinzurammen. Bis die Tür aufging, und Jolantas verwundertes Gesicht erschien. Sprachlos vor Entsetzen stand sie da, statt wegzurennen, sie wollte begreifen, in ihrem Kopf die Dinge ordnen. Die letzten Dinge, ehe ihr Hirn seine Tätigkeit einstellte, zerschmettert von einem Projektil. Dabei hätte die Kugel Natascha gegolten. Sie hätte sterben sollen. Nicht Jolanta. Auch nicht Don Sebastiano.

Ein Mann lächelte verlegen, und sie spürte das kühle Metall in der Handfläche. Schwer. Zwei Euro.

Beglückt lief sie hinaus auf die Piazza Garibaldi, wobei sie die Polizisten mied und die Menge nach dem Gesicht ihres Verfolgers absuchte. Er konnte überall sein, aber am Bahnhof würde er sicher zuerst nachsehen.

Sie überquerte die Straße und erreichte die Via Bologna, wo vor den Telefon- und Imbissläden mit Namen wie *My Africa* und *Mama Food* Schwarze in Grüppchen zusammenstanden, palaverten und sich lachend in die offenen Handflächen schlugen. Es roch nach Gewürzen, Katzenpisse und Schweiß.

Im Internetcafé legte sie die Münze auf den Tresen und ließ sich einen Computer zuweisen. Sie wählte sich ein, öffnete ihren Mail-Account: siebzehn ungelesene Nachrichten. Nicht mehr? Nach all den Tagen? Dann öffnete sie den Posteingang, in der Hoffnung auf eine Nachricht von Sascha. Nur eine Mail, sehr kurz: »Liebe Mama, wo bist du? Ich habe versucht, dich zu erreichen, und mache mir Sorgen. Bitte ruf mich an. In Liebe, dein Sascha.«

Mach ich, mein Junge. So bald wie möglich. Die Sehnsucht nach ihm drückte wie die Spitze eines Messers auf ihren Kehlkopf.

Ich muss ihm schreiben, wenigstens eine Zeile, dachte sie, aber zuerst dem Kommissar. Sie gab die Mailadresse ein, die auf der Visitenkarte stand. Wieder ein Mann, dem sie vertraute. Warum? Weil er nach ihr gefragt hatte? Weil er besorgt gewirkt hatte? Wieder ein Mann, der hilfsbereit tat. Vielleicht war er ja anders. So wie Don Sebastiano anders gewesen war.

»Sehr geehrter Signor Commissario De Santis«, fing sie an. Zögerte, überlegte. Am besten der Reihe nach. »Ich habe mehrere Jahre für Don Sebastiano als Haushälterin gearbeitet. Ich habe meine Arbeit stets gewissenhaft und ohne Hintergedanken …« Was interessiert ihn das?, dachte sie. Ihm geht es um Verbrechen.

»In der Nacht, in der Don Sebastiano zu Tode kam, war ich nicht bei ihm, sondern in der Wohnung von Jolanta Chiurbenskaya, deren Leiche Sie …« Sie musste sich zusammenreißen. Die Bilder verschwammen vor ihren Augen. Sie konnte nicht weiterschreiben. »Maruzzella, Maruzze'.« Die Melodie hatte sich wieder in ihrem Hirn festgesetzt.

Sie rief noch einmal die ungelesenen Nachrichten auf. Jetzt waren es sechzehn. Jetzt nur noch fünfzehn. Vierzehn. Wie das? Die Zahl auf der linken Menüleiste änderte sich alle paar Sekunden.

Klar, da öffnete gerade jemand ihre Mails. Irgendwer war in ihren Mail-Account eingedrungen.

Er.

Maruzzella, Maruzze'. Wieder hatte er sie gefunden. Er las jedes Wort, das sie schrieb.

Sie sprang auf, fuhr herum. An den anderen Computern saßen ausschließlich Schwarze, lasen, tippten, schoben die Maus umher. Alles war ruhig. Noch. Gleich würde er hier auftauchen, sie wusste es. Er hatte ihren Account geknackt, also würde er auch den Computer finden, von dem aus sie sich eingeloggt hatte.

Natascha rannte hinaus auf die Straße, wo noch dieselben Grüppchen standen wie vorher. Ohne nach links und rechts zu sehen, rannte sie über die Piazza. Ein Kleinbus hielt mit quietschenden Reifen, der Fahrer riss den Mund weit auf. Noch ein Mann, dessen Hass sie zu spüren bekam, der seinen Geifer gegen die Windschutzscheibe spritzte. Frauen, besser man hielt sie fern vom Straßenverkehr.

47

De Santis brauchte jetzt eine Zigarette. Aber das Päckchen hatte er ebenso verloren wie Feuerzeug, Handy und einen Schuh. Er zog auch den zweiten aus und warf ihn in einen Papierkorb. Die Leute betrachteten ihn wie ein Gespenst, das durch die dunklen Gassen wandelte. Fast fühlte er sich auch so, merkwürdig leicht, trotz seiner Erschöpfung. Der Augenblick, als das Neonlicht ansprang, als die vermeintliche Sinnestäuschung ihm einen schmerzhaften Stich in die Netzhaut versetzte, hatte ihn in Euphorie versetzt. Er sah an einer Apotheke, dass es kurz nach 22:00 Uhr war. Montag. Keine sieben Stunden hatte er in dem Labyrinth verbracht. Irgendwie war es ihm gelungen, sich aus dem Schutt herauszuarbeiten und, nachdem er eine Weile hilflos in den Stollen umhergekrochen war, ein Gefühl für die feinen Temperaturunterschiede zu entwickeln. Jedem milden Lufthauch war er gefolgt, bis er, nach einer Odyssee, die ihm wie eine endlose Folge von Tagen und Nächten erschienen war, den Eingang wiedergefunden hatte.

Er versuchte, ein Taxi anzuhalten, wurde jedoch ignoriert. Als er seinen Dienstausweis zücken wollte, merkte er, dass auch die Brieftasche fehlte. Wenigstens die Waffe war noch im Holster. Er kam an die Piazza Plebiscito. Zur Questura waren es nur zehn Minuten. Er ging zu Fuß. Die Posten am Eingang der Via Medina hatten Mühe, ihn zu erkennen.

»Habt ihr vielleicht eine Zigarette für mich?«, fragte er.

Die beiden wechselten einen Blick.

»Wollen Sie nicht lieber einen Arzt?«, fragte der eine und fischte eine Zigarette aus der Packung.

Marlboro light, auch das noch.

De Santis schleppte sich die Treppe hoch, rief nach den Kollegen. Keiner da. Er trank Wasser aus der Leitung, setzte sich an seinen Schreibtisch, suchte in den Schubladen nach einem Feuerzeug und steckte sich die Marlboro an. Dann rief er die *Squadra mobile* an, bat um eine Einheit mit Spürhunden und erklärte, wo der Eingang in den Stollen lag.

»So schnell bekomme ich leider kein Team zusammen. Morgen früh«, meinte der Kollege.

Genervt knallte De Santis den Hörer auf die Gabel und nahm ihn gleich wieder auf, um Elvira Barbarossas Nummer zu wählen.

Trotz der späten Stunde ging sie ran. »Was ist los?«, fragte sie besorgt.

Er erklärte kurz, was passiert war, und fügte hinzu: »Ich brauche umgehend einen Haftbefehl gegen Giancarlo Capuozzo. Noch heute Nacht. Außerdem einen Durchsuchungsbefehl, Zugriff auf seine Telefonverbindungen, eine Aufhebung des Bankgeheimnisses, eine Genehmigung für Abhöraktionen, das volle Programm.«

»Ich bin nicht mehr im Büro. Außerdem gibt es nur einen einzigen Hinweis. Davon abgesehen wurde der Fingerabdruck nicht einmal am Tatort sichergestellt …«

»Er hat versucht, mich umzubringen.«

»Übertreiben Sie da nicht? Der Erdrutsch kann auch zufällig ausgelöst worden sein.«

»Die Stollen haben x Erdbeben, Eruptionen und zwei Weltkriege überlebt. Und dann kommt es zufällig ausgerechnet dort zu einem Erdrutsch, wo ein Polizist steht?«

»Lassen sich die Spuren sichern?«

»Dazu müssen wir erst mal die Stelle wiederfinden. Wir gehen morgen früh mit Spürhunden rein.«

»Dann sehen wir morgen früh weiter.«

»Noch etwas.«

Elvira Barbarossa konnte sich ein leichtes Ächzen nicht verkneifen.

»Natascha und Jolanta sind über Kirche Ost-West ins Land gekommen. Jolantas Wohnung, der Tatort, gehört dieser Organisation. Wir brauchen einen Durchsuchungsbefehl.«

»Franco ...«

»Unbedingt.«

»Wo ist der Beweis für eine Straftat?«

»Giancarlo Capuozzo ist der Leiter des kirchlichen Fuhrparks. Er ist dringend tatverdächtig. Egal wo wir ansetzen, jedes Mal ist die Kirche involviert.«

»Deswegen kann ich Ihnen doch keine Blankovollmacht geben, um kirchliche Einrichtungen zu durchsuchen.«

»Ich dachte, ich könnte mich auf Sie verlassen.«

»Es gibt Gesetze. Wir kämpfen für deren Einhaltung, und dabei können Sie sich sehr wohl auf mich verlassen.«

Paragrafenreiterin, dachte De Santis, ließ sich in seinen Schreibtischsessel fallen und fuhr den Computer hoch. Wenn es um die Kirche geht, werden sie alle handzahm. Vermutlich die geheime Angst, die Hölle könnte doch existieren. Unter kirchlicher Verwaltung. Er rief Pizzuoli an. »Chef, was ist passiert? Ich konnte weder Capuozzo finden noch mit Ihnen Kontakt aufnehmen.«

De Santis fasste die Ereignisse zusammen und fragte: »Was habt ihr sonst rausgefunden?«

»Wir haben eine Liste mit fünfunddreißig Frauen von Kirche Ost-West. Sie kommen morgen zur Vernehmung.«

Der Kommissar gab ihm die Namen, die er von der Sitte bekommen hatte, dann rief er Marin an. Dieser war noch unterwegs. In Bagnoli.

Im Internet entdeckte er kurz darauf ein relativ neues Bild von Giancarlo Capuozzo, übermittelte es an alle Abteilungen und löste die Fahndung aus. Es waren viele Stunden vergangen, seit De Santis ihn verloren hatte, und sie mussten verhindern, dass er sich ins Ausland absetzte. Falls er es nicht längst getan hatte.

Von einem Kollegen der Bereitschaftspolizei lieh De Santis sich ein wenig Bargeld und fuhr mit dem Bus nach Hause. Mit gesenktem Kopf schlich er an Crescenzio vorbei, der ihn bestürzt musterte, winkte beschwichtigend ab und wünschte einen guten Abend.

Er sehnte sich nach seinem Bett, stopfte seine dreckigen Sachen in die Waschmaschine und stellte sich unter die Dusche. Unter dem Wasserstrahl spürte er die vielen Schürfwunden. Der Schmerz wich bald einem dumpfen Wärmegefühl, das nicht unangenehm war. Plötzlich gab es einen kleinen Knall, und ihm wurde schwarz vor Augen. Das Wasser lief weiter. Zwar stand er immer noch aufrecht, hielt sich an der Stange mit dem Brausekopf fest, aber die Finsternis löste Panik in ihm aus. Sein Brustkorb zog sich zusammen, und er meinte, wieder die steinerne Hand auf seiner Schulter zu spüren. Hektisch schraubte er an den Wasserhähnen herum, verbrühte sich, fluchte, sprang aus der Dusche, rutschte auf den Fliesen aus und schlug hin. Er kroch zur Tür und schob sie auf. Von der Terrasse fiel das Abendlicht herein, er konnte wieder atmen.

Kurz darauf hämmerte jemand an die Wohnungstür. »Franco, verdammt, was soll das?«

Betta. Er stöhnte. Nicht schon wieder, nicht heute Abend.

»Wie soll ich ein normales Leben führen, wenn du mir nach Lust und Laune den Saft abstellst?«, rief sie. »Ich will mich fertig machen. Es gibt Leute, die um diese Uhrzeit noch arbeiten müssen, weißt du das?«

»Wie viele Geräte hattest du denn laufen, Betta?«

»Den Föhn, das war alles.«

»Was ist mit dem Fernseher, dem Bügeleisen, dem Wasserkocher und der Mikrowelle? Drei Kilowatt hatte ich gesagt, für uns beide.«

»Was läuft bei dir?«

»Nur die Waschmaschine.«

»Dein altes Trumm, weißt du, wie viel Strom die frisst?«

»Betta.«

»Schon gut, lass mich rein.«

»Ich bin unter der Dusche.«

»Keine Angst, ich habe mich im Griff.«

De Santis zog sich an und ging an den Sicherungskasten in der Küche, aber dort war alles in Ordnung. Wie ärgerlich, es war die Hauptsicherung unten in der Einfahrt. Er versuchte, Betta zu erklären, wie sie den richtigen Kasten neben Crescenzios Loge fand.

»Müssen wir das durch die Tür besprechen?«, fragte sie.

Er öffnete.

»Himmel, wie siehst du denn aus?«, sagte sie. »Leg dich mal aufs Sofa.«

Sie fing an, ihn zu verarzten, rannte ins Bad, fluchte über die Dunkelheit, lief die Treppen hinunter, kam wieder rauf und war in ihrer Besorgtheit ganz in ihrem Element. Franco war zu erschöpft, um sich zu wehren. Wenn er ehrlich war, genoss er sogar Bettas Aufmerksamkeit. In ihrer Großherzigkeit und Umsicht hatte sie auch einen gut gekühlten Weißwein mitgebracht, den sie ihm theatralisch einträufelte. Er bat sie, den Laptop zu holen, mit dem er sich ins Intranet einwählte und ihr die Fotos von Arru und Capuozzo, von Natascha und Jolanta zeigte.

»Kennst du eines der Gesichter?«

Sie schüttelte den Kopf.

»Schau sie dir genau an, hast du sie mal auf dem Strich gesehen?«

»Sind die Damen nicht ein bisschen reif?«, fragte Betta.

»Du hast selbst behauptet, es gibt für alles einen Markt.«

»Ja, mit unterschiedlichem Marktwert.«

»Vielleicht haben sie damals als Prostituierte hier angefangen und später den Job gewechselt. Hörst du dich mal um? Du weißt, ich habe noch etwas gut bei dir.«

»Das war, bevor ich dich verarzten musste«, entgegnete sie lachend.

Ihr Handy klingelte. Sie erkannte die Nummer, wurde ernst, nahm den Anruf entgegen und fing zu diskutieren an. Mit ihrem Zuhälter, vermutete der Kommissar.

»Du solltest besser gehen«, sagte De Santis.

»Das Arschloch kann mich mal.«

Mit Hingabe setzte Betta ihren Schwesterndienst fort und rauchte, während er sich die Zähne putzte, noch eine Zigarette auf der Terrasse. Auf diskrete Art wartete sie, bis er sich schlafen gelegt hatte. Im Gehen hauchte sie ihm noch einen Kuss durch die halb offene Zimmertür zu. De Santis erfüllte eine tiefe Dankbarkeit. Er hätte in diesem Moment genauso gut unter einer Tonne Geröll liegen können. Er wäre spurlos aus dem Leben verschwunden, aus dem von Bomba, Crescenzio, Aldo, Betta, Isabella und Ludovica. Sie hätten sich gewundert, vielleicht ein wenig getrauert, und dann hätten sie ihn vergessen.

Noch war es nicht so weit.

48

Am nächsten Morgen traf De Santis sich mit dem Führer der Hundestaffel am Stolleneingang. Vier Beamte waren mit zwei Schäferhunden gekommen, die nervös an den Schaufensterkästen herumschnüffelten.

»Wir haben noch keinen Durchsuchungsbefehl für die Wohnung des Verdächtigen. Aber ich habe einige Kleidungsstücke von mir mitgebracht«, sagte der Kommissar.

Die Hunde tauchten die Schnauzen in den Stoff, dann fingen sie an, den Boden abzusuchen, waren jedoch durch seine Anwesenheit abgelenkt.

»Am besten, Sie gehen jetzt. Wir melden uns«, sagte der Staffelführer, und die Gruppe verschwand in der Tiefe des Tuffsteins.

De Santis sah ihnen nach und erschauderte. Er ging denselben Weg wie am Vorabend, nur diesmal unter einem finsteren Himmel. Als er die Piazza Plebiscito erreichte, fielen große, warme Regentropfen auf seine Schultern. Blieb abzuwarten, ob sich nun endlich das Gewitter entlud und frische Herbstluft brachte oder ob die Tropfen verdampften und die Atmosphäre weiter aufheizten.

Als er die Mordkommission IV erreichte, war der Lärm schon im Treppenhaus zu hören. Um die wenigen Sitzbänke hatten sich Trauben von osteuropäischen Frauen gebildet. Sie krakeelten, schimpften über die Langsamkeit der Prozedur, die Willkür der Behörden und das neapolitanische Chaos.

De Santis flüchtete sich in sein Büro, wo ihm gleich der nächste Schreck in die Glieder fuhr. Der Questore saß auf dem Schreibtischstuhl und schaute auf seine Finger, die in vertraulichen Unterlagen blätterten.

Der Kommissar grüßte.

Della Picca schüttelte den Kopf. »Schlimme Sache, die Ihnen da widerfahren ist«, sagte er. »Sollten Sie nicht freinehmen?«

»Nein, geht schon.«

»Wieso haben Sie keine Verstärkung angefordert?«

»Kein Empfang. Ich wollte den Verdächtigen nicht verlieren.«

Der Chef nickte, in Gedanken versunken. »Giancarlo Capuozzo?«

»Sie kennen ihn?«

Schweigen. Was sollte der Auftritt eigentlich?

»Schließen Sie bitte die Tür. In Ihrem eigenen Interesse«, sagte der Questore.

De Santis gehorchte.

»Ich hatte Sie um Augenmaß gebeten. Wie können Sie wegen jeder Lappalie Erzbischof Silva belästigen?«

Deshalb war er also gekommen. Nicht aus Sorge um seine Untergebenen, sondern aus Sorge um seine Freundschaft mit dem Erzbischof.

»Mord und versuchter Mord sind keine Lappalien. Die Fälle stehen unzweifelhaft in Verbindung mit der hiesigen Diözese.«

»Wenn Sie eine Auskunft bei der Bahn brauchen, gehen Sie dann auch gleich zum Aufsichtsratsvorsitzenden? Erst überfallen Sie den Erzbischof bei einem öffentlichen Termin in Scampia und jetzt auch noch während einer ökumenischen Konferenz mit den höchsten Würdenträgern der östlichen Amtskirche. Wissen Sie, was da auf dem Spiel steht?«

»Er hat durchaus erfreut gewirkt, mich zu sehen.«

»Lassen Sie die Kindereien.«

»Hat er sich bei Ihnen beklagt?«

»Das war nicht nötig. Womöglich haben Sie mich damals übersehen, aber schon bei der Einweihung des Kindergartens musste ich mich in Grund und Boden schämen.«

Natürlich! Wie hatte De Santis vergessen können, dass der Questore vor allem eine repräsentative Funktion hatte. Er stand für die Ehre der *Polizia di Stato*, nicht für die Arbeit. Der Kommissar setzte sich, ohne auf die Erlaubnis zu warten, und sagte: »Erlauben Sie, dass ich Sie über einige Entwicklungen aufkläre.« Ehe der Questore antworten konnte, legte er los. Kurz und knapp erzählte De Santis, wie sich die Ermittlungen entwickelt hatten und was am Vortag geschehen war. Den blutigen Fingerabdruck Giancarlo Capuozzos ließ er allerdings fürs Erste lieber unerwähnt. Er schloss mit der Verfolgungsjagd im Stollen, bei der er fast erstickt wäre.

»Ich habe Sie neulich noch auf den Sinn Ihrer Rolle hingewiesen. Sie sind als Kommissar für die Koordinierung zuständig und für das nötige Fingerspitzengefühl. Sie sind den Nachweis dieser Fähigkeiten bisher schuldig geblieben …«

»Ist unsere Aufklärungsrate etwa kein Nachweis dieser Fähigkeiten?«

»Kein erschöpfender. Ein Kommissar der *Polizia di Stato* steht für mehr. Er steht für die Ehre des Staates.«

»Ich dachte, die gründe sich auf korrekte Arbeit und das Prinzip ›Gleiches Recht für alle‹. Nicht auf Seilschaften.«

Ich muss wahnsinnig sein, dachte De Santis. Er hatte dem Questore soeben einen Hang zur Vetternwirtschaft vorgeworfen. Letzteres war in Neapel selbstverständlich, und selbstverständlich war, dass man nicht darüber sprach.

Diesmal ließ die Mimik des Chefs keine Deutung zu. »Was soll eigentlich dieser Auftrieb hier? Was haben die Frauen mit unserem Fall zu tun?«

»Alles Bekannte der Opfer.«

»Ein erstaunlich großer Bekanntenkreis«, kommentierte der

Questore und fügte hinzu: »Sie sind nicht unantastbar in Ihrer Position.«

»Ich habe verstanden«, sagte De Santis. »Kann ich jetzt wieder meinen Platz einnehmen? Es läuft eine Fahndung.«

Eigentlich hätte della Picca androhen müssen, ihm den Fall zu entziehen, aber aus irgendeinem Grund tat er es nicht. »Was für eine Fahndung?«, fragte er nur.

»Na, die nach Giancarlo Capuozzo, dem Fahrer des Erzbischofs.«

Jetzt war sein Gegenüber sprachlos. »Das ist nicht Ihr Ernst.«

»Er hat versucht, mich umzubringen.«

»Sie reimen sich da etwas zusammen. Sie sind unter einen Erdrutsch geraten.«

»Der Mann hat schon mal wegen Mordversuchs gesessen.«

»Vor fünfzehn Jahren.«

»Und sein Fingerabdruck stammt vom Tatort. Mit dem Blut des Opfers daran.«

Della Picca fuhr zusammen. Die Überraschung war nicht gespielt. »Was soll der Fahrer des Erzbischofs mit einer polnischen Altenpflegerin zu tun haben?«

In den Details kannte der Chef sich also doch aus. Dank Silva?

»Sollten das alles bloß Hirngespinste sein, wird Sie das den Kopf kosten«, sagte er und rauschte hinaus.

De Santis war beunruhigt. Der Abend mit Isabella, die Gewalttaten an den Frauen, die Minuten unter dem Geröll – das alles zerrte mehr an seinen Nerven, als er sich eingestehen wollte. Wie ein aufgeklapptes Taschenmesser lief er durch die Welt und musste wieder zur Ruhe kommen.

Er wollte gerade aufstehen und alle in den Besprechungsraum bitten, als es an seiner Tür klopfte.

Der Kollege Bomba trat ein, mit seinem üblichen Strahlen. »Chef, ich weiß gar nicht ... wo soll ich anfangen? Es tut mir furchtbar leid, wenn ich das gewusst hätte, wäre ich natürlich bei Euch geblieben.«

»Dann hätten wir zu zweit da unten gesessen. Wie war das Spiel?«

Bomba hatte seine ganze Selbstdisziplin aufgeboten, um nicht gleich damit anzufangen. Mit angedeuteten Finten, Kopfstößen und der mimischen Bandbreite der zweitausendjährigen Tradition der Commedia dell'Arte fasste er die neunzig Minuten zusammen, ein Drama, das 2:0 ausgegangen war, für den SSC Neapel.

»Ihr habt mir ein Riesengeschenk gemacht. Und ... es ist nur eine Kleinigkeit, völlig lächerlich, gemessen an dem, was Ihr da unten ausgestanden habt, während ich im Stadion ... Ich darf gar nicht daran denken. Jedenfalls, da Ihr jetzt ohne Handy dasteht, dachte ich ...« Er zog eine Art Musterkoffer mit verschiedenen Smartphones hervor. Samsung, LG, ja sogar mehrere iPhones waren darunter. »Sind nicht die neuesten Modelle, aber beste Qualität. Sucht Euch eins aus.«

Wo hatte Bomba die Dinger her? Er wollte es gar nicht wissen. »Gib mir das billigste. Aber du musst mir das Geld vorstrecken, die Brieftasche habe ich nämlich auch verloren.«

»Wollt Ihr mich beleidigen? Das ist ein Geschenk. Sucht Euch ein ordentliches aus.«

»Beppe, woher stammen die Geräte?«

»Alles astreine Ware, mit Registriernummer und Garantieanspruch. Selbst das iPhone könnt Ihr bedenkenlos im Netz anmelden.«

De Santis glaubte ihm kein Wort.

»Ihr beleidigt mich, wenn Ihr ablehnt«, schob Beppe nach.

Also griff De Santis nach dem gleichen Modell, das er verloren hatte. »Ich will es aber bezahlen.«

»Kommt nicht infrage. Und falls Ihr einmal ein Geschenk sucht oder wenn Freunde oder Verwandte Bedarf haben, ich komme auch günstig an andere Modelle.«

»Ist gut, Beppe. Bittest du die anderen noch ins Besprechungszimmer? Ich komme gleich nach.«

Er rief noch schnell bei der Bank, der Passstelle und dem Kraftfahrtamt an, um seine Karten sperren und sich neue Papiere ausstellen zu lassen. Dann verschaffte er sich einen Überblick über die Akten und Notizen auf seinem Schreibtisch. Der Questore hatte nichts daraus entnehmen können, was er nicht ohnehin schon wusste. Würde er den Erzbischof über den Fingerabdruck informieren? Mit Sicherheit. Freundschaft ging vor.

49

»Okay, liebe Kollegen«, sagte Mario Marin aufgeräumt, nachdem De Santis seinen Platz eingenommen hatte. »Ihr werdet's nicht glauben, aber wir haben einen Durchsuchungsbefehl für Giancarlo Capuozzos Wohnung.«

»Was ist mit den Frauen da draußen? Wer verhört sie?«, fragte der Kommissar zurück, während der Tumult im Flur immer heftiger wurde.

Pizzuoli erhob sich. »Wir haben etwas, das noch dringender ist.« Er deutete auf das Whiteboard, wo eine Liste mit Telefonnummern zu sehen war.

»Jolantas Festnetz. Viele der gewählten Telefonnummern sagen uns noch nichts, aber ausgerechnet den Anschluss, mit dem die letzten drei Gespräche geführt wurden, kennen wir.«

Mit einem Zeigestab deutete er auf die Nummer, die dreimal hintereinander mit Jolanta telefoniert hatte, in der Mordnacht. Einmal um 21:24 Uhr, fast eine Dreiviertelstunde lang, erneut um 22:34 Uhr, für rund vier Minuten, und dann noch einmal kurz nach Mitternacht, lediglich sechsundsiebzig Sekunden.

»Daran sind gleich mehrere Dinge auffällig. Erinnern wir uns: Wir sind in Jolantas Wohnung. Dort wird gefeiert. Das Telefon wird benutzt, nichts Ungewöhnliches. Man sollte aber annehmen, dass bei einer Fete verschiedene Leute anrufen«, führte Pizzuoli aus.

»Jeder hat heutzutage ein Handy«, warf De Santis ein.

»Okay, wenn die Partygäste ihre Handys verwenden, dann gehen die drei Telefonate auf das Konto der Gastgeberin«, führte Marin den Gedanken fort.

Der Kommissar wollte los, sich Capuozzo vorknöpfen. »Marin, wir haben's eilig.«

»Der springende Punkt ist doch: Zu dem Zeitpunkt, als dieses Gespräch geführt wurde, war Jolanta vermutlich schon tot«, sagte der Norditaliener mit wissendem Blick.

»So genau konnte De Maria das nicht bestimmen.«

»Der Mann am anderen Ende der Leitung«, Marin hob den Zeigefinger und machte in der Luft ein Häkchen an seine Worte wie auf einer Klassenarbeit, »war da jedenfalls ganz sicher schon tot.«

De Santis schlug einen drohenden Ton an. »Marin, jetzt reden Sie endlich. Wer ist dieser Mann?«

»Don Sebastiano.«

Bomba sah von seinem Smartphone auf. Das verträumte Lächeln – wahrscheinlich betrachtete er gerade Fotos aus dem Stadion – wich einer konzentrierten Miene. »Ich hab's gewusst, das alles ist ein einziger großer Schlamassel«, brummte er und warf das Gerät auf den Tisch.

Damit hatten sie den Beweis, dass alle Taten miteinander verknüpft waren. »Moment mal … Wenn Don Sebastiano auch schon tot war …«, überlegte De Santis laut.

»Wir haben die gesamte Chronologie durchforstet«, sagte Marin.

Pizzuoli, der diese Fleißarbeit gemeinsam mit dem Kollegen geleistet hatte, war in sich zusammengesunken. Dachte er an seine eigenen Probleme? Ponticelli, die Camorra, das, was Bruno angedeutet hatte? Sie hätten alle hellwach und konzentriert sein müssen, aber die Abteilung zerfiel in Brandherde und Privatkonflikte. Sie waren kein Team. Nie eins gewesen. Vielleicht hatte der Questore doch recht.

»Gennaro, würdest du uns einen Kaffee machen? Ich glaube, das hier dauert noch eine Weile«, sagte De Santis und holte den Kollegen damit aus seiner Lethargie.

»Die Telefonate ziehen sich über die letzten zwei Wochen hin. Lange Gespräche, immer ruft Don Sebastiano an, vermutlich um mit Natascha zu reden«, fuhr Marin fort.

»Logisch, er will nicht, dass sie Kosten verursacht«, spann De Santis weiter. »Wir hatten ja schon vermutet, dass Natascha sich in Jolantas Wohnung versteckt gehalten hat.«

»Genau«, sagte Marin.

»Der Priester und seine Haushälterin wollten sich trennen, kamen aber offensichtlich nicht voneinander los«, meinte Bomba.

»Oder die Trennung war nur vorgetäuscht. Ich habe in Bagnoli nämlich noch einige andere Hinweise gefunden, jede Menge Eintrittskarten für Museen und Galerien in Neapel. Alles unverfängliche Orte, an denen der Priester sich wohl regelmäßig mit Natascha getroffen hat. Gehen wir mal vom Naheliegenden aus: Don Sebastiano ruft immer wieder an und redet lange mit ihr. Auch am letzten Abend«, sagte Marin.

»In dem Partylärm? Während die kleine Wohnung voller Gäste ist?«, wandte Bomba ein.

»Vielleicht hat die Party erst später angefangen, oder sie hat versucht, ihn zum Kommen zu überreden«, mutmaßte Marin.

»Okay, das wissen wir nicht. Ebenso wenig wissen wir, wer nach Mitternacht diese Nummer zurückgerufen hat«, meinte De Santis.

»Halt. Es ist höchst interessant, wer jeweils wen angerufen hat«, meinte Marin in seiner pedantischen Genauigkeit. »Der erste Anruf an dem Abend ging von Don Sebastianos Anschluss aus, ebenso der letzte. Wie zwischen den beiden üblich. Der zweite allerdings wurde von Jolantas Anschluss getätigt.«

»Wie gesagt, vielleicht hat Natascha noch einmal versucht, den Priester zum Kommen zu bewegen.«

»Mag sein. Und nach Mitternacht? Der Priester hing da tot im

Glockenturm. Wer hat seine Wohnung betreten und das Telefon benutzt? Und wozu?«

Das war allerdings eine wichtige Frage, die direkt zum Mörder oder den Komplizen führte. »Die Wohnung war gefilzt, sämtliche Spuren waren getilgt, der Speicher im Telefon war gelöscht«, sinnierte der Kommissar.

»Vielleicht wollte jemand kontrollieren, mit wem Don Sebastiano zuletzt telefoniert hatte. Indem er einfach die Wahlwiederholungstaste drückte«, meinte Bomba.

»Warum hat dieser Kontrollanruf über eine Minute gedauert?«, wandte De Santis ein.

Jeder brütete vor sich hin. Pizzuoli brachte Kaffee, den die drei Kollegen zerstreut vor sich abstellten. Irgendetwas entging ihnen.

»Zweitrangig«, riss De Santis sie aus ihren Gedanken. »Endlich haben wir ein Argument, um auch im Fall Don Sebastiano offizielle Mordermittlungen einzuleiten. Ich hole die Genehmigung gleich als Nächstes von der Staatsanwaltschaft ein.«

»Vielleicht erfahren wir dabei auch etwas über die Konten von Kirche Ost-West«, sagte Bomba.

De Santis war verwirrt. »Wie kommst du auf die Idee?«

»Na ja, falls da Geld geflossen ist.«

»Du meinst, Don Sebastiano hat krumme Geschäfte gemacht oder als Strohmann fungiert?«, nahm der Kommissar den Gedanken auf. Bombas unkonventionelle Einfälle führten oft in die richtige Richtung. So hemdsärmelig er sie auch vortrug.

Er zuckte mit den Achseln. »Wer weiß. Vielleicht hat seine Haushälterin ihn ja auch hintergangen.«

»Natascha nutzt Don Sebastiano als Schutzschild für krumme Geschäfte, taucht dann bei Jolanta unter, und als die Freundin ihr auf die Schliche kommt, bringt sie sie um. Womöglich haben die beiden Frauen miteinander gekämpft«, meinte Pizzuoli, den der Kaffee in die Wirklichkeit zurückgeholt hatte.

»Was ist mit den Spuren der Vergewaltigung?«, fragte De Santis.

»Versucht, aus den Frauen etwas herauszukriegen, wir nehmen uns jetzt erst mal Capuozzos Wohnung vor.«

Er gab Pizzuoli ein Zeichen, ihn zu begleiten.

Giancarlo Capuozzo wohnte im vierten und zugleich obersten Stockwerk eines Barock-Palazzos. Offiziell allein, aber die Wohnung wirkte so, als würde überhaupt niemand darin leben. Sie zeugte von Geld, Luxus und gutem Geschmack. Isabellas Geschmack, dachte De Santis.

Er verschaffte sich schnell einen Überblick, und seine Wut wuchs ebenso schnell. Das Wohnzimmer war so groß wie ein *basso*, in dem oft mehrköpfige Familien lebten, dazu gab es ein Schlaf-, ein Arbeits- und zwei Gästezimmer, eine offene Küche, die in ein Esszimmer überging, ein Bad mit Whirlpoolwanne, eines mit Dusche, eine Gästetoilette, eine Abstellkammer und zwei Fitnessräume. Von den beiden verglasten Zimmern konnte man beim Sport über die Dächer der Nachbargebäude blicken. Im vorderen Raum waren Sprossenwände, Klimmzugstangen und Ringe montiert, im hinteren stand nur verloren eine Hantelbank herum, an der Wand eine Reihe leerer Haken. Es roch nach Lösungsmitteln. Merkwürdig. Als hätte jemand den Raum erst kürzlich umfunktioniert. In der Rückwand befand sich eine Metalltür. Sie führte in einen Aufzug, groß wie in einer Fabrikhalle, der wiederum direkt in Capuozzos Garage fuhr. Ein idealer Fluchtweg. Die Garage war leer, bis auf einen Reifensatz, Werkzeug und Putzmittel. Sie fuhren wieder hoch.

In dem ganzen Gebäude gab es nur einen Fahrstuhl, und der gehörte zu Capuozzos Wohnung. Dieser war so breit, dass man fast das Auto mit nach oben hätte nehmen können. Er wanderte durch die Wohnung.

Die Wohnung war steril wie eine Hotelsuite bei einem Fotoshooting. Keine Fotos, kein Adressbuch, keine Notizblöcke, keine Zettel mit PIN-Codes oder Passwörtern. Der Kommissar setzte sich auf das Sofa und starrte auf den großen Flachbildschirm. Er probierte das Laufband aus und schaute in die klassischen Verstecke: Spülkästen, große Haushaltsgeräte, den Hohlraum hinter der Gastherme. Sinnlos, das hatte er schon geahnt. Auf dem Speicher oder im Keller vielleicht? Er rief die Hausverwaltung an und erfuhr, dass es kein Kellerabteil gab. Der Aufzug sei erst vor zwei Jahren eingebaut worden, da habe Capuozzo bereits in der Wohnung gelebt, berichtete der Verwalter. De Santis inspizierte den Inhalt des Kühlschranks, die Besteckkästen und Kleiderschränke. Überall Qualitätsware, in fast manischer Ordnung. Alle Bestecke waren komplett, nicht ein Paar Socken war fadenscheinig. Was für ein Kontrast zu Don Sebastianos Zuhause.

War diese Wohnung nur Fassade? Lebte Capuozzo in Wahrheit woanders? Oder war er ein krankhafter Perfektionist?

Er rief die Spurensicherung an und bestellte die Kollegen in die Wohnung. Dann fuhr er mit Pizzuoli in die Questura zurück. Er war mehr als frustriert.

50

Wieder im Büro, nahm De Santis' Frust noch zu. In der Zwischenzeit waren fast zwanzig Frauen befragt worden, die anderen saßen noch im Korridor und warteten grimmig schweigend. Bisher gab es keine Hinweise auf Natascha Smirnowa oder Capuozzos Rolle in diesem rätselhaften Fall. Auch keinen auf illegale Praktiken bei Kirche Ost-West oder Verbindungen zu Don Sebastiano. Die Frauen hatten sich über ihre Heimatgemeinden für den Auslandsaufenthalt beworben und sogar alle Gebühren für Visa und Genehmigungen bezahlt.

»Alles sauber«, sagte Marin bei der nächsten Besprechung. »Zur Sicherheit habe ich auch bei der *Guardia di Finanza* angefragt. Da die Organisation den Status der Gemeinnützigkeit hat, wird sie genau durchleuchtet. Es gab nie Finanzskandale. Erzbischof Silva ist übrigens einer der größten Förderer.«

»Das glaube ich gern«, meinte De Santis ironisch.

»Er spendet jährlich sechsstellige Beträge.«

Jetzt war der Kommissar doch verblüfft. »An Kirche Ost-West?«

Marin zuckte mit den Achseln. »Nach seinem Amtsantritt hat er die Annäherung an den Osten zu seiner Mission gemacht.«

Ja, das hatte der Kardinal höchstpersönlich bestätigt. Versöhnung. Das Schisma, der historische Irrtum, den er korrigieren wollte. Don Sebastiano, Natascha und Jolanta hatten damit wenig zu tun.

»Und die Frauen, die man beim Anschaffen erwischt hat?«, hakte De Santis nach.

»War wohl auf eigene Rechnung. Bei der einen haben wir einen Zuhälter ausfindig gemacht, einen Rumänen. Keine Verbindung zur hiesigen Diözese«, meinte Bomba.

Nicht zum ersten Mal saßen sie da und brüteten vor sich hin. Niemand wollte es aussprechen, aber sie hatten sich verrannt. Wieder einmal. Jeder für sich kaute an denselben dürren Fakten: Jolanta ermordet und zerstückelt, Natascha misshandelt und auf der Flucht, Capuozzos Fingerabdruck auf dem Vertiko, der Selbstmord Don Sebastianos – alles zur gleichen Zeit. Immer wieder dieselbe Frage: Warum? Und wozu die Telefonate? Worum war es darin gegangen?

»Schließt die Befragung der Frauen ab. Vielleicht hat der Suchtrupp im Stollen ja neue Erkenntnisse für uns«, schloss De Santis.

Er ging in sein Büro zurück und versuchte vergeblich, die Hundestaffel zu erreichen. Offensichtlich waren die Kollegen noch im Untergrund. Als Nächstes rief er bei der Kommunalverwaltung an und fragte sich durch, bis er den Referenten für Stadtentwicklung und Sicherheit an der Strippe hatte.

»Ich brauche einen möglichst genauen Plan von dem unterirdischen Tunnelsystem«, sagte er.

Der Referent lachte. »Ja, den bräuchten wir auch.«

»Was soll das heißen?«

»Dutzende Ingenieure, Archäologen, Höhlenforscher und private Initiativen kümmern sich um dieses Thema. Allein aus Gründen der Statik müssen wir die Hohlräume erfassen, aber das ist eine Sisyphosarbeit. Es gibt kilometerlange Gänge, die kein Mensch kennt und die nie erfasst wurden, nicht einmal unter der Nazi-Verwaltung. Hinter jedem Schuttberg können sich weitere Zisternen, Verzweigungen und Stollensysteme verbergen.«

»Na, sie werden doch wenigstens eine provisorische Karte haben.«

»Alles, was erschlossen wird, wird auch kartografiert.«

»Schicken Sie mir dieses Material«, bat De Santis und legte auf.

Wie hatte Capuozzo es in so kurzer Zeit geschafft, seine Wohnung zu säubern? Wo hatte er das Material hingeräumt? Oder war die Wohnung doch nur Tarnung, und er lebte woanders? Nur wo?

Die Frage ließ ihm keine Ruhe, und De Santis nahm seine Jacke und die Dienstwaffe.

Vor Capuozzos Haus in der Via Monte di Dio standen Einsatzwagen, Vans der Spurensicherung und Zivilfahrzeuge. Ein Uniformierter bewachte den herrschaftlichen Eingang.

»Die Kollegen sind in der Garage«, begrüßte er den Commissario.

»Wieso?«, fragte De Santis zurück.

»Das sollten Sie sich ansehen.«

Er eilte durch den mit Kübelpalmen und Blumenrabatten begrünten Innenhof. Das Garagentor stand offen, Halogenscheinwerfer beleuchteten den Boden.

»Da unten«, sagte der Wachtposten und deutete auf ein quadratisches Loch mitten im Raum.

In den Boden war eine Luke eingelassen, darunter ein Schacht. Eine Strickleiter führte in die Tiefe. De Santis spähte hinab. Unten standen mehrere Kriminaltechniker in weißen Overalls.

Einer rief hoch: »Scheint ein ehemaliger Brunnenschacht zu sein. Allerdings nachträglich erweitert. Man könnte bequem einen Kühlschrank hinablassen. Und das ist auch geschehen.«

»Ein Versteck?«, fragte der Kommissar, während aus der Tiefe Stimmengemurmel zu hören war.

»Machen Sie sich selbst ein Bild.«

Der Geruch nach modrigem Tuffstein. Schon wieder. Der Tunnel, durch den er Capuozzo gefolgt war, lag nur ein paar Hundert Meter entfernt. Deshalb hatte er sich also so gut orientieren können. Das Tunnelsystem war sein Flucht- und Sicherheitslabyrinth.

»Hier lagert Material, und es gibt Lichtleitungen.«

De Santis rang mit sich. Er dachte an die vielen Meter Fels, die Stockwerke, die Autos, Sofas, Bodenbeläge, Matratzen, Menschen, Haustiere, Zwischenwände, Klaviere und Bücherregale, die über diesem Tunnelsystem schwebten. Gut, es existierte seit mehreren Tausend Jahren, aber es hatte schon einmal in seiner Gegenwart nachgegeben.

Der Kriminaltechniker in der Tiefe winkte. Scheinwerfer wurden platziert, Aluminiumkoffer geöffnet, Fotos geschossen. Was, wenn dieser plötzliche Aufmarsch die Statik gefährdete? Der Kommissar überwand sich, kämpfte gegen die Übelkeit an und setzte einen Fuß nach dem anderen auf die Sprossen, während der Schacht sich wie eine Faust um ihn schloss. Er spürte die Blicke der Kollegen und biss die Zähne zusammen. Ich hätte mich krankschreiben lassen sollen, dachte er. Ich bin krank.

Sein Handy klingelte. Es war der Leiter des Suchtrupps.

»Tut mir leid, aber die Hunde haben die Spur verloren«, meldete er.

»Wir brauchen Sie in der Via Monte di Dio sechsundsechzig, mit den Tieren«, erwiderte De Santis.

Unten angekommen, stand er in einer geräumigen, von den Scheinwerfern ausgeleuchteten Zisterne. Gut auszuhalten. Steckdosen, Haken, Werkzeug, sogar zwei Stühle und einen Campingtisch gab es hier. Es roch nach Chemikalien. Waren das dieselben Chemikalien, die er bei der Verfolgung Capuozzos gerochen hatte? War er so dicht an dessen Versteck gewesen?

»Ihr müsst nach einem frisch verschütteten Seitenstollen suchen.«

Aus einem Nebenraum rief jemand nach De Santis. »Hier ist ein Depot oder eine Werkstatt.«

Er schaffte es nicht. Der Gang war zu eng und zu niedrig. »Macht Fotos davon. Ich sehe sie mir nachher an«, sagte er nur.

»Hier stehen überall Farben und Lösungsmittel herum. Holz,

Lumpen, Lebensmittel, alles kreuz und quer«, rief jemand heraus. »Künstlerbedarf, als ob jemand gemalt hätte.«

»Hier unten?«, fragte De Santis zurück. »Maler bevorzugen normalerweise Räume mit viel Sonnenlicht.«

»Vielleicht hat derjenige die Sachen auch nur hier versteckt.«

»Irgendwelche Computer oder sonstige Unterlagen, die uns weiterhelfen könnten?«, fragte De Santis.

»Nichts«, entgegnete ein weiterer Kollege aus der Zisterne.

»Gleich kommen die Spürhunde«, sagte er. »Sie sollen Capuozzos Witterung aufnehmen und dann verfolgen. Ich warte so lange oben.« Er verspürte das dringende Bedürfnis, eine Zigarette zu rauchen, und stieg mit weichen Knien die Leiter hoch. Der erste Zug tat gut, ließ ihn euphorisch und hoffnungsfroh werden.

Mit dem Aufzug fuhr er hinauf in die Wohnung und sah sich noch einmal um, vor allem in den beiden Fitnessräumen. Waren die Sachen von hier in den Brunnenschacht geschafft worden? Aber was war so kompromittierend an Lumpen, Farben und Chemikalien? Handelte es sich um ein Labor für Designerdrogen? Steckte hinter dem Fall vielleicht gar kein Prostitutions-, sondern ein Rauschgiftring?

51

Als er zurück in die Questura kam, herrschte Aufbruchsstimmung. Die Fahndung nach Capuozzo lief auf allen Ebenen – bisher erfolglos. Keine der auf den Leiter des Fuhrparks angemeldeten Telefonnummern, keine Kreditkarte war in den letzten Stunden aktiv gewesen. Die Einheit für Abhörmaßnahmen hatte keine Anschlüsse, auf die sie zugreifen konnte. Capuozzo wusste, dass sie ihn jagten, und er wusste auch, wie er sich unsichtbar machte. Vermutlich hatte er einflussreiche Helfer. Vielleicht hätten sie im erzbischöflichen Palais nach ihm fahnden sollen, aber dort würden sie niemals suchen dürfen. Dazu hätten sie schon Napoleons Armee gebraucht. Außerdem hatte Silva ehrlich überrascht, wenn nicht gar verärgert gewirkt, dass Capuozzo ihn belogen hatte.

Bomba und Pizzuoli wollten nach Hause. De Santis ließ sie gehen. Er setzte sich in sein Büro und dachte nach. Dann startete er seinen Rechner. In seinem Posteingangsfach warteten Dutzende Nachrichten, deren Lektüre er seit Wochenbeginn vor sich herschob. Da sprang ihm einer der Absender ins Auge. »N. Smirnowa« stand in der Adresszeile. Ein Verrückter? Einer der vielen Hochstapler und Trittbrettfahrer, die bei jeder wichtigen Ermittlung die Leitungen der Polizei verstopften? Er öffnete die Mail.

»Sehr geehrter Signor Commissario De Santis« stand da als Anrede. »Ich habe mehrere Jahre für Don Sebastiano als Haushälterin gearbeitet. Ich habe meine Arbeit stets gewissenhaft und ohne

Hintergedanken ... In der Nacht, in der Don Sebastiano zu Tode kam, war ich nicht bei ihm, sondern in der Wohnung von Jolanta Chiurbenskaya, deren Leiche Sie ...«

An der Stelle war Schluss. Kein Gruß, kein Absender. Unvollständige Sätze. Was sollte das? Ein Jux? Doch ein Aufschneider hätte sich wohl mehr Mühe gegeben und zumindest mit »Natascha Smirnowa« unterschrieben. Nein, das Fragment wirkte authentisch, als wäre es versehentlich abgeschickt worden.

De Santis rief in der Abteilung für Abhörmaßnahmen an, wo auch die EDV-Spezialisten saßen. Michele, ein junger Techniker, war noch da und ließ sich dazu überreden, bei De Santis vorbeizukommen.

»Ich wollte gerade gehen«, sagte er, als er eintrat.

»Das können Sie auch gleich. Aber bitte sehen Sie sich das hier vorher an.« Der Kommissar deutete auf die Mail. »Ich muss wissen, ob sie echt ist und von welcher IP-Adresse sie abgeschickt wurde. Bitte versuchen Sie auch, sich in dem Mail-Account des Absenders umzusehen.«

Michele, ein gepflegter Mittzwanziger mit randloser Brille und schmalem Schnurrbart, fragte prompt: »Hat die Staatsanwaltschaft das genehmigt?«

»Es sollte unter uns bleiben.«

Der junge Kollege ließ die Lider sinken. Jeder hier wusste, dass richterliche Genehmigungen zu selten und meist zu spät erteilt wurden. Deshalb bewegten sie sich regelmäßig im Graubereich der Legalität. Vorgeschickt wurden vor allem die Informatiker.

»Der Questore und die Staatsanwaltschaft haben uns schon so viele Knüppel zwischen die Beine geworfen, dass wir immer noch am Anfang stehen. Es geht um einen Mordfall. Eine Schlüsselzeugin, die misshandelt wurde und womöglich wieder in Gefahr ist. Ich muss wissen, ob das eine Falle ist«, schob De Santis nach.

»Versprechen kann ich nichts«, sagte Michele und ging.

Der Kommissar war unschlüssig, ob er die Mail beantworten

sollte. Dann schrieb er: »Sehr geehrte Signora Smirnowa, vielen Dank für Ihre Nachricht, die leider unvollständig eingegangen ist. Bitte rufen Sie mich unter folgender Nummer an …« Er tippte seine Durchwahl und ergänzte: »Wir werden Sie schützen.« Dann schickte er die Mail mit einem Gruß ab.

Minutenlang starrte er auf den Bildschirm.

Ein Klopfen riss ihn aus seinen Gedanken. Es war Mario Marin.

»Ich dachte, Sie wären auch schon gegangen«, sagte De Santis.

»Es gibt da etwas, das Sie sich ansehen sollten. Ich habe in Bagnoli …«

Der Kommissar hob die Hand. »Wir müssen jetzt Capuozzo finden. Alles andere ist nebensächlich.«

»Sie hatten sich doch gefragt, wo es in Bagnoli Geld zu holen gibt.« Mario Marin legte eine Kladde auf den Tisch und schlug den Deckel auf. Mehrere Kontoauszüge lagen obenauf, einzelne Posten waren rot umrandet.

»Was ist das?«, fragte De Santis.

»Überweisungen von Don Sebastianos Privatkonto. Fünfzehntausend Euro an die Künstlerinitiative ArtELabor und zwanzigtausend an Natascha. Im Abstand von wenigen Wochen.«

Das war tatsächlich eine Spur. Hätte dieser Sturkopf von Questore die offiziellen Ermittlungen nicht so lange blockiert, hätten sie ihr schon vor über einer Woche nachgehen können.

Der Kommissar sah sich die Auszüge an. Viele Kleckerbeträge, kleine Einkäufe, unauffällige Abbuchungen für Internetbestellungen. Dazwischen die beiden Posten, die komplett aus dem Rahmen fielen und Sebastianos Guthaben auf nahezu null gedrückt hatten.

»Vielleicht wollte er Natascha eine Abfindung zukommen lassen.«

»Und den Künstlern?«

De Santis zuckte mit den Achseln.

»Warum ihnen und nicht all den anderen Notleidenden in Bagnoli? Den Alten, den Kranken, all den treuen Kirchgängern, die gebrechlich und vereinsamt sind? Die jungen Leute können sich doch selbst eine Existenz aufbauen. Und wenn etwas ganz anderes dahintersteckt?«

»Woran denken Sie?«

»Bestechung, Erpressung, ein krummes Geschäft. Vielleicht hat Natascha ihn betrogen und mit den Künstlern gemeinsame Sache gemacht. Ich weiß es nicht, ich weiß nur, dass wir das nicht ignorieren können. Es gibt ein Geflecht von Beziehungen …«

De Santis winkte ab. »Wir haben sie überprüft. Sie haben alle Alibis.«

»Angelo Giordano ist der Anführer des Arbeiterkomitees. Sein Alibi wurde durch seinen Sohn bestätigt, was an sich schon suspekt ist. Noch dazu ist der Sohn der Kopf dieser Künstlerinitiative, die ein großes Projekt finanziert bekommen sollte, am Ende aber in die Röhre geschaut hat. Sie hätten ein Motiv und gemeinsam auch die logistischen Möglichkeiten für einen Mord gehabt. Außerdem Zugang zur Kirche und eine Menge Helfer. Die Sache stinkt zum Himmel.«

»Hier geht es um mehr«, meinte De Santis. »Ich weiß Ihr Engagement zu würdigen …«

»Wissen Sie eben nicht. Aus irgendeinem Grund halten Sie alles, was ich herausfinde, für nebensächlich. Sogar zwanzigtausend Euro.«

»Ja. Denn wenn sie tatsächlich geflossen sind, gab es keinen Grund, den Pastor umzubringen.«

»Ein Netz aus Lügen. Das Zentrum ist diese Künstlergruppe. Vielleicht haben sie Don Sebastiano gezwungen, das Geld zu überweisen, und ihn dann beseitigt.«

Das war gewagt, aber nicht abstruser als alle anderen bisherigen Theorien.

»Und der Mord an Jolanta? Die Misshandlung Nataschas?«

»Die Haushälterin war vielleicht der Kopf der Bande. Hat sie in die Wohnung gelassen.«

»Und warum wurde sie dann misshandelt?«

»Streit um die Beute? Das gibt es oft, wenn alles geschafft ist.«

De Santis nickte zerknirscht. Marin hatte recht, in allem. Nur weil der Mann aus Verona stammte, konnte er sich nicht vorstellen, dass dieser Neapel durchschaute. Musste er auch nicht unbedingt. Immerhin ging es um einen Neapolitaner und zwei Osteuropäerinnen.

»Okay, wir fahren zusammen hin. Aber mit den Künstlern rede ich. Sie sehen sich so lange noch einmal die Wohnung an.«

52

Luca Giordano führte De Santis in eine vibrierende, Funken sprühende, lärmende Maschinenhalle. Musik dröhnte, junge Leute in Overalls und bekleckerten T-Shirts standen mit Pinseln, Atemschutzmasken und Schweißerbrillen zwischen Skulpturen und grellbunten Bildern. Die Wände waren mit Graffitis bemalt, dazwischen Ölgemälde und Poster, am Boden Stapel von Holzrahmen, Eisen-, Plastik- und Möbelteilen. Es roch nach Terpentin und ranzigem Käse.

Sie stiegen eine Metalltreppe hoch, die auf eine Kommandobrücke führte. Luca schloss die Tür zu einem Büro auf, wo sie sich um einen kleinen Tisch setzten.

»Sie haben für Don Sebastiano gearbeitet«, fing De Santis an.

Sein Gegenüber antwortete nicht.

»Mich interessiert nicht, ob Sie irgendwo illegal Fassaden besprühen oder subversive Transparente malen. Mir geht es um den Mord an dem Pastor. Ihre Kooperative hat fünfzehntausend Euro von ihm eingestrichen. Wofür?«

»Für die Restaurierung des Sant'Anna-Gemäldes von Pietro Negroni. Die Arbeit sollte ursprünglich von einem Fond aus öffentlichen Geldern honoriert werden, aber den Zuschlag hat jemand anders bekommen.«

»Das ist keine Erklärung für eine solche Summe.«

»Wir haben viel Zeit in die Sache investiert.«

»Wann? Bevor Sie das Bild hatten?«

»Wissen Sie eigentlich, wie aufwendig eine solche Restaurierung ist? Da müssen Vorstudien betrieben und epochetypische Materialien besorgt werden. Wir sind keine Stümper.«

»Zeigen Sie mir die Vorstudien.«

Luca bewegte sich nicht.

»Sie werden doch Skizzen angefertigt haben, Planungen, was weiß ich. Irgendwo muss das Material doch sein, das Sie besorgt haben. Was war das überhaupt alles?«

»Bestimmte Pigmente, Grundierungen, Firniss und antikes Lindenholz für den Rahmen.«

»Für fünfzehntausend Euro? Wo sind die Sachen?«

»Unten.« Luca wies vage in die Maschinenhalle.

»Zeigen Sie es mir.«

»Kann sein, dass die Jungs es benutzt haben.«

»Es wird also anderweitig verwendet. Wieso hätte Don Sebastiano euch dann mit so viel Geld entschädigen sollen?«

»Er wollte uns helfen. Er mochte uns.«

»Eine Spende?«

»Wir akzeptieren keine Almosen. Wir wollen, dass unsere Arbeit anerkannt wird.«

»Was für eine Arbeit, zum Henker? Hören Sie, entweder Sie reden jetzt Klartext, oder ich nehme Sie mit. Ihr Vater hatte die Kirche besetzt, Sie hatten Streit mit Don Sebastiano, Sie alle hatten Zugang zum Glockenturm, und Sie haben einander gegenseitig Alibis gegeben, die wertlos sind. Ich würde sagen, Sie haben ein massives Problem.«

Luca schaute De Santis verächtlich an. »Wenn die Bullen nicht weiterwissen, suchen sie bei uns.«

»Bei euch? Wer seid ihr?«

»Die linke Szene.«

»Mich interessiert keinen Deut, ob du links oder rechts bist. Entweder du sagst die Wahrheit, oder ich lasse euch alle filzen und die Bude hier auf den Kopf stellen. Wenn wir auch nur einen einzigen Joint finden, dann kriege ich euch wegen gewerbsmäßigen Drogenanbaus und -handels dran.«

»Was sind Sie bloß für ein Arschloch.«

»Was hast du gesagt?«

De Santis war aufgesprungen und packte Luca an den Schultern. Er presste beide Daumen über den Schlüsselbeinen in den Ansatz der Halsmuskeln, und der Schmerz ließ dem jungen Mann die Tränen in die Augen schießen. Er vergriff sich gerade an einem Burschen, der im Grunde harmlos war. Oh Mann, er kotzte sich selbst an.

»Jetzt …«, keuchte Luca. »Ist ja gut.«

De Santis schleuderte ihn in den Sessel zurück. Er wusste nicht, was in ihn gefahren war. Capuozzo, Arru, der schmierige Anwalt, Isabella. Das alles setzte ihm zu, und sein Gegenüber musste dafür büßen. Aber er war sicher, dass der Junge mehr wusste, als er zugab.

Luca sammelte sich und sagte dann trocken: »Er wollte kein restauriertes Bild, sondern eine Kopie des alten.«

»Verstehe ich nicht.«

»Er wollte das alte behalten, mit all den Rissen, Flecken und abgeblätterten Stellen. Vergänglichkeit, besondere Aura, so ein Zeug.«

»Ich kann dir immer weniger folgen.« In De Santis baute sich schon wieder Wut auf.

»Don Sebastiano hatte eine Theorie. Wahrheit, eine höhere Wahrheit. Alles ein bisschen esoterisch. Wie Pfarrer halt so reden. Es sei richtig, dass wir ein anderes Bild sähen als die Menschen des sechzehnten Jahrhunderts, meinte er. Wir seien schließlich auch andere Menschen. Ohne Demut, ohne Bescheidenheit. Beides müsste uns durch die Hinfälligkeit der Textur praktisch erst vor Augen geführt werden. Die strahlenden Originalfarben, selbst wenn sie dem Original entsprächen, würden uns heute ein falsches Bild liefern.«

»Fünfzehntausend Euro für ein bisschen Patina und ein paar Risse und Flecken? Hätte eine Reproduktion es nicht auch getan?«

»Der Pastor hat auf der Tiefe der Farbschichten bestanden. Ein Foto kann zwar Farbe und Komposition wiedergeben, niemals jedoch die Struktur des Pinselstrichs, des Untergrunds und die Schattierungen, die je nach Lichteinfall wechseln und das Bild lebendig werden lassen.«

Fünfzehntausend Euro. Damit hätte Don Sebastiano etliche Straßenkinder retten oder Projekte gegen die organisierte Kriminalität anschieben können. War es glaubhaft, dass er für einen solchen Spleen, so durchdacht er auch sein mochte, diese Mittel verbraucht hatte? War er auf seine alten Tage doch schrullig geworden? Hatte sich in ein mystisches Reich zurückgezogen? Nur wie passte diese Demut zu seiner Liebesbeziehung zu Natascha? Lucas Erzählung klang plausibler als die vorherigen Versionen und war trotzdem lückenhaft.

Der Kommissar fragte: »Und dann haben Sie sich an die Arbeit gemacht.«

Der Künstler nickte.

»Nur Sie?«

»Nein, das ist nicht zu schaffen. Allein das Holz für den Rahmen, die alte handgewebte Leinwand, die Farben und Grundierungen aufzutreiben, erfordert einen Riesenaufwand. Man muss die richtigen Leute kennen, braucht Fantasie. Das Holz kann man zum Beispiel aus alten Möbeln gewinnen, die Leinwand von missratenen Bildern, die irgendwo gelagert sind. Das Malen habe ich dann übernommen.«

»Wann waren Sie damit fertig?«

»Vor zwei Monaten etwa.«

»Sie haben Don Sebastiano das Bild gegeben, und im Gegenzug hat er das Geld überwiesen?«

»Ja.«

»Wo ist das Bild jetzt?«

»Keine Ahnung. Anfangs hing es in der Kirche, während das Original restauriert wurde. Vielleicht in seiner Wohnung.«

Sie hatten in Don Sebastianos Nachlass kein altes Gemälde der Heiligen Anna gefunden. Im Altarraum der Kirche dagegen hing das restaurierte Bild, in strahlenden Farben. Wo also war die Kopie hingekommen? Verräumt? Lagerte sie auf dem Dachboden der Kirche? Wenn das Gemälde Don Sebastiano so wichtig gewesen war, wieso war es dann nicht gut sichtbar? War es womöglich gestohlen worden? Hatte jemand versucht, Kapital aus der Kopie zu schlagen und sie womöglich als Original zu verkaufen?

Steckte darin ein Mordmotiv?

»Kommen Sie mit.«

Gemeinsam mit Luca Giordano trat der Kommissar kurz darauf in das kühle Kirchenschiff. Immer noch hingen die Transparente mit den Arbeiterparolen über den Bildern des Kreuzwegs. De Santis betrachtete den Altar mit dem Bild der Heiligen Anna darüber, erleuchtet durch die letzten Sonnenstrahlen aus der Kirchenkuppel. Zielstrebig stiefelte Luca darauf zu, holte eine Taschenlampe und eine Lupe hervor, presste fast die Nase an die Leinwand, leuchtete die Textur seitlich an und suchte sie mit dem Vergrößerungsglas ab. Dabei brummte er ein paarmal.

»Ist es das Bild, das Sie gemalt haben?«

»Definitiv nicht.«

Giordano tippte mit den Fingerspitzen auf die Farbflächen und roch daran. Dann holte er einen dünnen Draht aus der Tasche und führte ihn vorsichtig in die Wurmlöcher des Holzrahmens ein. »Sehen Sie das hier?«, fragte er.

De Santis betrachtete den Draht. »Sieht aus wie vorher, nur ein bisschen verbogen. Was soll das?«

»Wenn jemand ein Bild auf alt trimmt, sind Wurmlöcher ein beliebtes Beiwerk. Wenn man sie künstlich bohrt, sind sie gerade, Würmer fressen entlang der Maserung und in Windungen«, erwiderte Giordano.

»Dann ist dieses Bild also das Original?«

»Abwarten.« Er wiederholte die Prozedur, nachdem er den Draht mit Speichel befeuchtet hatte. Ein wenig Sägemehl hing an der Drahtspitze. »Gut«, meinte er. Danach untersuchte er unter dem Lichtschein die Fugen des Rahmens. »Trotzdem …«

»Was ist?«

»Ich weiß nicht recht. Ich muss mir noch die Rückseite ansehen.«

De Santis rief den Küster an und ließ die Alarmanlage ausschalten, dann hoben sie zu dritt das Bild von der Wand.

Giordano inspizierte den Rücken und meinte: »Das ist nicht das Original.«

»Eine Fälschung?«

»Das eine ergibt sich aus dem anderen.«

»Aber nicht Ihre Arbeit.«

»Definitiv nicht.«

Was hatte das nun wieder zu bedeuten? Ein Hinweis auf Kunstfälschung? Ein lukratives Geschäft. Lag hier der Schlüssel zu dem Fall? De Santis fiel der Geruch im Stollen, im Fitnessraum und in der Maschinenhalle ein, dieselben Chemikalien, dieselben Farben. Diente Kirche Ost-West womöglich nicht als Umschlagplatz für Arbeitskräfte, sondern für Kunstschätze?

»Wie viel ist das Originalgemälde der Heiligen Anna wert?«, fragte De Santis.

Der Künstler verzog das Gesicht. »Wenn es ein Caravaggio oder auch nur ein Luca Giordano wäre«, er lachte, »ich meine den aus dem siebzehnten Jahrhundert, nicht mich, das wäre etwas anderes. Ein, zwei Millionen vielleicht. Eventuell auch nur eine halbe.«

Genug für einen Mord. Vor allem war dies nur ein Bild. Wenn De Santis' Verdacht zutraf, dann war dies bloß die Spitze des Eisbergs.

»Was hat Don Sebastiano bei Ihnen in Auftrag gegeben? Eine Kopie oder eine Fälschung?«

Luca Giordano wurde zornig. »Ich bin Künstler, kein Fälscher, ich habe sauber gearbeitet. Es ist nicht verboten, Bilder zu kopieren. Dadurch sind Generationen von Malern ausgebildet worden. Es ist kein Delikt, sondern eine harte Schule.«

»Solange man das Bild nicht mit einem fremden Namen signiert.«

»Man kann sogar die Signatur kopieren. Man darf das Bild nur nicht als Original deklarieren.«

»Und das haben Sie nicht getan?«

»Nein, verdammt. Ich habe Don Sebastiano geliefert, was er wollte. Eine Kopie, die genauso aussieht wie das alte Bild.«

De Santis merkte, wie sein Gegenüber ins Grübeln geriet. Er nahm ihm ab, dass er nicht aus Profitgier die Kunst verriet.

»Etwas war allerdings merkwürdig«, sagte er unvermittelt.

»Was denn?«

»Don Sebastiano hat sich recht gut mit Maltechniken ausgekannt.«

»Weil er sich selbst als Künstler versucht hat?«

»Nein, ich hatte eher den Eindruck, dass er sich vieles angelesen hatte. Er legte, wie gesagt, großen Wert darauf, dass alles täuschend echt aussah, auch die Bildrückseite und die Staubablagerungen, die sich unter der Leinwand bilden, alles Dinge, die für den Betrachter unsichtbar bleiben.«

»Die seine Theorie von Demut und Bescheidenheit im Grunde nicht erforderten.«

»Genau. Wichtiger für mich war eine rein handwerkliche Frage. Da er auch Craquelés wollte, also die Haarrisse, die sich im Laufe der Jahre im Öl bilden, schlug ich eine bestimmte Methode vor. Sie ist unter Fälschern gebräuchlich. Man arbeitet mit einem Untergrund, der ein wenig stärker abbindet als die Ölfarben, die danach aufgetragen werden. Dadurch bilden sich nach einiger Zeit feine Risse. Er wollte eine andere Methode. Einen anderen Schichtaufbau, der schneller wirkt.«

»Was sprach dagegen?«

»Dieser Prozess ist sehr aggressiv. Zwar liefert er schon nach wenigen Wochen ein befriedigendes Ergebnis, das Problem ist aber, dass er anhält. Die Risse werden immer tiefer und deutlicher. Wenn man Pech hat, löst sich die Farbe irgendwann ab oder wirft Blasen. Ein solches Bild wird im schlimmsten Fall innerhalb weniger Monate restaurierungsbedürftig.«

»Anders formuliert: Man kann den Betrachter kurzfristig täuschen, auf Dauer fliegt der Betrug jedoch auf.«

»Wenn man betrügen wollte.«

Das war es, De Santis war sich sicher. Hierin lag der Kern der ganzen Geschichte. Don Sebastiano hatte gelogen. Er hatte eine Zeitbombe in Auftrag gegeben. Eine Zeitbombe, die ihn das Leben gekostet hatte.

Die Frage war nun: Wen hatte der Priester aufs Kreuz gelegt? Und warum? Wie hatte er annehmen können, dass niemand den Betrug bemerkte? Oder war ihm das gleichgültig gewesen? Hatte er womöglich dringend Geld gebraucht und obendrein mit seinem Leben abgeschlossen? Wollte er Natascha eine Abfindung zukommen lassen, als letzte Geste, ehe er seine gescheiterte Existenz aufgab? Und wo war in dem Ganzen die Verbindung zu Capuozzo?

»Sind Sie nie auf die Idee gekommen, dass Sie eine illegale Aktion unterstützen? Dass Don Sebastiano nicht die Patina des Alters bewahren, sondern einen Käufer täuschen wollte?«

»Unser Pfarrer als Betrüger auf dem Kunstmarkt? Lächerlich.«

»Wieso?«

»Dazu muss man Verbindungen aufbauen, zu absolut vertrauenswürdigen Leuten, zu verrückten Sammlern, die Unsummen bieten für Bilder, die sie im Tresor verstecken müssen. Man muss viel Geld und Zeit investieren, um in solche Kreise vorzustoßen. Nichts davon hatte Don Sebastiano.«

Don Sebastiano nicht, aber Capuozzo.

53

De Santis trat aus der Kirche und rief Mario Marin an.

»Glückwunsch. Sie hatten den richtigen Riecher«, sagte er und berichtete von den drei Versionen des Altarbilds in der Sant'Anna-Kirche in Bagnoli. »Die Frage ist nun: Wo ist die andere Fälschung? An wen hat Don Sebastiano sie verkauft? Und woher stammt das Bild in der Kirche?«

»Ich blicke nicht mehr durch«, erwiderte Marin. »Was ich herausgefunden habe, geht in eine ähnliche Richtung. Don Sebastianos Museums- und Galeriebesuche. Vielleicht ist es ihm gar nicht um Natascha gegangen, sondern um Kunst.«

»Ich mache mich jetzt auf den Weg zu Ihnen in die Wohnung. Dann kämmen wir zusammen die freigegebenen Unterlagen durch, die Zahlungen des Gemeinderates, der Kirchenkassen, Telefonate und Reisen. Bis gleich.«

Keine halbe Stunde später empfing Mario Marin seinen Chef auf der Türschwelle. Derselbe muffige Geruch wie vor zwölf Tagen, dieselbe triste Unordnung, verstärkt durch die Pulver und Folien, die die Kollegen von der Spurensicherung an Türrahmen und -klinken hinterlassen hatten.

Sie setzten sich an den Schreibtisch, auf dem Marin die Unterlagen ausgebreitet hatte. Der Kommissar blätterte noch einmal in den Predigten. Dabei stieß er auf einen Passus über das Altarbild.

»Betrachtet dieses Gemälde, die stille Versenkung der Heiligen

Anna. Vor Jahrhunderten hat ein Mensch einen Pinsel in die Hand genommen, um uns zu rühren und uns an unsere Verwundbarkeit, unsere Sehnsüchte, unsere Fehler zu erinnern. Aber in unseren Fehlern steckt unsere Menschlichkeit, die wir annehmen müssen, um andere annehmen zu können.«

Das Bild schien zu einer fixen Idee geworden zu sein. Nur warum hatte er es dann fälschen lassen?

»Wir werden niemals die Wahrheit in ihrer Totalität erkennen. Aber selbst ein Splitter von Wahrheit kann uns retten. Ein neuer Blick. Er kann einen Kosmos aus Lügen entlarven und uns frei machen.«

Marin saß im Flur und rief sämtliche Nummern an, die auf der Verbindungsübersicht der Telefongesellschaft gelistet waren. De Santis hörte sein undeutliches Murmeln, immer wieder klapperte der Plastikhörer. Dann klingelte das Handy des Kommissars. Es war Michele, der EDV-Spezialist.

»Ich habe sowohl den Router, von dem die Mail kam, als auch die Zugangscodes zu Nataschas Account«, sagte er, als wäre es das Selbstverständlichste von der Welt.

»Und woher kam die Mail? Aus Frankreich?«

»Nein, aus Neapel. Aus einem Internetcafé in der Nähe des Bahnhofs.«

»Danke, ich fahre gleich hin.«

Als De Santis das Zentrum erreichte, war es fast acht Uhr abends, und er rauchte im Dienstwagen bei offenem Fenster. Er war nervös, angespannt. Endlich gaben die Barrieren nach, taten sich kleine Sichtfenster auf. Aber er hatte gehofft, Natascha wäre in Sicherheit. Oder sie würden mit dem Router zumindest ihren Unterschlupf ermitteln. Nichts da, natürlich hatte sie wieder eine sichere Variante gewählt, einen anonymen Zugangsort ins Netz.

Das Internetcafé lag in der Via Bologna, ein enges Kabuff mit speckigen Wänden, Plexiglasscheiben zwischen den Rechnern und einem großen Kühlschrank, aus dem Getränke ohne Kassenbon verkauft wurden. Der Betreiber stand hinter dem Tresen, auf dem Plastiktotenschädel gestapelt waren, er mochte Mitte dreißig sein. Ein athletischer Schwarzer mit Rastalocken, Tattoos und einer Abneigung gegen die Polizei, gemildert durch die gutmütigen Ausdünstungen von Marihuana.

»Haben Sie jemals diese Frau hier gesehen«, fragte De Santis und legte ihm Nataschas Foto vor.

Der Schwarze schob die Unterlippe vor und schüttelte den Kopf.

»Sie war hier. Montagabend um halb neun«, hakte er nach. »Das wissen wir.«

Der Mann verschwand hinter einem Vorhang, eine Hintertür klappte, und der Kommissar dachte, er hätte sich aus dem Staub gemacht. Doch er kam wieder, mit einem hageren Burschen von höchstens achtzehn.

»Ja, sie war hier«, sagte der Junge mit neapolitanischem Akzent. »Mehrmals.«

»Und das letzte Mal?«

»Na, eben am Montag.«

»Ist dir etwas aufgefallen an ihr?«

»Sie hatte 'ne Stunde bezahlt, ist aber nur ein paar Minuten geblieben. Ich hab sie drauf angesprochen, da ist sie einfach rausgerannt.«

De Santis legte nacheinander die Fotos von Jolanta, Arru und Capuozzo auf den Tresen. Immer wieder schüttelten die beiden Männer den Kopf. Nur bei Capuozzo blitzten kurz die Augen des Älteren auf.

»Sie kennen ihn?«, fragte der Kommissar.

»Nein.«

De Santis wusste, dass er log. Und er hatte es satt. Sie standen unter Druck, für Stil und Eleganz war kein Raum mehr. »Hören Sie zu. Wenn Sie es nicht anders wollen, lasse ich meine Kollegen anrücken. Für jede Cola, die Sie ohne Mehrwertsteuer verkauft haben, für jede Minute, die jemand eingeloggt war, ohne dass er dafür einen Kassenbeleg erhalten hat, belange ich Sie. Sie werden eine Ölquelle in Nigeria verkaufen müssen, um die *Guardia di Finanza* zu beschwichtigen.«

»Ich komme aus Liberia.«

»Egal. Wann war er hier?«

»Heute Nachmittag, so gegen fünf.«

»Was wollte er?«

»Er hat die Frau da gesucht.«

»Was haben Sie ihm gesagt?«

Er zögerte. »Das Gleiche wie Ihnen.«

»Wo ist er hingegangen?«

»Weiß ich nicht, wirklich. Er ist einfach raus, ohne ein Wort zu sagen.«

De Santis trat auf die Straße. Verflucht. Natascha war also immer noch in Neapel. Und mehr denn je in Gefahr. Capuozzo hatte ihre Fährte aufgenommen. Aber wo steckte sie? Warum war sie in dieses Internetcafé gekommen, nur einen Katzensprung vom Bahnhof entfernt, den sie doch meiden musste wie die Pest. Dort war ihr Fluchtversuch gescheitert, dort hätte Arru sie fast geschnappt. Lag womöglich ihr Unterschlupf in der Nähe? De Santis fiel die Barackensiedlung der Sinti und Roma ein. Sie war nicht weit. Sollte Natascha sich tatsächlich dort versteckt halten? Noch immer? Einen Versuch war es wert …

Er schrieb Natascha mit seinem Smartphone eine weitere Mail: »Gegen Sie wird nicht ermittelt. Ihr Leben ist in Gefahr. Stellen Sie sich unter unseren Schutz.«

Dann rief er Michele an.

»Sie haben vielleicht Nerven, ich wollte längst Feierabend machen«, sagte dieser. Es war tatsächlich schon halb sieben.

»Bitte, nur eine kleine Gefälligkeit. Ich muss Natascha finden. Sobald sie sich in ihren Mail-Account einloggt, geben Sie mir ihren Standort durch.«

»Wie stellen Sie sich das vor? Dazu brauche ich die Software hier im Haus. Ich muss nach Hause. Wir haben heute Abend Gäste.«

»Es ist eine dienstliche Anordnung. Sie bekommen die Überstunden selbstverständlich vergütet.«

»Das wäre ja das Allerneueste.«

De Santis rief Bomba, Marin und Pizzuoli an und beorderte sie zum Hauptbahnhof. Eine halbe Stunde später saßen sie in dem Schnellrestaurant im Hauptgebäude, aßen eine Kleinigkeit, und er klärte die Kollegen über die jüngsten Entwicklungen auf.

Dann klingelte sein Handy. Es war Michele.

»Okay, es ist so weit. Sie hat sich wieder in ihren Mail-Account eingeloggt.«

»Die Adresse?«, fragte der Kommissar und stellte das Handy auf laut.

»Rua Catalana dreizehn, der Anschluss gehört einer Firma. Naples Security.«

Der Kommissar und seine Kollegen wechselten rasche Blicke, als er auflegte. Bei Arru sollte Natascha sein? Machte sie etwa mit ihm gemeinsame Sache? Waren die beiden deshalb zusammen am Bahnhof gewesen? Sollte Natascha tatsächlich der Kopf der ganzen Bande sein? Warum war sie dann misshandelt und zehn Tage lang durch die Stadt gehetzt worden? War sie vor der Polizei geflohen?

Oder hatte sich am Ende Arru in den Mail-Account eingeloggt? Hatte er ihn gehackt? Das würde heißen, dass er Nataschas Nachrichten verfolgte – und womöglich auch die IP-Adresse oder den Router, von dem aus sie schrieb.

»Okay«, sagte De Santis, »wir müssen Natascha finden, und zwar vor Capuozzo. Er steht sicher in Verbindung mit Naples Security und bezieht von dort seine Informationen. Gennaro, du kennst die Firma. Fahr mit Bomba hin, ihr beschlagnahmt den Rechner und verhaftet denjenigen, der davor sitzt. Beeilt euch, bevor er Capuozzo informiert.«

»Wenn sie nicht gar zusammen davorsitzen«, erwiderte Pizzuoli, schnappte sich seine Windjacke und trank den letzten Schluck Wasser. Er stürmte davon, gefolgt von dem ächzenden Bomba.

»Kommen Sie«, sagte De Santis zu Marin. »Ich habe eine Idee, wo sich Natascha verstecken könnte.«

Sie liefen zu dem Zivilfahrzeug, De Santis stellte Martinshorn und Blaulicht an, und dann rasten sie über die Piazza Garibaldi und an den Gleisen entlang Richtung Industriegebiet. Sie kamen in die Via Brecce a Sant'Erasmo, wo sich das Lager der Sinti und Roma befand. Vor dem Haupttor sprangen sie aus dem Wagen und liefen hinein. Ehe die Wachtposten protestieren konnten, standen sie schon auf der Hauptstraße.

»Was wollen Sie?«, blaffte einer.

»Wo ist Natascha?«, rief De Santis zurück.

Ein anderer lief in einen Seitenweg, verschwand zwischen einer Wellblechbaracke und einem lädierten Wohnwagen, der schräg auf einer gebrochenen Achse balancierte. De Santis entdeckte den Lieferwagen, nach dem sie gesucht hatten. Daneben stand Eva Dimetrescu, die Alte mit den Goldzähnen und dem auffälligen Schmuck. Sie sah De Santis und versuchte, die Tür zu der Baracke zuzuschlagen.

»Polizei!«, brüllte De Santis. »Öffnen Sie!«

Er trat gegen die Tür, die sofort nachgab.

Eva stand ihm gegenüber, einen Säugling auf dem Arm. »Sie haben kein Recht, uns wie Verbrecher zu behandeln. Polizeistaat!«

»Wo ist Natascha?«, fragte er und zeigte das Foto vor.

Da klingelte sein Handy. Es war Michele.

»Was ist?«

»Jetzt hat sich noch eine andere IP-Adresse eingeloggt«, sagte er. In der Via Brecce a Sant'Erasmo. Hausnummer zweihunderteinundvierzig.«

Sie waren hier falsch. Das Gelände, auf dem sie gerade suchten, hatte die Hausnummer einundsiebzig.

»Marin!«, schrie De Santis und lief wieder hinaus.

Sie rannten zum Wagen, sprangen hinein, und der Kommissar gab die neue Adresse durch. Während Marin auf dem Navi herumtippte, schoss De Santis an den mit Graffitis besprühten Mauern, verrosteten Toren, Lagerhallen und Industriehöfen vorbei. Überall Schrott und Verwüstung, dazwischen nagelneue Fertigungshallen. Nirgendwo waren Hausnummern zu sehen. Das Navigationsgerät suchte noch immer nach dem GPS-Signal.

»Da«, sagte Marin. »Die Bar.«

Ein Flachbau mit Illy-Reklame, verglaster Veranda und Stühlen zwischen Kübelpalmen. Tatsächlich entdeckte er auf einer Travertinplakette die Hausnummer. Sie hielten, stürmten ins Freie und zogen die Waffen. Als sie die Glastür aufschoben, sahen sie in dem Zwielicht zuerst nur die erleuchteten Edelstahlgeräte und Spiegel über dem Tresen, dann bewegte sich etwas in einem Winkel, neben den dudelnden Spielautomaten. Plötzlich knallte es, Mündungsfeuer blitzte auf, Aluminiumstühle kratzten über den Steinboden, eine Frau kreischte.

Natascha. Sie war nach hinten gekippt und versuchte, auf dem Rücken liegend, sich zwischen den Tischen Richtung Toilette zu schieben.

De Santis hatte Capuozzo erkannt, auf ihn angelegt und brüllte: »Polizei! Waffe fallen lassen.«

Der Angreifer schoss erneut, und dann drückte auch der Kommissar ab. Capuozzo wurde herumgewirbelt, knickte zur Seite und fiel auf den Rücken. Die Waffe war ihm entglitten und über den Boden geschlittert. Mit zwei Sätzen war Marin dort und blockierte sie mit dem Fuß.

De Santis warf sich auf Natascha, die mit weit aufgerissenen Augen an die Decke starrte.

»Ich wollte nur überleben«, flüsterte sie. »Das war nicht richtig. Wenn ich mich nicht losgemacht hätte, wenn ich nicht geflohen wäre, dann …«

Der Kommissar hielt ihr den Kopf und versuchte, sie zu beruhigen. Was meinte sie damit? Redete sie von jetzt oder von der Mordnacht?

»Dann wäre Jolanta noch am Leben, denken Sie?«, flüsterte er.

Sie nickte.

Hatte Capuozzo Jolanta mit Natascha verwechselt? »Wozu hat er Sie misshandelt?«

»Damit Sebastiano redet … Das Bild …« Entkräftet schloss sie die Augen, ihr Brustkorb pumpte hektisch und flach.

»Pst«, flüsterte De Santis. »Gleich kommt Hilfe.«

54

De Santis wartete bereits im Verhörraum, als Beppe Bomba und Gennaro Pizzuoli Rodolfo Arru hereinführten.

»Setzen Sie sich«, sagte er kalt zu dem Häftling.

»Ohne Anwalt sage ich sowieso nichts«, stellte dieser klar.

»Signor Arru. Sie sind dringend verdächtig der Beihilfe zum Mordversuch, außerdem der Verletzung des Telekommunikationsgeheimnisses sowie der Falschaussage. Wir wissen, dass Sie für einen illegalen Händlerring gearbeitet haben. Nur können wir Ihnen noch nicht nachweisen, wie viel Sie über die Verbrechen wussten. Nennen Sie mir die Hintermänner, und wir nutzen unseren gesamten Interpretationsspielraum zu Ihren Gunsten.«

Arru sah ihn gelangweilt an. »Ich will meinen Anwalt sprechen.«

De Santis schob ihm das Telefon hin und verließ den Raum, um Elvira Barbarossa anzurufen. Pasquale Pallotta erschien fünfzehn Minuten später, fast zeitgleich mit der Staatsanwältin.

Der Anwalt begann mit gespielter Empörung. »Ich hoffe für Sie, dass ich mich verhört habe. Sie sind ohne richterliche Anordnung in die Firma meines Mandanten eingedrungen, haben ihn festgenommen und diverse Unterlagen sowie Computer mit hochsensiblen Kundendaten beschlagnahmt?«

De Santis spürte den fragenden Blick der Staatsanwältin und erwiderte: »Ihr Mandant hat für Giancarlo Capuozzo gearbeitet und diesem bei der Suche nach Natascha Smirnowa geholfen. Er hat ihm den Aufenthaltsort besagter Frau mitgeteilt und sich damit der Beihilfe zum Mordversuch schuldig gemacht. Zudem der Falschaussage.«

»Wo sind die Beweise?«

»In seinen Rechnern.«

»Die Sie ohne richterliche Anordnung beschlagnahmt haben. Womit sie als Beweismittel hinfällig wären.«

»Die Befragung wird für zehn Minuten unterbrochen. Sie können sich so lange mit Ihrem Mandanten beraten«, sagte Elvira Barbarossa trocken und bat De Santis mit einem Blick vor die Tür.

Als sie im Büro des Kommissars waren, sagte sie empört: »Stimmt das? Warum haben Sie mich vor der Aktion nicht informiert?«

»Wir hatten keine Zeit. Capuozzo wollte Natascha eliminieren. Er hätte es fast geschafft.«

»Wie geht es ihr jetzt?«

»Sie hat eine Lungenembolie und innere Verletzungen. Die Milz ist gerissen, die Ärzte kämpfen um ihr Leben.«

»Und Capuozzo?«

»Ich habe ihn an der Schulter getroffen. Ich hoffe, er ist morgen vernehmungsfähig.«

Elvira strich sich die roten Haare aus der Stirn, darum bemüht, ihren Zorn im Zaum zu halten. »Ich hatte Sie erst neulich daran erinnert, dass wir für die Einhaltung der Gesetze kämpfen.«

»Es war Gefahr im Verzug.«

»Das ist keine Rechtfertigung für die Beschlagnahmung der Geräte.«

De Santis platzte der Kragen. »Können Sie nicht einmal diesen Formalismus beiseitelassen? Capuozzo hat Jolanta massakriert, Natascha misshandelt und gejagt. Eine Minute später und die Frau wäre jetzt tot.«

»Trotzdem müssen Sie sich an die Regeln halten! Wie sind Sie überhaupt auf Arru gekommen?«

»Er hatte sich in Nataschas Mail-Account gehackt.«

»Wie haben Sie das gemerkt?«

»Wir waren selbst drinnen.«

»Aber …«

De Santis wusste, was sie sagen wollte. Auch das war illegal und von keinem Staatsanwalt abgesegnet.

»Elvira«, sagte er beschwichtigend. »Tun Sie Ihre Arbeit, ich die meine. Wir haben nicht immer dieselben Methoden …«

»Offensichtlich nicht einmal dieselbe Rechtsauffassung.«

»Doch, verdammt. Ich kann bloß nicht jedes Mal auf die Mühlen der Bürokratie warten. Die Gegenseite tut es auch nicht. Bitte helfen Sie mir. Im Gegenzug lade ich Sie zum Abendessen ein.«

Einen Moment lang war sie sprachlos ob dieser Unverschämtheit. Sie war keine Frau, der man mit Komplimenten schmeicheln konnte, zumindest versuchte es selten jemand. Jedenfalls schien sie nicht zu wissen, ob sie ihm eine scheuern oder ein Disziplinarverfahren einleiten sollte. »Sie meinen, durch Bestechung könnten Sie das wiedergutmachen?«

»Sie lassen sich doch nicht mit einem simplen Abendessen bestechen, oder?«

»Hören Sie schon auf damit.« Damit ging sie zurück ins Verhörzimmer.

Elvira Barbarossa übernahm die Befragung, ehe De Santis etwas sagen konnte. Sie blieb sachlich und überging alle Anschuldigungen Pallottas gegen die Polizei. Er erreichte zwar, dass sie die Rechner und sonstigen Unterlagen herausgeben mussten, Rodolfo Arru jedoch blieb in Gewahrsam. Für den nächsten Tag war ein Haftprüfungstermin anberaumt. Wenn sie bis dahin keine neuen Ergebnisse vorlegten, würde Pasquale Pallotta sich an die Presse und die Oberstaatsanwaltschaft wenden. Das wusste De Santis ebenso wie Elvira.

Im Anschluss an die Befragung bat De Santis sein Team zur Besprechung, Elvira Barbarossa schloss sich ihnen ungefragt an, und der Kommissar wagte nicht, sie hinauszukomplimentieren. Sie bestellten bei einem Bringdienst Pizza und Getränke, dann fing er an.

»Sicher ist: Capuozzo hat Jolanta getötet und Natascha misshandelt, außerdem hat er sie heute zu erschießen versucht. Arru hat ihm bei der Suche geholfen. Wie tief er in den Fall verstrickt ist, wissen wir nicht. Da wir die Rechner nicht mehr haben, werden wir es auch nicht so leicht feststellen können«, fügte er mit einem Seitenblick auf Elvira an. Dann fuhr er fort: »Natascha hat mir zwei Dinge sagen können. Sie fühlt sich schuldig wegen Jolantas Tod. Ich vermute, dass ihre Freundin sie versteckt hatte und zufällig dazukam, als Capuozzo Natascha misshandelte. Da hat er sie dann eliminiert. Ihr Tod war also ein Versehen.«

»Was weiß Natascha? Warum ist sie für Capuozzo so gefährlich? Warum war sie es schon an jenem Abend?«, warf Pizzuoli ein.

»Und Don Sebastiano?«, fragte Elvira Barbarossa. »Was hat der mit der Angelegenheit zu tun?«

»Natascha wollte mir wohl auch etwas über das Bild sagen. Vermutlich das Altarbild aus der Sant'Anna-Kirche, das Don Sebastiano fälschen und austauschen ließ. Kollege Marin, haben Sie in der Sache noch etwas herausgefunden?«

Der Angesprochene klickte ein paarmal mit der Maus. »Don Sebastiano hat in den letzten Wochen systematisch Recherchen zu Ateliers und Restaurierungsmaßnahmen betrieben. Das Sant'Anna-Gemälde wurde von einer der angesehensten Werkstätten in Neapel restauriert, wie übrigens eine Menge anderer sakraler Bilder und Skulpturen. Seit zwei Jahren läuft ein groß angelegtes Projekt zur Erhaltung der neapolitanischen Kunstschätze.«

»Wir haben bei Capuozzo ein Versteck mit Farben gefunden. Es wäre also denkbar, dass er in die Fälschungen involviert war«, sagte De Santis.

Ein Beamter klopfte und brachte die Pizzen und die Getränke. Jeder nahm sich ein Stück. Sie kauten schweigend. Neue Erkenntnisse tauchten dabei nicht auf.

Nachdem sie gegessen hatten, schickte De Santis sein Team nach Hause.

Elvira Barbarossa blieb sitzen.

»Was halten Sie von der ganzen Geschichte?«, fragte De Santis.

»Wenn Ihre Theorie mit dem Fälscherring stimmt, dann muss es einen Kopf der Bande geben, den wir noch nicht kennen. Für eine solche Operation braucht es nicht nur kriminelle Energie, sondern auch exzellente Verbindungen und Sachkenntnis. Arru und Capuozzo scheinen mir nicht das nötige Format zu haben.«

»Und Don Sebastiano?«, fragte De Santis.

»Wenn er sich sein Wissen erst kürzlich angeeignet hat, kann er nicht der Initiator sein.«

Ein kluger Gedanke, fand De Santis. Auch er hätte Don Sebastiano ein solches Verbrechen nicht zugetraut, aber eher aus Intuition. Die Staatsanwältin sah ihn an, was ihn verlegen machte. Mit ihren geröteten Wangen und den funkelnden Augen gefiel sie ihm besser denn je, trotz ihrer Prinzipien, oder vielleicht gerade deswegen. Sie war nicht nur klug und anziehend, sie wirkte unberührt von all den Rückschlägen und Demütigungen, die der Polizeialltag so mit sich brachte. De Santis musste immer wieder dagegen ankämpfen, dass er sich nicht in den Sumpf hineinziehen ließ und Methoden anwandte, die seinem Ideal von Gerechtigkeit widersprachen. Elvira hatte recht mit ihren Vorwürfen an ihn.

»Ich gehe dann mal«, sagte sie, als ob ihr die Spannung unangenehm wäre. »Sie sollten auch Schluss machen.«

De Santis schüttelte den Kopf, umarmte sie, küsste sie auf die Wangen und hielt sie einen Moment fest. Er spürte dem Zauber nach, der von ihr ausging. Dann fiel ihm Isabella ein. Immer noch. Er wurde noch unsicherer und setzte sich an den Schreibtisch. Elvira warf ihm einen fragenden Blick zu, aber da er schwieg, ging sie ohne ein weiteres Wort.

Im Intranet entdeckte der Kommissar das Dossier über Arru und Naples Security. Zu den Stammkunden gehörten nicht nur die

Diözese und einige wichtige Unternehmen, sondern auch ein Parkplatzbetreiber, eine weitere sehr sensible Branche in Neapel. Unter anderem stellte Naples Security den Wachschutz für diverse Parkhäuser im Zentrum. Auch in der Via Morelli, wo Arru dem Kommissar entwischt war. Das Parkhaus führte in den Tuffstein, genau wie der Schacht unter Capuozzos Garage, wie letztlich alle Rätsel in diesem Fall.

Er rief die von den Suchtrupps erstellte Karte auf. Sie war weitverzweigt, neben stadtbekannten Tunnelsystemen wie dem Borbonentunnel fand sich auch ein Labyrinth, das von der Via Monte di Dio ausging. De Santis schrieb eine Notiz und schickte eine SMS an den Leiter der Hundestaffel. Sie sollten am nächsten Morgen nach einer Verbindung zwischen Capuozzos Adresse und dem Parkhaus suchen.

Als er den Rechner herunterfuhr, fühlte er sich ausgelaugt. Er sah auf die Uhr. Fast eins. Er rief in der Klinik an. Die Ärzte hatten Natascha in einer Notoperation die Milz entfernt und den gerissenen Darm genäht. Am heikelsten war allerdings die drohende Lungenembolie. Wenn sie die Nacht überstand, würde sie wohl durchkommen. Capuozzo hatten sie das zertrümmerte Schlüsselbein gerichtet und einige Sehnen genäht. Er war außer Gefahr und würde seine volle Mobilität zurückerlangen.

Wozu bloß?, dachte De Santis, nachdem er aufgelegt hatte. Auf einmal fühlte er sich elend. Er hätte Natascha schützen müssen, auch wenn er nicht wusste, wie. Der Kommissar hasste seinen Beruf, vor allem seine Ohnmacht.

Da er meinte, Natascha in der Questura näher bleiben zu können, ging er zur Toilette, putzte sich die Zähne mit dem Zeigefinger und legte sich im Besprechungsraum auf eine Pritsche.

55

Das milchige Morgenlicht weckte Franco De Santis kurz nach sechs. Der Himmel war trüb. Seine Stimmung auch. Er machte sich einen Kaffee und rauchte eine Zigarette am offenen Fenster.

Inzwischen war Mittwoch. Eine Woche war vergangen, seit sie Jolantas Leiche entdeckt hatten, seit er im Golf getaucht war und alles abgewaschen hatte, was ihn hier oben quälte. Capuozzo, Don Sebastiano, Jolanta, Natascha. Widerlinge oder Opfer. Dazwischen gab es hier oben nichts. Die menschliche Spezies, die dank ihres Verstandes über allen anderen Lebewesen zu stehen glaubte, nutzte diesen für besonders fantasievolle Grausamkeiten.

In ein paar Stunden würde Bruno mit dem Boot rausfahren. Ohne ihn. Immer wieder sah der Kommissar Capuozzo vor sich, der kaltblütig auf Natascha gezielt hatte. Er stellte sich vor, wie der Täter sie überfallen, gefesselt, misshandelt und dann, von ihrer Wehrlosigkeit und ihren Schmerzen erregt, vergewaltigt hatte. De Santis stieß in seinem Beruf regelmäßig auf einen Nährboden für Verbrechen, Notsituationen, falsche Vorbilder, durch Drogen benebeltes Bewusstsein. Meist gab es tatsächlich mildernde Umstände. Bei Capuozzo wollten ihm keine einfallen.

Um 6:27 Uhr klingelte das Telefon. Er hatte ein ungutes Gefühl, als er zum Hörer griff, denn er hatte den behandelnden Arzt gebeten, ihn sofort zu verständigen, falls es Neuigkeiten gab.

Natascha war um 6:19 Uhr gestorben.

Er kippte zurück auf den Stuhl. Nein, dachte er. Alles umsonst. Giancarlo Capuozzo hatte es geschafft. Ganz in der Nähe der Barackensiedlung. Der Kommissar war sicher, dass Natascha sich dort versteckt hatte. Er war schon vor Tagen ganz dicht an ihr dran gewesen, vielleicht nur durch eine Blechwand oder einen Vorhang von ihr getrennt. Warum hatte sie nicht die Hand ausgestreckt? Warum war er nicht mit einer Hundertschaft angerückt?

Sascha fiel ihm ein, der Sohn, der in Paris wartete und von alldem nichts wusste. Den er in zwei, drei Stunden anrufen würde. Dann dachte er wieder an Capuozzo, der jetzt vermutlich in seinem Klinikbett schlief und wieder gesund werden würde. Mit diesen Gedanken kam die Wut. Er rief die Kollegen im Krankenhaus an, die Capuozzo bewachten, und ordnete an, ihn zu einer Befragung in die Questura zu bringen. Alle Proteste, die Ärzte würden das nicht zulassen, ignorierte er.

Als die Wachtposten eine Stunde später mit Capuozzo in den Verhörraum traten, hatte De Santis sich eine Strategie zurechtgelegt. Kein Wort würde er verlauten lassen von Nataschas Tod, auch nicht von Capuozzos Fingerabdruck in Jolantas Wohnung.

»Was Sie hier tun, widerspricht dem Grundrecht auf körperliche Unversehrtheit«, jammerte der ehemalige Fuhrparkleiter.

»Sie sind vernehmungsfähig.«

Capuozzo ließ sich langsam, mit schmerzverzerrtem Gesicht, auf dem Stuhl nieder. Sein rechter Arm, horizontal abgewinkelt, ruhte auf einer Schiene. De Santis schickte die beiden Wachleute vor die Tür.

»Sie haben einen Mordversuch begangen«, sagte er dann. »Wie lange die Strafe ausfällt, hängt ganz von Ihrer Kooperationsbereitschaft ab.«

»Ich will einen Anwalt. Und einen Arzt«, ächzte Capuozzo.

»Sie sollten eine wichtige Zeugin beseitigen. Wenn Sie uns die Auftraggeber nennen, kommen Sie mit zwei, drei Jahren davon. Und beten Sie, dass Natascha Smirnowa überlebt.«

Capuozzo grinste verächtlich, als wollte er De Santis signalisieren, dass er sich nicht übertölpeln ließ. Wusste er sogar schon über Nataschas Tod Bescheid? Woher? Wie gut waren seine Verbindungen?

»Ich spreche nur in Anwesenheit meines Anwalts.«

Der Kommissar ließ ihn telefonieren. Capuozzo wählte dieselbe Nummer wie Arru. Entweder waren sie alle beide dämlich, oder sie fühlten sich unantastbar, jedenfalls machten sie sich nicht einmal die Mühe, ihre Verquickungen zu verschleiern.

Pasquale Pallotta traf eine halbe Stunde später ein, wie immer indigniert. Er berief sich auf das Grundrecht auf körperliche Unversehrtheit und drohte mit Regressansprüchen.

»Ihr Mandant hat versucht, einen Menschen zu ermorden. Ihm selbst geht es gut.«

Pallotta musterte Capuozzo und sagte: »Ich will mit dem Staatsanwalt sprechen.«

»Ist unterwegs. Signor Capuozzo, Sie sind festgenommen wegen Mordversuchs an Natascha Smirnowa, begangen am gestrigen Dienstag um zwanzig nach neun unter Benutzung einer nicht registrierten Schusswaffe, für deren Besitz Sie keine Lizenz haben. Was war Ihr Motiv, und seit wann kennen Sie Signora Smirnowa?«, fragte De Santis.

Der Anwalt bestand darauf, sich erst mit seinem Mandanten zu beraten. Also verließ De Santis den Raum und verständigte Elvira Barbarossa. Er musste sich auf Ärger einstellen, denn sie würde die Befragung ebenfalls verurteilen. Capuozzo war nicht in die Falle getappt. Alles lief aus dem Ruder. Nach zwei Zigaretten – inzwischen war es acht, Marin kam gerade in die Abteilung – setzte er die Befragung fort.

»Haben Sie Signor Arru damit beauftragt, Natascha zu suchen?«

»Mein Mandant kennt niemanden namens Arru«, warf der Anwalt ein.

»Kennen Sie Signora Jolanta Chiurbenskaya?«, fragte De Santis an Capuozzo gewandt, der plötzlich unsicher wurde. Die Frage hatte ihn offenbar kalt erwischt.

»Nei… Nein«, sagte er zögerlich.

»Wo waren Sie in der Nacht vom Samstag auf Sonntag vorvergangener Woche?«

»Zu Hause.«

Da kam Elvira Barbarossa herein, und Pasquale Pallotta protestierte erneut über die Misshandlungen seines Mandanten. Unbeeindruckt wiederholte De Santis seine letzte Frage an den Häftling.

»Frau Staatsanwältin, es besteht keine Fluchtgefahr, die Fakten des Schusswechsels können in Ruhe untersucht werden …«

»Hier geht es um etwas anderes. Wo waren Sie in der Nacht vom Samstag auf Sonntag vorvergangener Woche?«, wandte De Santis sich wieder an Giancarlo Capuozzo.

»Zu Hause.«

»Uhrzeiten?«

»Am Nachmittag bin ich so gegen halb fünf nach Hause gekommen. Ich habe den ganzen Abend und die Nacht zu Hause mit Sport und Freizeitaktivitäten verbracht und am nächsten Morgen einen ausgiebigen Spaziergang gemacht.«

De Santis nickte langsam. Die Sätze wurden lang und sperrig, wie ein auswendig gelerntes Referat.

»Zeugen?«

»Ja«, erwiderte Capuozzo. »Arturo Orsolo.«

Das passte. Orsolo war der Leibwächter von Kardinal Silva. Sicher gaben sie sich gegenseitig ein falsches Alibi, garniert mit einer einstudierten Geschichte. De Santis verließ kurz den Raum. Pizzuoli und Bomba waren inzwischen ebenfalls eingetroffen, und er gab ihnen den Auftrag, Arturo Orsolo zur Befragung zu holen.

Im weiteren Verlauf des Verhörs berichtete Capuozzo, wie sie gemeinsam in seiner Wohnung im Fitnessraum trainiert hatten. Zwei Kumpels, die Gewichte stemmten, ackerten und sich mit ein paar Bier und Videos belohnten.

»Anrufe zwischendurch? Kein weiterer Besuch? Frauen?«

»Nein.«

»Gut. Wir werden Signor Orsolo befragen.«

»Was hat das alles mit den Anschuldigungen zu tun?«, fragte der Anwalt.

De Santis legte eine Vergrößerung des Fingerabdrucks, original blutrot, auf den Schreibtisch.

»Was soll das sein?«, fragte Pallotta.

»Der rechte Zeigefinger Ihres Mandanten.«

»Beeindruckend«, sagte der Anwalt ironisch, weil er die Farbe für reines Kolorit hielt.

»In der Tat. Wenn man bedenkt, dass dieses Blut von einem Mordopfer stammt. Einer Person, die Ihr Mandant angeblich noch nie gesehen hat.«

»Unmöglich«, sagte Capuozzo, doch sein Anwalt bremste ihn sofort, weil er die Falle witterte.

»Mein Mandant hat keinen Mord begangen. Was auch immer Sie da konstruieren, Signor Capuozzo ist unschuldig. Das ist ein Bluff, und Sie wissen, dass Sie bei einem Verhör keine falschen Tatsachen behaupten dürfen. Hiermit beantrage ich Akteneinsicht.«

»Werden Sie bekommen«, schaltete sich die Staatsanwältin ein.

»Wo haben Sie diesen Fingerabdruck sichergestellt?«, fragte Pallotta.

»Dieser Fingerabdruck mit dem Blut der ermordeten Jolanta Chiurbenskaya war auf einem der Möbelstücke des Opfers.«

»Aber ...«, wollte Capuozzo protestieren.

Wieder fiel ihm der Anwalt ins Wort, diesmal sogar mit einer handgreiflichen Geste. Er sagte: »Wo auch immer Sie diesen Fingerabdruck gefunden haben, es ist nicht seiner.«

»Es gibt vierzehn Übereinstimmungen. Laut Gesetz ist damit die Identität bewiesen.«

»Wir werden ein unabhängiges Gutachten beantragen. Mein Mandant hat ein Alibi.«

»Ich mache Ihnen ein faires Angebot. Signor Capuozzo legt ein Geständnis ab, nennt seine Auftraggeber, und ich nehme das als strafmildernd zu Protokoll.«

»Sie sind verrückt«, erwiderte der Anwalt.

»Wenn Sie nicht mehr an Argumenten haben, ist die Befragung hiermit beendet.«

De Santis ließ die drei sitzen, denn er hatte den Eindruck, dass die Kollegen eingetroffen waren. Mit Arturo Orsolo.

Ehe er in den kleinen Verhörraum trat, in dem der Leibwächter saß, ließ er sich die wichtigsten Informationen geben. Mario Marin, der mit seinem Tablet im Korridor stand, wirkte ausgeruht und voller Elan. Sie hatten Orsolo beim Frühstück angetroffen und verhaftet. Er war widerstandslos mitgekommen. Als hätte er auf den Moment gewartet.

De Santis überflog die Zeilen.

»Arturo Orsolo, geboren vor einunddreißig Jahren im Stadtteil Afragola. Einfache Verhältnisse, einfache Schulbildung. Mehrfach ausgezeichneter Kraft- und Kampfsportler, der angeblich allen Anwerbeversuchen durch das organisierte Verbrechen widerstand. Machte den Fehler, als Türsteher dem Mitläufer eines Clans einen Faustschlag zu versetzen, der mit Verstärkung zurückkam und ihn niederstach. Mehrere Vorstrafen wegen Körperverletzung, vorzeitig aus der Haft entlassen und durch den Kardinal gerettet.«

»Er hat gemeinsam mit Capuozzo seinen Dienst bei Silva angetreten?«, fragte De Santis.

»Nicht nur das, für einige Monate waren die beiden Zellengenossen.«

Das passte.

Orsolo saß in dem kleinen Verhörraum, der wie eine Besenkammer wirkte. Ein Hüne, nicht arrogant, eher zufrieden. Immerhin hatte er eine Menge auswendig gelernt, und er schien froh, sein Wissen an den Mann bringen zu können. De Santis wusste nicht, ob der Leibwächter ihn von der Begegnung in Scampia wiedererkannte.

Zunächst ging er mit ihm die Formalien durch. Dann fragte er: »Legen Sie Wert auf den Beistand eines Anwalts?«

»Nein.«

Pallotta war inzwischen gegangen. Sie hatten dafür gesorgt, dass er Orsolo nicht zu Gesicht bekam. De Santis fragte nach Details zur Mordnacht und dem vermeintlichen Alibi, dabei streute er in die immer gleichen Fragen neue ein, bis sich die Details nicht mehr mit Capuozzos Version deckten.

»Sie waren zur betreffenden Uhrzeit nicht in der Via Monte di Dio. Sie lügen. Wer hat Sie damit beauftragt? Signor Capuozzo oder wer anders?«

»Ich lüge nicht.« Orsolo lächelte entspannt. Noch hielt er alles für eine Finte.

»Oh doch. Signor Capuozzo war woanders. Dafür gibt es Beweise. Nur wo waren Sie?«

»Bei Giancarlo in der Wohnung.«

»Alleine?«

»Er war bei mir.«

»Wenn Sie uns die Wahrheit sagen, wird der Richter das bei der Urteilsfindung berücksichtigen.«

Er zuckte mit den Achseln, ein wenig zu entschlossen. »Es ist die Wahrheit.«

»Gegen Sie wird wegen Falschaussage, Beihilfe zum Mord und Bildung einer kriminellen Vereinigung ermittelt. Sie bleiben in Haft.«

Orsolo wollte protestieren, doch De Santis ließ ihn abführen.

56

Während Elvira Barbarossa zu einem Gerichtstermin aufbrach, besprachen sich De Santis und sein Team auf dem Korridor. Niemand konnte jetzt sitzen.

»Gehen wir davon aus, dass der Kern der Sache die Kunstfälschungen sind und Capuozzos Wohnung als Hauptquartier fungiert. Dafür spricht einiges. Das Programm zur Restaurierung von Kunstschätzen wurde vor zwei Jahren ins Leben gerufen. Zur selben Zeit wurde auch der Aufzug über dem Tunnel bei Capuozzo eingebaut. Die Bilder wurden vermutlich in der Wohnung gefälscht und über die Stollen unbemerkt abtransportiert«, fasste der Kommissar zusammen.

»Mir ist immer noch nicht klar, was Natascha damit zu tun hatte«, warf Bomba ein.

»Vielleicht war sie eine Gefahr, weil sie die Organisation durchschaute«, meinte De Santis.

»Offensichtlich hat sie nicht einmal Don Sebastiano durchschaut. Sonst hätte er sicher Anzeige erstattet«, gab Marin zu bedenken.

»Vielleicht hatten die Misshandlungen auch einen anderen Zweck. Betrachten wir noch einmal die Telefonverbindungen. Natascha war in Jolantas Wohnung, Don Sebastiano bei sich zu Hause. Nehmen wir an, er hatte das Original versteckt, wollte es nicht herausrücken, wurde deshalb bedroht. Er schickt Natascha weg und fordert sie auf unterzutauchen, weil er sie nicht gefährden will. Aber dann finden sie Natascha und foltern sie, dabei weiß sie gar nicht, wo das Bild ist.«

»Daher das Telefonat!«, rief Pizzuoli. »Capuozzo ist bei ihr, misshandelt sie, und Don Sebastiano muss dabei zuhören, bis er nachgibt und die Komplizen zum Versteck führt. Um Mitternacht kommt noch einmal ein Kontrollanruf, um zu hören, ob sie das Original gefunden haben.«

»Wer sind die Komplizen?«

»Orsolo?«, meinte Marin. »Deshalb geben sie sich gegenseitig ein Alibi. Während Capuozzo Natascha foltert, ist Orsolo in der Wohnung bei Don Sebastiano.«

»Vermutlich nicht allein. Um das Bild zu kontrollieren, Don Sebastiano in Schach zu halten und den Selbstmord zu inszenieren, müssen sie mindestens zu zweit gewesen sein.«

»Arru?«, meinte Bomba.

»Möglich. Lasst uns sein Alibi für den Abend überprüfen. Das übernimmt Gennaro. Marin, Sie sehen sich die Kunstwerkstätten an und versuchen herauszufinden, wer die Fälschungen angefertigt hat.«

»Warum nicht Luca Giordano und seine Gruppe?«, fragte Marin.

»Weil sie nur den einen Auftrag von Don Sebastiano bekommen haben. Es geht wohl um eine Serie.«

De Santis' Handy klingelte. Es war der Leiter des Suchtrupps.

»Wir haben einen verschütteten Seitentunnel gefunden. Er liegt direkt neben dem U-Bahn-Schacht, der für die Fußball-WM neunzig gebaut werden sollte, wegen des Grundwassers aber aufgegeben wurde. Das ist ein unterirdischer Kanal, eine Art Styx.«

De Santis wusste sofort, welchen Kanal er meinte, schließlich hatte er darin ein Bad genommen.

»Hier lagern Laptops, Kartons und ein großer, in Luftpolsterfolie eingeschlagener Gegenstand, etwa zwei mal drei Meter groß. Könnte das Gemälde sein«, schloss der Kollege.

»Warten Sie auf mich. Ich bin schon auf dem Weg.«

Er ließ sich von einem Beamten in die Via Monte di Dio fahren und versuchte, seine Angst zu verdrängen. Als ihm der modrige Atem aus dem Schlund entgegenwehte, sah er, dass man inzwischen zumindest eine stabile Aluleiter in den Schacht geschraubt hatte. Sprosse für Sprosse kletterte er hinab in die Kühle, in der Stimmen hallten und Halogenlicht irre Schatten warf.

Ein Angehöriger des Suchtrupps trat auf De Santis zu und führte ihn durch einen Tunnel, durch eine Art Kuppel, in einen weiteren Stollen. Wieder eine Zisterne, in der Laken, Kisten, Plastikbahnen lagerten. An der Wand lehnte ein hohes, flaches Paket. Die Spurensicherung schoss Fotos. Diagonal über die Vorderseite war ein Riss mit Klebeband abgedichtet. De Santis streifte Latexhandschuhe über, zog langsam den Klebestreifen ab und öffnete den Schlitz. Ein Frauenantlitz kam zum Vorschein, die Heilige Anna, die hinter der Gottesmutter stand, welche ihrerseits das Christuskind im Schoß hielt. Drei Generationen, zwei Frauen, die beseelt auf das Neugeborene schauten, zärtlich, wie nur Mütter ihren eigenen Nachwuchs betrachten können.

Franco musste an seine eigene Mutter denken. Die strahlenden Augen, wenn sie sich begegneten, egal ob auf der Straße oder im Garten. Selbst in den eigenen vier Wänden schien sein Anblick ein großartiges Ereignis zu sein. Negroni hatte dieselbe Energie in die Gesichter gelegt. Bejahung, Kraft für ein ganzes Leben, Güte. Ein Wert, der zunehmend verschwand. Ein Wert, für den Don Sebastiano gekämpft hatte.

Der Leiter des Suchtrupps sagte: »Die Verbindung zu dem Gang war mit Schutt verschlossen. Offensichtlich erst seit Kurzem. Das Geröll ist nicht gleichmäßig feucht.« Die Kollegen wollten das Bild einschlagen und abtransportieren.

»Halt«, sagte der Kommissar und besah sich die dunklen Kleckse auf der Folie. »Was ist das? Blut?«

Einer der Kriminaltechniker leuchtete mit einem Scheinwerfer auf die klebrige Flüssigkeit und roch daran. »Glaube ich nicht. Eher Schmieröl. Sollen wir es untersuchen?«

»Natürlich. Sowohl die Verpackung als auch das Bild selbst müssen auf alle erdenklichen Spuren analysiert werden.«

Der Beamte gab seinen Leuten ein Zeichen.

»Halt«, rief De Santis erneut. »Das Bild bleibt hier.«

»Wir müssen es ins Labor bringen. Alle erdenklichen Spuren, haben Sie gesagt.«

»Ihr müsst es hier untersuchen. Außerdem brauche ich einen Spezialisten von der Abhörabteilung. Es wird verkabelt. Kein Wort davon darf nach außen dringen.«

De Santis schaute in die Gesichter der Umstehenden, die ihn verwirrt betrachteten. Hundeführer, Techniker, Kollegen von der *Squadra mobile*, von anderen Abteilungen. Die Ermahnung war sinnlos. Mit Sicherheit war auch eine undichte Stelle dabei. Aber De Santis hatte einen Plan.

Wer auch immer der Kopf der Bande war, er brauchte dieses Bild. Um jeden Preis.

57

Als er auf die Straße trat und wieder frische Luft atmen konnte, bekam De Santis mit einem Mal Hunger. Es war schon Mittag, und er hatte nicht mal gefrühstückt. Er holte sich eine *sfogliatella* aus einer Bar und rief dann Marin an. Als er den Kollegen auf dem Handy erreichte, hörte er Stimmengewirr und Geräusche wie aus einer Kathedrale.

»Wo sind Sie?«, fragte De Santis.

»In einer der großen Werkstätten. Ich spreche gerade mit dem Leiter. Ein Kunsthistoriker ist auch hier. Sie sollten sich das selbst ansehen. Dringend.«

Das Gebäude lag unterhalb der prunkvollen Residenz Capodimonte, die über der Stadt thronte und eine der größten Kunstsammlungen Italiens beherbergte. Die Busfahrt dorthin dauerte über eine halbe Stunde. Eine halbe Stunde, eingekeilt zwischen Schulklassen und Touristen, die sich fotografierend, lärmend und lachend durch die Serpentinen schaukeln ließen.

Die Adresse war eine Patriziervilla, eingerahmt von einem Park mit Palmen und akkurat getrimmten Hecken. Marin empfing ihn am Tor und stellte ihm den Kunsthistoriker Salvatore Sanna sowie den Leiter der Werkstätten vor, Dottor Piero La Torre, zwei distinguierte Herren um die sechzig.

Während sie die Räume betraten, in denen Restaurateure an Werken der alten Meister arbeiteten und De Santis wieder den Geruch nach Chemikalien, Lebensmitteln und Ölfarbe aufsog, ergriff Piero La Torre das Wort.

»Der Priester, nach dem Ihr Kollege gefragt hat, war tatsächlich hier. Mehr als einmal sogar. Er hat die Arbeiten an dem Altarbild seiner Gemeinde verfolgt.«

»Die Heilige Anna von Negroni«, warf De Santis ein.

»Genau. Überhaupt hat er sich sehr interessiert gezeigt.«

»Zu mir hatte er auch Kontakt aufgenommen«, schaltete sich der Professor ein. »Er hatte ein erstaunliches Wissen über die Kunstschätze der neapolitanischen Kirchen.«

»Wie sind Sie an den Restaurierungsauftrag gekommen?«

Piero La Torre gab bereitwillig Auskunft. Vor gut zwei Jahren hatte das Kulturministerium in Rom auf Anregung der Erzdiözese Neapel eins Komma sieben Millionen Euro für die dringlichsten Restaurierungsmaßnahmen sakraler Kunst zur Verfügung gestellt. Die Kirche leistete ebenfalls einen Beitrag, wenn auch einen geringen. Die Werkstätten La Torre hatten den Zuschlag für die meisten Arbeiten bekommen.

»Von wem?«, fragte der Kommissar.

»Die Aufträge wurden ausgeschrieben. Das übliche Verfahren«, antwortete La Torre.

Mit den üblichen Manipulationen, fügte De Santis stumm hinzu. »Wann war die Heilige Anna fertig?«

»Vor sechs Wochen etwa.«

»Ich bräuchte bitte eine Übersicht über das Restaurierungsprogramm, Werke, Zeitplan, die involvierten Werkstätten.«

Piero La Torre schaute besorgt drein. »Wissen Sie, wie viel Arbeit das ist?«

»Ich kümmere mich darum«, warf der Kunstprofessor ein. »Offensichtlich hegt die Polizei Zweifel am korrekten Ablauf des Verfahrens. Ich war in der Kommission, und La Torre ist ein seriöser und verdienstvoller Fachmann, ein Freund. Ich werde nicht zulassen …«

»Niemand hegt einen Verdacht gegen Sie oder diese Werkstätte«, beschwichtigte De Santis. »Wie ist denn der Transport gewöhnlich abgelaufen?«

»Über Spediteure. Alles unter Aufsicht der Erzdiözese, die für das Programm die Patenschaft übernommen hatte.«

»Haben Sie jemals einen dieser Männer gesehen?« De Santis zeigte die Bilder von Capuozzo, Arru und Orsolo vor.

»Den hier kenne ich nicht«, erwiderte La Torre und deutete auf den Privatdetektiv. »Die beiden anderen kann ich nur loben. Pünktlich, korrekt, immer freundlich. Sie haben dafür gesorgt, dass nichts beschädigt und alle Papiere penibel genau ausgefüllt wurden.«

Das glaube ich gerne, dachte De Santis.

Als er wieder am Steuer des Dienstwagens saß und mit Marin zurück zur Questura fuhr, fiel sein Blick auf die Uhr am Armaturenbrett. Inzwischen war es fünf, in einer Stunde musste er Ludovica im Reitverein abholen. Der Gedanke an seine Tochter löste ein flaues Gefühl in ihm aus, Sehnsucht nach Isabella überkam ihn. Er wollte ihr Blumen schicken, irgendeine Geste … Hilflos, sinnlos. Aber auch das war inzwischen egal.

Vorher musste er unbedingt noch überprüfen, ob die Überwachung des Gemäldes funktionierte.

Nachdem sie im Hof geparkt hatten, lief er hinauf in das Großraumbüro im ersten Stock, in dem alle laufenden Abhör- und Observierungsmaßnahmen konzentriert waren. Als er den Raum L I/3 betrat, schlugen ihm der Geruch von heißem Kunststoff und verbrauchte klimatisierte Luft entgegen. Dutzende Bildschirme verbreiteten ein grünliches Licht. Auf manchen sah man Audiospuren, die wie aufgefädelte Pilze von links nach rechts zogen, auf anderen Videobilder. Techniker mit Kopfhörern saßen davor und machten Notizen. Unter ihnen auch Michele. Er gab De Santis die Hand und zeigte auf einen Bildschirm.

»Hier, das ist der Stollen.« Man sah Männer in weißen Overalls, die sich in grünlichem Licht bewegten. Die Kollegen von der Kriminaltechnik. »Wir zeichnen permanent Bild und Ton auf. Außerdem haben wir einen Peilsender an dem Bild angebracht«, erklärte er.

»Der Monitor muss rund um die Uhr überwacht werden. Egal was passiert«, ordnete De Santis an.

»Geht klar.«

Als der Kommissar kurz darauf sein Büro abschließen wollte, klingelte sein Telefon. Es war ein Kollege von der Kriminaltechnik.

»Wir haben erste Ergebnisse. Bei den schwarzen Flecken handelt es sich um Schmieröl mit mikroskopisch kleinen Stahlspänen.«

»Woher stammt es?«

»Wissen wir nicht. Getriebeöl oder Ähnliches. Wahrscheinlich ist es beim Transport auf die Folie getropft, als ob das Paket im Maschinenraum eines Schiffes gelagert worden wäre. Nach dem Trocknungsgrad würde ich sagen, dass es mehrere Wochen alt ist.«

»Irgendwelche anderen Spuren?«

»Ein Hautfragment und zwei Haare. Menschliche Haare.«

»Wir brauchen die DNA.«

Er legte auf und ordnete von Capuozzo, Orsolo und Arru eine Speichelprobe zum DNA-Abgleich an. Dann beschäftigte er sich wieder mit der Gretchenfrage: Wer war der Kopf der Organisation? An wen waren die Kunstwerke verschachert worden?

Nach einer Weile rief er Pizzuoli zu sich und bat ihn, die Auslandsreisen von Capuozzo, Orsolo und Arru in den letzten zwei Jahren zu rekonstruieren. Vor allem gemeinsame Touren auf dem Seeweg.

»Wie soll ich das schaffen?«, fragte der Kollege zurück.

»Hafenbehörden, Visastellen, Kreditkartenzahlungen, Spuren in den Laptops aus dem Stollen. Zieh Michele hinzu.«

Pizzuoli stöhnte.

Als De Santis auf die Uhr sah, war es kurz vor sechs. Er schaffte es nicht mehr, Ludovica abzuholen. Er rief auf ihrem Handy an, erwischte jedoch nur die Mailbox. Als Nächstes probierte er es auf Isabellas Anschluss. Sie ging ran.

»Es tut mir leid, aber die Ermittlungen …«

»Hab schon verstanden. Spar dir den Rest. Deine Tochter steht im Reitverein, und da lässt du sie stehen.«

»Sie ist mit Erminia dort, ihrer Freundin. Das Mädchen wohnt auch auf dem Vomero. Kann sie heute ausnahmsweise einmal mit ihr nach Hause fahren?«

»Warum fragst du mich das? Ist es mein Termin oder deiner?«

De Santis legte auf, schickte Ludovica eine SMS und verzichtete auf die Blumen für seine Frau. Exfrau.

Sein Engagement für die Familie hatte sein Familienleben nicht gerettet. Jetzt würde er sich auf den Job konzentrieren.

58

Es verging ein Tag, der keine nennenswerten Ergebnisse brachte. Die Kriminaltechnik führte Tests und Analysen durch, Marin recherchierte, gemeinsam mit Pizzuoli und Bomba, zu den Reisen, zu Geldtransfers und auffällig hohen Ausgaben der Verdächtigen. Sie hatten jedoch nur Flugreisen von Capuozzo und Orsolo gefunden, keine Schiffsreisen. Keine Reisen mit Arru.

Hafenamt und Zoll hatten keinerlei Kontakte zu ihnen aufgezeichnet. Auch gab es keine Spuren zu Scheinfirmen, mit denen Containertransporte durchgeführt worden wären.

Die ballistischen Untersuchungen von Capuozzos Waffe hatten ergeben, dass damit nicht nur Natascha, sondern auch Jolanta getötet worden war. Keine Überraschung. Capuozzo, konfrontiert mit diesen Ergebnissen, wirkte wenig beeindruckt und schwieg weiterhin eisern. Ebenso wie Arru und Orsolo.

Viermal war ein restauriertes Bild abgeholt worden, und kurz darauf waren Orsolo und Capuozzo gemeinsam mit der Diözese verreist. Der Kommissar kringelte die Namen der Bilder ein und schickte die Liste Salvatore Sanna.

»Wären Sie so freundlich, sich in den Kirchen einmal die Werke anzusehen und sie auf ihre Echtheit zu überprüfen? Unter absoluter Diskretion.«

»Eine Selbstverständlichkeit«, schrieb Sanna zurück.

Dann ging De Santis in den Hof, rauchte eine Zigarette und

schaute in den Himmel, über den dunkle Wolken jagten. Es roch nach Herbst, nach Witterungsumschwung und Gischt. Er hatte das Gefühl, noch einmal ganz von vorne anfangen zu müssen. Am ersten Tag in Bagnoli war er mit seinen Gedanken bei Isabella gewesen, abgelenkt durch die SMS, seine Sehnsucht, seine Illusionen …

Er trat die Zigarette aus, setzte sich in ein Zivilfahrzeug und fuhr an der Küste entlang in den Vorort. Bei schwierigen Ermittlungen hatte er die Erfahrung gemacht, dass die Eindrücke vom Anfang erst mit der Zeit Bedeutung erlangten, dass auf den ersten Blick vermeintlich marginale Details am Ende oft die wichtigsten waren. Er parkte vor der Kirche, stieg in den Glockenturm hinauf und stellte sich dabei die immer gleiche Frage. Warum war Don Sebastiano ausgerechnet hier gestorben?

Langsam erklomm er die Metallstufen, hörte seine Absätze klappern, den Widerhall an den Betonwänden, der ihn an die Zisternen erinnerte, obwohl man hier in luftigen Höhen war. Als er aus einem der schmalen Fenster über die Piazza, die hässlichen Wohnblocks und den fernen Schornstein der Stahlwerke blickte, überkam ihn ein Gefühl von Leichtigkeit. Er erreichte den obersten Absatz und starrte hinunter in den Schacht. Ihm schwindelte, als ihn ein Geruch aus der Vergangenheit umwehte, ein wehmütiges Verlangen nach dem Rausch der Freiheit, des Aufbruchs, der Entdeckungen – mit Isabella. Es war der Duft von heißem Metall, Staub und Öl, das erste Mofa, sein alter Alfa Romeo, Isabella. Er riss sich von seinen Gedanken los, um nicht rührselig zu werden.

Wo kam der Geruch überhaupt her? Von den Überresten des Stahlwerks? Unmöglich. Es war einen halben Kilometer entfernt, und außer dem Schornstein und einer alten Lagerhalle stand nichts mehr. Er schaute nach oben. Da war die Luke zum Schlagwerk, in das er mit dem Küster am ersten Tag gespäht hatte.

Maschinenöl, na klar! De Santis rannte die Stufen hinab und quer über die Piazza zur Wohnung des Küsters. Er klingelte Sturm und ließ sich den Schlüssel aushändigen.

Noch auf dem Rückweg in den Turm rief er die Spurensicherung an, übertönte jeden Protest und sagte: »Ihr müsst sofort nach Bagnoli kommen. Ihr habt zwar den Glockenturm untersucht, aber nicht das Schlagwerk. Außerdem müsst ihr euch noch einmal das Seil vornehmen und nicht nur auf Spuren mechanischer Einwirkung, sondern auch nach biologischem Material wie Hautpartikeln und Haaren suchen.«

»Wissen Sie, wie lang das Seil ist?«, fragte der Techniker entnervt.

»Konzentrieren Sie sich auf den Bereich um Knoten und Schlinge.«

»Meinen Sie immer noch, es war Mord?«

»Ja.«

Der Mann legte mit feindseligem Gebrummel auf.

Während De Santis auf das Team wartete, öffnete er die Luke und ließ den Kegel seiner Taschenlampe über das Gewirr schwarzer Zahnräder, Federn und Stahlseile gleiten, das an nietenbesetzten Streben in den Seitenwänden hing. An Stirn- und Rückwand war jeweils eine geräumige Nische. Genügend Platz für ein Bild.

Als er später ins Büro zurückkehrte, saßen Marin, Pizzuoli und Bomba im Besprechungsraum und sahen ihn erwartungsvoll an.

»Ich glaube, ich habe das Versteck entdeckt. Oben im Glockenturm«, fing De Santis an. »Dort stammt wohl auch die Ölspur her, vom Schlagwerk, nicht aus dem Maschinenraum eines Schiffes.«

»Also dürfen wir uns nicht allein auf den Seeweg konzentrieren«, meinte Bomba.

»Don Sebastiano hat die Täter zu dem Bild geführt. Vermutlich haben sie ihn beim Hinabsteigen von hinten mit der Schlinge überrascht und über das Geländer gestoßen«, setzte De Santis seine Überlegungen fort.

»Er wird sich gewehrt haben«, warf Marin ein.

»Das Geländer ist nicht hoch«, erwiderte der Kommissar.

»Trotzdem muss es Spuren geben.« Sein Vize ließ nicht locker. Und er hatte recht. »Vor allem bleibt es dabei. Sie waren mindestens zu zweit. Einer war wohl Orsolo. Und der andere?«

»Jedenfalls nicht Arru«, schaltete Pizzuoli sich ein. »Der war das ganze Wochenende in Genf auf einem Kongress für private Sicherheitsfirmen.«

»Er kann auch zwischendurch zurückgeflogen sein«, gab De Santis zu bedenken.

»Nein. Zur Tatzeit hat er einen Vortrag gehalten. Den können Sie sich sogar auf YouTube ansehen. Wir haben aber noch etwas anderes«, erklärte Pizzuoli. »Professor Sanna war hier. Die vier Werke, die er überprüfen sollte …«

»Ja?«, fragte der Kommissar.

»Ein Heiliger Sebastian von Antonello da Messina, eine Grablegung Christi von Luca Giordano, außerdem eine Auferstehungs- und eine Geißelungsszene von Spagnoletto. Es gibt Zweifel an deren Authentizität«, schloss Pizzuoli und trank einen kleinen Schluck Kaffee, der ihm besser denn je zu munden schien.

De Santis legte die Hände in den Nacken. Die Heilige Anna war wie vermutet also nur die Spitze des Eisberges. Da hatte jemand eine perfekte Gelddruckmaschine entwickelt, die an der unwahrscheinlichsten Stelle geklemmt hatte. In einer armen Randgemeinde, bei einem sturen Pfarrer, der seinen Schäfchen den allerletzten Schatz bewahren wollte.

»Wohin haben die vier Reisen geführt?«, fragte De Santis.

»Alle nach Moskau.«

»Mit Kirche Ost-West?«

»Nein. Es waren Delegationen der Diözese, die sich zu Synoden zur Überwindung des Schismas aufgemacht haben.«

Sie hatten also die Privatmaschine der Erzdiözese zum Transport benutzt. Eine gefahrlose Methode. Orsolo und Capuozzo waren mit Transport- und Sicherheitsaufgaben befasst und konnten jederzeit Güter schmuggeln, ohne dass die Delegation es bemerkte.

»Von wo sind die Flüge gestartet?«

»Vom hiesigen Flughafen. Capodichino.«

»Dann waren Bodenpersonal und der Zoll ebenfalls involviert.«

»Der Zoll nicht. Das Episkopat genießt diplomatische Immunität. Das Gepäck darf nicht kontrolliert werden.«

»Bleibt der alles entscheidende Punkt: Wer fehlt uns? Wer ist der Kopf der Organisation?«, fragte De Santis.

»Es könnte jeder sein, der diesen Delegationen angehört. Obwohl, er muss noch nicht einmal dazugehören, sondern kann aus dem Hintergrund agieren.«

»Gibt es jemanden, der bei allen vier Flügen dabei war?«

»Orsolo, Capuozzo und«, Marin blätterte in den Übersichten, »Kardinal Silva.«

»Kann Zufall sein«, sagte De Santis.

»Meinen Sie wirklich?«, fragte Bomba.

»Silva als Kopf einer Kunstfälscherbande? Er mag eitel sein und machtgierig, aber er ist zu intelligent, um ein solches Risiko einzugehen. Folter, Mord. Damit ist seine Existenz ruiniert. Ein Kardinal kann sich viel eleganter bereichern.«

»Als er damit angefangen hat, wird er nicht mit Folter und Mord gerechnet haben«, meinte Bomba.

»Silva hätte Folter und Mord nicht nötig gehabt, selbst wenn die Sache aufgeflogen wäre. Jemand in seiner Stellung findet immer einen Lakaien, der für ihn den Kopf hinhält.«

»Vielleicht ist Don Sebastiano ihm ja auf die Schliche gekommen und hatte Beweise gegen ihn.«

De Santis schüttelte den Kopf. »Nein, dann hätte er Silva angezeigt.«

»Aber er hatte das Bild«, sagte Marin. »Das hat zur Eskalation geführt.«

De Santis löste die Runde auf und las in seinem Büro alles, was er über Erzbischof Silva finden konnte. Silva war in einfachen Verhältnissen aufgewachsen, hatte sich dank seiner exzellenten Begabung (oder durch Ehrgeiz) schon als Schüler, später als Seminarist und Mitarbeiter des Vatikans hervorgetan. Hinweise auf krumme Machenschaften oder Verwicklungen in Finanzskandale gab es nicht.

War es denkbar, dass er mit Mitte fünfzig von einem Tag auf den anderen kriminell geworden war? Und wenn ja, warum? Aus übertriebenem Ehrgeiz? Aus Gier?

Warum war das geradezu perfekte System zur Geldvermehrung ausgerechnet an diesem einen Bild gescheitert? Wo es doch Hunderte Werke gab, mit denen man Kasse machen konnte?

Er studierte die Biografie Negronis und las einen Fachartikel zu seinem Marktwert, doch nichts davon brachte Hinweise. Trotzdem musste es einen Kunden geben, der die Heilige Anna um jeden Preis besitzen wollte. Warum? Und wer war es?

Akribisch durchforstete De Santis, was er zu den Reisen finden konnte, glich mehrfach die Chronologie der Ereignisse ab, las Interviews und triumphale Meldungen über die Fortschritte in der Annäherung der beiden Kirchen. Silva war bei allen Reisen dabei gewesen, hatte das Restaurierungsprogramm mitinitiiert und Capuozzo gemeinsam mit Orsolo zu seinen Vertrauten gemacht. Es lag nahe, dass er der Kopf der Bande war. Trotzdem …

Dann stieß er auf einige Artikel zu dem Bombenanschlag auf Kardinal Silva. Die Ermittler hatten keine heiße Spur, wollten sich nicht einmal zu der offiziellen Theorie äußern, die Camorra stecke dahinter. Das Attentat lag vier Wochen zurück. Kurz vorher war die Heilige Anna fertiggestellt worden. Gab es da vielleicht einen Zusammenhang? Don Sebastiano hatte das Bild gegen eine Fälschung ausgetauscht. Eine Fälschung, die nach wenigen Wochen auffliegen musste, weil das Bild sich allmählich selbst zerstörte. Hatte er damit die Eskalation provoziert? Hatte Silva sich dafür gerächt?

Das war alles noch unwahrscheinlicher. So irrational konnte der Kardinal nicht sein. Er hätte andere Möglichkeiten gehabt, um einen unbedeutenden Pfarrer seiner Diözese zu maßregeln.

De Santis rief den Kollegen in der DIA an, der zu dem Attentat ermittelte.

»Warum kommt ihr in dem Fall nicht weiter? Waren die Täter zu raffiniert?«, fragte De Santis.

»Im Gegenteil. Das Ganze wirkt eher wie ein schlechter Scherz.«

De Santis mochte den Mann. Carlo Ginestra, ein etwa vierzigjähriger Neapolitaner, spielte Wasserball und E-Bass und gab ein Satiremagazin der Polizei heraus.

»Von der Camorra?«

»Wenn das die Camorra war, dann können sie den Laden bald dichtmachen. Der Sprengsatz war viel zu schwach. Noch dazu vorne unter der Stoßstange angebracht. Der Kardinal fährt ein gepanzertes Fahrzeug und sitzt hinten. Das Ding hat ihn nicht einmal am Sack gekrault.«

»Eine Warnung.«

»Dafür reicht auch ein Brief mit ein paar Patronen. Wenn die Camorra sich schon die Mühe macht, in den Fuhrpark einzudringen und eine Bombe zu montieren, warum dann nicht gleich eine saftige Ladung? An der richtigen Stelle? Der Sprengstoff war feinste Qualität. Die Sache ist von vorne bis hinten unlogisch.«

»Was ist deine Theorie?«

»Ein Werbegag, bei dem Silva sich als integrer Kämpfer inszenieren konnte. Furchtlos, selbst gegenüber dem organisierten Verbrechen. Genau das, was alle hören wollen, wenn es um Neapel geht.«

»Du meinst, er hat den Sprengsatz selbst anbringen lassen?«

Carlo zögerte. »Zieh deine Schlüsse selbst.«

Und wenn jemand anderes dahintersteckte? Jemand, der jederzeit Zugang hatte zum Fuhrpark? Irgendjemand aus dem Episkopat? Capuozzo? Der Leibwächter? Hatten die beiden sich womöglich mit ihrem Retter zerstritten? Hatte Silva Wind bekommen von ihren Machenschaften, wollte gegen sie vorgehen und war in die Schranken gewiesen worden? Oder wollte der Kardinal seinen

Fahrer einschüchtern und hatte den Sprengsatz selbst anbringen lassen? War er so raffiniert, dass er sich mit ins Auto setzte, damit niemand gegen ihn einen Verdacht hegte, in dem Wissen, dass die Detonation ihn nicht gefährdete? Viel zu kompliziert als Theorie. Und was hatte sie mit den Morden danach zu tun?

Nichts.

»War's das?«, fragte Carlo.

»Eine letzte Frage noch. Du hast etwas von ›feinem Stoff‹ gesagt. Hast du Hinweise auf die Herkunft?

»Semtex H, aus der Tschechischen Republik. War nach dem Ende der Sowjetunion ein Exportschlager aus dem Ostblock, ist heute aber aus der Mode und für die Camorra eher untypisch.«

Das ist es, dachte De Santis. Moskau. Die Kunden der Kunstfälscher steckten hinter dem Anschlag. Jemand fühlt sich betrogen, weil er die Heilige Anna nicht im Original, sondern eine Kopie bekommen hat. Er verlangt das Original, und als es nicht eintrifft, weil Don Sebastiano auf stur geschaltet und das Bild versteckt hat, verleiht er der Forderung Nachdruck. Mit einer kleinen Bombe.

Blieb die Frage: Waren Capuozzo und Orsolo die Köpfe oder nur Handlanger? Für wen? Tatsächlich für Erzbischof Silva?

»Bist du noch dran?«, fragte Carlo.

»Ja, sicher. Vielen Dank.«

»Warum interessiert dich das eigentlich?«

»Wirst du hoffentlich bald in der Zeitung lesen.«

»Das ist also der Dank«, erwiderte Carlo lachend.

De Santis musste unbedingt mit dem Erzbischof reden und schickte ihm gleich am nächsten Morgen eine Vorladung. Silva erschien nicht. Er schickte eine zweite, diesmal mit richterlicher Anordnung, unterzeichnet von Elvira Barbarossa. Silvas Anwalt – Pasquale Pallotta, wer sonst? – schrieb zurück, der Kardinal sei durch ein »kirchenpolitisches Großereignis von epochaler Bedeutung verhindert (Nachweise anbei)«, werde aber alle Fragen schriftlich beantworten. Das hieß im Klartext: Pallotta würde die

Antworten selbst zusammenkleistern, aus juristisch unverfänglichen Luftblasen.

Daraufhin versuchte der Kommissar, Silva im erzbischöflichen Palais abzufangen, wurde aber ein ums andere Mal an der Pforte abgewiesen. Er besuchte alle Veranstaltungen der Synode, zu denen die Öffentlichkeit Zutritt hatte. Doch sobald er sich dem Geistlichen nähern wollte, hielten die Sicherheitskräfte ihn zurück. Silva, der sich anfangs so jovial und zugänglich gegeben hatte, ließ den Kommissar an einer Gummiwand abprallen. De Santis bekam die kalte Wut, wenn er die von Heimkindern in fröhlichen Farben geschriebenen Transparente las.

59

Am nächsten Tag bekam De Santis einen Anruf von seinem Schwiegervater. Er bat um ein Treffen, was den Kommissar erstaunte. Gerardo Alba hatte ihn erst ein einziges Mal unter vier Augen sprechen wollen. Das war kurz vor der Hochzeit gewesen, um seinen Charakter, seine Karriereaussichten, seine Finanzen auf den Prüfstand zu stellen. Er erinnerte sich noch mit Grausen an die Eignungsprüfung.

»Im Moment ist es schwierig, ich stecke mitten in einem komplizierten Fall«, erwiderte De Santis, und aus Angst, seinen Schwiegervater brüskiert zu haben, schob er schnell nach: »Vielleicht können wir die Angelegenheit am Telefon besprechen? Worum dreht es sich denn?«

»Da wir uns nun leider zwei Sonntage nicht gesehen haben, wollte ich das nachholen.«

Aha. Sein Schwiegervater sondierte, wie ernst die Krise zwischen ihm und Isabella war.

»Ich nehme an, die Arbeit hat dich abgehalten«, schob Alba nach.

De Santis hätte bejahen können. Aber er hatte keine Lust mehr, Komödie zu spielen. Er hatte auch keine Zeit. »Isabella hält unsere Ehe für beendet. Es gibt einen neuen Mann in ihrem Leben«, sagte er, verwundert über seine gestelzte Formulierung.

»Das bedauern wir sehr«, sagte sein Schwiegervater. »Wichtig ist jetzt, dass wir die Sache sauber über die Bühne bringen und dass Ludovica nicht leidet. Falls wir euch dabei irgendwie helfen können …«

»Das weiß ich sehr zu schätzen.« Franco kam sich wieder mal idiotisch vor. In seiner Naivität hatte er auf so etwas wie Trost gehofft. Aber natürlich dachte Alba zuerst an seine Tochter und die Enkelin. Und an die Etikette.

In der Familiengeschichte der Albas hatte es bisher keine Scheidungen gegeben. Ausgerechnet er, Franco De Santis, fing damit an. Oder besser, Isabella. Der Clan ging ihm auf die Nerven. Seine Gedanken schweiften zu seinen eigenen Eltern. Wie viel lieber würde er jetzt bei ihnen in der Küche sitzen, während seine Mutter von dort ins Wohnzimmer oder vom Bad in den Flur schlurfte, aufräumte, betete, bügelte, kochte – und im vermeintlich zerstreuten Vorbeigehen lächelte, als wäre die Anwesenheit ihrer Kinder ein Wunder. Unterdessen schraubte sein Vater in der kleinen Werkstatt an Fahrrädern herum, in der Hoffnung, ein Nachwuchstalent in Pomigliano zu finden und Neapel zu einer Stadt der Fahrradfahrer zu machen. Hatte Isabella doch recht, dass sie so unterschiedlich geprägt waren, dass sie anders empfinden und denken mussten?

»Ja, also noch mal vielen Dank«, wollte er das Gespräch beenden.

Gerardo Alba erwiderte: »Ich wünsche dir auch für deine berufliche Zukunft alles Gute. Sei vorsichtig.«

De Santis überkam ein leichter Schauer bei diesem ungewohnten Zwischenton. Plötzlich wehte ein anderer Wind aus dem Hörer. Woher kam er? Aus Albas Herzen? Oder nicht viel eher aus dem erzbischöflichen Palais? Ein Mann wie Kardinal Silva war natürlich nicht nur mit dem Questore, sondern auch mit Gerardo Alba befreundet.

»Ich tue nur meine Pflicht.«

»Das schätzen wir alle sehr an dir. Vielleicht solltest du wissen, dass ich immer zu dir halten werde. Schwiegersohn, Ex-Schwiegersohn, das ist für mich kein allzu großer Unterschied. Allerdings ist auch mein Einfluss begrenzt.«

»Sicher. Danke für den Hinweis.«

Banalitäten. Doch in genau diesen Banalitäten, vielmehr in ihrer Dosierung und Platzierung, lag das ganze Geheimnis der Umgangsformen in Neapel. Gerade in den Sphären der Macht. Kein allzu großer Unterschied hieß vor allem: Es machte einen Unterschied.

Der Einfluss seines Schwiegervaters. Daran hing sein Schicksal. Gerardo Alba hatte er vielleicht auch zu verdanken, dass er Kommissar geworden war. Natürlich! Wieso war er nie auf diesen Gedanken gekommen? Bei dem Eignungstest damals war er nur Ispettore gewesen und hatte sich gewundert, dass er kurz darauf den *concorso* gewonnen hatte. In seiner Eitelkeit und Naivität hatte er fachliche Qualitäten für den Grund gehalten. In Wahrheit war er Kommissar von des Schwiegervaters Gnaden. Vielleicht auch von des Erzbischofs Gnaden.

Er verabschiedete sich, verwirrt und aufgebracht. Eine weitere Illusion war ihm genommen worden. Seine Karriere. Frucht seiner Heirat, nicht seiner Arbeit.

Zumindest eines wusste er jetzt sicher: Er war auf der richtigen Fährte. Kardinal Silva war der Mann, den sie überführen mussten.

Nur wie?

Von nun an herrschte eine merkwürdige Atmosphäre auf dem Kommissariat. Obwohl alle ihre Routineaufgaben erledigten und die Ergebnisse von der Kriminaltechnik sowie aus der Abhörabteilung eintrafen, fühlte De Santis sich wie in einem Vakuum. Oder lähmte ihn die Angst, und er konnte die Normalität nicht mehr als solche wahrnehmen? Es war wie die Ruhe vor dem Sturm, als ob in Kürze etwas herabdonnern und ihn zerschmettern würde. Nicht einmal der Questore rief mehr an, als ob er das Interesse an dem Fall verloren hätte. Doch das war undenkbar. Wartete er ab, ob der Kommissar die Signale zu deuten wusste? Ob er, wie es der oberste Dienstherr formuliert hatte, die Ehre der *Polizia di Stato* zu mehren verstand und sich nicht dazu verstieg, einen hohen Würdenträger zu beschmutzen? Wartete er auf De Santis' entscheidenden Fehler, der ihm einen Vorwand für drakonische Maßnahmen lieferte?

Der Commissario überlegte, mit wem er über seine Ängste reden sollte. Ihm fiel niemand ein. Vielleicht aus Scham, vielleicht weil er wirklich keine engen Freunde mehr hatte. Die einzige Verbündete, die ihm blieb, war die Staatsanwältin. Er verabredete sich mit Elvira Barbarossa und fuhr zu ihr ins *Centro Direzionale*.

Die Staatsanwaltschaft residierte in einem der Hochhäuser, die Neapel eine markige Skyline verleihen sollten, in Wahrheit jedoch nur eines der vielen urbanen Löcher geschlagen hatten. De Santis hasste den Bau, deshalb trafen sie sich in einem Straßencafé in der Nähe. Auf der einen Seite der Knast von Poggioreale, auf der anderen der Justizpalast, dazwischen ein paar Plastiktische, Eisreklame und aufgewärmte Croissants.

»Ich habe nicht viel Zeit, tut mir leid«, sagte Elvira, als sie mit einem kleinen Rucksack erschien.

Auch das kam De Santis verdächtig vor. Wurde er paranoid? Er umarmte sie, bestellte zwei Kaffee und sagte: »Ich habe den letzten fehlenden Baustein. Erzbischof Silva.«

Sie zog die Augenbrauen hoch.

»Er ist der Kopf der Organisation. Die Werke wurden als Diplomatengepäck ins Ausland geschafft. Bei jeder der Reisen war der Kardinal dabei. Er hat Orsolo und Capuozzo eingestellt und zu seinen Vertrauten gemacht. Außerdem hat er Don Sebastiano mehrfach besucht und unter Druck gesetzt. Es ging dabei nicht um klerikale Fragen, sondern um das Bild, das der Priester herausrücken sollte.«

Elvira Barbarossa hörte konzentriert zu, während neben ihnen der Verkehr vorbeirollte, und ließ sich die Passagierlisten mit den betreffenden Flügen zeigen. »Das sind jedes Mal vielköpfige Delegationen. Jeder der bischöflichen Sekretäre könnte hinter dem Fall stecken.«

»Aber nur Silva war jedes Mal dabei. Er ist nervös geworden und lässt auf jede erdenkliche Art Druck auf mich ausüben. Sogar mein Schwiegervater hat mich angerufen und mir indirekt gedroht, dass ich meinen Posten verliere, wenn ich nicht einlenke.«

Sie nickte. »Das ist hart. Aber es sind keine Beweise.«

»Elvira, alles passt zusammen. Der Kardinal lässt Kunstwerke restaurieren, zum Großteil mit staatlichen Geldern und einem kleinen Beitrag der Diözese, und sich dafür als Wohltäter feiern, während er mit schöner Regelmäßigkeit ein weniger bekanntes Werk bei der Restaurierung durch eine Fälschung ersetzt und das Original unter der Hand in den Osten schmuggelt. Eine perfekte Gelddruckmaschine.«

Die Staatsanwältin brummte, rieb sich das Kinn. »Warum sollte er sich so exponieren?«

»Er exponiert sich nicht. Die Sache ist so simpel und ungefährlich, dass man ihm nie auf die Schliche gekommen wäre. Hätte er nicht ausgerechnet die Heilige Anna in Bagnoli verschieben wollen, wodurch Don Sebastiano Wind von der Sache bekommen hat. Der Priester wollte unbedingt, dass die jungen Künstler aus Bagnoli den Auftrag bekommen, und als das mit allen Mitteln boykottiert wurde, fing er an nachzuforschen. Um sicherzugehen, stellte er dem Kardinal eine Falle. Wir haben im Glockenturm, wo das Bild versteckt war, eine Blutspur gefunden. An einer Metallstrebe, an der sich einer der Täter den Kopf gestoßen hat. Vielleicht ohne es zu merken. Wir haben die DNA gesichert. Sie gehört weder zu Orsolo noch zu Capuozzo oder sonst einem Verdächtigen. Seit wir ihm auf der Spur sind, blockt Silva jeglichen Kontakt ab. Wir rennen gegen eine Wand. Wir brauchen seine DNA.«

»Sie erwarten, dass ich eine DNA-Probe bei ihm anordne? Dazu müssten wir erst ein Ermittlungsverfahren gegen ihn einleiten.«

»Tun Sie das. Schicken Sie ihm einen *avviso di garanzia.*«

Elvira kratzte in ihrer leeren Tasse und legte den Löffel genervt auf die Untertasse. »Das alles ist Theorie.«

»Die sich mit den erhärteten Fakten deckt.«

»Bis auf die Tatsache, dass die Bilder im Diplomatengepäck waren. Auch das ist Spekulation.«

De Santis war einen Moment sprachlos. »Vier Bilder sind verschwunden. Immer genau zu dem Zeitpunkt, wenn Silva nach Moskau geflogen ist.«

»Das ist eine auffällige zeitliche Übereinstimmung, kein Beweis.«

Der Kommissar war zutiefst enttäuscht. »Sie hatten gesagt, bei diesem Fall würde ich Geduld brauchen, müsse auf einen Zufall und Eingebungen hoffen. Das habe ich getan. Der Fall ist gelöst.«

»Für Sie. Ein Richter will Beweise. Auch ein Ermittlungsrichter. Bringen Sie mir wenigstens einen dafür, dass Silva persönlich mit den Bildern zu tun hat.«

»Danach brauche ich keinen *avviso di garanzia* und keine Ermittlungen mehr.«

»Mag sein. Aber so sind die Spielregeln.«

Deine Spielregeln, dachte De Santis. Du bist eine großartige Frau und eine großartige Staatsanwältin dazu, niemand verteidigt das Gesetz couragierter als du, aber eben nur das Gesetz. Das Gesetz ist der Wirklichkeit nie gewachsen.

Sie stand auf, entschuldigte sich wegen ihrer Termine und drückte Franco zum Abschied.

60

Es kam ein trostloser Sonntag, es kam der Montag. De Santis versuchte, die nächste Karte auszuspielen. Er fand die Privatnummern der Diözesanmitarbeiter heraus, erklärte ihnen, in welchem Fall er ermittle, und bat jeweils um eine DNA-Probe »zur ermittlungstechnischen Entlastung sämtlicher Diözesanmitglieder«. Alle waren überrascht, jedoch nicht unfreundlich, manch einer sagte sogar zu, der Polizei zu helfen. Doch als er die Kriminaltechniker losschicken wollte, fielen sie einer nach dem anderen um. Ohne richterliche Anordnung war plötzlich niemand mehr bereit, eine derart heikle Untersuchung zuzulassen. De Santis wusste, dass die oberste Stelle in der Diözese dem Vorhaben einen Riegel vorgeschoben hatte. Die Stelle hieß Silva.

In seiner Abteilung fing es an zu rumoren. Seine Leute waren zunehmend frustriert, und er beruhigte sie mit dem Hinweis auf das Bild. Einen letzten Trumpf hatten sie immer noch in der Hand.

Am nächsten Tag klopfte ein Besucher an Franco De Santis' Bürotür. Es war Sascha, der Sohn von Natascha Smirnowa, den sie zur Identifizierung der Leiche hatten einfliegen lassen. Der Magen des Kommissars zog sich zusammen. Das waren die schlimmsten Momente im Leben eines Polizisten.

Sascha war ein schlanker, junger Mann in einem billigen Anzug, ein jugendlicher Dostojewski, nur größer. Er schüttelte De Santis die Hand.

»Mein Beileid«, sagte dieser und fügte hinzu: »Danke, dass Sie gekommen sind.«

Der junge Mann ließ sich in den Stuhl fallen und sah sich quälend langsam im Büro um.

»Kann ich Ihnen etwas anbieten?«, fragte De Santis, um die Stille zu unterbrechen.

»Wer war es?«, fragte Sascha. »Der Mann, vor dem sie davongelaufen ist?«

»Wir haben ihn gefasst. Was hat sie Ihnen gesagt?«

Seine Kaumuskeln wirkten wie versteinert bei der Anstrengung, seine Gefühle im Griff zu halten. »Sie hatte Angst. Vor allem und jedem. Selbst um mich. Ich wollte, dass sie zu mir kommt. Aber sie sagte Nein.«

Was hätte De Santis dafür gegeben, wenn ihm tröstende Worte eingefallen wären. Doch es gab keinen Trost. Nataschas Sohn musste den Schmerz ertragen und hoffen, dass er irgendwann erträglich werden würde. In manchen Fällen passierte das nie. Er dachte an die Augen der Maria auf Negronis Bild, an die Augen seiner eigenen Mutter, die sich am Herd umdrehte und beglückt war, wenn er sich über seinen Teller hermachte. Sascha würde diese Augen nie wiedersehen.

»Sie fand ihr Leben furchtbar. Deshalb wollte sie auch für mich ein anderes. Ein besseres. Für diesen Traum hat sie sich zu Tode gearbeitet.«

De Santis schwieg. Was für ein Leben wünschte er sich für Ludovica? Sicher keines im Polizeidienst. Wo dann? Im Architekturbüro von Isabella? Auf dem Vomero? Im Ausland? Weit weg von all der Ausweglosigkeit?

»Dabei wäre ich oft gerne einfach nur bei ihr gewesen.«

»Warum ist sie nicht früher zu Ihnen nach Paris?«

»Sie wollte mich nicht belasten mit ihren Sorgen. Meine Mutter war für mich fast eine Chimäre, immer irgendwo im Ausland, sichtbar in den Schecks, die ankamen. Wenn du später mal Anwalt bist und genug Geld verdienst, kannst du mich zu dir holen, sagte sie immer. Wozu das alles? Wozu soll ich jetzt noch Anwalt werden? Sie wollte es, nicht ich.«

»Werden Sie's. Zu Ehren Ihrer Mutter. Damit alles einen Sinn bekommt. Werden Sie ein Anwalt, der sich für Gerechtigkeit einsetzt, nicht für den Meistbietenden.«

Erzürnt rief Sascha. »Sie reden, als ob Sie Bescheid wüssten. Über mein Leben? Über meine Mutter? Sie hat sich an Sie gewandt, und Sie haben ihr nicht geholfen.«

»Ich hab's versucht. Aber Sie haben recht. Ich kenne mich mit Gerechtigkeit nicht gut aus, mit Ungerechtigkeit dagegen schon.«

Sascha nickte. »Wenn Sie mir helfen wollen, dann finden Sie die Leute, die hinter alldem stecken, und geben Sie mir die Namen. Den Rest übernehme ich dann.«

De Santis schüttelte den Kopf. »So funktioniert das nicht.«

»Nichts funktioniert.«

»Hat Ihre Mutter jemals mit Ihnen geredet, nachdem sie von Don Sebastiano weggegangen war?«

»Einmal hat sie angerufen, von einer Telefonzelle aus. Ich hab sie gefragt, warum sie so große Angst hatte. ›Du kannst dir nicht vorstellen, wie mächtig er ist‹, hat sie geantwortet.«

»Er? Einen Namen hat sie nicht genannt?«

»Nein.«

»Wenn Sie so weit sind, müssen wir in die Klinik fahren. Zur Identifizierung.«

»Ich bin so weit«, sagte Sascha.

Auf der Fahrt zur Gerichtsmedizin schwiegen sie, und De Santis machte sich Sorgen um den jungen Mann. Doch der Besuch verlief weniger dramatisch als gedacht. De Maria hatte das Antlitz der Toten in einen passablen Zustand versetzt, es wirkte entrückt und friedlich. Auf Saschas Gesicht leuchtete sogar zärtliche Dankbarkeit auf. Im Anschluss brachte De Santis ihn an den Flughafen und wartete, bis er eingecheckt hatte und durch die Sicherheitskontrolle gegangen war. Dann setzte er sich in ein kleines Bistro im Obergeschoss, beobachtete die Reisenden, die Gepäckstücke, die Schleusen, die sich öffneten und schlossen, und schließlich die Maschinen auf den Rollfeldern, die Menschen und Güter aufnahmen, ihre Schnauzen langsam hoben und mit ihrer Ladung in den Wolken verschwanden. Diplomatengepäck. Die Sicherheitsgarantie für Silvas Schmuggel. Nicht einmal die italienische Polizei durfte es kontrollieren. Sollte der Kardinal mit dem Bild in seinen Privatjet steigen, hatten sie keine Möglichkeit einzugreifen.

Jedenfalls keine legale.

Als De Santis in die Questura zurückkam, war niemand da. Niemand außer Beppe Bomba.

»Es gibt ein Problem mit der Überwachung«, sagte Bomba. »Pizzuoli und Marin sind unten.«

Der Kommissar rannte die Treppe hinunter in den Raum L I/3. Vor dem Monitor mit Michele standen die Kollegen und diskutierten lautstark.

»Rund um die Uhr, hatten wir gesagt«, polterte Gennaro.

»Wisst ihr, wie viele Überwachungsaufträge wir derzeit haben?«, fragte Michele.

»Hier geht es um einen Dreifachmord, verdammt.«

De Santis ging dazwischen und versuchte, die Lage zu beruhigen. Geduckt saß der Techniker auf dem Bürostuhl, sein erhitztes Gesicht wirkte angespannt und hilflos.

»Wir brauchen die zuletzt aufgezeichneten Bilder«, sagte De Santis.

Im Halbkreis setzten sie sich um den Schreibtisch, während Michele in den Dateien herumsuchte. Immer wieder klickte er eine Videospur an, die aus nichts anderem bestand als einem nachtschwarzen Rechteck, in dem links oben Datum und Uhrzeit blinkten. »Hier«, sagte er plötzlich, »da sind noch welche.«

Neben dem aktuellen Datum stand: 11:11 Uhr. Das war noch

nicht lange her. Ein Lichtfleck kam ins Bild, der sich auffächerte und zusammenschnurrte. Der Lichtkegel aus der Stirnlampe eines Mannes. Ein zweiter tauchte auf, streifte das Halbprofil des anderen.

»Halt mal an!«, rief Marin, und der Techniker fror das Bild ein. »Das ist einer der Restaurateure aus der Werkstatt. Ich habe ihn bei meinem letzten Kontrollbesuch gesehen. Ich bin absolut sicher.«

»Also steckt La Torre doch mit drin?«, fragte Bomba.

»Vielleicht nur einer seiner Mitarbeiter«, meinte De Santis.

Nach und nach entschlüsselten sie die Videobilder. Zwei Restaurateure aus La Torres Werkstatt waren offensichtlich in den Stollen eingedrungen, hatten die Kameraleitungen ausfindig gemacht und gekappt. Auch den Peilsender, mit dem das Bild versehen war, hatten sie lahmgelegt.

»Scheiße«, meinte Pizzuoli. »Das ist zwei Stunden her.« Er sprang auf.

»Wo willst du hin?«, fragte De Santis.

»Wir müssen in den Stollen, wenn es nicht sowieso zu spät ist.«

»Nein, wir warten ab«, ordnete der Kommissar an. »Marin und Bomba, lasst euch die Videodateien kopieren, wir sehen uns dann oben im Besprechungsraum.«

»Franco, das war unsere letzte Chance. Mit dem Bild wollten wir an Silva herankommen.«

»Er muss es erst noch ins Ausland schaffen«, erwiderte De Santis.

61

Der nächste Tag war wieder ein Mittwoch. Ein Tag, an dem die Sonne strahlte. Zwar milder als im Hochsommer, aber kräftig genug, um bis in zehn, fünfzehn Meter Tiefe ein grüngelbes Licht auf Seesterne und Fische zu werfen. Franco fuhr hinaus nach Portici und hörte schon von Weitem das vertraute Knattern des Kompressors. Als er das Tor zur Remise aufschob, stand Bruno über einen Eimer gebeugt und fädelte Bleigewichte auf einen Gurt. Sie umarmten einander, steifer und zögerlicher als gewohnt.

»Spät bist du dran. Ich dachte schon, du versetzt mich wieder«, schrie Bruno, um den Motorenlärm zu übertönen.

»Stell den Kompressor ab. Ich werde auch heute nicht mitkommen.«

»Warum?«

»Lass uns reden.«

Der Motor lief in einem lustlosen Röcheln aus. Die Stille wirkte gespenstisch, ebenso wie das seifige Licht, das auf den Berg aus Netzen, Tauchanzügen, Werkzeug und Pressluftflaschen fiel. Über drei Wochen waren seit Don Sebastianos Tod vergangen. Mit herkömmlichen Methoden würden sie den Hauptschuldigen nicht mehr erwischen. Franco hatte lange mit sich gerungen. Vor drei Wochen hatte er an diesem Ort eine Grenze überschritten, als er Bruno nach Informationen gefragt hatte. Es war ihm harmlos erschienen, seinem Freund nicht. Diesmal würde er noch weiter gehen.

Was Elvira Barbarossa wohl dazu sagen würde? Sie würde ihn keines Blickes mehr würdigen, wenn sie jemals davon erführe.

Bruno sah den Kommissar fragend an. »Du lässt mich beim Tauchen hängen, so wie du mich wegen der Deponie hast hängen lassen.«

»Du weißt nicht, was du da von mir verlangt hast. Oder doch, du weißt es nur zu gut. Wenn diese innovative legale Deponie scheitert, dann ist die Wirkung verheerend, und zwar für die gesamte Region. Das bedeutet, wir kommen nie aus dem Schlamassel raus. Die Camorra wird immer das Sagen haben. Wir werden immer eine dreckige, rückständige, verarmte Kolonie fremder Interessen bleiben.«

»Ich dachte, wir wären Freunde.«

»Wir haben Freundschaft und Geschäft immer getrennt.«

»Ach ja? Jetzt brauche ich dich. Ich habe massive Schwierigkeiten. Ich kann dir nicht genau erklären, was von mir verlangt wird …«

»Ich will es überhaupt nicht wissen. Schwierigkeiten hat jeder mal.«

Bruno lachte höhnisch. Ein unangenehmes Lachen, das Franco seit der Schulzeit nicht mehr gehört hatte.

»Vielleicht finden wir ja einen Weg, bei dem keiner von uns seine Sache verraten muss«, beschwichtigte er.

»Seit wann haben unsere Sachen einen gemeinsamen Nenner?«, zischte Bruno.

»Derzeit läuft ein Riesengeschäft in der Stadt, hinter dem Rücken der Camorra. Ich weiß, dass ihr so etwas nicht duldet. Und ich weiß auch, dass ihr den Flughafen als Dreh- und Angelpunkt dieses Geschäfts unter Kontrolle habt.«

»Drogen?«, fragte Bruno.

»Nein. Aber genauso einträglich und genauso illegal.«

»Ich bin interessiert.«

»Dafür erklärst du mir, was mit meinem Kollegen Gennaro Pizzuoli nicht stimmt. Und wir sehen, ob wir die Dinge bereinigen können.«

Bruno ging ans Tor, spähte hinaus auf die Straße, schaltete das Licht ab und den Kompressor an. »Man weiß ja nie«, sagte er.

Sie setzten sich auf die Türme mit Fischernetzen, die ölig rochen, und fingen an zu reden.

62

Franco kehrte in die Questura zurück und erledigte seine Schreibtischarbeiten. Neben sinnlosem Papierkram versuchte er, auch die Hinweise auf das zu ordnen, was er sicher wusste: Silva war der Kopf der Organisation. Schlau, schlüpfrig, unantastbar. Er brauchte Beweise, keine Hinweise.

Am Abend, als alle längst die Questura verlassen hatten, fuhr der Kommissar nach Ponticelli. Das Viertel von Gennaro und Bruno, das Viertel der innovativen Mülldeponie. Ein verfallender historischer Kern, ein Gemeindezentrum, das wie eine Kaserne gesichert war. Selbst die Klingeln der Klosterschwestern waren unter einem Schutzgitter.

Er parkte an einer Grünanlage. Ein paar Halbstarke hörten Musik mit ihren Handys und rauchten. Zwei Mädchen, geschminkt, in engen Röcken, tanzten zwischen ihnen. Im Erdgeschoss eines Mehrfamilienhauses die Pizzeria *Cielo azzurro*, eine Leuchtreklame, ein paar Scooter davor. De Santis stieg aus dem Wagen, drückte dem Größten und Aufgeblasensten der Gruppe einen Geldschein in die Hand und sagte: »Hab bitte ein Auge auf meinen Wagen.«

Der Junge schaute auf den Fünfeuroschein und sagte: »Willst du mich verarschen?«

»Bin gleich wieder da.«

»Bei meinem Tarif heißt das, in spätestens zehn Minuten.«

De Santis ignorierte ihn und betrat das Lokal.

»Wo ist Gennaro?«, fragte er, nachdem er den Pizzabäcker begrüßt hatte.

»Noch oben, er müsste jeden Moment kommen.«

Antonio hatte kräftige, mehlbestäubte Unterarme. »Eine mit *friarielli* und *salsiccia*?«

»Nachher.«

Der Laden brummte. Antonio schob ohne Unterlass Pizzen in den Ofen, lief ans Telefon, notierte Bestellungen. Ein Bote kam angefahren, packte die gestapelten Kartons und brauste davon. Stefania kam herein.

»Franco!«, rief sie. »Dass du dich auch mal wieder sehen lässt.« Gennaros Frau küsste ihn auf beide Wangen, und er spürte ihren durchtrainierten Körper, der seit der letzten Schwangerschaft ein wenig fülliger geworden war. Sie hatte Balletttänzerin werden wollen, dann war sie Mutter geworden. »Siehst ein bisschen schmal aus«, meinte sie. »Sorgen?«

Du bist gut, dachte De Santis. Du sitzt auf einem Pulverfass.

»Ich muss mit deinem Mann reden.«

»Dann geh hoch. Da habt ihr eure Ruhe.«

Als Gennaro seinen Chef sah, wirkte er verlegen. Er wiegte seine Jüngste auf dem Arm und wies Franco den Weg durch ein Labyrinth aus Spielsachen, Wäsche, Bügelbrett, Laufstall, Wickelkommode. Eine Tür öffnete sich, ein Junge linste heraus. »Du sollst schlafen«, sagte Gennaro und verschwand mit der Kleinen.

Das Wohnzimmer war als solches kaum erkennbar. Eine Sofalehne und ein Fernsehbildschirm ragten aus einem Wust aus Plüschtieren, Decken und Robotern. De Santis' Wut schlug in Mitgefühl um. Er brauchte eine Zigarette, öffnete die Balkontür und trat hinaus in die kühle Luft, in der sich die Lichter der Wohnblocks türmten. Auch auf dem Balkon hing Wäsche, in einem Kübel stand, geschützt von einer Plastikhaube, eine Cannabispflanze. Also stimmte, was Bruno erzählt hatte. Gennaro musste verrückt geworden sein!

»Da bist du ja«, sagte Gennaro, der in der Tür erschien. »Wollen wir runtergehen? Ich muss Antonio helfen.«

»Nein. Lass uns hier reden.«

Franco sah ihm in die Augen. Gennaro schlug die Augen nieder, verlegen.

»Du steckst ganz schön in der Scheiße, weißt du das?«, sagte der Commissario.

Sein Gegenüber schwieg.

»Was hast du mit O'Svizzero zu schaffen?«

»Nichts.«

»Lüg mich nicht an. Du bist Polizist, Mensch.«

»Du weißt doch, wie das läuft. Wir haben eine Pizzeria.«

»Ja, und?«

»Als Stefania sie vor drei Jahren aufgemacht hat, standen ein paar Tage später zwei Typen an der Kasse.«

»Um euch Schutz anzubieten.«

»Ich hatte ihr eingeschärft, hart zu bleiben und alle wegzuschicken. Sie sollten mit mir reden.«

»Reden? Wozu? Du kannst mit der Camorra keine Abmachungen treffen. Du bist Polizist. Du kannst sie nur anzeigen. Wenn nicht mal wir es machen, wie sollen wir es dann von den normalen Bürgern erwarten?«, sagte De Santis. Aber er kannte die Abläufe nur zu gut. Man musste die Erpresser in flagranti ertappen, was langwierige Ermittlungen voraussetzte, und selbst wenn man sie festnahm, erwischte man oft nur die Handlanger der Organisation, die das Viertel im Griff hatte. Gennaros Kinder mussten hier weiterhin in den Kindergarten, Stefania musste in den Supermarkt, ihr Auto stand auf der Straße, von der Pizzeria ganz zu schweigen. Ein Molotow-Cocktail reichte, und ihre Existenz war vernichtet. Ausgerechnet De Santis wollte Gennaro Belehrungen erteilen?

»Ich bin eisern geblieben. Kein Schutzgeld, habe ich ihnen gesagt, das könne ich als Polizist nicht machen.«

»Sondern?«, hakte der Kommissar ungeduldig nach. »Jetzt red schon.«

»Wir hatten uns mit der Renovierung ein bisschen verhoben.«

»Und dann hast du dir von O'Svizzero Geld geliehen? Du zahlst also dein Schutzgeld in Form von Wucherzinsen?«

Gennaro nickte. »Wenn du so willst.« Er bat mit einer Geste um eine Zigarette und zündete sie mit zitternden Fingern an.

»Wie viel?«

»Zehntausend.«

»Was zahlst du an Zinsen?«

Er zuckte mit den Achseln. »Zehntausend habe ich schon zurückgezahlt.«

»Wie viel steht noch aus?«

»Noch einmal zehntausend.«

Die übliche Methode. Beim ersten kleinen Säumnis erhoben sie horrende Aufschläge.

»Warum bist du denn nicht zu mir gekommen? Wie kannst du dir von denen Geld leihen? Du weißt, dass das dein Ende ist.«

»Ich kann doch einen Kollegen nicht um zehntausend Euro anhauen.«

»Wir hätten zusammengelegt. Deine Eltern, Bomba, keine Ahnung.« Er wollte fragen, warum Gennaro nicht zur Bank gegangen war, aber die Frage konnte er sich schenken. Seit der Finanzkrise vergaben die Banken nur noch Kredite an Leute, die sie nicht brauchten.

»Und das da?« Der Kommissar wies auf die Pflanze unter der Haube.

»Was meinst du?«

Daraufhin wurde der Commissario richtig sauer. Er packte Pizzuoli an den Schultern, zog ihn ins Wohnzimmer und schüttelte ihn. »Hör mit dem Scheiß auf. Willst du dich umbringen? Du züchtest Gras und vertickst es in deinen Pizzakartons.«

»Eine Pflanze …«

»Halt die Schnauze. Es gibt in dieser Stadt ein Monopol, das weißt du genauso gut wie ich.«

Verzweifelt zog Gennaro an der Zigarette, ein-, zwei-, dreimal hintereinander, dann ließ er sich aufs Sofa fallen und fing zu weinen an. »Franco, ich, wir ... wir schaffen es nicht. Aus den zehntausend Euro sind im Nu fünfzehntausend geworden, dann zwanzig ... Jeden Monat, den ich die Rate nicht zahlen konnte, sind die Schulden noch mal um tausend gestiegen.«

»Aber die Pizzeria läuft doch.«

»Wir können uns krumm und bucklig schuften, die Jungs, der Sprit, die Miete ... Es bleibt kaum etwas übrig.«

»Und da hast du dir ein weiteres Standbein schaffen wollen.«

»Meine Güte, die eine Pflanze ...«

»... ist eine zu viel, verdammt. Stell dich nicht blöd. Ich bin gewarnt worden.«

»Von wem?« Gennaro schaute entgeistert.

De Santis winkte ab, und dann legte er dem schluchzenden Kollegen die Hand in den Nacken. »Keine Sorge, ich helfe dir. Gib mir die Pflanze.«

Mit großen, geröteten Augen schaute Gennaro ihn an. »Der Samen ist aus Marokko, exzellente Qualität, in den kalten Monaten musst du ...«

»Halt die Klappe.«

Gennaro ging hinaus und zog den Wurzelballen aus dem Tontopf, dann wickelte er die Staude zärtlich in die Folie und überreichte sie seinem Chef.

»Komm mit runter. Stefania wartet auf dich.« De Santis umarmte den Kollegen, drückte ihn an sich. »Morgen gehe ich zur Bank. Ich leihe dir das Geld.«

»Das kann ich nicht annehmen.«

»Es ist deine einzige Chance«, sagte er und fügte in Gedanken hinzu: unsere.

Pizzuoli versuchte zu lächeln. Der Kommissar ging die Treppe hinunter, winkte Stefania, die ihm eine Kusshand zuwarf, und trug die Hanfpflanze zum Auto, verfolgt von zahlreichen Augenpaaren. Die Polizei in Neapel verfügte über rund fünfhundert Beamte, dazu vierundzwanzig Streifenwagen. Die Camorra hatte in jedem Viertel ein paar Dutzend Clan-Mitglieder, außerdem unzählige Informanten und Handlanger. Ihre Streitmacht war der Polizei nicht nur zahlenmäßig überlegen, sie war auch brutaler.

Die Jungs standen immer noch neben De Santis' Alfa Romeo, als er auf die Straße trat. Der Anführer sah zu, wie Franco die Pflanze in den Kofferraum lud.

»Ist illegal.«

Alle lachten.

Der Kommissar reagierte nicht. Er wusste, irgendeiner würde Meldung machen, und damit war sein Ziel erreicht.

»Das waren außerdem mehr als zehn Minuten«, sagte der Große.

»Damit hast du noch was gut bei mir. Besuch mich in der Questura, dann gebe ich dir einen Kaffee aus.«

63

Franco De Santis stieg ein, kurbelte das Fenster hinunter und zündete sich eine Zigarette an. Die kühle Nachtluft wehte ins Wageninnere. Er nahm einen tiefen Zug und lehnte sich gegen die Kopfstütze. Zehntausend Euro, das waren seine gesamten Ersparnisse, einschließlich des Guthabens auf dem Girokonto. Ludovica würde auf das iPhone verzichten müssen, auf das Pferd sowieso, wenn nicht Stefano aushalf.

Unterdessen betrieb er als Kommissar Drogenbekämpfung im Auftrag der Camorra. Er fühlte sich miserabel, aber ihm blieb keine andere Wahl. Es war die einzige Chance, Silva am Flughafen zu stoppen. Am Sonntag endete die Synode zur Aufhebung des Schismas. Danach würde der Kardinal das Bild ins Ausland schaffen.

Sein Handy klingelte. Er nahm ab und lauschte der Stimme, während im Hintergrund elektronische Geräte piepsten und Funksprüche krächzten. Die Flugüberwachung.

»Die Maschine Na CC zwei-eins-vier hat für morgen früh um Viertel nach neun eine Starterlaubnis erbeten.«

»Aber …«, sagte er, und seine Gedanken überschlugen sich. Morgen früh, das ging nicht. Silva war als Hauptredner für eine Abschlusskonferenz angekündigt, und danach musste er verschiedene Arbeitsgruppen auf der Synode leiten, er konnte jetzt nicht weg. Schlimmer noch: De Santis hatte vorher eine ganze Menge zu regeln.

»Das geht nicht«, sagte De Santis.

»Wie meinen Sie das?«

»Sie müssen für Aufschub sorgen.«

»Das steht nicht in meiner Macht.«

»Denken Sie sich etwas aus, verzögern Sie den Start.«

»Unmöglich.«

Franco De Santis legte auf. Wie sollte er das Geld so schnell auftreiben? Auf seinem Konto war zwar genug, aber über Nacht kam er da nicht ran. Er konnte am Automaten tausend Euro abheben. Und die anderen neuntausend?

Wen konnte er auf die Schnelle um einen Kredit bitten? Sein Vater misstraute den Banken und bewahrte sein Kapital in einem Versteck im Garten auf.

Er nahm die Autobahn Richtung Pomigliano und glitt im Strom der Scheinwerfer durch die Finsternis. Er liebte es, nachts alleine Auto zu fahren. Als er in die Viale Alfa Romeo einbog, erkannte er im Licht der Laternen die rationalistischen Fassaden mit den Basreliefs. Dreher, Schmiede und Feinmechaniker, aus einer Zeit, in der man mit industriellem Aufschwung Macht, Lebensglück und -sinn verband. Wie später in Bagnoli. Arbeit als moralisches Prinzip. Bau einer neuen Gemeinschaft. Gebaut wurden vor allem Kampfbomber. Der Blütenduft der Kleingärten und der warme Asphalt. Der Geruch seiner Kindheit. Anheimelnd und verstörend. Er drückte die Klingel. »De Santis« stand daneben, die Handschrift seines Vaters rührte ihn.

Dann eine etwas desorientierte Stimme aus der Gegensprechanlage. »*Pronto?*« Seine Mutter.

»Mama.«

»Franco?« Erst Überraschung, Freude und Wärme, dann schwang schon wieder Besorgnis mit. Das alles in zwei Silben.

Er lief die Treppen hoch, um seine Mutter zu beruhigen. Sie stand in der Tür. Alt wirkte sie, klein und zerbrechlich. Die beiden umarmten einander, sie strich ihm über den Scheitel.

»Wo kommst du jetzt her, Junge?«, sagte sie. »Ist alles in Ordnung?«

»Ja. Alles bestens.«

»Warum hast du nicht angerufen? Ich hätte dir doch etwas zu essen gemacht.«

»Ich habe längst gegessen.«

»Bist du sicher? Du siehst hungrig aus.«

Für neapolitanische Mütter sahen alle Kinder hungrig aus, vor allem die eigenen. Auch um zehn Uhr abends.

»Stimmt es, was in der Zeitung steht? Don Sebastiano hat sich umgebracht?«, fragte sie und zog ihn in die Diele.

»Nein«, antwortete er.

»Wusst ich's doch.«

Sie setzten sich in die Wohnküche, sein Vater schenkte ihm einen Schluck Rotwein ein, während er die Zusammenfassung eines Radrennens im Fernsehen verfolgte. Er mochte seinen Sohn sehr und hatte ihn immer unterstützt, das Reden fiel ihm jedoch schwer.

»Wie geht es Isabella und Ludovica?«, fragte seine Mutter.

»Gut. Sehr gut«, schob er nach, und dieser Nachdruck ließ seine Mutter hellhörig werden. Sie schaute ihn misstrauisch an, doch Franco sagte schnell: »Vater.«

Dieser blickte auf, fragend. De Santis fühlte sich mies. Er brachte es nicht fertig, seinen Vater in diese Geschichte hineinzuziehen. Sein Lebtag hatte sein alter Herr es geschafft, mit hartem Training, mit einer stupiden Arbeit in der Fabrik, mit Entbehrungen und seinem Stolz eine saubere Existenz zu führen und dabei drei Kinder großzuziehen. Er war ein Champion gewesen, Edelhelfer nur, aber einer der wenigen Radsportprofis aus dem Süden. Später dann hatte er sich für den Rest seines Arbeitslebens ans Band gestellt, ohne je zu klagen.

»Tut mir leid, ich muss wieder los«, sagte De Santis zu seinen Eltern. Seine Mutter hielt sein Gesicht einen Moment zwischen ihren Händen. »Ich hole den Besuch bald nach, versprochen«, sagte er.

Sie nickte und flüsterte: »Sei vorsichtig«, wie immer in den siebenundvierzig Jahren seines Lebens.

Er hastete zum Auto und startete den Motor. Sein Plan war im Eimer. Jedenfalls wenn kein Wunder geschah. Morgen früh um acht auf die Bank, alles abheben, dann zum Flughafen ... Unmöglich. Das Gepäck würde vorher durch die Schleusen gehen. Wer konnte ihm zehntausend Euro besorgen? In bar? Über Nacht?

Er rief Marin und Bomba an und bestellte sie für den nächsten Morgen um sechs Uhr auf die Questura. Als Letzten kontaktierte er Pizzuoli. »Bis morgen früh müssen wir deine Schulden bezahlt haben«, sagte er.

»Das soll ein Witz sein, hoffe ich. Sieht so die Hilfe aus, die du mir angeboten hast?«

»Ich kann dir nicht alle Details erklären, vertrau mir einfach. Wie viel Bargeld hast du?«

»Die Einnahmen von heute und ...«

»Wie viel ist das?«

»Vierhundert Euro, wenn's hochkommt.«

Na bravo. Dann fehlten ja nur noch neuntausendsechshundert.

Während De Santis auf die Autobahn fuhr und das Stadtzentrum ansteuerte, kam ihm eine spontane Idee, und er rief Isabella an.

»Habe ich das richtig verstanden«, fragte sie, »du rufst mich um halb eins in der Nacht an, weil ich dir zehntausend Euro in bar leihen soll?«

»Ja.«

»Wofür?«

»Das kann ich dir nicht sagen, aber du bekommst sie morgen früh zurück. Ganz sicher.«

»Warum bezahlst du dann nicht gleich mit deinem eigenen Geld?«

»Das geht nicht. Glaub mir, sonst würde ich dich wohl kaum um Hilfe bitten. Du hast doch manchmal eine eiserne Reserve im

Büro.« Er wusste, dass im Baugewerbe immer mal wieder Rechnungen unter der Hand in bar beglichen wurden.

»Manchmal. Jetzt nicht.«

»Und dein Vater?«

»Sag mal, spinnst du jetzt komplett? Verrat mir erst, in welche Machenschaften du verstrickt bist?«

»Ich muss einem Freund aus der Klemme helfen.«

»Mein Vater soll also einem Freund von dir aus der Klemme helfen?«

»Nein. Er soll dir helfen, du hilfst mir, und ich helfe meinem Freund.«

»Ich könnte gleich morgen früh etwas vom Geschäftskonto abheben.«

»Wie viel kriegst du am Automaten?«

»Das weiß du selbst. Tausend Euro.«

»Das reicht nicht.

»Du hast nach wie vor eine Vollmacht für meine Konten. Du musst morgen zur Bank gehen, alles abheben und dann damit zum Flughafen kommen.«

»Wieso machst du das nicht selbst?«

»Frag nicht. Bitte hilf mir.«

Sie zögerte noch immer und brummte dann: »Meinetwegen.«

»Spätestens um halb neun musst du am Flughafen sein.«

»Wie soll das denn gehen? Die Bank macht erst um acht auf.«

»Du schaffst das.«

Er legte auf. Isabella. Was für eine Frau, dachte er.

64

Der Flughafen Capodichino liegt auf einem Hügel hinter der Stadt, die Bourbonen ließen hier, während sie dinierten und das Panorama über den Golf genossen, ihre Truppen paradieren, die Pioniere der Luftfahrt ihre ersten wackligen Prototypen aufsteigen. Die freie Natur und das Panorama waren verschwunden, Militär und Luftfahrt geblieben.

Es war kurz vor sieben, als drei Streifenwagen, ein Lieferwagen der Kriminaltechnik und ein Taxi mit dem Kunsthistoriker Salvatore Sanna vor den Terminal rollten. Franco De Santis fröstelte, er war die ganze Nacht auf den Beinen gewesen, hatte telefoniert und die Kollegen bearbeitet. Nun vermischten sich die Müdigkeit und das Adrenalin mit der kühlen Luft aus der Klimaanlage. In seinem Plan gab es so viele Variablen, dass es gar kein richtiger Plan mehr war. Eher eine Improvisation, die mit einer Festnahme enden sollte. Dazu musste allerdings Isabella pünktlich mit dem Geld kommen, Bruno musste es übernehmen und weiterleiten …

Verloren leuchtete der Terminal mit der schlichten Glasfront inmitten der urbanen Wüstenei aus Parksilos, Verkehrskreiseln, Hotels und Frachtrampen.

Marin, Bomba, De Santis und Pizzuoli stiegen aus, die Uniformierten der *Squadra mobile* folgten mit dem Kunstprofessor. Aber wo waren die anderen? Die Hundeführer und die Kollegen von der

Kriminaltechnik? De Santis rief in der Questura an und erfuhr, dass sie auf der Tangenziale im Stau steckten.

Er kontaktierte Isabella. »Wie weit bist du?«

»Es ist sieben Uhr, ich stehe vor dem Spiegel und ziehe mir gerade die Augenbrauen nach«, erwiderte sie.

Er winkte Pizzuoli, ihm zu folgen. Ihnen blieben noch gut zwei Stunden, der Start von Kardinal Silvas kleinem Privatjet war für 9:15 Uhr vorgesehen. Mit fünf Personen an Bord: dem Erzbischof, zwei Sekretären und zwei weiteren Begleitern. Capuozzo und Orsolo waren verhindert. Sie saßen in U-Haft.

Sie betraten den Terminal, in dem zu dieser Morgenstunde reichlich Betrieb war. Große, freundliche Travertinplatten, ein dezentes Lila an den Wänden, weinrote Sitzgelegenheiten. Neapel, dem Chaos, Dreck und logistisches Unvermögen nachgesagt wurden, überraschte mit einem hochmodernen, schicken Flughafen, der zivile wie militärische Überlastung elegant ignorierte. De Santis kontrollierte alle Etagen, die Toiletten im Keller und den Zugang zum Sicherheitscheck im Obergeschoss. Er musste seine Nervosität abreagieren.

Um 8:20 Uhr rollten eine dunkle Limousine und ein kleiner Lieferwagen vor. Aus dem Pkw stieg Kardinal Erzbischof Silva mit zwei Geistlichen im Talar, aus dem Lieferwagen Männer in dunklen Anzügen, die Gepäck ausluden. Koffer, Taschen sowie Sperrgut in einer rechteckigen Holzkiste, etwa zwei mal drei Meter. Groß genug für die Heilige Anna von Pietro Negroni.

Isabella musste inzwischen in der Bank sein, steckte wahrscheinlich gerade das Geld in die Tasche und machte sich auf den Weg. Aber wo war Bruno? Acht Uhr hatten sie ausgemacht und besprochen, dass sie sicherheitshalber nicht mehr telefonierten. De Santis nahm das Funkgerät und gab dem Dirigente der *Squadra mobile* den Befehl, Silva und seine Delegation aufzuhalten.

»Wie soll ich das anstellen?«

»Denken Sie sich etwas aus.«

Als die Gruppe durch die Schiebetür in den Terminal trat, umringten mehrere Polizisten sie.

»Routinekontrolle«, sagte der Dirigente.

Marin, Pizzuoli und Bomba hielten sich im Hintergrund.

»Wozu?«, erwiderte der Sekretär des Kardinals.

»Identitätsfeststellung.«

Sie zückten ihre Pässe. Die Beamten taten, als interessierten sie sich dafür.

»Alles in Ordnung«, sagte der Dirigente, nachdem er mit enervierender Gründlichkeit alle Namen, ausstellende Behörden, Ablaufdaten überprüft, im Zentralsystem abgeglichen und schließlich De Santis einen hilflosen Blick zugeworfen hatte.

»Wie erfreulich«, schaltete sich Kardinal Silva ein. »Wir haben es nämlich eilig.«

»Sicher. Kommissar De Santis möchte Sie noch einen Moment sprechen«, sagte der Dirigente und deutete durch die Halle hinauf in den ersten Stock, wo der Kommissar gemeinsam mit dem Professor an der Brüstung lehnte.

Sie fuhren die Rolltreppe hinab. Als der Kardinal den Kunstprofessor mit seiner weißen Mähne und der schillernden Fliege erkannte, nahm seine Nervosität zu.

»Für eine Unterhaltung ist dies nicht der richtige Zeitpunkt«, sagte er zum Kommissar.

»Sie sind unserer Vorladung nicht nachgekommen, weil sie durch ein kirchenpolitisches Ereignis von epochaler Bedeutung gebunden waren. Wie ist es möglich, dass sie verreisen können? Mitten während der Abschlusswoche der Synode?«, erwiderte De Santis.

»Es wäre ein fataler Fehler, sie als meine Synode zu betrachten. Heute stehen die Arbeitsgruppen im Vordergrund.«

»Dann beantworten Sie meine Fragen doch an Ort und Stelle«, sagte der Kommissar.

Silva wirkte unangenehm berührt. De Santis meinte sogar, Angst in seinen Augen aufblitzen zu sehen. Aber wenn nicht bald Isabella und Bruno auftauchten, würde der Kardinal unbehelligt mit dem Bild durch die Schleuse und in den Morgenhimmel verschwinden.

»Tut mir leid, meine Maschine geht jetzt. Der Termin steht im Zusammenhang mit der Synode.«

»Verstehe«, sagte De Santis. »Dann reden wir eben, solange das Gepäck abgefertigt wird. Ihre Sachen?«, fragte der Kommissar.

»Ja«, erwiderte der Kardinal.

»Wir würden gerne einen Blick hineinwerfen.«

Silva lächelte. »Bedaure.« Von seinem Sekretär ließ er sich mit lässiger Geste eine Ledertasche reichen, suchte in den Papieren und legte eine Bescheinigung über Diplomatengepäck vor. »Es unterliegt nicht der italienischen Jurisdiktion. Wenn Sie uns jetzt bitte entschuldigen würden.«

»Das hier ist eine Ausnahmesituation. Gefahr im Verzug.«

»Gefahr welcher Art?«

»Ihnen soll Sprengstoff untergeschoben worden sein«, improvisierte De Santis.

Der Kardinal lachte. »Wo? Im erzbischöflichen Palais?«

»Nein. Diesmal in Ihrem unterirdischen Depot«, erwiderte De Santis und bemerkte erneut das unsichere Flackern in Silvas Augen.

»Wer behauptet das?«

»Eine zuverlässige Quelle. Keine Angst, wir haben speziell abgerichtete Hunde. Sie schlagen nur bei Sprengstoff an.« Der Kommissar gab einem Kollegen ein Zeichen, den Hundeführer zu holen.

»Sie verstoßen gegen internationales Recht. Wir genießen diplomatische Immunität.«

»Nicht nach den jüngsten Antiterrorgesetzen.«

Silvas Erregung nahm zu. »Welche Antiterrorgesetze? Ich möchte mit dem zuständigen Staatsanwalt sprechen«, sagte der Kardinal.

»Warum lassen Sie nicht schnell die Hunde an das Gepäck? Damit wäre die Sache auch schon erledigt?«

»Kommt nicht infrage.«

Hektisch wählte Silva eine Nummer mit seinem Handy. Der Hundeführer näherte sich mit zwei Schäferhunden, die aufgeregt mit dem Schwanz wedelten, an der Leine zerrten und zu bellen anfingen. Schnell hatte sich eine Traube Schaulustiger um die Gruppe gebildet. Und da war auch Bruno. Endlich. Aus dem Augenwinkel sah De Santis ihn durch die Schiebetür kommen. Bruno sah sich um und ging, wie abgesprochen, Richtung Treppe. Sie hatten vereinbart, die Geldübergabe im Untergeschoss auf den Toiletten zu regeln.

Mit triumphierender Miene reichte Silva De Santis sein Handy. »Hier, der Oberstaatsanwalt. Er möchte Sie sprechen.«

Der Kommissar ließ das unvermeidliche Donnerwetter über sich ergehen und versuchte erneut, auf Zeit zu spielen. Er stellte sich dumm, gab langwierige Erklärungen ab. Sein Informant sei absolut zuverlässig. Die allgemeine Sicherheit sei …

»Schluss mit dem Unsinn. Sie werden den Kardinal nicht länger behelligen. Reicht Ihnen sein Wort denn nicht?«, brüllte der Oberstaatsanwalt.

Vollidiot, dachte De Santis nur. Was weißt du schon, was das Wort dieses Kardinals wert ist? Er legte auf. »Ich entschuldige mich für die Unannehmlichkeiten«, sagte er dann. »Guten Flug. Wohin soll die Reise denn gehen?«

»Moskau«, erwiderte Silva lächelnd. Dann zwinkerte er, als wollte er anfügen: Du wolltest mich aufs Kreuz legen? Du? Mit einer lächerlichen Gepäckkontrolle?

Der Kardinal schwebte mit seinem Gefolge auf der Rolltreppe ins Obergeschoss, wie eine Reihe schwarzer Raben auf einer Telefonleitung. Die Helfer in den dunklen Anzügen brachten unterdessen das Gepäck an den Sonderschalter für Sperrgut.

De Santis rief Isabella an. »Wo bist du? Hast du das Geld?«

»Ja, aber ich stehe im Stau. Ich bin kurz vor der Ausfahrt.«

»Mach hin.«

»Was glaubst du, was ich tue?«

»Halt einfach direkt vor dem Terminal und komm durch die Schiebetür. Ich warte dort auf dich.«

Dann ging er zu Pizzuoli, Marin und Bomba, die ratlos in der Halle standen und zusahen, wie Silva mitsamt seiner Delegation durch die Sicherheitsschleuse verschwand.

»Was machen wir jetzt?«, fragte Bomba.

»Geht hoch in das Café.«

»Was sollen wir da?«, fragte Marin.

»Frühstücken. Es gibt eine Panoramascheibe, von der aus man einen schönen Blick über das Rollfeld hat.«

Bombas Gesicht hellte sich auf. »Auf Spesen?«

»Wie immer«, sagte De Santis.

Marin und Pizzuoli wirkten deprimiert und orientierungslos. Sie schienen an fast vier Wochen harte Arbeit zu denken. Drei Morde. Und ihr einziger handfester Beweis gegen den Kopf der Bande verschwand gerade vor ihren Augen.

»Ich komme gleich nach«, schob De Santis hinterher. »Behaltet so lange das Rollfeld im Auge.«

»Wir haben es kapiert«, erwiderte Marin. »Ich frage mich nur, wozu.«

De Santis ging zum Eingang und lief hinter der Schiebetür auf und ab. Die Schaulustigen hatten sich zerstreut, ein steter Strom an Fluggästen kam mit Koffern und Angehörigen im Schlepptau herein. Verzweifelte Umarmungen, man spendete einander Trost. Trennungen auf Zeit. Auch er hatte sich hier vor nicht allzu langer Zeit von Isabella und Ludovica verabschiedet, als sie im Winter nach Ägypten geflogen waren. Mit dem tröstlichen Wissen, dass sie bald zurückkommen würden. Er starrte auf die Kolonne von Taxen, die sich auf der Sperrfläche einordneten, Wagenschläge gingen auf, Fahrer hievten Gepäck aus dem Kofferraum. Wo war Isabellas Mini?

Wenn Silva mit dem Bild verschwand, würde alles im Nichts enden. Orsolo und Capuozzo würden in den Knast wandern, sie würden dichthalten, die paar Jahre absitzen und hinterher vom Erzbischof fürstlich entlohnt werden. Silva würde den Kunstraub aufgeben und sich mit Sicherheit eine andere Einnahmequelle suchen. Unverrückbar auf seinem erzbischöflichen Thron. Ebenso sicher würde er Rache üben, würde versuchen, De Santis zu vernichten. Durch die Presse, durch seine einflussreichen Seilschaften. Aber das war dem Kommissar in diesem Moment nahezu egal. Er entdeckte nämlich seine Frau, die mit einer Vollbremsung vor dem Terminal hielt.

Sie schaltete den Warnblinker ein und sprang aus dem Wagen, während er ihr entgegenging. Großartiger denn je sah sie aus in dem hellen Trenchcoat und dem vanillefarbenen Kleid. Er umarmte sie und sog ihren Geruch ein, die Wärme ihrer Haut, den zarten Nebenton ihres Parfüms.

»Hast du das Geld?«

Wortlos steckte sie ihm ein Kuvert zu.

»Du bist ein Engel.«

»Ach ja?«, fragte sie, setzte sich ins Auto und fuhr davon.

De Santis lief durch die Halle, die Treppe hinunter und den langen Korridor entlang. Aufgeregt betrat er die Herrentoilette und sah die verschlossene Kabinentür. Er klopfte.

»Bruno?«

Die Tür ging auf. Er überreichte das Kuvert.

»Zehntausend. Gennaro und dein Mann sind quitt.«

Bruno nickte. Er betrachtete das Kuvert und schien zu überlegen, ob er nachzählen sollte. »Okay«, sagte er nur.

»Ruf an …, wenn es nicht schon zu spät ist.«

»Hier unten ist kein Empfang.«

De Santis stürmte aus der Toilette, hastete die Treppen hoch und versuchte, sich zu beruhigen, während er an der Kasse des Schnellcafés anstand und ein Tablett mit Kaffee und *sfogliatelle* bestellte. Da entdeckte er seine Kollegen an einem der Tische. Müde, geschlagen. Er brachte ihnen das Frühstück.

»Wir haben schon gegessen. Haben Sie das Bild ausgetauscht?«, fragte Pizzuoli.

»Nein.«

»Ist es das Original, mit dem der Kardinal verschwindet?«, hakte er nach.

»Ja.«

»Wie können Sie jetzt essen?«, fragte Marin. »Mir dreht sich der Magen um, wenn ich da hinaussehe.«

Über das Rollfeld fuhr ein kleiner Bus mit den Geistlichen, dahinter ein gelbes Zugfahrzeug mit Gepäckanhänger. Die flache, große Fichtenholzkiste mit dem Gemälde stand ein wenig über und wippte fröhlich bei jeder Bodenwelle.

»Du hast recht«, sagte Bomba zu Marin und warf seine *sfogliatelle* wütend auf das Tablett. »Da fährt er davon und lacht sich eins. Und wir stehen da wie Idioten.«

Der Bus hielt neben der kleinen Gangway, der Gepäckwagen folgte, doch der Fahrer schien abgelenkt zu sein. De Santis beobachtete, wie er sein Handy aus der Brusttasche holte. Er gestikulierte, ließ das Steuer los und wäre fast aufgefahren, rettete die Situation im letzten Moment aber durch eine Lenkbewegung. Während er dem Bus auswich, schwankte das Bild auf der Ladefläche und drohte, auf den Asphalt zu rutschen. Der Fahrer lenkte gegen, und die Ladung kam wieder ins Gleichgewicht. Er passierte den Kleinbus, gab Gas und krachte mit dem Führerhaus gegen den Bauch des Jets. Der Anhänger kippte um, und die Ladung ergoss sich auf das Rollfeld. Die Kiste splitterte, während der Fahrer benommen in seinem Gurt hing.

Für einen Moment wirkte das Bild wie eingefroren. Dann kam ein Sicherheitsfahrzeug angefahren, eine Sirene heulte, und in wenigen Augenblicken verwandelte sich die Szenerie in einen Magneten, der von allen Seiten Fahrzeuge, Polizisten, Sicherheitskräfte und Feuerwehrleute anzog. Silva und seine beiden Begleiter kamen die Gangway herunter und redeten gestikulierend auf den

Fahrer ein, der sich gegen das Führerhaus lehnte und dann theatralisch zusammensank.

»Los«, sagte De Santis.

Sie liefen zur Sicherheitskontrolle, zeigten ihre Ausweise vor und wurden hinunter auf das Rollfeld geführt. Im Rennen rief der Kommissar den Führer der Hundestaffel und den Kunstprofessor an, um sie zur Maschine zu beordern.

Als sie neben dem Jet eintrafen, waren bereits mehrere Polizisten damit beschäftigt, den Unfallort zu sichern und Markierungen auf dem Asphalt anzubringen. Die Menschentraube verschob sich allmählich, verlor das Interesse an dem Blechschaden und fand ein neues Kraftzentrum: ein Frauengesicht, besser gesagt: zwei. Pilot und Kopilot, Bodenpersonal, Helfer, Sicherheitskräfte und Flughafenpolizei umstanden das Gemälde. Die Heilige Anna, die hinter Maria und dem Christuskind stand. Drei Generationen, Großmutter, Mutter, Kind. »Das Prinzip der Weiblichkeit«, hatte Don Sebastiano es genannt. Ohne männliche Gewalt. Selbst die Gewalt, die Christus angetan werden wird, hatte die Gestalt eines Lamms angenommen.

»Polizei«, sagte De Santis und bahnte sich einen Weg.

»Das hier sollten Sie sich unbedingt ansehen«, meinte der Chef der Sicherheitsleute.

»Ist das Ihr Gepäck?«, fragte der Kommissar, an Silva gewandt.

»Ja«, sagte dieser zögernd.

»Haben Sie die Ausfuhrpapiere für das Werk dabei? Geht es an eine Ausstellung?«, fragte er weiter.

Silva rührte sich nicht.

»Vielleicht ist das nicht der richtige Ort, um in Ruhe ein Gespräch zu führen«, meinte De Santis, griff den Kardinal am Arm und zog ihn weg.

65

De Santis stand in seinem Büro und hörte, wie der Kardinal in den Vernehmungsraum geführt wurde, in dem bereits Pasquale Pallotta wartete.

Der Kommissar ließ sich Zeit und genoss jeden einzelnen Zug der Zigarette, die er bei geöffnetem Fenster rauchte.

»Am Flughafen ist Ihnen aber wirklich der Zufall zu Hilfe gekommen«, sagte Elvira Barbarossa, die vor seinem Schreibtisch saß.

»Dazu hatten Sie mir doch von Anfang an geraten. Auf den Zufall zu warten.«

Sie runzelte die Stirn, hinter der es sichtlich fieberhaft arbeitete. »Wir müssen uns jedenfalls auf eine Menge Ärger gefasst machen«, sagte sie, als er die Zigarette ausdrückte.

De Santis zuckte mit den Achseln. »Sie hatten mir ein Abendessen versprochen. Das ist den Ärger wert.«

Sie lächelte, einen Anflug von Röte auf den Wangenknochen. Er dachte an die zerknüllten Taschentücher und Plüschtiere in ihrem Wagen. Es gab eine zerbrechliche Seite an ihr, die er mindestens so mochte wie alles andere.

»Sie sollten vorsichtig sein mit Ihren Einladungen. Die wirken verdächtig«, antwortete die Staatsanwältin und erhob sich. »Lassen Sie uns rübergehen.«

Sie betraten den Verhörraum und setzten sich dem Häftling und seinem Anwalt wie bei einem doppelten Duell gegenüber.

»Kardinal Erzbischof Silva, Sie sind festgenommen wegen des dringenden Verdachts des gewerbsmäßigen Handels mit geraubter Kunst. Außerdem wegen Kunstfälschung, Bildung einer kriminellen Vereinigung und Anstiftung oder vielmehr Beihilfe zu Totschlag in einem sowie Mord in zwei weiteren Fällen.«

»Hahaha«, sagte Pallotta. »Es gibt nicht einmal ein Ermittlungsverfahren gegen meinen Mandanten.«

Elvira Barbarossa legte den *avviso di garanzia* auf den Tisch und sagte völlig ungerührt: »Doch.«

»Kardinal Silva, Sie haben erklärt, das am Flughafen beschlagnahmte Gepäckstück gehöre Ihnen«, fuhr De Santis fort. »Können Sie mir erklären, wie es in Ihren Besitz gelangt ist?«

»Dazu wird sich mein Mandant nicht äußern.«

Der Kommissar lehnte sich zurück. »Gut. Eine andere Frage: Waren Sie jemals im Glockenturm der Sant'Anna-Kirche in Bagnoli?«

»Nein«, erwiderte der Kardinal, ehe sein Anwalt ihn zurückhalten konnte.

»Wo waren Sie in der Nacht von Samstag auf Sonntag vor knapp drei Wochen?«

»Wie soll sich mein Mandant daran erinnern?«, funkte Pallotta dazwischen.

»Zur Erinnerung, es war die Nacht, in der Don Sebastiano gestorben ist«, ergänzte der Kommissar.

»Auch dazu wird Seine Eminenz keine Angaben machen.«

»Warum nicht?«, fragte Elvira Barbarossa.

Kardinal Silva blickte nur starr vor sich hin.

De Santis nahm ein Etui mit einem Wattestäbchen und sagte in das Mikrofon des Aufnahmegeräts: »Ich werde dem Häftling jetzt eine Speichelprobe entnehmen. Zeugen sind …«

»Das werden Sie nicht wagen«, warf der Anwalt ein.

»Es hat damit keine Eile«, erwiderte De Santis. »Vielleicht wären Sie so freundlich, Ihr Scheitelkäppchen abzunehmen.«

»Den Pileolus? Wozu?«, fragte Pallotta. »Das ist entwürdigend. Ich möchte augenblicklich den Oberstaatsanwalt sprechen.«

»Ihr Mandant gibt an, niemals im Glockenturm der Sant'Anna-Kirche gewesen zu sein. Bestätigt unser DNA-Test dies, ist die Sache erledigt. Andernfalls müssen wir davon ausgehen, dass das Blut, das sich an einer der Metallstreben im Schlagwerk der Kirche befindet, und zwar über dem einstigen Versteck des gleichnamigen Gemäldes, von Ihrem Mandanten stammt.«

Pallotta wollte aufspringen, doch der Erzbischof legte ihm eine Hand auf den Ärmel, um ihn zu beschwichtigen. »Ich würde gerne mit dem Kommissar unter vier Augen sprechen«, sagte Silva.

Die beiden Anwälte verließen das Zimmer.

»Wenn Sie glauben, dass Sie mit mir einen Deal aushandeln können, dann irren Sie. Ich werde höchstpersönlich dafür sorgen, dass Ihnen nichts geschenkt wird. Nicht ein Tag.«

»Sie überschätzen Ihren Einfluss. Nicht Sie sprechen Recht, sondern das Gericht.«

»Fangen Sie schon wieder mit diesem Ton an?«

»Das Schisma …«

»Kein Wort zum Schisma. Das liegt eintausend Jahre zurück. Damit haben Sie nichts zu schaffen, Ihre Verbrechen stammen aus den letzten beiden Jahren. Sie haben einen schwunghaften Handel mit gestohlenen Kunstwerken aufgezogen, und als Don Sebastiano Ihnen auf die Schliche kam, Ihnen eine Fälschung unterjubelte und Sie daraufhin von Ihren Auftraggebern mit dem Tode bedroht wurden, haben Sie die Nerven verloren. Da der Priester das Versteck nicht preisgeben wollte, haben Sie Natascha Smirnowa von Giancarlo Capuozzo foltern lassen, und nachdem Don Sebastiano Sie zu dem Bild geführt hatte, haben Sie ihn beseitigt.«

»Das war so nicht gewollt. Orsolo hat überreagiert.«

»Wollen Sie sich damit etwa aus der Verantwortung stehlen?«, fragte De Santis verächtlich. »Indem Sie die Schuld auf einen Untergebenen abwälzen?«

»Ich würde gerne den historischen Zusammenhang herstellen.«

De Santis bereitete es fast körperliche Schmerzen, diesem Menschen zuzuhören. Trotzdem tat er es.

»Wenn ich mir etwas vorzuwerfen habe, dann, dass ich meine Kräfte überschätzt habe. Mein Ziel war und ist stets dasselbe: Versöhnung, konkret gesprochen, die Einigung der Ost- und der Westkirche. Neapel ist dafür prädestiniert, an diesem Ort sind sich schon immer die Kulturen dieser Erde begegnet und haben einander die Hand gereicht. Ich sehe es als meine Berufung an, den Geist dieses Ortes zu heiligen. Was wäre da naheliegender, als einen tragischen historischen Irrtum, die Kirchenspaltung, rückgängig zu machen? Über tausend Jahre Unglück, Zwietracht und sinnloses Blutvergießen. Ist Ihnen überhaupt klar, wie viel Missverständnis, Misstrauen und Arglist über die Menschheit gekommen ist, durch eine pure Formalie?«

»Nein. Ich bin zuständig für das Blutvergießen in der Jetztzeit und so banale Dinge wie das Gesetzbuch.«

»Halten Sie sich denn daran?«, fragte Silva mit einem Lächeln zurück. »Halten Sie sich stets an die Regeln, um den Regeln zum Sieg zu verhelfen? Sie wären der Einzige in Neapel.«

»Ich weiß nicht, wovon Sie sprechen.«

»Das wissen Sie sehr wohl. Aber lassen wir das … Kennen Sie Kardinal Humbert von Silva Candida?«

»Nein.«

»Dieser Kardinal, der ironischerweise denselben Familiennamen hatte wie ich, sollte die Ost- mit der Westkirche versöhnen. Er lief jedoch durch Konstantinopel, spielte sich als Wortführer des römischen Papstes auf, zürnte, polterte, beschimpfte seine Gesprächspartner der orthodoxen Kirche als Hurenböcke und wäre fast gelyncht worden. Neapel, das übrigens lange der Ost-Kirche angehörte, hätte immer als Brücke dienen können …«

»Sie sorgen dafür, dass Neapel Brücke wird?«, fiel De Santis ihm ins Wort.

»Ich leiste meinen bescheidenen Beitrag.«

»Mit Kunstlieferungen, für die Sie den Profit einstreichen? Da können Sie noch so sehr einen Teil davon an Kirche Ost-West spenden, um sich als Idealisten zu verkaufen und Synoden auszurichten, auf denen Ihnen gehuldigt wird. Ohne Skrupel setzen Sie Ihren Gläubigen unterdessen Fälschungen vor. Damit sorgen Sie dafür, dass der christliche Glaube verhöhnt wird.«

»Ihre Vereinfachungen beleidigen meine Intelligenz. Kein Ölgemälde hat jemals den Glauben befördert. Caravaggio war ein Lüstling, der sich dem Klerus angedient hat, um seine Laster zu finanzieren. Er hätte genauso gut dem Satan gehuldigt, wenn das Honorar gestimmt hätte.«

»Ich bin nicht für Caravaggios, sondern für Don Sebastianos Biografie zuständig. Er ist gestorben, weil er Ihnen auf die Schliche kam.«

Theatralisch breitete Kardinal Silva die Arme aus, ließ die Hände auf die grobe Tischplatte fallen und nahm wieder seine Seelsorgerpose ein. »Don Sebastiano hat sich am Ende als Kleingeist entpuppt. Was macht es für einen Unterschied, ob die Ölfarbe auf den Bildern, vor denen die Gemeinde sitzt, vor vierhundert Jahren oder vier Wochen angerührt wurde? Im Grunde bewundere ich die jüdische Strenge, das Bilderverbot. Es lenkt nur ab, wenn man sich Mysterien wie die Dreifaltigkeit oder die Himmelfahrt Mariä in Ölschinken vor Augen führt. Gottes Größe passt auf keine Leinwand. Aber sei's drum. Wir haben nun mal diese Fülle an Bild und Sinnlichkeit, gerade hier in Neapel. Die Menschen lieben das, und zwar seit den heidnischen Urriten. Womöglich alles harmlos und lediglich Teil der Lebensfreude, die ich keinesfalls schmälern will.«

»Warum musste Don Sebastiano sterben?«

Der Kardinal starrte De Santis an wie aus weiter Ferne. »In gewissem Sinne ist er als Märtyrer gegangen, ohne es zu wissen. Was für eine Ironie. Er verteidigte die weltlichen Gesetze des Kunstmarkts, aber womöglich wäre es ein Trost für ihn zu wissen, dass er sein Leben für eine große Idee gegeben hat. Dass das Schisma aufgehoben wird, trotz seiner Engstirnigkeit, dass Ost- und Westkirche wieder zueinanderfinden werden, das Christentum erneut in seinem universellen Glanz erstrahlen wird. Und er hat seinen kleinen Teil dazu beigetragen.«

»Er war gegen Ihre Machenschaften.«

»Oh nein. Er war sehr wohl auf meiner Seite, hatte nur einen kleinen Einwand, was die Methoden betraf. Aber sagen Sie selbst. Kann eine so große Idee an der Spesenabrechnung scheitern? Wenn man die Menschen zusammenbringen will, braucht man Transportmittel und Unterkünfte. Wenn sie vor tausend Jahren auf einem Eselsrücken zueinanderfanden, um sich zu streiten und einander die Kirchen zu plündern, sollen wir dann heute, im Zeitalter des Flugverkehrs, da man innerhalb einer Stunde in Athen und in vier Stunden in Moskau ist, auf persönliche Begegnungen verzichten? Kongresse, Synoden, Symposien, einander in die Augen sehen, in die Arme schließen, das hat eine andere Qualität als E-Mail und Twitter. Jesus hat seinen Jüngern die Füße gewaschen. Er hat ihnen nicht nur einen Gutschein geschickt, verzeihen Sie dieses Bonmot.«

»Sie haben drei unschuldige Menschen auf dem Gewissen.«

»Ich?« Silva schien aus weiter Ferne zu sprechen. »Sie glauben doch nicht, dass ich jemanden umgebracht habe?«

»Es war Ihr Plan. Perfekt. Durchkalkuliert bis ins Letzte. Keine Zeugen, keine Spuren. Deshalb musste Natascha nach der Misshandlung aus dem Weg geschafft werden, ebenso Don Sebastiano, nachdem er Sie ins Versteck geführt hatte. Nur leider haben Sie den Fehler gemacht, sich auf einen Sadisten wie Giancarlo Capuozzo zu verlassen. Er saß in Jolantas Wohnung und wartete auf Ihren Anruf aus Bagnoli, dass alles in Ordnung, das Bild gefunden und der Priester tot sei. Erst danach sollte er Natascha töten. Zum Zeitvertreib vergewaltigte er die wehrlose Frau. Dann kam überraschend Jolanta nach Hause. Er erschoss sie, Natascha floh. Capuozzo konnte sie nicht einfangen, da Sie noch nicht angerufen hatten. Er musste Ihnen weismachen, dass auch er alles erledigt hätte. Er wagte es nicht, vor Ihnen seinen Fehler einzugestehen. Deshalb verstümmelte er die Leiche so systematisch. Deshalb waren Sie so überrascht, als ich Ihnen bei unserem Gespräch den Namen des Opfers nannte: Jolanta Chiurbenskaya. Deshalb ist Ihnen auch die Frage nach dem Wo herausgerutscht. Capuozzo beauftragte Arru damit, Natascha zu jagen, und als der uns ins Netz ging, nahm er Urlaub, um sie auf eigene Faust zu suchen.«

Der Kardinal zuckte mit den Achseln. »Das werden Sie niemals beweisen können.«

»Ihr Blut hängt im Glockenturm. Für Beihilfe reicht das allemal.«

Einen Moment lang wirkte der Würdenträger angeschlagen. Dann warf er sich wieder in Pose. »Gott allein wird mich richten. Ich habe vor nichts Angst auf dieser Erde. Meine Mönchszelle tausche ich gerne gegen eine Gefängniszelle. Gott kann man überall dienen.«

»Viel Erfolg dabei. Aber glauben Sie nicht, dass man Sie als Märtyrer feiern wird. Sie sind nichts weiter als ein gewöhnlicher Verbrecher, jemand, der sich aus Selbstsucht über die Gesetze erhebt. Um sein Gewissen zu beruhigen, gibt er sich als Genie, als Messias oder als Weltverbesserer aus.«

»Und wenn ich das wäre?«

De Santis brauchte eine Pause. Er hatte diesem Augenblick geradezu entgegengefiebert, aber jetzt hielt er ihn nicht aus. Dieser Mensch war zu viel für ihn.

»Wenn Sie ein Geständnis ablegen wollen, höre ich Ihnen zu«, sagte er daher nur. »Ansonsten habe ich Besseres zu tun.« Damit stand er auf.

Silva war sprachlos.

Der Kommissar ging hinaus und bat Pizzuoli, die Befragung fortzuführen.

66

Die Verhaftung Kardinal Silvas war am nächsten Morgen der Aufmacher in allen Nachrichten. Kirchennahe Redakteure nahmen die Polizei wegen ihres »vorschnellen Vorgehens« unter Beschuss. Einige liberale Blätter waren milder. Auch die Behörden gerieten unter Druck. Die italienische Bischofskonferenz intervenierte beim Oberstaatsanwalt, der prompt Elvira Barbarossa rügte. Doch diese blieb unerbittlich. Sie stand zu De Santis, ordnete die DNA-Probe an und lehnte den Antrag auf Aussetzung des Haftbefehls ab.

Der Vatikan, dem Silvas Wiedervereinigungsbestrebungen mit der Ostkirche, entgegen offizieller Verlautbarungen, ein Dorn im Auge waren, suspendierte ihn »vorübergehend« von seinem Amt, »bis jeglicher Schatten eines Verdachts« getilgt sein würde.

Dies würde niemals geschehen. Das wusste De Santis ebenso gut wie Elvira Barbarossa, Kardinal Silva und sogar Questore della Picca. Nachdem das Ergebnis des DNA-Abgleichs eingetroffen war, rief Letzterer bei De Santis an und bat ihn zu einer Unterredung in sein Büro.

Als De Santis die Abteilung verlassen wollte, fiel sein Blick auf Bomba, der verträumt in sein Handy starrte.

»Hier, Commissario«, sagte er. »Ein nagelneues Modell. Ich mache Euch einen Spitzenpreis.« Er nannte eine Marke, die De Santis nicht kannte und die ihn auch nicht interessierte.

Was der Kommissar brauchte, das war ein neues iPhone, eigentlich geschenkt, denn seine Konten waren leer, und bis zur nächsten Gehaltszahlung waren es noch drei Wochen.

De Santis trat ein und fragte: »Ein iPhone 6 hast du nicht zufällig im Angebot?«

»Ach, Modekram. Das hier kostet ein Drittel, und schaut Euch mal diese Bildqualität an.« Bomba rief sein Fotoalbum auf und ließ auf dem Display farbenprächtige Aufnahmen vorbeigleiten.

»Moment«, sagte De Santis. »Zeig mir das Letzte noch einmal.«

Er hatte ein Bild aus einem Stadion gesehen, das stark an das Olimpico in Rom erinnerte. Das war das Auswärtsspiel, für das Bomba unbedingt Sonderurlaub gebraucht hatte, weshalb seine Mutter dem Kommissar ein opulentes Fischmenü samt ihrem bettlägerigen Ehemann serviert hatte. Auf dem Selfie lag sich just dieser Ehemann, putzmunter und fidel, mit Bomba in den Armen, um einen Treffer zu bejubeln.

»Beppe ...«, sagte De Santis.

Der junge Kollege schlug die Augen nieder, ausnahmsweise um eine Erklärung verlegen.

De Santis ließ die Sache auf sich beruhen und machte sich auf den Weg zum Chef.

Der Questore empfing ihn mit zerknirschter Miene und eingefallenen Schultern. Selbst die Trikolore und die Fahne der Europäischen Union hingen lustlos an der Wand.

»Nehmen Sie Platz«, sagte della Picca. »Glauben Sie mir, dies ist eine meiner schwersten Stunden auf diesem Posten.«

Was wollte er? De Santis degradieren? Ihn wieder in den Schichtdienst versetzen? Hatten sein Schwiegervater und der Questore sich darauf geeinigt?

Franco De Santis wartete. Der Posten würde ihm nicht fehlen, seine Kollegen Beppe, Gennaro und Marin dagegen schon. Sie waren auf dem besten Weg, zu einem richtigen Team zu verschmelzen.

»Versetzen Sie sich mal in meine Lage«, fuhr der Chef fort.

»Was bleibt mir anderes übrig? So etwas hören zu müssen. Und ich dachte, Erzbischof Silva wäre mein Freund.«

»Wenn er Ihr Freund ist, dann braucht er Sie jetzt umso mehr.«

Della Picca schaute De Santis fassungslos an. »Mich?« Er verzog das Gesicht zu einer Grimasse. »Verstehen Sie denn nicht, was er mir angetan hat? Mich derart zu täuschen. Ich bin menschlich, beruflich, ja seelisch in meinen Grundfesten erschüttert. Ich frage mich sogar, ob ich der richtige Mann auf diesem Posten bin.«

Das frage ich mich schon lange, dachte De Santis, aber wir werden wohl zu unterschiedlichen Antworten kommen. Bewundernswert jedenfalls, wie schnell der Questore seinen vermeintlichen Freund hatte fallen lassen. Wofür er obendrein noch bemitleidet werden wollte. Nicht schlecht, wenn man sich die Welt derart zurechtbog. Und nicht weiter verwunderlich, dass der Questore gerne in dieser Welt lebte.

»Ich teile Ihren Schmerz«, säuselte De Santis. »Selbstverständlich werde ich alles dafür tun, dass Ihr Freund ... Ihr ehemaliger Freund ... seine gerechte Strafe bekommt.«

Della Picca nickte und schaute verloren auf seine glatten, gepflegten Hände. »Wenigstens in Ihnen habe ich mich nicht getäuscht. Sie sind ein exzellenter Polizist, ein wenig impulsiv und starrsinnig vielleicht, aber wer von uns ist schon ohne Makel?«

Du, nehme ich an.

»Sei's drum. Jedenfalls werden wir die Anzeige gegen Sie nicht weiterverfolgen. Körperverletzung. Das ist bei einer so affektgeladenen Situation, wenn es um die eigene Ehefrau, wenn es sozusagen bei uns Männern an die Ehre geht ...«

De Santis glaubte seinen Ohren nicht zu trauen. Eine Anzeige gegen ihn? Etwa von Baldini?

»Gleiches gilt für den Dienstwagen, der beschädigt und viel zu spät beim Strafvollzug in Poggioreale abgeliefert wurde – soll vergessen sein. *Sbirri di merda*. Und dann auch noch die verfaulten Fische im Kofferraum, bei vierunddreißig Grad.«

De Santis schreckte zusammen. Der Ärger mit dem Dienstwagen ging auf Bombas Kappe. Aber der Fisch ... Den hatte *er* nach dem Tauchgang mit Bruno vergessen!

»Sei's drum. Noch eine erfreuliche Nachricht: Die Mittel zur Teambuilding-Maßnahme sind bewilligt. Sie erinnern sich, dass ich Sie um den Bericht gebeten hatte ...«

Er wollte einhaken, doch der Questore winkte großmütig ab. »Geschenkt. Sie brauchen sich nicht zu entschuldigen. Hier ging es drunter und drüber. Was ich sagen wollte: Für kommenden Montag konnte ich den Coach buchen, von acht bis zehn. Vollzähligkeit unabdingbar. Eigentlich hätte ich die Berichte vorher gebraucht, aber ... Setzen Sie sich übers Wochenende dran.«

Plötzlich war die Müdigkeit da, die der Kommissar mit Adrenalin, Koffein und Arbeit drei Wochen lang niedergedrückt hatte. Die Beschreibung seiner Kollegen – wie sollte die aussehen? Er selbst Komplize eines Camorrista, seine rechte Hand gescheiterter Marihuanahändler und Bomba ein Hehler mit exzellentem Spür- und Geschäftssinn. Blieb Marin. Der Einzige ohne Fehl und Tadel. Der Einzige, der sich an die Vorschriften hielt. Das schwarze Schaf der Abteilung.

Er würde sich etwas ausdenken müssen. Wie alle Neapolitaner, Tag für Tag. Bis Montag konnte viel passieren. Vielleicht würde er gar nicht kommen, dieser Montag. Und wenn doch, dann würden sie die zwei Stunden auch irgendwie rumkriegen. Oder den Coach. Locker.

»Ja«, sagte De Santis und schrak aus seinen Gedanken auf. »Dann werde ich mich mal schleunigst an die Arbeit machen.«

»Tun Sie das, tun Sie das«, sagte der Questore und setzte erneut seine Trauermiene auf, während er hinaus auf den dichten Verkehr der Via Medina und die Tauben auf den Dachrinnen sah. Es war unübersehbar, dass er litt.

De Santis ging.

Epilog

Es war Freitag, in den Büros machten alle früh Feierabend, selbst in der Mordkommission. De Santis freute sich auf einen Abend mit gutem Essen und Elvira Barbarossa. Er hatte darauf beharrt und noch einmal betont: »Sie haben es mir versprochen.«

»Bei Ihnen zu Hause? Daran könnte ich mich erinnern«, hatte sie misstrauisch geantwortet.

»Ich koche besser als die meisten Küchenchefs in Neapel. Normalerweise wollen Sie für alles Beweise.«

Gemeinsam schlenderten sie durch die Gassen der Quartieri Spagnoli, um frischen Fisch zu kaufen, und er spürte, wie empfänglich auch die strenge Staatsanwältin für die verführerischen Farben und Düfte, das Gelächter der Händler und das sorglose Treiben war. Sie ließ sogar zu, dass er ab und an ihre schlanke Taille umfasste, um sie an besonders pittoreske Stände zu dirigieren. Als sie gegen 19:00 Uhr mit zwei Tüten voller Schwertfisch, Meeresfrüchten und Wein in seinen Hauseingang traten, betrachtete Crescenzio erschrocken die rothaarige, elegante Frau neben De Santis.

Mit verschwörerischer Miene raunte er: »Da ist noch jemand für Sie. Ich habe sie nach oben geschickt. Sie wartet schon über eine Stunde.«

»Wer denn?«, fragte der Kommissar.

»Ein Mädchen, angeblich Ihre Tochter.«

Elvira zögerte, aber De Santis zog sie mit.

Vor der Wohnungstür saß Ludovica mit ihren langen, dünnen Beinen, das Gesicht auf die Knie gelegt.

»Hi, Paps«, sagte sie und stand auf, wobei sie seine Begleiterin mit einem abschätzigen Blick musterte.

»Das hier ist Staatsanwältin Elvira Barbarossa. Isst du mit uns?«

»Keinen Hunger.«

»Ich freue mich, dass du da bist ... Probleme?«, schob er nach.

»Jetzt fang nicht schon wieder so an, sonst geh ich.«

Er schloss die Tür auf. »Entschuldige. Du weißt, Eltern wittern immer Probleme, wenn es um ihre Kinder geht.«

»Du bist doch keine Mutter. Ich bin einfach nur neugierig, wie du jetzt so lebst.«

Sie traten ins Wohnzimmer, in das die Abendsonne fiel. Er öffnete die Glastür zum Balkon, bot den beiden Frauen jeweils einen der wackligen Metallstühle an und fragte: »Was möchtet ihr trinken?«

»Was hast du denn da?«, fragte Ludovica in einem routinierten Ton, der ihm nicht gefiel.

Ehe sie ihn mit der Bitte um alkoholische Getränke schocken konnte, sagte er: »Ich mache uns einen Kaffee.«

Als er in die Küche trat, kam Elvira nach. »Ich glaube, ich sollte lieber gehen«, sagte sie. »Wir verschieben unser Essen.«

»Okay«, meinte er, ausgesprochen enttäuscht. Aber sicher hatte Ludovica etwas auf der Seele und wollte in Ruhe mit ihm reden.

Elvira nahm ihren Trenchcoat.

»Sie gehen doch nicht meinetwegen?«, rief Ludovica von der Terrasse.

»Nein.«

»Für wie dusselig halten Sie mich? Ich will das nicht. Lieber haue ich ab.«

Elvira Barbarossa sah De Santis unschlüssig an.

Er lachte: »Sieht ganz so aus, als sollten wir zu dritt essen. Hilft mir jemand?«

Sie kochten gemeinsam, Elvira war erstaunlich behände, Ludovica erstaunlich bemüht. Als sie die Mikrowelle anstellte, gab es einen Knall, und für einen Moment war alles dunkel.

»Was ist denn jetzt los?«, fragte Ludovica.

»Die Sicherung.«

Noch während De Santis nach den Schlüsseln suchte, gingen Lichter und Mikrowelle wieder an. Kurz darauf hämmerte jemand an die Tür.

»Franco!«, schrie Betta. »Wie lange soll das denn noch so gehen? Das ist doch kein Leben!«

»Ich weiß ...«, sagte er.

»Mach wenigstens die Tür auf!« Sie hämmerte erneut dagegen.

Als er öffnete, stürmte sie in Frotteepantoffeln, Strapsen und einem violetten Hausmantel herein. Ihm wurde einen Moment bange, während Betta sich umsah und schnupperte.

»Hhhhmmmm, ich wusste gar nicht, dass du ...«

Sie erblickte die beiden Frauen in der Küche. »Besuch? Warum hast du das denn nicht gleich gesagt?«

Franco stellte sie der Staatsanwältin und seiner Tochter vor. »Eine Nachbarin. Und Freundin«, fügte er an, als er Bettas empörten Blick bemerkte.

»Das will ich aber meinen«, ergänzte sie.

»Wir sind gerade fertig. Haben Sie Hunger?«, fragte Ludovica amüsiert.

Nachdem sie gegessen und die beiden Frauen sich verabschiedet hatten, saß Franco noch mit seiner Tochter auf der Terrasse. Ludovica blickte über die Hausdächer.

»Da hinten sieht man das Meer«, sagte er.

»Wo?«, fragte sie.

»Zwischen dem Bürogebäude und dem Wohnhaus, durch den Spalt.«

»Quatsch«, erwiderte sie.

»Warte, bis es dunkel ist. Dann siehst du die Lichter der Schiffe, die vorüberziehen.«

»Ist jedenfalls super, deine Bude«, sagte sie. »So würde ich auch gerne leben.«

Wie deine Mutter vor zwanzig Jahren, dachte er. Ohne jede Spur von Bitterkeit. Denn er spürte, dass es ehrlich gemeint war.

Er holte das iPhone aus der Jacketttasche und sagte: »Ich habe etwas für dich.«

Ludovica erkannte an der Verpackung, worum es sich handelte, und zögerte einen Moment. »Du wusstest doch gar nicht, dass ich komme.«

»Zufall.«

»Ach, Paps ...«

»Was ist?«

»Ich hab dir doch gesagt, dass ich es nicht mehr will.«

»Du willst ein Pferd. Aber das kann ich dir nicht kaufen.«

Sie zuckte mit den Schultern. Dann fragte sie: »Warum hast du mich letzten Mittwoch nicht vom Reiten abgeholt?«

»Es gab ein Problem auf der Questura. Eine Zeugin war am Morgen gestorben, und wir hatten endlich eine Spur gefunden. Es tut mir leid.«

»Schon gut.«

»Du hast mich doch nicht etwa vermisst, oder?«

»Krieg ich eine Zigarette?«

»Du bist zu jung zum Rauchen. Überhaupt ist Rauchen etwas für Idioten.«

Sie trank noch einen Schluck und schaute wieder in den schwarzen Spalt. »Nur du siehst dort das Meer«, sagte sie.

»Mag sein«, antwortete er, schloss die Augen und dankte irgendwem dafür, dass er am Leben war. Genau an diesem Ort.

Dein Mann und dein Kind verschwinden spurlos – und plötzlich kannst du dir selbst nicht mehr trauen

Das grünschwarze Wasser leuchtet geheimnisvoll in der untergehenden Sommersonne. Der Abend könnte nicht schöner sein, als Greta, Alex und Tochter Smilla mit dem Boot zur kleinen Insel in der Mitte des Sees fahren. Greta bleibt am Ufer, während die anderen beiden neugierig auf Entdeckungstour gehen. Aber sie kommen nicht mehr zurück. Beunruhigt macht sich Greta auf die Suche – doch von Alex und Smilla fehlt jede Spur … In ihrer wachsenden Verzweiflung wendet sie sich an die Polizei. Schnell wird klar, dass Gretas eigene Geschichte ebenso große Rätsel aufwirft wie das Verschwinden ihrer Lieben. Und die Frage: Hat sie etwas damit zu tun?

PENGUIN VERLAG